중·고등학생이 꼭 알아야 할

교과서 단편소설 읽기

하

중·고등학생이 꼭 알아야 할

교과서 단편소설 읽기
하

김원일 외 지음

평단

■ 일러두기

1. 중학교·고등학교 국어 교과서에 수록된 단편 소설 중에서 8작가의 11작품을 수록했습니다.
2. 잡지·신문·작품집은 《 》, 단편·중편·장편 소설 등 소설 작품은 〈 〉로 표기했습니다.
3. 소설 원문에 있는 한자는 모두 한글로 바꾸었고, 뜻을 명확히 하기 위한 단어는 한자를 병기했습니다.
4. 표기는 해당 소설 원문에 충실히 따르되, 맞춤법과 띄어쓰기는 현행 표기법에 따랐습니다.
5. 낱말 풀이는 각각의 소설이 끝나는 곳에 실었습니다.

차례

김원일 — 오마니별 • 8

박완서 — 겨울 나들이 • 48
시인의 꿈 • 67

송기숙 — 개는 왜 짖는가 • 84
낱말 퍼즐 • 134

오정희 — 소음 공해 • 138
중국인 거리 • 145

윤흥길 — 땔감 • 186
낱말 퍼즐 • 218

이문구 — 유자소전 • 222

최일남 — 노새 두 마리 • 294
낱말 퍼즐 • 324

하근찬 — 수난 이대 • 328
죽창을 버리던 날 • 347

단편 소설 수록 국어 교과서 보기 • 365

김원일

오마니별

김원일 1942~

경상남도 진해군 진영읍에서 3남 1녀의 장남으로 태어나 대구농림고등학교와 서라벌예술대학을 졸업했다. 1966년 《매일신문》의 '매일문학상'에 단편 소설 〈1961년 알제리아〉가 당선되고, 1967년 《현대문학》 제1회 장편 소설 공모에 〈어둠의 축제〉가 당선되며 문단에 나왔다. 그의 작품은 소외된 민중의 삶을 집중적으로 조망하거나 남북 분단이라는 현실적인 상황을 다룬다. 이는 작가 자신이 고등학교 3학년 때 6·25 전쟁을 겪었고, 아버지의 월북으로 인한 고통스런 가족사를 경험했기 때문이다. 특히 〈어둠의 혼〉은 자신의 가족사를 보편화시켰으며, 〈마당 깊은 집〉은 가족사에 깊게 새겨진 분단의 상처를 담아 냈다.

🫧 **작품 해제**

갈래 역사 소설, 전쟁 소설
배경 6·25 전쟁 후 54년이 지난 천안과 서울
시점 전지적 작가 시점
제재 6·25 전쟁
주제 전쟁의 상처와 혈육간의 정
출선 《창작과비평》 130호(2005년 겨울호)

🫧 **줄거리**

　조평안은 6·25 전쟁 때 어머니가 비행기 폭격에 죽고, 손위 누이도 죽었다 믿고 있었다. 조 서방이 전쟁 난 이듬해 봄, 면소 닷새장에 나가 장바닥에 비럭질하는 전쟁고아를 데리고 오는데 그가 바로 귀먹보인 조평안이다. 평안도 말씨를 쓰고 있어 이름을 '평안'이라고 짓고, 자신의 호적에 이름을 올렸다. 그리고 다른 자식처럼 초등학교에도 보냈다.
　그러던 어느 날 현 선생이 누이 비슷한 사람이 전쟁 때 잃은 남동생을 애타게 찾는다는 것을 알려 주지만, 조평안은 누이가 죽었다며 거짓말이라고 한다. 하지만 현 선생은 사진을 찍고 평안도 어디에서 살았는지, 누이 이름은 무엇인지 물어본다. 조평안은 전쟁 때 충격으로 기억을 상실한 터이다. 현 선생은 누이의 이름은 이수옥(안나 리)이고, 지금은 스위스에 산다고 했다. 현 선생은 이 소식을 전해 준 거제도에 사는 간호사 줄리 선생과 이메일로 답장을 주고받으며, 조평안의 현재 모습을 사진으로 보내고 신체 조건, 정수리 흉터와 귀가 좀 먹었다는 점 등 지나온 이력을 자세히 소개한다.
　마침 이수옥이 가족과 함께 동생을 찾기 위해 한국을 방문하고 현 선생은 조평안과 황 이장과 함께 서울 워커힐호텔로 간다. 객실로 들어가 서로 상봉하자 그들은 자세한 신상을 이야기하며 가족임을 탐색한다. 이수옥은 전쟁의 상처로 인해 중립국인 스위스에서 살고 있으면서 시민단체 등에서 평생을 헌신해 왔다. 그러던 중 누이가 어머니가 숨을 거둔 그날 밤, 하늘을 보고 내가 했던 말을 기억하느냐고 묻자 조평안은 '오마니별'이라고 읊조리자, 이수옥은 "중길아! 네 이름은 이중길이야"라고 말하고 서로 얼싸안는다.

오마니별

1

 "조씨 있는가?" 하고 부르는 소리가 길 아래쪽에서 들렸다. 전지 불빛이 마당 입구를 스쳐 갔다. 어스름은 늘 골짜기 아래에서부터 바람을 몰아왔고, 등성이를 타고 오른 바람이 펼친 치마폭인 듯 산을 흔들며 훑어 나갔다. 느릅나무와 개암나무가 스산스레 잎을 지웠다. 마당을 덮은 가랑잎이 아이들 줄 세우듯 가지런히 선 참깨 묶음을 비껴 언덕 아래로 쓸려 갔다. 전지불빛이 마당까지 올라오자 불빛과 인기척을 알아챈 염소 우리의 염소들이 기척을 내며 수런댔다. 울은커녕 삽짝조차 없는 마당으로 당주골 이장 황씨가 들어섰다. 이장 손에 들린 전지불빛이 툇마루에 나앉은 조씨를 집어냈다.
 "귀신 나오겠군. 왜 불도 안 켜고 우두커니 앉았어."
 가는귀먹은 조씨라 황 이장이 큰 소리로 나무라곤, 마루로 올라와 손수 형광등을 켰다. 전구가 몇 번 깜박거리더니 흐릿한 빛을 냈다.
 "전구를 갈아야겠군. 저녁은 먹었어?"

"암, 한술 떴지."

시무룩한 조씨 말에 황 이장이 전기코드가 꽂힌 전기밥통 뚜껑을 열었다. 두 끼니쯤 밥이 남아 있었다. 흠투성이 낡은 두레상*에는 치우지 않은 먹다 남긴 밥그릇에 찬이라곤 김치, 멸치조림, 새우젓이 고작이었다. 홀아비 노인의 지지리 궁상에 이장이, 나이도 있는데 이렇게 먹어서야 어떻게 힘을 써, 하곤 혀를 찼다. 저녁 찬으로 먹고 온 김치찌개며 된장국이 남았다면 처에게 가져다주라 일러야겠다고 생각했다.

"자네 어디 갔더랬어?"

"뭐라구?"

"낮에 말야."

목을 빼고 꾸부정히 앉은 조씨가 대답을 않다 허리 뒤를 가만가만 주물렀다. 이장이 허리가 아프냐고 물었다. 조씨가 아니야, 괜찮아 하며, 호작질*하다 들킨 아이처럼 하던 동작을 멈추었다. 낮참에 조씨는 염소들을 몰고 범바위로 올라갔다가 새끼염소 한 마리가 엇길을 놓기에 그놈 뒤를 쫓다 허방에 발을 접질려 바위에 허리를 찧은 게 시큰하게 둔통이 왔던 것이다. 조씨는 풀을 한 짐 베어서 지게에 지곤 여덟 마리 염소를 몰고 절름거리며 집으로 돌아왔다. 아예 일을 작파해 참깨털이도 제쳐 두고 방 안에 늘어져 누웠다가 저녁밥 한술도 뜨다 말다 했다. 한 해 다르게 염소치기며 밭농사가 힘에 부치는 조씨에게 그런 실수는 이제 흔한 일이 되고 말았다.

"낮에 말일세, 분교 선생이 마을로 올라왔어. 자네 만나러 집에 들렀더니 없더라며 내일 다시 오겠다더군."

"뭐라구, 선생이?"

"그래, 선생이." 황 이장이 뜸을 들였다가 조씨 곁에 바투* 앉아 큰 소리를 내질렀다. "자네한테 손위 누이가 있었다고 했지? 전쟁 때 잃었다는 누님 말야? 그건 기억하고 있잖는가."

"암, 누이가 있었어. 폭격 맞고 죽었지. 그런데 왜?" 조씨가 머리를 들고 침침한 눈을 닦으며 물었다.

1951년 초다듬* 그해 첫 겨울, 조씨는 손위 누이가 비행기 폭격에 죽었다 믿고 있었다. 엄마도 그렇게 폭격 맞고 운신 못한 끝에 숨을 거두었다. 조씨는 엄마가 숨 거두는 순간을 누이와 함께 지켜보았기에 다른 기억은 다 망가졌어도 그때 보았던 그 장면만은 색바랜 사진처럼 남아 있었다. 땅이 꽝꽝 얼어 오마니를 묻어 줄 수도 없다며 누이가 오랫동안 섧게 울었다.

"만약에 말일세, 그 누님이 아직 살아서 자네를 찾는다면 어떡하겠나?"

"날 찾는다구? 실없는 소리 말게. 내가 본걸. 갑자기 비행기가 나타나 총을 쏘아 대구 폭탄이 떨어지자 그 통에 사람이 많이 죽었어. 나중에 보니 누이가 없어졌어. 아무리 찾아도 누이가 없어. 그때 폭격 맞구 죽은 거야."

"자네는 누님을 늘 누이라 불러 헷갈리네. 자네 말대로라면 손위로 누님 맞지, 그렇지?"

"그래 맞아. 내 위 누이야."

조씨는 그해 겨울, 살을 도려내듯 했던 추위가 아직도 살갗에 알얼음으로 박혀 있는 듯 부르르 진저리쳤다. 그 많은 시체들 사이에 누이의 피투성이가 된 늘어진 몸뚱이가 떠올랐다. 조씨는 누이 시신을 직접 목격하지 않았으나 그 장면이 머릿속에 처음 그려진 뒤 누

오마니별 11

이만 떠오르면 처참하게 죽은 모습으로 아예 굳어져 버렸다. 이제 와서는 살아생전 누이의 반들거리던 눈빛과 길동그란* 생김새조차 지워졌다. 그런 흐릿한 기억도 말을 듣던 옆 사람이 조씨의 지난날 장면을 재생해 주려 말을 거들었기에 가능했던 것이다. 눈 내리구, 너무 추웠어…… 그런데 갑자기 비행기가 폭탄을…… 사람이 많이 죽구 누이가…… 조씨가 겁에 질려 울 듯한 표정으로 그렇게 떠듬떠듬 말하면 옆에서 듣던 이가, 눈보라치는 한겨울에 한뎃잠 자며 피난 나오다 비행기가 나타나 폭탄을 떨어뜨려 사람이 많이 죽었겠군. 그때 꽝하고 폭탄이 터지자 그 진동으로 자네 귀청이 떨어져 나갔구, 누이도 그 파편에 맞아 죽었지? 내 말이 맞지? 그런 보탬말이 조씨 머릿속에 사실처럼 확인되어, 맞아, 맞아 하고 맞장구쳤고, 기억으로 저장되었던 것이다.

뿌연 하늘에 좁쌀알갱이 같은 눈보라가 휘몰아쳤다. 얼굴을 치는 눈보라가 얼마나 맵게 찬지 눈조차 제대로 뜰 수 없었다. 산지사방에서 모여든 많은 피난민이 잎 떨군 버드나무 늘어선 신작로를 따라 걷고 있었다. 자전거, 수레, 지게에 걷지 못하는 아이와 덩이덩이* 짐을 싣고, 허리 휘게 등짐 진 피난민들이 한데 뭉쳐 허연 입김을 뿜으며 어뜩비뜩* 길을 재촉했다. 피난민들은 솜옷을 덧껴입었고 수건으로 목과 머리통을 싸맨 채 얼어 다져진 길바닥에 미끄러지지 않으려 신발에 새끼줄로 감발을 치고 있었다. 그때 갑자기 앞쪽 언덕 너머에서 비행기 몇 대가 나타나 머리를 스칠 듯 다가왔다. 나이 든 이와 아녀자 들은 오도 가도 못한 채 어린 자식을 품에 감싸고 그 자리에 머리 박고 엎드렸다. 청장년은 길가 개골창으로 뛰어들거나 밭등성이로 날랜 걸음을 놓았다. 저공으로 날아온 비행기들이 한 차례

기총소사를 퍼붓더니 피난민들 머리꼭지에 포탄 여러 개를 떨어뜨리곤 살같이 사라졌다. 한순간에 당한 난리로 피난민 대열이 흩어졌고 신작로는 아비규환이었다. 찢어진 몸뚱이와 피가 눈보라 속에 튀고 비명과 신음소리가 낭자했다. 어른 아이 들이 눈바닥에 피걸레로 늘어져 꼼짝을 안했다. 나란히 길을 걷던 소년은 그때 그만 누이를 놓쳤다. 소년은 시신을 안고 울부짖는 사람들과 아직 숨이 붙어 신음을 내지르는 부상자들 사이를 누비며 누이를 찾았다. 비행기가 되돌아와 나머지 사람들을 죄 몰살할 거라고 누군가 소리쳤다. 어서 여기를 떠나야 산다고 수염이 고드름 된 노인이 소년에게 말했다. 한 아낙이, 이 피 좀 봐 하더니 정수리에서 흘러내린 피가 면상을 덮은 소년 얼굴을 머릿수건으로 닦아 주며, 앞서 가는 사람들 속에 누이가 있나 찾아보라고 말했다. 거기에 섞여 있지 않으면 죽었으니 찾아도 소용이 없다고 했다. 겨우 목숨을 건진 피난민들이 다시 모여 살육의 현장을 빠져나갔다. 소년은 피를 철철 흘리고 걸으며 누이를 찾았다. 목청이 쉬도록 누이를 불러도 그들 속에 누이 모습은 간데없었다. 그때서야 소년은 누이가 폭탄이 터질 때 죽었기에 보이지 않는다고 생각했다. 누이의 시신이라도 찾으러 다시 돌아가기에는 먼 길을 와 버렸음을 알았다. 누이를 잃은 그해 겨울, 소년은 머리가 너무 아파 제정신을 놓쳐 피난민 대열에서 낙오되었으나 추운 날씨 덕에 정수리 상처는 덧나지 않고 그럭저럭 아물었다. 소년은 거지가 되어 문전걸식하며 시골집을 떠돌았다. 너무 굶어 기력이 다해 쓰러지기도 여러 차례였다. 얼어 죽기 직전 목젖에 걸린 소년의 숨을 행인이 발견해 길갓집 더운 방으로 옮겨선 살려 내기도 했다. 소년은 다시 길을 나섰다. 얼굴과 손발이 동상에 걸려 퉁퉁 부은 몸으로 여염집 처마 밑 따뜻한 굴뚝에 기대어 새우잠을 자기도 했다. 그래도 타고난 명줄은 길어 봄이 왔을 때, 소년은 얼이 반쯤 빠져 맹해진 상태로 천안 부근 산골 장터를 떠돌고 있었다. 아무나 잡고 헛소리로 오마니와 누이를 불러대는 실성기를 보였다.

"조씨, 몸도 좋지 않은가본데, 내일은 멀리 나서지 말고 집 안에 죽치고 있어. 내 말 들었지? 현 선생이 자네를 만나러 온다니깐 내가 선생과 같이 옴세. 현 선생이 인터넷인가 그걸 하다 누이가 자네 찾는 걸 알았다네."

"누이가 날 찾는다구? 거짓말이야."

"학생들 가르치는 선생님이 거짓말을 할 리 있는가. 현 선생 말로는 자네 누님 비슷한 분이 전쟁 때 잃은 남동생을 애타게 찾고 있다더군. 그쯤 알고 있게. 나 그럼 내려가네."

황 이장이 손에 든 전짓불을 켜고 마당으로 나섰다. 조씨가 배웅하러 꼬부장한 뒤허리를 집고 한쪽 다리를 절며 축담에 내려섰다. 다리까지 왜 저느냐고 이장이 묻자, 조씨가 조금 다쳤는데 괜찮다며 손사래 쳤다.

"아침저녁으론 날씨가 많이 차졌어. 감기에 조심하구. 군불 안뗐다면 전기장판에 스위치 넣고 자라구. 늙을수록 감기 조심하구 몸을 따뜻이 해야지."

"바람이 세어 별도 가물가물하군." 틈만 나면 넋 빠진 꼴로 별 보기를 좋아하는 조씨가 하늘을 올려다보았다. 바람 건너 아스라이 멀리 있는 별빛이 흐릿했다. "남 하는 말이 잘 안 들리는데, 이제 눈까지 가나봐."

"무슨 잠꼬대 같은 소릴. 바람 잠잠한 한겨울밤이나 여름밤에는 별이 밝지." 황 이장 목소리가 전지불빛 따라 언덕 아랫길로 멀어졌다.

그날 밤, 조씨는 뒤허리 둔통으로 몸을 돌려 눕지 못하고 밤내도록 골골 앓았다. 추석을 앞둔 절기라 골짜기를 훑는 밤바람 소리가 하루 다르게 기를 세웠고 귀뚜리 울음소리가 애잔했다.

봉창이 뿌윰하게 트여 오자 우리에 갇힌 염소들이 날이 밝았다며 수런댔으나 오늘따라 조씨는 자리에서 일어나기가 힘에 부쳤다. 웬만큼 살았어, 이만큼 살았으니 됐어, 하고 늘 외는 소리를 읊으며 조씨는 꿉꿉한 이불 속에서 얕은 숨을 쉬며 꾸물댔다. 햇살이 느릅나무와 개암나무 우듬치를 비출 때야 겨우 몸을 일켰다. 원숭이처럼 앉은걸음으로 마루로 나오니 하늘에는 새털구름이 높이 떠 있을 뿐 날씨가 맑았고 건들바람이 쌀쌀했다. 조씨는 마당으로 나와 대나무관을 거쳐 확*에 넘치는 찬물로 낯짝을 닦았다.

조씨가 전기밥통에 남은 밥을 한술 뜬 뒤 비누치대기로 밀린 손빨래를 대충 마쳐 놓았을 때야 분교 현 선생과 황 이장이 서리 앉은 갈잎을 밟고 언덕 위 외진 조씨 집으로 올라왔다. 안경잡이 젊은 선생이 등산모를 벗으며 조씨에게 인사를 차렸다.

현 선생은, 우선 영감님 사진부터 찍겠다며 조씨에게 허리를 곧추세워 정면을 바라보게 했다. 웬 사진까지, 하면서도 자기 모습을 찍어 준다니 싫지 않은지 조씨가 시키는 대로 꼿꼿한 자세를 취했다. 뒤허리가 결려 조씨가 찡그리자, 현 선생이 카메라에 눈을 가져 대곤 연신 김치, 김치 하며 웃으라고 말했다. 군살 없는 여윈 몸, 허옇게 센 짧은 머리칼과 구레나룻, 턱이 긴 질그릇색 얼굴, 골 깊게 패인 주름살, 무릎 앞에 늘어뜨린 굳은살의 거친 손, 경성드뭇한* 허연 수염이 전형적인 농사꾼 촌로였다.

"그러고 보니 조씨 상판이 영판 염소를 닮았어."

황 이장이 껄껄대고 웃었다. 정말 조씨는 성질마저 염소를 닮아 한없이 순량한 사람인데, 간혹 뻗대는 그 염소고집만은 마을 사람들이 말릴 수가 없었다. 현 선생이 무릎을 접어 디지털카메라로 조씨 사진을 여러 장 찍었다. 당주골 길흉사를 추억으로 남겨 주려 선생이 구입한 카메라였다. 현 선생은 사진을 찍은 뒤 마루 끝에 앉아 조씨에게 찾아온 용건을 꺼냈다.

"영감님, 육이오 전쟁 나기 전엔 어디서 사셨습니까?"

조씨가 가는귀먹었으니 큰 소리로 말해야 한다고 황 이장이 선생에게 일렀다.

"어디 사시다 당주골로 들어왔냐구요?"

"저 산 너머 먼 데야. 거기가 평안도라 하데. 그래서 내 이름이 평안이 아니오." 조씨가 자기 말이 재미있다는 듯 앞니 빠진 입안을 보이며 흐물쩍 웃었다.

"실없는 사람하군" 하며 팔짱 끼고 선 황 이장이 혀를 찼다.

조씨는 묽은 눈을 껌벅이며 마당귀에 선 한 그루 느릅나무와 두 그루 개암나무에 눈을 주었다. 서리 젖은 누른 잎이 아침햇살에 반짝였다. 조씨가 염소아저씨 조 서방을 따라 이 집으로 왔던 그해, 느릅나무는 아름드리 상수리나무 옆에 자식나무처럼 간짓대* 굵기로 하늘하늘 서 있었다. 봄철에는 조 서방 처가 느릅나무 어린잎을 따서 나물로 무쳐 먹기도 했다. 세월이 흘러 조 서방 딸은 도붓장수* 따라 먼 갯가로 일찍 출가해 떠났고 아들은 중학교를 마치자 염소 두 마리를 끌고 몰래 집을 떠난 뒤 소식이 없었다. 그리고 몇 해가 지나자 조 서방이 죽고 뒤따라 그의 처도 세상을 떠났다. 조 서방 내외의 장례를 의붓아들 격인 조평안과 당주골 사람들이 치렀다. 몇 해 전인가, 염소 끌고 집 떠난 조 서방 친아들이 당주골로 들어와 집터를 팔겠다고 나서서 면소를 오가며 마을에 분답*을 떨었다. 이 산골에서도 외진 언덕배기 그 땅이 몇 푼이나 되겠으며, 살 임자인들 나서겠어? 다들 대처로 나가 버려 당주골에 빈집도 흔한 걸 자네 눈으로 보잖는가. 그 땅과 헌집은 이때까지 이 집 지키고 살아온 저 착해 빠진 조평안 씨 몫이야. 조씨가 세상 물정에 물러 새경도 안 받고 평생 조 서방네 집안일을 거뒀잖은가. 범바위 아래 묻힌 자네 부모 묘에 벌초도 아들이랍시고 여태 조씨가 해 오고 있는 줄 몰라? 부모 살아생전 코빼기도 안 비친 주제에 씨가 먹히는 소리를 해야지. 이장과 마을 늙은이들이 나서서 삿대질하며 따지자 조 서방 친아들이 머쓱하니 당주골을 떠난 뒤 여태 감감소식이었다. 그런 긴 세월이 흐를 동안 아름드리 상수리나무는 마을 정자 기둥감으로 베어졌고 이제 느릅나무가 어미나무가 되어 그 자리를 지키고 있었다. 개암나무는 조씨가 이 집 정착한 그해 가을, 조 서방이 데려온 자식 평안에게 지나가는 소리로, 죽은 네 엄마와 누이 보듯 하라며 심은 나무였다. 개암나무는 해마다 부쩍부쩍 키가 컸고 저세상으로 떠난 엄마와 누이가, 내 열매 먹구 너도 얼렁얼렁 크라는 듯 많은 열매를 달기 시작했다. 개암 열매를 많이도 먹어온 지난 세월이 조씨 눈앞에 암암하게* 흘러갔다.

"보자, 내 나이 예순하나 아닌가. 전쟁 난 이듬해라면 학교에도 아직 입학하지 않은, 우리식 나이로 따진다면 여덟 살 아니었나. 나도 그때 적이 가물가물한데, 나보다 두어 살쯤 위긴 하겠지만 제 이름에 나이도 까먹은 조씨가 전쟁 전에 이북 살았던 적을 어찌 기억하겠어?"

　황 이장은 조씨의 정확한 나이를 몰랐다. 조씨가 염소아저씨를 따라 당주골로 들어온 게 전쟁 난 이듬해 봄이었다. 면소 닷새장에 나가 염소 한 마리 처분한 돈으로 마신 술에 거나해진 조 서방이 마을 고샅길에서 만난 사람들에게 달고 오는 거지애를 두고 말했다. 면소 장바닥에 비럭질하는 전쟁고아가 널렸는데 그런 애들 중에 하나야. 이번 장날에도 눈에 띄기에, 가는귀먹었어도 애가 하도 순둥이라 팔아 버린 염소 대신 데려왔지. 그때 첫돌을 한 살로 따져 여섯 살이었던 황 이장은 조 서방이 쥔 새끼 꽁다리에 매인 염소 두 마리 옆에 거지애가 겁먹은 얼굴로 떨고 있음을 보았다. 뗏물 흐르는 군복 윗도리가 무릎을 덮었는데 곯은 무처럼 퉁퉁 부은 종아리 아래는 뗏국 전 맨발이었다.

　마을 사람들이 전쟁고아를 둘러싸고 이것저것 물었다. 이름은? 소년은 뭇 시선에 주눅이 들어 머리를 빠뜨린 채 떨고만 있었다. 이름과 나이를 물어도 소년은 대답을 못했다. 떠나온 고향을 알 리 없었다. 소년이 가는귀먹었음을 알자, 멀리서 왔느냐고 묻는 큰 소리에 산 너머 먼 하늘을 가리켰다. 그러고 보니 숫구멍 자리 정수리에 머리털이 자랄 수 없는 큰 흉터가 있었다. 소년은 갈라터진 뗏국 전 손등으로 눈물을 닦으며 오마니와 누이란 말만 겨우 흘리더니 큰 소리로 울었다. 마을 사람들은 조 서방이 데려온 전쟁고아를 두고 말을 맞추었다. 정수리 흉터로 보아 전쟁 때 파편을 맞아 머리와 귀를 다쳐 바보가 되었다. 영양실조가 원인이거나 태어날 때부터 머리가 모자란 아이일 수도 있다. 오마니란 말은 평안도에서 쓰는 엄마란 말이니 평안도에서 피난을 나왔음이 틀림없다. 남으로 피난 내려오다 엄마와 누이가 죽었기에 서러워서 저렇게 큰 소리로 운다. 마을 사람들은 그렇게 결론 내리곤 무작정 고아를 데리고 온 조 서방을 나무랐다. 면소 지서에 맡겨 고아원에 넘기든지 해야지 이런 귀먹보인 바보 거지애를 마을로 데려와 어쩔 작정이냐고 따졌다. 다음 장날 면소로 나가 당장 지서로 데려다 주게, 사람이 어디 염소새낀가, 하는 오레댁 말에 조 서방이 버럭 역정을 냈다. 자식도 둘뿐인데 내가 친자식으로 여겨 내 자식과 똑같이 키우면 되잖느냐고 되받았다. 마을에서는 사람 좋기로 호가 난* 조 서방인지라 이웃들은 그의 장담을 믿었다. 조 서방은 자기 말을 책임지겠다는 듯 소년을 집으로 데려가 씻기고 먹인 뒤 아들이 입었던 옷일망정 멀끔하게 갈아입혔다. 자기 성에 소년 출신지를 따와 조평안이란 이름으로 두 자식 아래 호적에도 올렸다. 나이는 어림잡아 열 살로 등재했다. 어느 날, 면소 장에 나간 조 서방이 간꽁치 몇 마리를 사서 헌 신문지에 말아왔는데 평안이 그 신문에 박힌 큰 글자를 떠듬떠듬 읽었다. 그로써 평안이 전쟁으로 피난 나오기 전 북에서 살 때 학교에 다녔음을 알 수 있었다. 조 서방이 친자식 둘이 다니는 면소 초등학교에 평안을 데려가 선생과 상의한 결과, 늦게나마 입학이 가능함을 알았다. 평안은 조 서방 두 자녀와 함께 시오 리 길을 걸어 초등학교에 다니게 되었다. 학습 진도를 따라가지 못해 공부는 늘 꼴찌를 면치 못했다. 평안은 삼학년을 마치곤 학업을 포기해야 했다. 평안의 한계가 거기까지였으니 머리 씀씀이는 십 단위 더하기 빼기만 손가락 짚어 계산할 수 있을 뿐 초등학교 하급반 수준을 넘어서지 못했던 것이다. 더욱 전쟁 전 기억을 회복하지 못해 아버지가 있었는지 없었는지조차 알지 못했다. 엄마와 누이가 비행기 폭격으로 죽었다는 기억이 고작이었다. 엄마와 누이가 어디에서 그런 횡액*을 당했는지도 몰랐다. 네 이름을 고향에서도 평안이라 불렀느냐고 우스갯소리로 물으면, 평안이 맞다고 대답했다. 평안은 과거를 현재로 재생시켰던 것이다. 천둥이나 번개를 유독 무서워했고 마을에서 닭이나 개를 잡으면 이를 제대로 보아 내지 못해 숨길이 거칠어져, 평안이 전쟁에 당했던 두려움을 잠재의식으로나마 느끼고 있음을 주위 사람들이 알아챌 뿐이었다. 조 서방이 평안이를 자식으로 거두며 돌보자 차츰 몸이 나고 살이 붙었다. 평안은 조 서방 내외를 아버지, 엄마라 부르며 따랐다. 변성기를 넘길 즈음 평안의 머리도 웬만큼 트여 시키는 말은 알아들었고 간단한 대화에는 별 지장이 없었다. 염소 키우기가 주업인 조 서방이 평안에게 키우던 염소를 맡기게 되어 놀 짬이 늘자 해가 있을 땐 주기酒氣를 달고 살았다. 친자식이 가출해 버린 뒤로는 술상을 끼고 살아 몸져눕는 날이 늘었다.

"영감님, 인터넷을 조회하다 영감님과 살아오신 경위가 비슷한 분을 찾는다기에 혹시 영감님이 아닌가 하고 방문했습니다. 예전 누님 이름 기억나세요?" 현 선생이 큰 소리로 물었다.

"누이? 누이라 불렀어. 이름은 몰라." 마당 한귀를 멍청히 바라보는 조씨 표정이 생감 씹듯 떨떠름해졌다.

자연생태에 관심이 많은 현 선생은 초등학교 분교 교사를 자원한 총각 선생이었다. 분교는 전 학년 학생 수가 고작 여섯이라 선생이 한 명뿐이었다. 현 선생은 예순 넘은 노인들이 대부분인 당주골의 상담역을 맡아 산골 노인들이 겪는 어려움을 도와주는 일에 나이 든 황 이장보다 나았다. 그는 꼬마 승용차로 틈만 나면 집집마다 방문해 노인들의 신상 문제와 면사무소, 농협, 보건소 출타를 돕고 있었다. 집이 댓 가구씩 모여 있을 뿐 골짜기와 등성이에 독가로 흩어진 당주골은 모두 합쳐 스무 가구 남짓이었고 면소까지는 탑고개 너머 몇 구비를 돌아야 하는 시오 리 길이었다.

"영감님 고향이 평안남도 안주군 맞지요?" 현 선생 말에 조씨는 여전히 묵묵부답이었다. "영감님 누님 되는 분 이름이 이수옥 씨 아니세요?"

"이수옥, 조수옥? 그렇겠군. 그래, 맞아. 아니야, 아닐 거야. 모르겠는걸." 조씨도 혼란스러운 모양이었다. 머리를 흔들며 뭘 그렇게 캐묻느냐는 듯 찌무룩한* 얼굴로 현 선생을 흘겨보았다.

"현 선생, 조씨가 이런 사람인 줄 내가 대충 말했잖았는가. 현 선생이 좀 구체적으로 말해 보더라고. 인터넷인가 거기에 조씨를 찾는다며 뭐라고 실렸는데?"

"한국에 나온 지 이십 년째로 경남 거제도에 거주하는 스위스 출신 간호사가 인터넷에 글을 올렸어요. 스위스에 사는 안나 리라고, 한국 이름은 이수옥인데, 이수옥 씨란 분이 한국 전쟁 때 생이별한 남동생을 찾는다구요."

"남한 땅이 아니구, 그렇다고 미국도 아니구, 스위스란 나라는 구라파에 있잖는가? 경치가 그림같이 좋다는 살기 좋은 나라." 면소 소재 중학교를 나온 이장이 그쯤은 안다는 듯 읊었다. "스위스에 산다는 조씨 누나 되는 노친네가 죽기 전에 동생에게 유산이라도 넘겨주겠다며 나타났단 말인가? 거제도에 산다는 스위스 간호사는 또 누군데?"

"스위스에 사는 이수옥 여사의 현지 가족 부탁을 받아 거제도에 거주하는 줄리란 간호사 분이 인터넷에 글을 올렸다니깐요. 이수옥

오마니별 21

여사 나이는 예순일곱 살이며 고향은 평안남도 안주군이고, 한국 전쟁 때 헤어진 남동생 이름은 이중길이라구요. 천구백오십일년 일사후퇴 때 평안남도 안주에서 피난 나오다 어머니는 폭격에 돌아가시구 남매만 경기도와 충청도 접경지대까지 내려왔는데, 거기서 또 비행기 폭격을 맞아 그만 헤어졌다구. 출신지와 나이를 따져 보니 저쪽에서 찾는 분이 염소 키우는 영감님과 비슷해서, 후딱 조평안 영감님이 떠올랐지 뭐예요. 성씨는 비록 달랐지만 말입니다."

"본인이 자기 이름조차 기억 못해 성씨와 이름은 전쟁고아를 데려온 염소아저씨가 붙여 주었어. 염소아저씨 성이 조가였거든. 조씨가 염소아저씨와 함께 당주골로 들어왔을 때 평안도 말씨를 썼으니 이름을 평안이라 붙여 주었지. 출신지가 평안도 어드멘지는 정확히 모르지만."

"그렇다면 이름자 빼고 나머지는 맞는데요?" 현 선생이 이장을 보았다.

황 이장으로서도 너무 오래전 일이라 긴가민가하면서도 동네 아이들에 둘러싸여 쏟아질 질문에 주눅 든 조씨가 엄마를 두고 분명 오마니, 누님을 두고 누이라 말했던 것은 기억했다. 현 선생 말처럼 모든 정황이 조씨가 수옥 여사 동생이란 데 확신이 섰다.

"맞아. 틀림없어. 도 지경이라면 성환 부근에서 폭격 맞아 누이를 잃고 조씨 혼자 천안까지 탈래탈래 내려온 게야. 여기가 천안시 성남면 아냐. 그런데 현 선생, 그쪽에서 왜 여태 동생을 안 찾다가 서로 다 늙은 이제야 찾아볼 맘을 먹었을까?"

"그동안 한국에 수소문했어도 이름이 다르니 못 찾았겠고, 이쪽에선 누이가 전쟁 때 폭격 맞고 죽은 줄로만 알아 찾을 생각을 안했고……."

"그런데 조씨가 누나를 만난대도 가는귀까지 먹은 맹한 사람이 오십여 년 전 누나를 어떻게 알아보겠어? 저쪽 역시 그렇겠지. 얼굴도 많이 변했을 텐데 무엇으로 남매간임을 증명해 보이겠어? 여보게, 현 선생. 인터넷에 조씨의 무슨 특징 같은 건 씌어 있지 않아? 신체 어디에 점이 있다거나 흉터가 있다는 그런 것 말이야? 조씨 머리통에 지네 꼴로 큰 흉터가 있긴 한데."

"별다른 특징에 대해서는 언급이 없구요. 인터넷에 부모님과 고향에서 찍은 가족사진을 띄웠는데, 저로서도 사진에 박힌 소년이 조평안 영감님이란 데는 확신이 안 섭니다. 사진 아래에 '조국 해방을 맞아'란 글씨가 박혔던데, 사십오년 해방된 해라면 조평안 영감님이 대여섯 살 때라……."

"그렇담 내가 보면 맞힐 수도 있어. 난 조씨가 당주골로 들어올 때 봤으니깐." 황 이장은 말을 하고 나서 금세 찌무룩한 표정을 지었다. "아냐, 나 역시 자신 없어. 워낙 햇수가 흘렀으니깐."

황 이장이 고개를 내젓기는, 당시 조씨의 추레한 입성*과 버썩 마른 몰골만 가물가물 떠오를 뿐 이목구비가 뚜렷하게 잡히지 않은 탓이었다. 그래서 현 선생과 자기 말을 남의 이야기 듣듯 무관심한 조씨를 보고 역정을 냈다.

"이 사람아, 뭐라고 말 좀 해봐. 자네 누님이 나타났다는데 사람이 어찌 그렇게 남의 소 보듯 멍하니 앉았어? 전쟁 때 폭격 맞고 죽었다는 누나가 여기 이 땅이 아닌, 구라파 스위스란 나라에서 여태 살고 있다잖는가."

황 이장이 답답하다는 듯 조씨 소매를 흔들었다. 그때까지도 조씨

오마니별 23

는 별다른 느낌이 없는지 현 선생을 보고 엉뚱하게, 오늘은 공부 안 가르치고 노는 날이냐고 물었다. 현 선생이, 일요일이라 수업이 없다고 말하고는 조씨 과거 행적을 두고 큰 소리로 본격적인 질문을 시작했다. 조씨도 심문받듯 떨떠름한 목소리로 현 선생이 묻는 말에 대답했다. 그러나 현 선생과 황 이장이 지금까지 알고 있는 정보 이외에는 별다른 수확이 없었다. 전쟁 당시 엄마가 죽었고 폭격 맞아 많은 사람이 죽을 때 누이가 죽었으며, 그 겨울에 당한 추위와 굶주림 외에 조씨는 다른 어떤 증거도 대지 못했다. 당주골에 정착한 뒤 지내온 세월을 두고도 황 이장과 의견이 일치하지 않은 점도 많았다. 나이 예순 중반에 들었다면 정신 맑은 사람도 어릴 적 기억은 흐릿할 수 있다고, 현 선생은 그렇게 수긍할 수밖에 없었다.

"알겠습니다. 제가 줄리 선생 이메일에 사실대로 답장 올리고 저쪽 소식을 기다리겠습니다. 컴퓨터로도 대화가 가능하니깐요. 제 생각으로는 조평안 영감님이 수옥 여사 남동생임이 틀림없다는 데는 신빙성이 있습니다. 저쪽에서 서로 만나 확인해 보자는 연락이 올 때까지 이 일에 적극 나서 보겠습니다." 현 선생이 황 이장을 보고 물었다. "당주골로 조평안 영감님이 들어왔을 당시 목격했던 증인은 더 없겠습니까?"

"자식들 따라 벌써 당주골을 떠났고, 그 시절을 말해 줄 사람들은 나이 들어 다들 돌아가셨지. 환갑 넘긴 내가 아직 이장직에서 손 못 터는 처지이니 말해서 뭣 해. 당주골은 이제 이빨 빠진 노인 천지 아닌가. 참, 신출이 성님이 있긴 한데 정신이 오락가락하니 제대로 기억이나 할는지······."

누구보다도 확실한 증인은 조씨를 당주골로 데려온 염소아저씨인데 타계한 지가 벌써 이십여 년 전이었다.

2

 하숙집으로 돌아온 현 선생은 컴퓨터 앞에 앉아 거제도에 거주하는 간호사 줄리 선생 이메일로 답장을 냈다. 조씨의 현재 모습을 사진으로 올리고, 신체 조건, 정수리 흉터와 귀가 좀 먹었다는 점, 지나온 이력을 자세히 소개했다. 그날 저녁, 그는 인터넷 채팅으로 줄리 선생과 대화를 나눌 수 있었다.
 이수옥 여사의 스위스 이름은 안나 리로 나이 예순일곱이었다. 슬하에는 남매를 두었는데 출가했고, 제네바 근교에서 포도농장을 크게 하던 남편이 심장마비로 급사한 뒤 작년부터 제네바 시내에 있는 양로원에서 여생을 보낸다고 했다. 안나 리 여사의 고향은 평안남도 안주군 안주읍이며, 아버지는 한국 전쟁 전 안주탄전 경리책 복무원이었고 어머니는 그곳 인민학교 교사였다. 전쟁이 나고 낙동강 공방전이 한창 치열할 무렵 아버지는 뒤늦게 징집되어 전선으로 떠났다. 유엔군과 국군이 안주로 들어왔다 중공군 참전으로 후퇴하던 1950년 십이월 중순, 어머니는 미군 비행기의 소나기 폭격을 피해 두 자식을 데리고 피난길에 나섰다. 어머니가 비행기 폭격으로 별세한 것이 의정부 부근까지 내려왔을 때였다. 남매만 살아남아 피난민 대열에 섞였는데 경기도와 충청도 접경 어름에서 다시 비행기 폭격을 만나, 그때 서로가 헤어지게 되었다. 동생이 비행기 폭격에 희생된 줄 알고 부산까지 홀로 내려온 이수옥은 1951년 구월에 부산 시온고아원에서 미국의 볼티모어 근교에 거주하는 가정으로 입양되었다. 중산층 가정의 양부모 보살핌 아래 정숙하게 성장한 안나 리 여사가 거기서 대학 재학 중 국제펜팔로 사귄 프랑스계 스위스 청년과 결혼하여 스위스 제네바에 정착한 것이 1961년이었다.

― 줄리 선생께서는 어떻게 안나 리 여사의 사연을 접하게 되었습니까?

― 제가 제네바 대학병원에서 간호사로 일할 당시 한국에서 온 간호사들과 기숙사 생활을 함께하며 김치와 김을 맛보았고 한국어도 배울 기회가 있었습니다. 그 인연으로 휴가 때 한국을 여행하게 되었고, 한국의 풍경과 사람들이 좋아 1984년 한국으로 건너와 오 년 동안은 인천에서 살다 십오 년째 풍광 좋은 거제도에서 예수병원 간호사로, 병원에서 운영하는 보육시설 선생으로 일하고 있습니다. 지난 여름휴가 때 부모님과 형제를 만나러 제네바로 나갔다 안나 리 여사 사연을 그분 따님으로부터 듣게 되었습니다. 한국에 나가는 대로 어머니 마지막 소원인 생존해 있을 동생을 찾아달라고 따님이 제게 부탁하더군요.

― 안나 리 여사는 여태까지 동생을 찾지 않다가 왜 이제야 나서게 되었답디까?

― 따님 말로는, 외삼촌 되는 분이 한국 전쟁 당시 사망한 줄로만 알고 있었다고 했습니다. 어머니가 동생 사망을 목격하지는 않았으나 당시 폭격이 하도 심해 그렇게 되어 이별했다며 때때로 눈물을 흘리셨답니다. 그러면서도 한 가닥 기대는 그때 폭격을 모면해 한국에 생존해 있거나 미국으로 입양되었을지 모른다고 추측하기도 했답니다. 오래전이 되겠습니다만 안나 리 여사가 제네바에서 한국 관계기관에 이중길 씨 출생지, 이름, 나이를 대어 찾아달라는 편지를 낸 모양 같아요. 아무 소식이 없었답니다. 스위스는 사실 한국과 너

무 먼 나라 아닙니까. 그런데 안나 리 여사가 지난봄 제네바 시민단체 '평화연대'가 벌인, 이라크에 주둔한 미군은 철수해야 한다는 시위에 노구를 이끌고 참가했다가 뇌졸중으로 쓰러져 혼수상태에 들었답니다.

— 안나 리 여사는 평소에도 그런 국제정치 문제에 관심이 있었습니까?

— 따님 말씀으로, 안나 리 여사는 모든 전쟁이란 전쟁은 적극 반대하는 평화 옹호주의자였다고 합니다. 본인이 어린 시절 한국 전쟁을 겪었기 때문이겠죠. 세계의 경찰로 자임하는 미국이 자국이 정한 기준치에서 벗어난다고 다른 나라 내정문제에 무력으로 간섭하는 걸 앉아서 보아 내지 못하는 분이셨대요. 미국이 동맹국인 영국을 끌어들여 이라크를 침공했을 때 평화연대 회원들과 함께 제네바 시청광장 시위에 연일 참가하셨답니다. 그땐 안나 리 여사가 양로원에 들어가기 전이었는데, 티브이 저녁뉴스를 보다 낮에 있은 거리 시위에서 앞줄에 나선 어머니 모습을 보고 따님이 놀라 어머니가 사는 집으로 달려갔대요. 연세도 있으니 가두시위에는 나서지 마시라고 말렸는데, 전쟁은 무조건 막아야 한다며 막무가내셨대요. 그런 과로가 축적되었던지 지난봄에 쓰러져 혼수상태에 드셨대요.

— 우리 얘기가 조금 엇길로 흐른 듯한데…….

— 현 선생님, 안나 리 여사 병상을 제네바에 거주하는 자녀분들이 번갈아 지켰는데, 여사가 기적적으로 일주일 만에 깨어났습니다. 정신이 돌아오자마자 비몽사몽간이란 한국말 그대로, 혼수상태에 있을 때 생존해 있는 동생 모습을 생시처럼 똑똑히 봤다며, 동생이 죽지 않고 어디서든 살아 있으니 이제라도 꼭 만나야 한다고 말했답니다.

― 그 말을 어떻게 믿을 수 있겠습니까?

― 안나 리 여사 말로는, 깨어나기 하루 전에 의식은 돌아왔으나 의사표시는 물론 눈꺼풀조차 움직일 수 없었다고 했습니다. 밤낮을 구별할 수 있었고 자신을 내려다보는 자녀와 손자도 알아보았답니다. 주위 사람들 하는 말도 들었지만 자신이 식물인간이 아니라는 의사표시를 할 수 없다는 게 너무 답답하고 안타까웠는데, 그러다 다시 의식을 놓곤 했답니다. 생과 사의 갈림길이었는지 꿈인지 분명하진 않지만, 그 어느 순간에 양치기 동생을 보았답니다.

― 줄리 선생이 안나 리 여사 자녀분들을 만났을 때, 어머니가 혼수상태에서 동생의 환영을 보았다는 그 말에 자녀분들 견해는 어땠습니까?

― 신神이 어머니의 잠든 영혼을 찾아와 기적의 선물을 주었다고 따님이 놀라워했습니다. 어머니 평생 소망을 신이 허락하셨다고 아드님도 말했습니다. 저도 양로원을 찾아가 안나 리 여사를 면회했는데, 처음은 그 말이 믿기지 않아 긴가민가했으나 안나 리 여사가 산중턱에서 양 치는 동생을 본 장면을 너무 생생하게 들려주어, 그 기적의 실현을 종교인으로서, 그러나 과학적 치료에 평생을 일해 온 간호사로서 받아들이게 되었습니다. 의학적으로 소생이 불가능하다고 구십구 퍼센트 결론이 났음에도 삶에 대한 환자의 강렬한 의지만으로 기적적인 회복을 보이는 경우가 흔치는 않지만 간혹 있습니다. 안나 리 여사 경우, 죽음을 앞두고 동생을 환영으로 본 것도 그런 의지력의 현시겠지요. 다리가 편치 않아 휠체어에 의지하긴 했으나 안나 리 여사 건강은 비교적 양호했고 정신 상태는 분별력과 판단력이 있었습니다. 재활치료를 받고 있으니 머지않아 지팡이에 의지할망

정 부축 없이 걷게 되겠지요. 외삼촌을 만날 기대에 부풀어 어머니가 다 잊은 한국말 공부를 새로 시작했다고 아드님이 말했습니다. 열세 살 때 한국을 떠났으니 기억 속에 남은 언어를 곧 되찾게 될 거라고 말입니다. 저는 한국으로 돌아오자마자 인터넷에 안나 리 여사 사연과 옛 가족사진을 올렸습니다. 그동안, 자신이 이수옥 여사 동생이 틀림없을 거라는 이메일을 네 통 받았는데 현 선생이 말씀한 조평안 노인도 그중 한 분입니다.

— 그럼 당주골에 사는 조평안 노인 신상을 좀더 자세히, 제가 만나 알고 있는 사실대로 지금부터 설명하겠습니다. 판단은 줄리 선생께서 하시고 제네바로 연락 취해 주시기 바랍니다.

현 선생이 조평안 노인에 대해 알고 있는 사실 그대로를 문자로 화면에 띄우려니 자판 두드리는 손이 떨렸다. 그런데 조평안 노인이 누나와 헤어지기 전 기억을 망각해서 증거로 들이댈 만한 확실한 정보가 별로 없었다. 대개 이쪽에서의 일방적인 '아마 그럴 것 같다'란 추측에 불과했다. 한편 의식이 점멸되어 생사기로에서 헤맬 때 생존한 동생을 보았다는 안나 리 여사 말도 신빙성이 떨어졌고 어쩜 황당한 잠꼬대일 수도 있었다. 이수옥 여사 남동생이라며 연락해 왔다는 나머지 세 명 중 한 명이 진짜 동생일 수 있었다. 결과적으로, 줄리 선생이 전해 준 정보만으로는 이수옥 여사와 조평안 노인이 남매간임을 밝혀내는 데는 많은 난관이 있음을 확인할 수 있었다. 그래서 현 선생은 자기 의견을 보태지 않고 객관적으로 조평안 노인을 만나 확인한 경위와 황 이장, 마을 노인들 증언을 사실대로 화면에 올릴 수밖에 없었다.

— 제 소견으로는, 서로 상봉하게 된다면 한국 전쟁 전후 상황을

온전하게 기억하고 있는 안나 리 여사가 동생의 잃어버린 과거를 재생시켜줄 수 있지 않을까 생각합니다.

현 선생은 이 문장을 첨부했다. 그는 줄리 선생과 안나 리 여사 가족의 판단을 기다리겠다며 쓰기를 마쳤다. 현 선생이 '소식 기다리겠습니다'란 마지막 문장을 자판으로 쳤을 때, 그제야 불현듯 '유전자 검사'란 용어가 떠올랐다. 배울 만큼 배웠고 나이도 창창한 젊은이가 왜 그 간단한 친자확인 검사방법을 여태 놓치고 있었는지 한심한 생각이 들었다. 그래서 상대방 문자가 화면에 떠오르기 전 추신을 달려 했을 때, 줄리 선생의 간단한 답신이 먼저 화면에 떴다.

— 제네바에 연락하여 빠른 시일 안에 소식 전하겠습니다. 최종적으로 디엔에이 검사방법이 있긴 합니다.

그날 이후 현 선생은 틈만 나면 컴퓨터를 켜 줄리 선생의 이메일이 왔는지 확인했다. 일주일을 기다려도 아무런 소식이 없었다. 현 선생은 몸이 달았으나 그렇다고 새로운 정보를 제공할 처지도 못 되었기에 먼저 나설 입장도 아니었다. 무슨 사정인지 모르지만 스위스와 연락이 지연되는 모양이라고 추측하는 수밖에 없었다.

줄리 선생으로부터 그 어떤 소식을 기다리며 초조해하기는 당주골 노인들도 마찬가지였다. 당주골에서는 유일하게 담배와 일용품 따위를 취급하는 잡화점 주인인 황 이장 집이 마을 들머리에 있었고, 이장 집 앞 느티나무 아래가 정자라 당주골 사람들이 정자에 모이면 조씨를 두고 여러 말을 나누었다. 이야깃감이 궁한 그들에게 현 선생이 전해 준 조씨의 혈육 확인 여부는 화젯거리로 충분했다. 가을걷이도 대충 끝냈겠다, 대처로 나간 자식들의 추석맞이 환고향을 기다리는 일 외에 별다른 소일감이 없다 보니 마을 노인들은 정자에 나앉아 황 이장 잡화점 막걸리에 조씨 화제를 안주로 주거니 받거니 입씨름을 했다.

 당주골 사람들이 가장 안타까워하기는 조씨의 기억상실증이었다. 1951년 일월이라면 조씨 나이가 만으로 아홉 살인데 고향, 부모, 누님 이름은 그렇다 치더라도 어떻게 자기 이름조차 까먹을 수 있느냐는 한탄이었다. 자기 이름만 정확히 대면 만사가 해결되는데 이름 석 자조차 모르니 세상에 이런 기막힌 사연이 어디 있느냐며 열을 올렸다. 더욱이 조씨 부모가 고등교육을 받았고 조씨도 북에서 초등학교에 다닌 것 같은데, 그놈의 전쟁이 조씨 인생을 저 꼴로 만들었다고 성토했다. 그런 말에 달아, 구조조정에 걸려 조기퇴직 당한 뒤 자녀들 학업 때문에 가족은 서울에 두고 작년에 낙향해선 상황버섯을 재배하는 강씨가 나섰다. 치매의 원인이 밝혀지면 망각된 기억도 재생이 가능할 거라는 그럴싸한 의견을 낸 뒤, 유전자 검사만으로도 혈연관계는 밝혀낼 수 있다고 말했다. 황 이장이 이장직을 그에게 넘기려 하자 그는 고향 떠난 지가 오래되어 농촌 현실을 제대로 파악할 내년쯤이나 맡겠다며 한사코 고사하는 중이었다. 유전자 검사? 최신 과학이며 의학조차 믿을 수가 없어. 치술이 자네 아들 서울 큰 병원에서 종합검사 받고 위는 멀쩡하다 했는데 여섯 달 후 위암 삼기로 덜컥 죽지 않았냐. 백내장을 앓는 윤씨가 붕어눈을 껌뻑이며 말했다. 치매란 말이 나왔으니 말이지 수옥이란 노친네가 중풍 끝에 치매에 걸린 게 틀림없어. 고산지 배추농사를 짓는 박씨가 나섰다. 꿈에서 본 것도 깨어나면 말짱 헛것인데 저승 문턱에서 동생을 보았다니 그걸 어떻게 믿어? 팔순 노인이 저승 가는 길에 부모와 상봉했다는 그런 소리 아냐? 그 말에 모두들 고개를 주억거렸다. 황 이장이 다른 의견을 냈다. 경치 좋은 알프스 산록의 양치기 소년을 찍은 스위스 사진을 달력에서 봤는데, 그러고 보면 꿈에서 양치기 동생을 봤다는 말도 어지간히 맞군. 조씨가 염소아저씨 대를 이어 양은 몰라도 염소치기에는 선수 아냐. 그 말에 꿈보다 해몽이 좋다고 박씨가 빈정댔다. 설령 유전자 검사로 친남매가 틀림없다고 확인되어도, 지금 이 나이에 뭘 어떡하겠어? 끌어안고 통곡하면 끝 아니겠어? 그 노친네는 비행기 타고 스위스로 떠나고, 조씨는 여전히 범바위 오르내리며 염소나 칠 테구. 박씨가 말했다. 그래도 동기간의 그 상면이 어딘데요. 이 세상 산다는 낙이 부모형제와 자식들 옆에 두고 보는 것 빼구 뭐 있나요? 남정네들 말에 나서지 않고 잠자코 있던 대평댁이 말했다. 스위스에 산다는 그 노친네한테도 아들이 있다는데 부모를 양로원에 내치다니 몹쓸 자식이로구먼. 그쪽 형편도 조씨만큼 처지가 딱한 거 아냐? 좌중 연장자인 동채 노인이 한마디 했다. 서양 선진국들, 이를테면 스위스만 하더라도 우리나라 양로원과는 질적으로 다릅니다. 나이 들면 부자든 가난뱅이든 다들 양로원에 입소하는데, 노인 천국이 따로 없대요. 시설이 완벽하고 나라가 모든 걸 해결해 준답니다. 우리나라만 하더라도 자식이 부모 모시는 건 우리 세대로 끝입니다. 퇴직금 쏟아가며 저도 자식들 가르칠 만큼 가르치겠다고 이러지만 저 역시 자식한테 노후를 기대 않고요. 강씨의 말에 모두 떨떠름한 표정으로 입을 닫았다.

줄리 선생으로부터 현 선생에게 이메일이 온 것은 추석 전날이었다. 본가가 대전이라 추석 차례를 지내러 하숙집을 막 나서기 전 혹시나 하고 이메일을 열어 보니 받은편지함에 편지 한 통이 떠 있었다.

― 현 선생님, 소식이 늦어 죄송합니다. 모든 것을 확실히 하기 위

해 그동안 여러 절차가 필요했습니다. 먼저 알려 드릴 말은, 안나 리 여사가 가족 동반으로 한국을 방문하겠다는 반가운 소식입니다. 안나 리 여사와 통화한 내용은, 지난 오십여 년 세월 동안 소녀 시절에 받은 상처가 너무 컸기에 한국 방문은 생각조차 안했는데, 이번 기회에 한국 땅을 찾기로 자녀와 합의했다는 것입니다. 동생을 만날 수 있다는 부푼 희망이 계기가 된 것 같았습니다. 여사의 동생일 거라며 연락해 온 네 분 중에 직접 만나 확인할 분은 두 사람으로 최종 결정했고, 그중 한 분이 조평안 노인입니다. 그동안의 접촉 결과 나머지 두 분은 핏줄이 아님이 판명되었습니다. 한국 전쟁 전후의 가족 정황 정보가 서로 너무 정확했기에 쉽게 결론이 났고, 안나 리 여사가 만나 보고 싶어하는 두 분은 불충분한 정보가 오히려 신뢰감을 준 듯합니다. 어떤 예감, 필이 온다는 말 있잖습니까. 조평안 노인과 함께 만나게 될 다른 한 분 역시 조 노인처럼 전쟁 전의 기억을 상실한 분입니다. 조 노인과 같은 장소에서, 비슷한 나이에 미군 비행기 공습을 받았다니, 세상에 그런 우연의 일치가 어디 있겠어요? 충청남도 성환에서 포도농사 하는 자녀분과 함께 사는 그분은 조 노인보다 더 철저히 과거를 잊어버렸습니다. 미군 비행기 폭격으로 많은 피난민이 사망했을 때 기적적으로 목숨을 건진 분입니다. 그곳 마을 사람들이 참혹하게 죽은 시신을 치우다 채 숨이 끊어지지 않은 소년을 발견했답니다. 참외농사 짓던 이가 집으로 데려와 살려내서, 그분이 장성하자 데릴사위로 삼았답니다. 이씨 노인은 훌륭한 자녀분을 두어 그 자녀분이 아버지의 망각된 전쟁 전 과거를 밝혀내려 헌신적으로 노력한 결과 성과를 거두었습니다. 이북 5도청을 여러 차례 방문한 끝에 당시 비행기 폭격에서 살아남은 분을 찾아내어 아버지 고향이 평안남도 안주군이란 사실을 알아냈고, 이씨 집안 자제임을 증언한 고향분을 만났던 겁니다. 이씨 노인 자녀분이 거제도까지 저를 찾아와 눈물 흘리며, 소설로 쓴다면 모를까 지구상에 이런 비극이 현실적으로 가능하겠느냐고 말했습니다. 한국 전쟁이 수많은 죽음과 가족 이별을 남겼지만 과거의 기억을 상실한 분이 오십여 년 만에 가족을 찾게 되는 경우도 있느냐고 말입니다. 그 기막힌 사연을 두고 우리는 함께 울었습니다. 그러나 성환에 사는 이씨 노인도 과거기억 상실자라 안나 리 여사와 동기간이란 확정적인 증거는 대면하거나 유전자 검사를 하지 않는 이상 아직은 밝힐 단계가 아니군요. 그 모든 문제를 해결하기 위해 안나 리 여사 가족이 동양의 먼 나라로 여행을 오게 되었습니다. 자녀 두 분과 며느님이 오십사 년 만에 이루어지는 안나 리 여사의 조국 방문에 동행한다고 합니다. 그 가족이 거제도를 방문하게 된다면 한국 전쟁으로 인해 그동안의 어두웠던 안나 리 여사의 한국에 대한 고정관념이 크게 수정될 것입니다. 호수는 많지만 바다가 없는 스위스라, 배편에 한려수도를 관광하게 되면 그 아름다움에 탄성을 지를 게 분명합니다. 자녀 두 분 다 각자 개인 사정이 있어서 스케줄을 조정중입니다. 제가 스위스에서 올 때처럼 제네바에서 독일 프랑크푸르트로 나와 루프트한자나 한국 비행기를 탈 예정이니, 비행기편이 결정되는 대로 다시 연락드리겠습니다.

3

현 선생이 운전대를 잡은 꼬마 승용차편에 조씨와 황 이장이 동승하여 서울 워커힐호텔 커피숍에 도착하기는 오후 한 시 오십 분이었다. 오후 두 시에 호텔 커피숍에서 줄리 선생과 만나기로 약속되어 있었던 것이다.

"조씨, 현 선생 말처럼 곧 만나게 될 이 여사가 설령 자네 누님이 아니라 하더라도 실망 말더라고. 마음을 침착하게 가져. 묻는 말에만 사실대로 답하면 돼. 알았어?" 양복을 차려입고 중절모를 젖혀 쓴 황 이장이 커피를 마시며 옆에 앉은 조씨에게 말했다.

"누가 뭐랬나." 조씨가 시침 떼듯 덤덤하게 되받았다. "설마 누이가 되살아났을라구. 난 아직도 못 믿겠는걸."

어제 현 선생 차편으로 면소에 나가 목욕과 이발을 한 조씨는 새로 사 입은 뻣뻣한 점퍼를 걸치고 있었다. 삔 발목에 침을 맞으러 현 선생 차편에 면소로 나다니다 선생 권유로 오랜만에 군청색 모직바지와 구두까지 샀는데, 이번 기회에 갖추고 나서니 머리에서 발끝까지 새 치장을 한 셈이었다.

카메라를 목에 건 현 선생은 줄리 선생이 나타나기를 기다리며 줄곧 주위를 두리번거렸다. 아니, 줄리 선생보다 안나 리 여사 가족과 먼저 접견이 이루어졌을지 모르는 성환에 산다는 이씨 가족이 커피숍에 있나 없나를 눈짐작으로 찾고 있었다. 성장한 선남선녀들만 자리를 채웠을 뿐 시골에서 올라온 사람으로 여겨지는 성환 가족은 눈에 띄지 않았다. 조씨가 안나 리 여사 동생이 맞을 가능성이 팔십 퍼센트쯤 된다면 성환에 산다는 이씨 노인이 맞을 확률은 구십 퍼센트쯤이라고 현 선생은 짐작하고 있었다. 줄리 선생 이메일 정보로 미루어 여러 정황은 성환 이씨 노인이 동기간일 확률이 높았던 것이다. 그래서 상경하는 차 안에서도 안나 리 여사와의 만남이 섭섭하게 마무리된다면 조씨가 심적 타격을 받을까봐 그 점을 누누이 설명해 두었다. 현 선생의 그런 말에도 조씨는 추수가 끝난 차창 밖 황량한 늦가을 들녘만 내다볼 뿐 별 반응을 나타내지 않았기에 다행이었다. 조씨는 겨울이 코앞에 닥쳤으니 부지런히 건초를 장만해야 한다고 키우는 염소 걱정만 주절댔다.

 감색 투피스에 핸드백을 든 줄리 선생이 손수건으로 눈자위를 훔치며 커피숍으로 들어섰다. 그네가 너른 커피숍을 살피더니 자리에서 엉거주춤 일어선 현 선생과 눈을 맞추자 굵은 몸을 흔들며 이쪽으로 걸어왔다. 현 선생은 쉰 초반의 줄리 선생을 처음 보았음에도 금방 알아보았다. 맞아요. 성환 사는 이씨 노인이 안나 리 여사 동생이 틀림없어요. 현 선생은 줄리 선생의 그 말이 먼저 떨어질까봐 조마조마했다.

 세 사람은 줄리 선생과 첫인사를 나누었다.

 "오래 기다리셨죠?" 하곤 줄리 선생이 맞은편에 자리한 조씨를 보았다. "조평안 어르신 맞죠?"

 "예, 예, 평안입니다." 조씨는 건성으로 대답하며 구리색 머리에 눈동자가 파란 서양 아녀자가 우리말을 썩 잘하는 게 신기하다는 듯 멍청히 바라보았다.

 "성환에서 오신 이씨 노인 가족은 만나 보셨습니까?" 현 선생이 줄리 선생에게 궁금한 점부터 물었다.

 "오전에 접견했습니다."

 "그렇다면 결과는요?" 현 선생은 그네가 쥔 손수건에 눈을 주었다.

 "참, 점심은 드셨어요?" 줄리 선생이 말을 바꾸었다. 고속도로 휴게소에서 간단히 먹었다고 현 선생이 대답하자, 우리 측에서 대접해야 하는데 결례가 되었다며, 줄리 선생이 서둘러 자리에서 일어섰다. "다들 기다리고 있으니 객실로 올라가십시다. 그쪽 가족이 묵는 객실에서 접견하기로 했으니깐요."

테이블 사이를 빠져나오다 현 선생과 황 이장 눈길이 마주쳤다. 황 이장이 이미 결판이 났다는 듯 눈을 찔끔했다. 현 선생 직감도 그랬다. 줄리 선생이 묻는 말에는 대답 않고 딴전을 피운 것만 봐도 동기간 상봉에 감격한 나머지 잠시 잊고 있던 조씨를 떠올리고 급히 커피숍으로 나왔음이 틀림없다고 판단했다. 만나 봐야 헛수고이겠지만 서울까지 힘든 걸음 했으니 접견하지 않을 수 없는, 마지못한 걸음임에 틀림없었다.

커피숍 계산대 앞에 현 선생이 나서는 걸 줄리 선생이 앞질러 찻값을 냈다. 네 사람은 객실로 올라가는 엘리베이터를 탔다. 황 이장은 층수를 더해 가며 깜박대는 숫자를 보다 더 못 참겠다는 듯 답답한 침묵을 깼다.

"성환 부근 도로에서 비행기 폭격 당했겠다, 평안도 안주군 출신에다, 성씨가 이씨라면, 그분이 틀림없겠군요. 기왕지사 이렇게 된 일, 우리는 모처럼 서울 구경이나 하고 내려갈랍니다." 황 이장이 헛기침 끝에 볼멘소리로 말했다.

"그렇지 않습니다. 제가 당사자가 아니라 말을 조금 아끼고 있을 뿐입니다. 지금 곧 안나 리 여사 가족을 만나 보세요." 줄리 선생 목소리에 당황기가 스며 있었다. 그네가 현 선생에게 속삭이듯 말했다. "퀴즈의 숨은 그림을 찾듯, 안나 리 여사 질문이 용의주도했습니다. 디엔에이 검사까지 가야 할 정도로는…… 이 세상 하늘 아래 전쟁으로 이별한 후 평생 동안 소식 모른 채 살고 있는 혈육이 그렇게 많다니. 한국은 지구상에 혈육의 이별을 가장 많이 체험한 사람들이 살고 있는 나라 같아요. 아직도 풀리지 않은 그 맺힌 한을 천상에서나 풀려는지……." 줄리 선생이 손수건으로 눈자위를 찍었다.

십이층에서 일행은 엘리베이터를 빠져나왔다. 줄리 선생이 앞장섰다. 코너를 돌아 첫번째 객실 문 앞에서 그네가 손기척을 냈다. 기다리고 있었다는 듯 사십대 초반의 금발머리 서양여자가 문을 열어주었다. 안나 리 여사 며느리였다. 줄리 선생이 비켜서며 길을 내주자 현 선생이 주춤거리는 조씨를 뒤허리를 밀어 앞장세웠다.

침대방은 따로 있는 듯 넓은 거실에 아들딸을 양쪽에 거느린 몸매 여윈 안나 리 여사가 정중앙 자리 휠체어에 앉아 있었다. 나이치고 별 주름살 없이 곱게 늙은 그네는 반백이 된 머리칼을 쪽머리로 단정히 빗어 묶었고 자주색 스웨터 차림이었다. 군살 없는 달걀형 얼굴에 뾰조록한* 턱이 조씨와 닮았음을 현 선생과 황 이장이 한눈에 알아보았다. 그러면 그렇지 이 늙은이 눈은 못 속여, 하고 황 이장이 입속말을 중얼거리며 조금 전과 달리 어깨에 으쓱 힘을 주었다.

안나 리 여사의 자녀는 동서양 피가 섞여 혼혈 티가 났다. 남매는 근엄한 표정의 안나 리 여사와 달리 푸근한 미소를 머금은 채 의자에서 일어나 조씨를 맞았다. 조씨는 어설픈 웃음을 입가에 물고 연방 머리를 조아렸다. 줄리 선생이 나서서 서로를 소개하자 그들은 한국말과 프랑스말로 인사를 교환했다. 안나 리 여사만이 휠체어에 꼿꼿이 앉아 정기 반짝이는 눈으로 꾸부정한 조씨를 뜯어보고 있었다.

"모두 앉으시지요." 줄리 선생이 준비된 의자에 조씨 일행을 권했다.

조씨를 가운데로 하여 현 선생과 황 이장이 자리를 정하자, 열심히 서로 면면을 살피는 가운데 먼저 입을 떼는 사람이 없었다. 안나 리 여사 며느리가 차반에 올린 오렌지 주스를 탁자로 날랐으나 아무도 잔에 손을 대지 않았다. 현 선생이 줄리 선생에게, 조평안 노인이 귀가 어둡다는 점을 작은 소리로 환기시켰다.

재판정에 나온 피고인처럼 탁자 건너에 꾸부정히 앉은 조씨를 찬찬히 보던 안나 리 여사가 직감으로 무엇을 잡았는지 프랑스어 입속말로, 아버지가 살아 계셔 나이 들었다면 저런 모습일까 하고 가볍게 탄식을 흘렸는데 그 말은 양옆에 앉은 두 자식 귀에도 들릴락 말락 했다.

— 선생님은 자녀가 없습니까?

제네바 대학에서 동양사를 가르치는 안나 리 여사 딸이 조씨를 보고 먼저 입을 떼었다. 검은 머리칼에 피부색은 동양인이었으나 동그란 이마에 깊은 갈색 눈이 아름다운 중년 여인이었다.

"뭐랍니까?" 중절모를 벗어 무릎에 얹은 황 이장이 윗몸을 앞으로 빼고 탁자 옆에 자리를 정한 줄리 선생에게 물었다.

줄리 선생이 조씨를 보며 통역을 했다.

"자식 말이오? 없습니다. 그게 말입니다……." 조씨가 뒤통수를 긁으며 수줍게 웃었다.

"내가 말하지요." 큰기침하며 황 이장이 나섰다. "혈혈단신이라 마을에서 장가를 보내 주었지요. 그런데 조씨 팔자가 그런지, 여편네가 한 달을 못 넘겨 도망쳐 버렸으니. 조씨가 밤마을 나왔을 때 염소까지 몰고 줄행랑을 놓았답니다. 자식 만들기에는 지장이 없는 것 같은데, 조씨가 사람이 좀 그렇다보니 마누라 간수를 잘 못한 거지요. 그래서 제사상 차려 줄 손이라도 봐야 하잖느냐며 마을에서 새로 여자를 맞춰 주려 했더니 본인이 한사코 싫대요. 또 전쟁 나면 어쩌냐며. 그 후론 쭉 궁상맞은 홀아비로 살아왔지요."

줄리 선생 통역에 안나 리 여사만 빼고 그쪽 가족이 모두 웃었다. 코발트색 양복의 정장 차림인 아들이 가장 큰 소리로 웃자, 안나 리 여사가 아들에게 눈총을 주었다.

이제 어머님이 말씀하시라며, 제 남편이 앉은 의자에 기대어 선 안나 리 여사 며느리가 프랑스말로 말했다. 손수건으로 입을 가리고 있던 안나 리 여사가 혼잣말인 듯 중얼거렸다.

— 불쌍한 사람, 제 이름조차 잊었다니.

줄리 선생이 그 중얼거림을 옮길까 말까 망설이다 그만두었다. 안나 리 여사가 손수건으로 눈자위를 찍었다. 그네 눈이 충혈되어 있었다.

"조씨 말이오, 전쟁 난 이듬해 마을로 처음 들어왔을 때 제 이름도 모른 채 오마니, 누이 하며 두 사람만 찾았다오. 평안도 말씨를 쓰기에 이북 거기서 피난 나온 아이인 줄 알고 마을에서 평안이라 이름 지어 주었지요." 황 이장이 말하며 조씨 옆구리를 집적였다. "이 사람아, 꾸어다 놓은 보릿자루처럼 앉았지 말고 뭐라고 운 좀 떼어 봐."

"내가 무슨 할 말이 있게. 저분이 누이라구? 글쎄……." 조씨가 머리를 설레설레 흔들었다. 그는 여전히 누이가 전쟁 때 죽었다는 생각에서 헤어나지 못하고 있었다.

줄리 선생이 안나 리 여사 가족에게 황 이장 말과 조씨 반응을 통역했다. 안나 리 여사 가족은 무슨 말인지 이해가 간다는 듯 머리를 끄덕였다. 현 선생은 이쯤에서 자기가 나설 차례임을 알았다.

"조평안 영감님은 전쟁 전 기억을 상실한 채 어머니와 누님이 그 춥던 겨울에 비행기 폭격으로 사망했다는 사실만 어렴풋하게 기억

할 뿐입니다. 이수옥 여사께서 전쟁 당시 사실을 말씀해 준다면 조평안 영감님 잠재의식 속에 묻힌 기억의 실마리가 풀려 나올지 모릅니다. 저는 그 점이야말로 두 분이 혈육임을 밝혀내는 가장 중요한 단서가 될 거라고 믿습니다." 현 선생이 준비해 두었던 말이었다.

줄리 선생은 손짓을 해 가며 현 선생 말을 부지런히 옮겼다.

제네바 국제금융기관에서 일한다는 안나 리 여사의 아들이 나섰다.

— 어머니는 한국 전쟁으로 가족을 잃었기에 그 상처가 너무 커 한국말은 일절 입에 담지 않아 지금은 한국말을 거의 잊어버렸습니다. 미국으로 건너가 십 년을 사셨는데, 그런 의미에서 영어도 마찬가집니다. 미군 비행기 폭격으로 어머니와 동생을 잃게 되었으니까요. 미국에 사는 동안 어머니 기도 제목이 뭔지 아십니까? 미국이 아닌, 영어를 사용하지 않는, 전쟁이 없는 나라에서 살고 싶다였답니다. 그 기도를 신이 허락했는지, 아버지를 만난 겁니다. 스위스는 프랑스어, 독일어, 이탈리아어를 공용하지만 영어를 쓰지 않으며 영세중립국으로 전쟁이 없는, 평화의 가치를 소중히 여기는 국가입니다. 어머니가 영어를 사용한 경우가 꼭 두 번 있었는데, 미국의 양부모님을 스위스로 초청했을 때였습니다. 어머니는 그 미국분들 은혜를 평생 잊을 수 없다고, 어릴 때부터 우리에게 늘 말씀하셨습니다. 미국 한 가정이 어머니의 미래를 열어 주었으나, 소녀 시절 한국에서 받은 미국에 대한 좋지 않은 감정만은 우리 어릴 때나 지금이나 변함이 없습니다. 그 이유를 알기에 우리는 어머니 마음을 충분히 이해합니다.

줄리 선생이 수첩에 안나 리 여사 아들 말을 부지런히 메모했고, 프랑스말을 한국말로 옮기느라 애썼다. 그네가 통역에 얼마나 열심이었던지 이마에 땀이 맺혔다. 줄리 선생의 통역이 끝나자, 이제 안나 리 여사 딸이 나섰다.

— 어머니는 전쟁으로 굶주리는 아이들에 대한 애정이 각별한 분입니다. 내전을 겪는 아프리카의 결식아동돕기 시민단체에 평생을 헌신해 오셨습니다. 아프리카 오지를 수십 차례 다녀오셨고요. 최근에는 북한 경제 사정이 나빠져 식량부족으로 어린이들이 영양 결핍으로 몹시 어렵게 지낸다는 걸 알고 어머니가…….

안나 리 여사가 손을 저으며 딸의 말을 막았다.

— 네 말을 중간에 끊어 미안하다만 너희들의 그런 내 소개가 지금 꼭 필요하다고 생각하느냐? 우리가 이 상면의 본질을 놓치고 있는 건 아니냐?

— 죄송해요.

줄리 선생이 모녀의 그런 대화까지 통역하지는 않았다.

안나 리 여사가 조씨를 정면으로 주시했다. 갑자기 긴장된 분위기가 흘렀고 실내 공기가 침묵으로 팽팽해졌다. 안나 리 여사가 침착한 어조로 조씨에게 물었다.

— 아버지가 전사했다는 통지서가 집으로 배달되었던 그해 가을, 어머니가 우리를 안고 오랫동안 섧게 우신 걸 기억합니까?

줄리 선생 통역에, 조씨가 안나 리 여사를 멀거니 보며 눈만 껌벅였다.

— 그날 진종일 가을비가 내렸는데…….

조씨는 도무지 생각이 나지 않는다는 멍청한 표정으로 머리를 저었다.

— 어머니와 우리가 피난 내려올 때, 지프차 타고 후퇴하던 미군

들이 차에서 내리더니 피난민 대열에서 장정들만 따로 골라내어 두 손을 들게 하여 한자리에 모아 놓고 불문곡절* 총 쏘아 죽인 걸 기억합니까? 그때 미군들이 겁먹은 장정들을 거칠게 다루며 외친 말을 나는 똑똑히 들었습니다. 미국에 가서야 그 말뜻을 알게 되었는데, 차마 입에 담을 수 없는 인간 비하의 욕설이었습니다. 인민군이 민간복으로 바꾸어 입고 피난민 대열에 섞여 있다고, 그들은 인간으로서는 차마 할 수 없는 그런 짓을 저질렀지요. 그때 미군을 보았던 게 생각납니까?

안나 리 여사 말을 줄리 선생이 통역하자 황 이장이 중절모 든 손을 내저으며 불끈 나섰다.

"그건 이 여사가 잘못 알고 있는 겁니다. 어릴 때 당한 일이라 오해하고 있어요. 피난민 대열 속에 인민군이 민간인 복장을 한 채 총을 피난 보따리에 감추고 끼어 있다가 미군을 만나면 드르륵 갈겨 댔대요. 그런 일이 비일비재하자 미군들은 불시에 또 그런 변을 당할까봐 피난민 대열만 만나면 잔뜩 겁먹어……."

황 이장 말을 귀기울여 듣던 조씨가 벌린 입을 다물지 못한 채 풍맞은 듯 떨어 댔다. 무릎에 얹힌 손까지 심한 경련을 일으키더니, 갑자기 머리를 흔들며 소리쳤다.

"아니요. 피난 나오다…… 난 못 봤어요. 정말 못 봤구, 아무것도 몰라요!"

실내 분위기가 갑자기 어수선해졌다. 안나 리 여사 자녀와 며느리가 눈을 크게 뜨고 잠시 제정신을 놓친 조씨를 주목했다. 줄리 선생은 분위기가 이렇게 돌아가서는 안 되는데 하는 언짢은 표정이었고, 현 선생은 남의 말을 가로채어 끼어드는 황 이장이 그만 나서 주었으면 하는 눈길로 이장을 보았다. 오직 침착한 태도와 냉정한 표정을 그대로 유지한 이는 안나 리 여사였다. 그네가 주위의 그런 분위기에 아랑곳 않고 애써 설움을 억제하며 조씨에게 말했다.

— 어린 동생 데리고 하염없이 걷고 걸었던 그해 겨울 추위와 배고픔을 나는 이날 이때까지 하루도 잊어 본 적 없답니다. 그럼 내가 묻겠어요. 어머니가 숨을 거두었던 겨울밤은 생각납니까?

줄리 여사 통역을 듣던 황 이장이 답답해 미칠 지경이란 듯 조씨 무릎을 흔들며 조씨 귀에 대고 큰 소리로 말했다.

"이 사람아, 그건 기억난다고 했잖아. 꾸물대지 말구 어서 말해 봐!"

"그래, 그래. 기억나." 그제야 조씨가 머리를 끄덕였다.

— 그렇다면 어머니가 숨 거둔 그날 밤, 하늘을 보고 내가 했던 말을 기억합니까?

안나 리 여사도 답답했던지 프랑스말에 달아 천장을 쳐다보며, "별, 별 말입니다!" 하고 분명한 한국 발음으로 강조했다. 그네는 터지려는 울음을 손수건으로 막았다. 한순간에 실내는 숙연해졌고 모두의 시선이 조씨 얼굴에 쏠렸다.

"별?" 조씨가 천장을 올려다보며 눈을 깜박이더니 추위를 타듯 어깨를 움츠리고 온몸을 떨어 댔다. "하늘에 별?"

"별 보구 내 뭐라 말했어?"

봇물이 터진 듯 안나 리 여사 입에서 자연스럽게 한국말이 터졌고 낮춤말을 썼다. 그네가 팔걸이 쥔 손에 얼마나 힘을 주었던지 휠체어가 흔들렸다.

"오마니별, 거기 있어……" 허공을 보는 조씨 입에서 꿈결이듯 그 말이 흘러나왔고 눈동자가 뿌옇게 풀어졌다.

　손수건으로 입을 막아 격한 감정을 다스리던 안나 리 여사의 비탄이 터진 것은 그 순간이었다.

　— 오마니별을 알다니! 내 동생이 틀림없어!

엄마가 숨을 거둔 겨울밤이었다. 폭격으로 반쯤 허물어진 빈집의 무너진 천장 사이로 밤하늘이 보였고, 찬 별들이 하늘 가득 보석처럼 박혀 있었다. 헌 이불을 둘러쓰고 서로 껴안아 체온으로 밤을 새울 때, 밤하늘의 별을 보며 누이가 말했다. 중길아, 저 하늘에 반짝이는 별 두 개를 봐. 아바지별과 오마니별이야. 천지강산에 우리 둘만 남기구 아바지가 오마니 데빌구 하늘에 가서 별루 떴어. 저기, 저기 오마니별 보여?

　"중길아! 네 이름은 이중길이야. 여기루 오라구!" 안나 리 여사가 떨리는 두 팔을 한껏 벌리고 외쳤다.

　그 순간을 놓치지 않겠다는 듯 현 선생이 앞으로 나서며 카메라를 들이댔다. 안나 리 여사 며느리는 뒤쪽에 따로 준비해 둔 한아름 생화 꽃다발을 들고 활짝 웃으며 조씨 쪽으로 걸어왔다.

낱말 풀이

간짓대 대나무로 된 긴 장대
겅성드뭇하다 많은 수효가 듬성듬성 흩어져 있다.
길동그랗다 모양이 기름하게 동그랗다.
덩이덩이 작게 뭉쳐진 것들이 여기저기 있는 모양
도붓장수 이리저리 돌아다니며 물건을 파는 사람
두레상 여러 사람이 둘러앉아 먹을 수 있게 만든 큰 상
바투 두 대상이나 물체의 사이가 썩 가깝게
분답 사람들이 많이 몰려 북적북적하고 복잡하거나 그런 상태
불문곡절不問曲折 어찌 된 사정인지를 묻지 않다.
뾰조록하다 뾰족하다. 물체의 끝이 점차 가늘어져서 날카롭다.
암암하다 기억에 남은 것이 눈앞에 아른거리는 듯하다.
어뜩비뜩 모양이나 자리가 이리저리 어긋나고 비뚤어져 한 줄에 고르게 놓이지 못한 모양
입성 '옷'을 속되게 이르는 말
찌무룩하다 마음이 시무룩하여 유쾌하지 않다.
초다듬 '처음'의 방언
호가 나다 세상에 널리 이름이 드러나다.
호작질 손장난. '수음手淫'을 속되게 이르는 말
확 절구의 아가리부터 밑바닥까지의 부분
횡액 뜻밖에 닥쳐오는 불행

박완서

겨울 나들이

시인의 꿈

박완서 1931~2011년

경기도 개풍에서 태어나 그곳에서 어린 시절을 보냈다. 1944년 숙명여자고등학교에 입학하고 1950년 서울대학교 국문과에 입학했으나, 6·25 전쟁으로 중퇴하게 되었다. 1970년 불혹의 나이에 《여성동아》 장편 소설 공모에 〈나목〉이 당선되어 등단했다. 이 작품은 미8군 PX 초상화부에 취직하여 일하다가 알게 된 화가 박수근에게서 모티브를 얻었다. 40년 동안 작가 생활을 하면서는 박완서는 평범하고 일상적인 소재에 적절한 서사적 리듬과 입체적인 의미를 부여한 작품을 탁월하게 그려 냈다. 특히 한국 전쟁과 분단의 아픔, 당대의 사회적 풍경, 여성 문제, 개인사와 가족사 등을 완성도 높은 작품으로 지어 냈다.

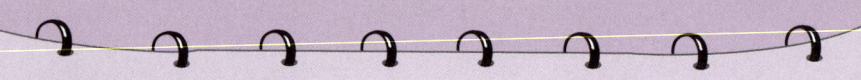

작품 해제

- **갈래** 분단 소설
- **배경** 6·25 전쟁 후 20여 년이 지난 겨울 서울과 온양
- **시점** 1인칭 주인공 시점
- **제재** 분단과 소시민적 삶
- **주제** 분단의 아픔 극복
- **출전** 《문학사상》 9월호(1975년 9월)

줄거리

　나는 중견 화가인 남편의 아틀리에에 들렀다가, 딸과 남편의 다정한 모습을 보고 야릇한 질투심을 느낀다. 남편이 딸을 통해 북에 두고 온 아내의 모습을 찾고 있다고 생각했기 때문이다. 문득 자유로워지고 싶었다. 나는 남편과 딸이 의아해하건 놀라워하건 상관하지 않고 당장 떠나겠다고 보챘다. 그것도 혹독한 추위가 기승을 부리는 겨울인데 말이다.
　관광호텔의 온천을 전전하다가 나는 우연히 호숫가에 있는 여인숙에서 하룻밤을 묵게 된다. 비굴한 정도로 굽신거리는 아주머니와 연신 고개를 좌우로 도리질해 대는 노파가 있는 곳이었다. 노파의 도리질은 사연이 있었다.
　6·25 전쟁 당시 미처 피란 가지 못한 아주머니의 남편이 숨어 지내게 되었는데, 이를 실토하지 않게 하기 위해 '모른다'를 교습시켰던 것이다. 그러나 아주머니의 남편은 어이없게 피살당하게 되고 그 이후로 노파의 도리질은 계속되었다. 나는 어려움 속에서도 다정하게 살아가는 이 고부에게 연민과 감동을 느낀다.
　문득 남편이 서럽도록 보고 싶어졌다. 그리고 아들을 만나러 간다는 아주머니와 서울에 동행할 것을 결심한다. 나는 아주머니와 노파가 잡은 손에 자신의 손을 얹으면서 자신이 헛살지 않았다는 위로를 받는다.

겨울 나들이

나는 온천물에 몸을 담그고 기분 좋아하기 전에, 이 온천물이 진짜일까 가짜일까, 고작 이런 주접스러운 생각부터 했다. 이류 여관 특실의 평범한 타일 욕조에 달린 냉수, 온수 두 개의 수도꼭지와 샤워기는 여느 허름한 목욕탕과 조금도 다르지 않았다. 빨간 동그라미 표시가 있는 수도꼭지에서 쏟아지는 더운물이 수돗물 데운 게 아니고 땅에서 솟은 진짜 온천물이란 증거가 어디 있냐 말이다.

꼭 온천물에 몸을 담가야 할 만한 특별한 지병持病이 있는 것도 아니요, 또 이러쿵저러쿵 떠들어 대는 대로의 온천물의 효험 따위를 믿어 온 바도 없거든 나는 그런 트집이라도 잡아 나를 더욱 처량하게 만들고 싶었다. 처음부터 재미있으려고 시작한 여행은 아니었다. 무엇인가 어긋난 데서 시작된 여행이고 보니 끝내 어긋나 종당* 엔 엉망진창이 돼 버려라, 뭐 이런 심보였다.

상업적으로 날리는 화가는 아니었지만 꽤 개성 있는 특이한 자기 세계를 고집하고 있어 그런대로 알려지고 평가도 받고 있는 중견 화가인 남편은 요즈음 세 번째 개인전을 앞두고 그 준비 때문에 집에 들어오지 않고 시내에 있는 아틀리에에 묵는 일이 많았다. 남편의 건강이 염려돼 나는 가끔 먹을 것을 해 가지고 나가 보고, 남편은 옷을 갈아입으러 집에 들르고 하는 정도였다. 어제도 나는 시내에 나갔다가 로스 고기를 좀 사 가지고 아틀리에에 들렀다. 출가한 딸이 와 있었다. 남편은 출가한 딸을 모델로 그림을 그리고 있었다. 극도로 단순화, 동화한 풍경이나 동물을 즐겨 그릴 뿐, 인물이 남편의 그림에 등장하는 걸 거의 본 적이 없는 나는 적이 놀랐다. 그리고 그 인물화는 남편의 종래의 화풍과는 전연 다른 끔찍하도록 섬세하고 생생하고 사실적인 그림이었다. 그렇게 똑같이 닮게 그린 그림이 좋은가 나쁜가는 둘째고 나는 울컥 혐오감부터 느꼈다. 혼까지 옮아붙은 영정影幀을 보는 느낌이었다. 더욱 질린 건 모델인 딸과 화가인 남편이 이루고 있는 분위기였다. 부드럽고 따습고 만족한 교감은 사랑하는 부녀 사이의 그것으로 이해할 수 있었으나, 둘이만 친하고 싶은 눈치가 역력했다. 둘은 나를 예의 바르게 반겼는데도 나는 밀려난 것처럼 느꼈다.

  출가해서 삼 년째, 갓 돌 지난 첫애를 두고 있는 딸은 처녀 때와는 또 다른 윤택하고 기품 있는 아름다움으로 소파에 단정히 앉아 있었다. 한창때구나 하는 찬탄과 동시에 섬광처럼 눈부시게 어떤 깨달음이 왔다. 그렇지, 꼭 저맘때였겠구나! 남편이 난리통에 첫 번째 아내와 생이별한 게 꼭 첫 번째 아내가 지금 딸만 한 나이 때였겠구나 하는 깨달음은 나에게 얼마나 충격적이었던가. 더군다나 딸은 내 친딸이 아니고 남편과 첫 번째 아내와의 사이에서 난 딸이었다. 딸은 엄마를 닮는 법이다. 남편은 딸을 통해 이북에 두고 온 당시의 아내의 모습을 되살렸음에 틀림없다. 나는 그 여자보다 훨씬 손아래지만 지금 옆에서 볼품없는 꼴로 늙어 가는데 그 여자는 남편의 가슴속에 지금의 딸의 모습처럼 빛나는 젊음과 아름다움으로 간직돼 있었구나 싶었다.

사느라고 열심히 살았건만? 이북에 노부모와 아내를 남겨 두고 어린 딸 하나만 업고 내려온 빈털터리, 게다가 나이는 나보다 열두 살이나 더 많고 직업도 불안정한 무명 화가를 불쌍해하다가 그만 사랑하게 돼서 결혼까지 하고, 홀아비와 어미 없는 어린것의 궁기*를 닦아 내고, 사랑하고, 섬기며 살아온 게 큰 허탕을 친 것처럼 억울하게 여겨졌다. 속아 산 것 같은, 헛산 것 같은 기분은 씹으면 씹을수록 고약해서 나는 얼굴을 찡그렸다. 어디가 아프냐고 남편과 딸이 근심스러운 듯이 물었다. 나는 속상한 일이 좀 있는데 어디로 훨훨 혼자 여행이나 떠나고 싶다고 했다.

"하필 이 겨울에 혼자서 여행을?"

남편이 놀라다 못해 신기해했다. 요 며칠 혹독한 추위가 계속되고 있었다. 문득 아틀리에의 창을 통해 해골 같은 가로수와 인적이 드문한* 얼어붙은 보도가 내려다 보였다. 나는 이런 을씨년스러운 도시의 겨울 풍경에 느닷없이 뭉클한 감동을 맛보았다. 그리고 그냥 투정처럼 해 본 여행 소리가 비로소 현실감을 갖고 다가왔다. 정말 당장 떠나리라 마음먹었다. 서울을 떠나 보고 싶다거나 남편 곁을 떠나 보고 싶다거나 하느니보다는 여지껏 악착같이 집착했던, 내가 이룩한 생활을 헌신짝처럼 차 버리고 훨훨 자유로워지고 싶었다. 여지껏 산 게 말짱 헛것이었다는 진실을 가르쳐 준 게 바깥의 황량한 겨울 날씨였던 것처럼 나는 무턱대고 어느 먼 곳의 겨울 풍경에 그

겨울 나들이 51

리움을 느꼈다. 나는 남편과 딸이 의아해하건 놀라워하건 상관하지 않고 당장 떠나겠다고 보챘다.

"당신이 히스테리 부릴 때가 다 있으니, 원."

남편은 그 정도로 날 이해하고 제법 두둑한 여비를 주면서 겨울이니 온천장으로 가는 게 좋을 거라는 조언을 했다. 소중하게 움켜쥐었던 보물이 가짜였다는 걸 알았을 때 소중해 했던 것만큼이나 정나미가 떨어지면서 우선 내던져 놓고 보는 심리로 나는 남편 곁을 떠났다. 교통이 편한 대로 온양으로 왔다. 고속버스에서 낯선 거리에 내리자마자 추위와 고독감이 엄습했다. 눈앞의 풍경에 울먹울먹 낯가림을 했다. 훨훨 자유롭다는 기분조차 이 온천장 거리만큼이나 생소하고 싫었다. 그런 기분에 도저히 익숙해질 것 같지가 않았다. 그런 중에도 몸만 떠나왔다뿐 마음은 오랫동안 몸에 밴 내 나름의 생활의 관습에 얽매인 나를 발견하고 고소*를 머금었다. 두둑한 여비를 갖고도 관광호텔 앞까지 갔다간 돌아서서 허름한 이류 여관을 찾고 참기름을 살 때의 버릇으로 온천물이 진짠가 가짠가를 심각하게 의심하고, 여관비에서 목욕값이라도 뺄 양으로 피곤을 무릅쓰고 목욕을 또 하고 또 했다. 다음날 반찬이 열다섯 가지쯤 되는 여관의 아침상을 받자 두 번째 받는 상인데도 허구한 날 약비나게* 그것만 먹었던 것처럼 울컥 비위에 거슬려 왔다. 집을 떠난 지가 오래된 것 같은데도 실상은 하룻밤밖에 안 잤다는 게 서러워서 눈물이 핑 돌았다.

여관에서 일하는 소년이 오늘 떠날 거냐 하루 더 묵을 거냐를 물어 왔다. 하루 더 묵겠다면 소년이 나를 불쌍해할 것 같아 곧 떠나겠다고 했다. 조그만 여행 가방을 챙겨 가지고 거리로 나온 나는 여관에선 소년에게, 집에선 남편과 딸에게 쫓겨난 것처럼 느꼈다. 이 고장도 혹독한 추위는 서울과 마찬가지였다. 낮고 어둡게 흐린 하늘과 매운 바람은 여지껏 산 게 말짱 헛산 것 같은 허망감을 쓰디쓰게 되새김질하기에 아주 알맞았다.

온천장 거리는 손바닥만 했다. 열 번을 넘어 돌아도 한 시간도 안 걸렸다. 관광호텔 커피숍에 들러 커피도 한 잔 마셨다. 남편에게 관광호텔에서 묵은 척하려면 그곳 내부 사정을 좀 알아 두어야겠기에 그렇게 했다. 호텔 건너편에 차부車部가 보였다. 생소한 이름의 행선지를 써 붙인 고물 버스들이 지친 듯이 부르릉대며 손님을 부르고 있었다. 나는 뭔가 좀 숨통이 트이는 것 같았다. 아무나 붙들고 이 근처에 어디 구경할 만한 명승고적이 없냐고 물었다. 막 움직이기 시작하던 버스에서 차장이 뛰어내리더니 미처 내가 뭐랄 새도 없이 나를 자기 버스에 짐짝처럼 쓸어 넣었다. 나는 앞으로 고꾸라지면서 버스에 탔다. 내부는 손님이 여남은도 안 돼서 휑했다. 비닐 시트가 빙판처럼 찼다.

"이게 어디 가는 건데?"

버스가 속력을 내자 나는 겁먹은 소리로 물었다.

"가다가 호수에서 내려 드리면 되잖아요."

내가 언제 저더러 호수까지 데려다 달랬던 것처럼 차장은 당당했다.

"호수?"

"네, 호수요. 이 근처에서 경치 좋은 곳은 거기밖에 없어요. 겨울만 아니면 거기까지는 가는 손님이 얼마나 많다구요."

5분도 안 돼서 차장은 나에게 버스값을 재촉하더니 호수 다 왔다고 나를 밀어냈다. 과연 호수는 있었다. 낮고 헐벗은 산에 둘러싸인 얼어

붙은 호수는 찌푸린 하늘이 그대로 내려앉은 듯 암울하고 불투명해 보였다. 별안간 호수의 빙판을 핥으며 휘몰아쳐 온 암상스러운* 바람이 모진 채찍처럼 뺨을 때렸다. 나는 황급히 버스에 다시 올라타려 했다. 그러나 이미 다음 정거장을 향해 흙먼지만을 남기고 떠난 뒤였다. 심한 낭패감으로 울상이 된 채 우선 모진 바람을 피해서 호숫가의 상지대商地帶로 뛰어들었다. 겨울이 아닌 철엔 호경기를 누렸던 듯 무슨 무슨 유원지란 간판이 상지대의 입구 아치형의 문 위에 제법 크고 높게 달려 있었다. 그러나 지금은 식당도, 다방도, 잡화상도, 선물 가게도 빈지문을 굳게 닫아 인기척이라곤 없는데, 퇴색한 간판들만 바람이 불 때마다 을씨년스럽게 덜컹대 황량한 느낌을 한층 더했다. 노천 탁구장의 탁구대엔 언젯적 내린 눈인지 녹지도 않고 먼지만 첩첩이 뒤집어쓰고 있어 흡사 더러운 홑이불을 펼쳐 놓은 것처럼 궁상스러워 보였다. 인기척이 있는 집은 한 집도 없는 것 같았다. 나는 너무 막막해 이게 꿈이었으면 했다. 상지대를 한 바퀴 돌자 다시 눈앞에 얼어붙은 호수가 펼쳐졌다. 꽁꽁 얼어붙은 호수엔 배를 띄울 수도 없지만 몸을 던져 빠져 죽을 수도 없겠거니 싶자 그게 조금도 다행스럽지 않고 두렵게 여겨졌다.

  나는 다시 허둥지둥 딴 골목을 찾아들었다. 역시 인기척이라곤 없는 골목 저만치 대문이 열리고 문전이 정갈한 '여인숙'이란 간판이 붙은 집이 보였다. 대문간엔 연탄재가 쌓여 있고 안마당 빨랫줄엔 흰 빨래가 이상한 모양으로 비틀어진 채 얼어붙어 있었다. 나는 떨리는 목소리로 주인을 찾았다. 오십대의 정갈한 아주머니가 안채에서 반색을 하며 나타났다. 나는 그 아주머니를 보자 내 집에 온 것처럼 마음이 놓이고 어리광이라도 부리고 싶어졌다. 참 묘한 분위기를 지닌 아주머니였다. 솜옷처럼 너그럽고 착하고 따뜻하게 사람을 감싸는 무엇이 있었다. 나는 마치 오랫동안 잊고 있던 무엇인가가 다시 나에게 찾아드는 것처럼 느꼈다.

"좀 녹여 가고 싶은데 따뜻한 온돌방 있어요?"

아주머니는 얼른 줄행랑처럼 붙은 손님방 중 한 방으로 먼저 들어가 아랫목에 깔아 놓은 다후다* 포대기 밑에 손을 넣어 보더니 따뜻하긴 한데 외풍이 세어서 어쩌나 하면서 어쩔 줄을 몰라했다. 내가 되레 안돼서 내가 그렇게 추워 보여요? 하면서 웃으려고 했지만 뺨이 얼어붙어서 제대로 웃어지지 않았다.

"네, 꼭 고드름 같아 보여요. 참 안방으로 들어가십시다. 구들도 따뜻하고 난로도 있어요."

그러더니 친동기간처럼 스스럼없이 나를 안채로 잡아끌었다. 난로가 있는데도 삥 둘러 방장*을 쳐 놔서 안방은 마치 동굴 속처럼 침침하고 아늑했다. 처음엔 아무도 없는 줄 알았는데 차츰 어둠에 눈이 익자 아랫목에 단정히 앉았는 한 노파를 볼 수 있었다. 미라에다 옷을 입혀 놓은 것처럼 바싹 마른 노파는 무표정하게 나를 바라보며 고개를 좌우로 저었다. 나를 거부하는 몸짓 같아서 나는 어색하게 멈칫댔다. 그러나 아주머니는 한사코 나를 아랫목으로 끌어다 앉히고 손을 노파가 깔고 있는 포대기 밑에 넣어 주었다. 노파의 입이 조금 웃었다. 그러나 고개를 저어 도리질 하는 것은 멈추지 않았다. 아주머니는 나에게 우리 시어머니예요, 하고는 노파에겐 손님이에요, 하도 추워하시길래 안방으로 모셨어요, 했다. 그것으로 노파와 나와의 인사 소개는 끝났으나 노파는 여전히 도리질을 해 쌓았다. 아주머니는 노파의 도리질에 대해 나에게 아무런 설명도 하지

겨울 나들이 55

않았다.

 노파는 수척했으나 흰 머리를 단정히 빗어 쪽 찌고, 동정이 정갈한 비단 저고리에 푹신한 모직 스웨터를 걸치고 꼿꼿이 앉았는 모습에 특이한 우아함이 있었다. 그것은 지극히 비현실적인 우아함이기도 했다. 도리질도 처음 내가 봤을 때보다 훨씬 유연해져 꼭 미풍에 살랑이는 것처럼 보였다. 아마 저러다가 멎으려니 했으나 아무리 기다려도 멎지는 않았다. 몸이 녹자 잠이 오기 시작했다. 누가 죽인대도 우선 한잠 자 놓고 볼 일이다 싶게 꿀 같은 잠이 덮쳐 왔다.

 "이제 어지간히 몸도 녹았으니 아까 그 방에서 한잠 잘까 봐요. 참 온천장으로 나가는 버스는 몇 분만큼씩이나 있나요?"

 "몇 분은요, 겨울엔 아침 나절에 두 차례, 저녁 나절에 두 차례밖에 안 다니는데, 타고 들어오신 게 아침 나절 막차니까 이따 네 시 반에나 있을걸요. 그리고 저어, 점심은 어떡허시겠어요. 준비할 테니 드시고 가셨으면······."

 오로지 졸리다는 생각뿐 밥 생각 같은 건 전연 없었으나 그렇게 하라고 했다. 아주머니는 몇 번이나 고맙다고 했다. 나는 그까짓 밥 한 상 팔아서 얼마나 남겠다고 저렇게 굽신대나 싶어 속으로 측은했다. 손님방으로 내려온 나는 따끈한 맨바닥에 다후다 포대기만 하나 덮고 깊은 잠 속으로 빠져들었다.

 깨어나자마자 웬일이지 도리질하던 노파 생각이 먼저 났다. 꿈에서 봤든가, 현실에서 봤든가 그것조차 아리송한 채 메마른 노파가 고개를 젓던 모습만 선명히 떠올랐다. 졸음 때문에 미루었던 궁금증이 서서히 고개를 들었다. 시계를 보니 아직 두 시도 채 안 된 시간이었다.

"손님, 아직도 주무세요? 시장하실 텐데."

미닫이 밖에서 아주머니의 나직한 소리가 들렸다. 나는 인기척을 내며 미닫이를 열었다. 행주치마를 두른 아주머니가 내가 이 집에 찾아들었을 때 반가워했던 것과 똑같은 모습으로 내가 잠에서 깬 걸 반가워해 주는 것이었다. 너무 반가워해 저 아주머니 혹시 나를 약이라도 먹고 영영 잠들려는 손님으로 오해했던 게 아닌가 하는 생각까지 들었다.

곧 점심상이 들어왔다. 장에 삭힌 깻잎이니 풋고추, 더덕 등 짭짤한 솜씨의 밑반찬과 김치, 깍두기, 뭇국 등은 조금도 영업집 밥상 같지 않고 시골 친척집에 들러서 받는 밥상 같아서 흐뭇했다. 그러나 입속은 칼칼하고 식욕도 일지 않았다. 뭇국만 훌쩍대는 걸 보고 아주머니는 더운 뭇국을 또 한 대접 갖고 들어왔다. 나는 같이 좀 들자고 아주머니를 내 옆에 붙들어 앉혔다.

"원 별말씀을요. 저는 어머님 모시고 벌써 먹은걸요."

아주머니가 먼저 노파 얘기를 꺼냈기 때문에 나는 자연스럽게 노파의 이상한 도리질에 대해 물을 수가 있었다.

"할머니께서 제가 몹시 못마땅하셨나 보죠. 말씀은 안 하셨지만 제가 안방에 있는 내내 고개를 젓고 계셨어요."

"벌써 이십오 년 동안이나 그러고 계신걸요."

"이십오 년 동안이나!"

나는 기가 막혀서 벌린 입을 못 다물었다.

"네, 이십오 년 동안이나 허구한 날 자는 시간만 빼놓고……."

나는 아주머니의 눈이 젖어 오는 것처럼 느꼈으나 말씨는 침착하고 고즈넉했다*.

그녀의 시어머니는 이십오 년 동안을 자는 시간만 빼고는 허구한 날 도리질을 하는 게 일이란다. 건강과 기분이 좋을 때는 미풍에 살랑이는 것처럼 보일 듯 말듯 유연하게, 건강이 나쁠 때는 동작이 크고 힘들게, 마음이 불안하거나 집안이 뒤숭숭할 때는 동작이 좀더 크고 단호하게, 마치 '몰라 몰라. 정말 모른다니까' 하고 발악이라도 하듯이 죽자구나 도리머리를 어지럽게 흔든다. 그것 때문에 없는 돈, 있는 돈 긁어모아 한약도 많이 써 보았고 용하다는 침도 많이 맞아 봤지만, 허사虛事였다. 먼저 지친 것은 그녀 쪽이었고 시어머니는 마치 죽는 날까지 놓여날 수 없는 업보처럼 그 짓을 고통스럽게, 그러나 엄숙하게 감당하고 있는 것이었다.

그것은 6·25 동란 통에 발작한 증세였다. 동란 당시 젊은 면장이던 그녀의 남편은 미처 피난을 못 가서 숨어 살아야 했다. 처음엔 집에 숨어 있었지만 새로 득세한 패들의 기세에 심상치 않은 살기가 돌기 시작하고부터는 집에 숨겨 놓는다는 게 암만해도 불안했다.

어느 야밤을 타 그녀는 남편을 집에서 이십 리쯤 떨어진 광덕산 기슭의 산촌인 그녀의 친정으로 피신을 시켰다. 시어머니와 그녀만이 알게 감쪽같이 그 일은 이루어졌다. 어떻게 된 게 세상은 점점 더 못되게만 돌아가 이웃끼리도 친척끼리도 아무개가 반동이라고 서로 고자질하는 짓이 성행해, 피비린내 나는 끔찍한 일이 이 마을 저 마을에 하루도 안 일어나는 날이 없었다. 끔찍한 나날이었다. 이렇게 되자 그녀는 시어머니까지도 못 미더워지기 시작했다. 어수룩하고 고지식하기만 해 생전 남을 의심할 줄 모르는 시어머니가 행여 누구 꾐에 빠져 남편이 가 있는 곳을 실토*하면 어쩌나 싶어서였다. 시어머니 같은 사람이 살 세상이 아니었다.

그녀는 공부 못하는 아이에게 구구셈을 익혀 주듯이 끈질기게 허구한 날 시어머니에게 '모른다'를 가르쳤다.

"어머님은 그저 모른다고만 그러세요. 세상 없는 사람이 물어도 아범 있는 곳은 그저 모른다고 딱 잡아떼셔야 돼요. 입 한번 잘못 놀려 목숨이 왔다갔다하는 세상이에요. 큰댁 식구들이나 작은댁 식구들이 물어도 그저 모른다고 그러셔야 돼요. 이쁜이 할머니가 물어도, 개똥이 할머니가 물어도 그저 모른다고 그러셔야 돼요. 아무도 믿으시면 안 된다구요. 네, 아셨죠? 어머님."

그녀는 힘차게 도리질까지 곁들여 가며 거듭거듭 이 '모른다'를 교습했다. 시어머니는 늘상 겁먹고 외로운 얼굴을 해 가지고 혼자 있을 때도 '몰라요, 난 몰라요' 하며, 역시 도리질까지 해 가며 열심히 연습을 하는 것이었다.

난리가 났다고는 하지만 순박하던 마을 사람들이 무슨 도척의 영신*이라도 씐 것처럼 서로 죽이고 죽는 것 외에는 대포 소리 한번 제대로 난 적이 없던 마을에 별안간 비행기가 날아와 기총소사와 폭탄을 쉴 새 없이 퍼붓고 앞산 뒷산에서 총소리가 며칠 계속해 콩 볶듯이 나더니만 이어서 죽은 듯한 정적이 왔다. 집 속에 쥐 죽은 듯이 처박혔던 마을 사람들이 하나 둘 조심조심 고개를 내밀었다간 재빨리 움츠러들었다. 아직은 서로의 대화를 꺼리고 있었다. 빨갱이가 물러갔다는 증거도 안 물러갔다는 증거도 없었다. 그쪽에 붙어서 세도 부리던 패거리들의 모습은 안 보였지만 인민위원회가 쓰던 이장 집 마당 깃대꽂이엔 아직도 그쪽 기가 펄럭대고 있었으니 말이다.

이런 어중간하고 모호한 때에 벌써 성질이 급한 남편은 야밤을 타서 집에 돌아와 있었다. 서울이 이미 수복됐는데 제까짓 것들이 여기서 버텨 봤댔자 며칠을 더 버티겠느냐는 거였다.

텃밭엔 이미 김장 배추를 간 뒤였지만 울타리엔 기름이 잘잘 흐르는 애호박이 한창 잘 연 찬바람내기*였다. 아침 이슬을 헤치며 뒤란으로 애호박을 따러 나갔던 시어머니가 별안간 찢어지는 소리를 냈다.

"몰라요, 몰라요. 정말 난 모른다 말예요."

소름이 쪽 끼치고 간담이 서늘해지는 처참한 비명이었다. 그녀도 뛰어나가고 그녀의 남편까지 엉겁결에 뛰어나갔다. 잠깐 아무도 분별력이 없었다. 저만치 뒷간 모퉁이에 패잔병인 듯싶은 지치고 남루한 인민군 서너 명이 일제히 총부리를 시어머니에게 겨누고 있었다. 그들도 놀란 것 같았다. 그들은 처음부터 누굴 해치려고 나타났다기보다는 그냥 시어머니와 마주쳤거나 마주친 김에 옷이나 먹을 것을 달랠 작정이었는지도 모른다. 그런데 그들이 무슨 말을 걸기도 전에 시어머니는 그 자리에 꼼짝도 못 하고 못 박힌 채 고개만 미친 듯이 저으며 '몰라요, 난 몰라요'를 딴사람같이 드높고 쉰된 소리로 되풀이했다. 패잔병 중 한 사람의 눈에 살기가 번뜩이는가 하는 순간 총이 그녀의 남편을 향해 난사됐다. 그녀의 남편은 처참한 모습으로 나동그라지고 그들도 어디론지 도망쳤다. 이런 일은 일순에 일어났다.

그 후 거의 실성하다시피 한 시어머니를 오랫동안 극진히 봉양한 끝에 어느 만큼 회복은 됐지만 그때 뒷간 모퉁이에서 죽길 기를 쓰고 흔들어 대던 도리질만은 그때 같은 박력만 가셨다뿐 멈출 줄 모르는 고질병이 되고 말았다. 그래서 도리도리 할머니라는 이 동네 명물 할머니가 됐다.

아주머니는 이런 얘기를 조금도 수다스럽지 않고 담담하고 고즈넉하게 했다.

"이젠 고쳐 드려야겠다는 생각보다 도와 드려야겠다는 생각뿐이에요."

"도와 드리다니요? 어떻게요?"

"당신 임의로는 못 하시는 일이고, 얼마나 힘이 드시겠어요. 삼시 잡숫는 거라도 정성껏 잡숫게 해 드리고 몸 편케 보살펴 드리고, 뭐, 그런 거죠. 대사업을 완수하시고 돌아가시는 날까지 그거야 못해 드리겠어요."

치매가 된 채 허구한 날 도리질이나 해 대는 걸 '대사업'이라고 하는 아주머니의 농담에 웃으려다 말고 입을 다물었다. 아주머니의 태도가 조금도 농담 같지 않아서였다. 정말 대사업을 힘껏 보필하는 이의 사명감과 긍지로 아주머니의 얼굴이 은은히 빛나 보이기까지 했다. 나는 어쩌면 이 아주머니야말로 대사업을 하고 있는 게 아닌가 하는 생각이 들면서 등골에 전율이 지나갔다.

점심값과 방값이 도합 팔백 원이라고 했다. 나는 천 원을 내주면서 그냥 넣어 두세요, 했다. 아주머니는 내가 불쾌할 만큼 굽실굽실 고마워했다. 아까 점심을 시킬 때도 그랬지만 통틀어 천 원인데 몇 푼 떨어지겠다고 저렇게 비굴하게 구나 싶었다. 아주머니의 비굴한 태도가 싫은 건 그만큼 내가 아주머니를 아끼고 좋아하기 때문일지도 몰랐다. 그러고도 그 아주머니의 비굴한 태도는 몸에 배지 않고 어색하게 겉돌아 더 보기 흉했다.

아주머니는 내가 준 돈 천 원을 소중하게 스웨터 주머니에 넣고 나더니 지극히 안심스럽고 감사한 얼굴을 하고는 또 한번 이상스러운 소리를 했다.

"이걸로 노자路資 해 가지고 서울 갈 겁니다. 오늘요."

"서울을요? 왜요? 하필이면 이 추운 날."

나는 나중 이 추운 날 소리를 하고는 내가 여행을 떠난다고 할 때 남편이 놀라면서 나에게 하던 말과 똑같은 말을 내가 했구나 생각했다. 문득 남편이 서럽도록 보고 싶어졌다.

"우리 아들이, 외아들이 서울에서 대학에 다니고 있어요. 그때 즈이 아버지가 그 지경 당하는 걸 내 등에 업혀서 무심히 보던 녀석이 벌써 그렇게 자랐거든요. 군대도 갔다 오고 3학년인데 아주 착실하고 좋은 애죠."

"그렇지만, 지금은 겨울 방학 중일 텐데요."

"네, 그렇지만 학비라도 보탠다고 아이들을 맡아 가르치고 있어 못 내려오죠. 여기서 내가 제 학비쯤은 실컷 벌 수 있는데 글쎄 그 녀석이 그런답니다. 겨울 동안만 여기가 이렇게 쓸쓸하지 봄부터 가을까지는 여기 장사도 꽤 괜찮거든요. 관광철에 공일이라도 낀 날은 방이 모자라 법석인걸요. 새 학기 등록금이랑 하숙비까지 다 해서 꽁꽁 뭉쳐 놓았답니다. 겨울 날 양식이랑 밑반찬도 넉넉하구요. 딴 영업집들은 이렇게 벌어 놓으면 겨울엔 문을 닫고 집에 가서들 쉬죠. 우린 여인숙이고 또 여기가 살림집이기도 해서지만 늘 한두 방쯤 불을 때놓고 손님을 기다리죠. 돈 벌자고가 아녜요. 가끔 손님처럼 멋모르고 호숫가를 찾는 이에게 더운 방을 내드리는 게 그저 좋아서죠. 정말이에요. 그럴 땐 돈 생각 같은 건 정말 안 한다니까요. 그야 몇 푼 주시고 가면 어머님 고기라도 사다 드리면 좋긴 하지만요. 근데 오늘은 그게 아니었어요. 돈 계산부터 츱츱하게* 하면서 손님을 기다렸답니다. 손님이 안 드셨으면 어쩔 뻔했을가 모르겠어요. 손님, 고마워요."

이번에는 굽실대는 대신 내 손을 꼬옥 잡았다. 굽실대는 것보다 훨씬 기분이 좋았다. 그러나 영문을 모르긴 마찬가지였다.

"어제 글쎄 서울서 이상한 편지가 왔답니다."

"아드님한테서요?"

"아뇨, 아들이 하숙하고 있는 주인집 아주머니한테서요. 벌써 일주일이 넘도록 아들이 하숙집에 들어오지를 않는다는군요. 평소 품행이 허랑한* 학생 같으면 이만 일로 고자질 같은 건 않겠는데 하도 착실한 학생이었던지라 만에 하나라도 무슨 일이 있는 게 아닌가 싶어 알리는 거니 어머니가 한번 올라와 수소문을 해 보는 게 어떻겠느냐는 사연이었어요. 허랑한 학생 아니더라도 제 집도 아니고 하숙집이것다 나가서 친구 집 같은 데서 며칠 자고 들어올 수도 있는 일 아니겠어요? 그만 일로 편지질을 해서 사람을 놀라게 하는 하숙집 주인도 주인이지만 나도 나죠, 괜히 온갖 방정맞은 생각이 다 나지 뭡니까. 어젯밤에 한잠도 못 자고 뒤척이면서 온갖 주접을 다 떨다 미신을 하나 만들어 냈는데, 글쎄 그게……."

"미신이라뇨?"

"네, 주책이죠. 오늘 우리 여인숙에 손님이 들어 그 돈으로 노자를 해 갖고 서울 가면 아들의 신상에 아무 일이 없을 게고, 꽁꽁 뭉쳐 논 돈을 헐어서 노자로 쓰게 되면 아들의 신상에 좋지 않은 일이 있을 게고, 뭐 이런 거랍니다. 이렇게 정해 놓고 손님을 기다리려니 어찌나 초조하고 애가 타는지 혼났어요. 그런데 손님이 내가 만든 미신의 좋은 쪽 점괘가 돼 주신 거죠. 정말 고마워요."

아주머니는 또 한번 고마워했다. 나는 그런 기묘한 방법으로 외아들의 신상에 대한 크나큰 근심을 달래려 들었던 이 과부 아주머니에 대한 연민으로 가슴이 짠했다. 내가 점괘가 됐다는 게 조금도 언짢지 않았다.
 "그럼 곧 떠나시겠네요."
 "네, 준빈 다 됐어요. 이웃 사람에게 어머님 부탁도 해 놨구요. 이제 곧 온천장으로 나가는 네 시 반 버스만 오면 돼요."
 "동행하게 됐군요."
 "참 그렇군요. 네 시 반 버스로 온천장으로 나가신댔지······."
 "아뇨. 서울까지 동행할 거예요."
 나도 오늘 안으로 서울로 가리라는 결정을 순식간에 내렸고, 그러자 마음이 그렇게 편안해질 수가 없었다. 아주머니가 시어머니에게 다녀오겠다는 인사를 하러 들어갈 때 나도 따라 들어갔다. 고부간의 비슷하게 늙은 손이 서로 꼭 맞잡았다.
 "어머님, 저 서울 좀 다녀오겠어요. 물건 살 것도 좀 있고 방학인데도 공부 핑계로 안 내려오는 태식이 녀석도 보고 싶고 해서요. 어머님은 뒷집 삼순이가 잘 보살펴 드릴 거예요. 아무 걱정 마시고 진지 많이 잡수셔야 돼요."
 알아들었는지 못 알아들었는지 노파는 여전히 고개만 살래살래 흔들었다. 나에겐 그 도리질이 '몰라요, 몰라요'가 아니라 '며늘아, 태식이 녀석에겐 아무 일도 없어, 글쎄 아무 일도 없다니까. 우리가 무슨 죄가 많아서 그 녀석에게까지 무슨 일이 있겠니' 하는 것처럼 보였다.
 나는 불현듯 아직도 마주 잡고 있는 고부의 손 위에 내 손을 포개 보고 싶어졌다. 남남끼리이면서 가장 친한 두 손, 대사업의 동업자끼리이기도 한 이 두 손 사이를 맥맥이 흐르는 그 무엇을 직접 내 손으로 맥 짚어 보고, 느끼고, 오래 기억해 두고 싶었다. 마치 이 세상 온갖 것 중 허망虛妄하지 않은 단 하나의 것에 닿아 볼 수 있는 처음이자 마지막 기회라도 되는 듯이 나는 감지덕지* 그 일을 했다. 거칠지만 푸근한 두 손 위에 내 유약한 한 손이 경건하게 보태졌다.

"할머니, 안녕히 계세요."

노파는 고개만 살래살래 흔들었지만 나는 노파가,

'너는 결코 헛살지만은 않았어. 암, 헛살지 않았고 말고' 하는 것처럼 느꼈다.

낱말 풀이

감지덕지感之德之 분에 넘치는 듯싶어 매우 고맙게 여기는 모양

고소苦笑 쓴 웃음

고즈넉하다 고요하고 아늑하다.

궁기 궁한 기색

다후다 태피터 taffeta. 광택이 있는 얇은 평직 견직물

드뭇하다 사이가 촘촘하게 많다.

방장房長 겨울철에 외풍을 막기 위해 방문이나 창문에 치거나 두르는 휘장

실토 거짓없이 사실 대로 다 말함

암상스럽다 보기에 남을 시기하고 샘을 잘 내는 데가 있다.

약비나다 정도가 너무 지나쳐서 진저리가 날 만큼 싫증이 나다.

영신靈神 영혼

종당 일의 마지막

찬바람내기 가을에 찬바람 날 때

츱츱하다 너절하고 염치가 없다.

허랑하다 언행이나 상황 따위가 허황하고 착실하지 못하다.

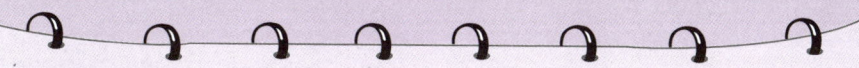

작품 해제

갈래 순수 소설
배경 1970년대 서울의 어느 아파트 단지
시점 전지적 작가 시점
제재 시인의 꿈
주제 물질만능주의에 대한 비판
출전 《자전거 도둑》(다림, 1999년)

줄거리

　모든 도시는 아스팔트로 뒤덮이고, 사람들은 인심을 잃어 간다. 하지만 그 중에 버려진 무허가 판잣집이 있다. 아파트 주민들은 시청에 신고해서 불도저로 판잣집을 없애 달라고 하지만, 시청에서는 무허가 판잣집을 없애는 법도, 불도저도 없다고 한다. 결국 사람들은 판잣집에 사는 노인이 죽으면 자연 무허가 판잣집도 없어질 거라고 생각하고 그 일을 잊어버린다.
　어느 날 소년은 몰래 판잣집 안으로 들어간다. 그곳에서 소년은 노인의 판잣집이 여느 방과는 다르다는 것을 알게 된다. 그리고 노인이 시인이라는 사실도 알게 된다. 노인은 문명이 사람을 편안하게 했지만, 사람살이를 파괴했다고 했다. 몸은 편안해졌지만, 마음은 불편하게 된 것이다. 문명이 사람의 삶을 그렇게 만든 것이다.
　그래서 노인은 세상에 돌아다니며 마음의 슬픔, 기쁨, 바람 등을 나타내는 말을 얻어 시를 짓는다. 하지만 그런 말이 언제 모일지는 노인도 모른다. 소년은 노인의 말을 듣고 가슴이 울렁거린다고 말하자, 노인은 시인의 꿈은 가슴이 울렁거리는 사람과 만나는 것이라고 하며 고맙다고 한다.

시인의 꿈

　길이란 길은 모조리 포장되고 집이란 집은 모조리 아파트로 변한 아주 살기 좋은 도시가 있었습니다.

　한 소년이 얼음판처럼 매끄럽고, 티끌 하나 없이 정갈한* 아파트 광장에서 이상한 것을 발견했습니다. 그것은 낡은 자동차 모양을 하고 있었습니다만 바퀴는 없었습니다. 작은 유리창이 있었기 때문에 호기심 많은 소년은 안을 들여다보았습니다.

　안에는 작은 침대와 몇 권의 책이 있고, 수염이 하얀 할아버지가 깡통에 든 더러운 음식을 먹고 있었습니다. 그러니까 그 속에서 사람이 살고 있었던 것입니다.

　소년은 그런 곳에서 사람이 살 수 있다는 것을 직접 눈으로 보면서도 믿을 수가 없었습니다.

　유리창을 통해 소년과 할아버지는 눈이 마주쳤습니다. 할아버지가 손짓하며 웃었습니다. 소년은 할아버지의 웃음이 매우 보기 좋다고 생각했지만 도망쳤습니다. 괜히 가슴이 두근거렸습니다.

소년은 집에 와서 어머니에게 자기가 본 것을 말했습니다. 어머니는 고층 아파트의 창으로 소년이 가리키는 곳을 내다보고 소년의 말이 아주 허황된 소리는 아니라고 생각한 듯합니다.

이웃집을 돌면서 그 사실을 알렸습니다. 그것은 아주 기괴한 소문이 되었습니다. 거기서 사람이 산다는 건 고사하고* 그 깨끗한 곳에 그런 게 갑자기 생겼다는 것만도 이상했습니다.

이 도시에선 사람은 모조리 아파트에 살기 때문에 개나 새 같은 애완동물을 기르지 않은 지가 오래됩니다. 그렇다고 이 도시에 동물이 아주 없는 것은 아닙니다. 모든 동물은 동물원에 수용되어 있습니다. 그렇기 때문에 낡은 차같이 생긴 것 속에 사람이건 짐승이건 목숨 있는 것이 살고 있다는 것은 기괴한 일일 수밖에 없습니다.

소문을 들은 몇 사람의 어른이 그곳에 가 보고 왔습니다. 소년이 헛것을 본 것이 아니란 게 증명되었습니다.

그중 가장 나이 지긋한 부인이 무릎을 치면서 말했습니다.

"이제야 생각납니다. 내가 아주 어렸을 적, 이 도시가 지금처럼 살기 좋은 도시가 되기 전의 일입니다. 저런 것이 이 도시 변두리에 널려 있었습니다. 그겁니다. 바로 그겁니다. 그것은 무허가 판잣집이라는 겁니다. 무허가 판잣집은 그 시절 이 도시의 가장 큰 골칫거리였습니다. 하느님 맙소사! 그것이 이 좋은 세상에 다시 부활을 하다니."

"부인, 진정하십시오. 우린 지금 부인의 지혜를 필요로 하고 있습니다. 그 시절에는 그것을 없애기 위해 어떤 방법을 썼나요? 마음을 가라앉히고 잘 생각해 보십시오. 제발, 부인."

누군가가 그 부인에게 진심으로 애걸했습니다.

시인의 꿈 69

"그건 우리 힘으론 안 됩니다. 시청에서나 그 일을 할 수 있습니다. 시청에서 불도저를 갖고 나와 밀어 버리면 됩니다. 여러 채의 무허가 판잣집도 잠깐 사이에 밀어 버렸으니까 저까짓 한 채쯤은 문제 없을 겁니다."

근심에 잠겼던 여러 사람들은 비로소 안심을 하고 시청에 전화를 걸었습니다. 시청 직원은 시민의 말을 도무지 믿으려 들지 않았습니다. 한두 사람도 아닌 여러 사람이 전화통에다 대고 와글와글 얘기를 하자, 그제야 곧 조사단을 내보내겠다고 말했습니다.

조사단이 나와 과연 무허가 판잣집이 있다는 것과 그 속에 사람이 살고 있다는 것을 확인하고 돌아갔습니다.

그러나 시청으로부터의 회답은 비관적이었습니다. 시청에는 아무리 찾아봐도 무허가 판잣집을 없앨 수 있는 법도, 불도저도 없다는 것이었습니다. 그도 그럴 것입니다. 무허가 판잣집이란 것이 이 도시에서 없어진 지가 벌써 몇십 년째인데 그런 법이 뭣하러 여태까지 남아 있겠습니까?

사람들이 다시 모여 와글와글 의논을 했습니다.

누군가가 그건 곧 저절로 없어질 거라고 말했습니다. 왜냐하면 그 속에서 살고 있는 사람이 노인네니까, 곧 죽게 될 것임에 틀림이 없다는 것이었습니다.

그러고 보니 문제는 판잣집이 아니라 거기 살고 있는 사람이었습니다. 사람만 없다면 그까짓 집은 폐차장에 갖다 버리면 그만일 것입니다.

그래서 보기 싫은 판잣집을 없애는 일은 노인이 죽는 날까지 미루기로 여럿이 합의를 보았습니다. 사람들은 판잣집 때문에 놀라고 떠들었을 때와는 딴판으로 곧 그 일을 잊어버렸습니다.

그러나 소년만은 가끔 그 판잣집을 기웃거려 봤습니다. 대개는 비어 있었습니다. 비어 있을 적에도 열쇠가 채워져 있는 일은 없었습니다. 그 속엔 누가 도둑질해 가고 싶을 만한 물건이라곤 없었으니까요.

어느 날 소년은 몰래 그 판잣집 안으로 들어갔습니다. 몰래라는 것은 할아버지 몰래가 아니라, 아파트에 사는 사람들 몰래라는 소리입니다. 모든 사람이 하루빨리 없어져 주기를 바라는 집에 들어간다는 것은 나쁜 짓 같아, 될 수 있으면 누구의 눈에도 띄고 싶지 않았던 것입니다.

판잣집 속은 창으로 엿보던 것과 마찬가지로 구질구질했지만 이상하도록 아늑했습니다. 침대의 모포*는 털이 다 빠진 낡은 것이었지만 부드럽고 부숭부숭했고, 스프링이 망가져 내려앉은 침대는 할아버지 몸의 모양대로 움푹 들어가 있어 소년의 몸을 정답게 받아들였습니다. 소년은 요람에 누워 가만가만 흔들리던 어릴 적처럼 편안했습니다.

손만 뻗으면 닿을 수 있는 머리맡에는 나무판자에 벽돌을 괴어 만든 선반이 있고, 선반에는 책과 그릇과 색종이로 접은 새와 짐승과 꽃 들이 아무렇게나 섞여 있었습니다. 소년은 침대에 누워 이런 것들을 보며 이런 방에서 살아 보았으면 하고 생각했습니다. 소년은 넓고 잘 꾸며진 자기의 방을 가지고 있고, 또 엄마 아빠의 방과 응접실과 서재에 대해 알고 있습니다.

소년은 또 많은 친구를 가지고 있어 친구의 방에 대해서도 알고 있습니다. 소년은 또 가끔 엄마 아빠와 함께 친척 집을 방문하는 일도 있어 친척들의 방에 대해서도 알고 있습니다. 그러나 그 방들은 한결같이 비슷했기 때문에 소년은 방이란 다 그렇고 그런 거란 생각밖에 해 본 적이 없습니다.

소년은 손을 뻗어 선반의 책을 한 권 꺼내 펼쳤습니다. 책은 그림책이었습니다. 공작새보다 더 아름다운 날개를 가진 곤충들로 가득 차 있었습니다. 소년은 학교에서 곤충에 대해 배운 적이 있었습니다. 그러나 본 적은 없습니다. 사람 외에 살아 있는 짐승의 대부분은 동물원에 가면 볼 수 있었지만 곤충만은 왠지 동물원에도 없었습니다. 소년은 학교에서 곤충을 사람에게 이로운 곤충과 해로운 곤충 두 가지로 나누어 배웠기 때문에 많은 곤충의 이름을 외워 두었지만 곤충은 두 종류밖에 없는 줄 알았습니다.

그러나 할아버지의 책 속에는 수백 수천 가지의 곤충들이 있었고, 그것들은 각기 제 나름으로 아름다웠습니다. 황홀하게 빛깔 고운 날개를 가진 곤충도 있고, 오색이 찬란한 딱지를 가진 곤충도 있고, 엄마의 속치마 레이스보다도 훨씬 섬세한 날개를 가진 곤충, 생김새가 아기자기한 곤충, 징그러운 곤충, 용감해 보이는 곤충⋯⋯. 소년은 그 많은 곤충이 하늘을 나는 광경을 그리며 가슴을 두근댔습니다.

그런데 어느 틈에 할아버지가 들어와 계셨습니다.

"할아버지, 이 아름다운 것들은 어디 가면 볼 수 있나요?"

"우리나라에선 이제 아무 데서도 그걸 볼 수 없을걸. 우리나라보다 못살고 우리나라보다 덜 문명화된 나라에나 남아 있으려나 몰라."

할아버지가 슬픈 듯이 말했습니다.

"그러니까 할아버지, 이것들은 사람들이 잘사는 것과 문명을 싫어하는군요. 그래서 피해 달아났군요?"

"아니지, 그것들은 아름답지만 지혜가 없기 때문에 태어날 때부터 저절로 알고 있는 것과 조금만 어긋난 일이 생기면 살아남질 못한단다. 피해 달아난 게 아니라 없어진 거지. 사람들이 잘 산다는 것 중에는 땅이란 땅을 시골의 농장만 남기고 모조리 시멘트로 포장을 하는 일도 포함되는데, 이 아름다운 것들은 대개 날개를 달기 전 애벌레 시절을 부드러운 흙 속에서 보낸단다. 목청이 좋은 매미라는 곤충은 십칠 년 동안이나 애벌레로 땅속에서 보내는 수도 있단다. 생각해 봐라. 이십 년 가까이 깜깜한 땅속에서 살다가 마침내 날개가 돋아나, 몇 주일 동안이나마 이 세상에서 자유롭게 날고 노래 부르기 위해 기어 나오려는데, 땅엔 두껍디두꺼운 천장이 생겨 있을 때의 매미의 딱한 처지를. 또 문명이라는 것도 그렇단다. 문명은 이 세상의 살아 있는 것 중에서 가장 종류와 수효가 많은 곤충을 두 가지로 나누었지."

"그건 저도 알아요. 사람들에게 이로운 곤충과 해로운 곤충이죠."
소년은 씩씩하게 대답했습니다.

"맞았다. 그러나 정작 문명이 한 일은 그다음 일이란다. 문명은 사람에게 해로운 곤충을 닥치는 대로 죽였지. 그러다 보니 이로운 곤충까지 저절로 그 모습이 사라져 갔다. 사람은 사람 본위로 곤충을 두 패로 편을 갈랐는데, 저희끼리는 그게 아니어서 사람이 생각하는 것보다 훨씬 복잡하고 신비롭게 서로 해치며 도우며 잡아먹으며 잡아먹히며 어울려서 살았던 것이지. 사람이 사람에게 가장 해로운 곤충을 멸종시키려고 한 노릇이 결과적으론 가장 이로운 곤충의 먹이를 없애는 일이 되고, 그 일이 자꾸만 일어나면서 곤충 세계의 조화는 깨어지고 말았단다. 문명이 해친 것은 곤충이 아니라 곤충의 조화였고, 조화는 바로 곤충계의 목숨이었으니 곤충이 멸종될 수밖에……."

"할아버지, 그래도 우린 모두 이렇게 잘살잖아요. 곤충의 도움 없이도 말예요."

"곤충이 없어지고 나서 바람이 꽃가루를 옮기는 식물만 살아남고, 벌과 나비가 꽃가루를 옮기는 식물은 차츰 자취를 감추었단다. 그러나 사람들은 조금도 근심하지 않고 그런 식물이 자라던 자리에 공장을 짓고 물건을 만들어, 그런 식물이 아직도 살아남은 나라에 팔아서 그런 식물의 열매를 사 먹기 시작했단다. 근심할 건 아무것도 없었지. 사람은 곤충보다 위대하니까. 돈으로 못 사는 건 아무것도 없었으니까. 그러나 아이들이 나비의 아름다움에 홀려 온종일 푸른 초원을 헤맨다든가, 우거진 녹음 아래서 매미 소리를 들으며 꿈을 꾼다든가, 벌이 윙윙대는 장미 밭에서 한 마리 벌이 되어 본 적도 없이 어른이 되는 일을 근심하고 슬퍼하는 사람도 있었느니라. 그건 할아버지가 아주 젊었을 때의 일이고, 할아버지도 그걸 슬퍼한 사람 중의 하나였지."

"할아버지는 그때 무슨 일을 하셨는데요?"

"할아버지는 그때 시인이었단다. 아름다운 노래를 많이 지었더랬지."

"그럼, '솔직히 말해서 벵글콘은 아이스크림입니다. 솔직히 말해서 벵글콘은 맛있습니다'도 할아버지가 지었나요?"

"넌 그것 말고 아는 노래가 또 없냐?"

"왜 없어요. '샴푸는 비단결 샴푸, 엄마의 좋은 친구 비단결 샴푸,

비단결 샴푸, 노래하며 샴푸하자 비단결, 라라라라 비단결', '오늘도 만나 카레로 할까요? 달콤하기가 그럴 수 없어요. 매콤하기가 그럴 수 없어요. 만나 카레' 그리고……."

"아, 그만해라. 시가 없어졌구나. 하긴 시인이 없어졌으니까."

"시인은 왜 없어졌나요?"

"곤충을 이로운 곤충과 해로운 곤충의 두 패로 나누듯이 그때 사람들은 사람이 하는 일도 두 가지로 나누었단다. 사람을 잘살게 하는 데 쓸모 있는 일과 쓸모없는 일로……."

"그래서 쓸모없는 일을 하는 사람에겐 약을 뿌려 없앴나요?"

"예끼 놈, 아무리 장난스런 말이라도 그런 말이 어디 있어?"

할아버지의 얼굴이 정말로 무서워졌습니다. 소년의 입에서 저절로 잘못했습니다는 말이 나왔습니다.

"쓸모없는 일을 하는 것을 금지시켰단다. 그래서 대개의 시인들은 기술자가 됐지. 그래도 끝까지 시를 안 버리려고 한 시인에겐 쓸모 있는 시를 쓰란 명령이 내렸고. 그래서 '솔직히 말해서 벙글콘은 아이스크림입니다'라는 노래를 쓴 시인도 생겼고, '샴푸는 비단결 샴푸, 엄마의 좋은 친구 비단결'이란 노래를 쓴 시인도 생겨났지. 가장 끝까지 시를 사랑하려고 한 시인일수록 가장 크게 시를 더럽혔다니!"

할아버지의 얼굴이 저녁 하늘처럼 슬퍼 보였습니다. 소년도 덩달아 형용할* 수 없는 슬픔을 맛보았습니다. 그러나 소년이 할아버지의 말씀을 알아들은 것은 아닙니다.

"할아버지, 한 말씀만 더 여쭤 보겠어요. 그렇지만 아까처럼 화내시진 마셔요."

"알았다. 말해 보렴."

"시가 정말 쓸모없는 거라면 없어지는 게 당연하지 않을까요? 우리 엄마가 아이들한테 제일 많이 하는 잔소리도 '쓸모없는 건 제때제때 내버려라'인걸요."

"할아버진 젊은 시절의 능력과 정열을 오로지 시를 위해 바쳐 온 사람이다. 시가 쓸모없는 거라고 정해진 후에도 시를 버리고 딴 일을 가진 바 없고, 시를 안 버린답시고 시를 더럽히는 짓을 하지 않았다. 사람은 어느 누구도 아무짝에도 쓸모없는 것을 위해 자기를 다 바칠 수는 없느니라."

"그러니까 할아버진 시가 쓸모 있다는 말씀을 하시고 싶으시군요?"

"그럼, 그럼, 넌 참 똑똑한 애로구나."

할아버지의 얼굴에 처음으로 활짝 웃음꽃이 피었습니다. 소년은 할아버지의 얼굴이 참으로 보기 좋다고 생각했습니다.

"그런데 왜 시가 쓸모없는 것 취급을 받았을까요?"

"무엇에 쓸모 있느냐가 문제였지. 그 시절 사람들은 몸을 잘 살게 하는 데 쓸모 있는 것만 중요하게 생각하고 마음을 잘 살게 하는 데 쓸모 있는 건 무시하려 들었으니까."

"그럼 몸이 잘 사는 것과 마음이 잘 사는 것은 서로 다른 건가요?"

"암, 다르고말고. 몸이 잘 산다는 건 편안한 것에 길들여지는 거고, 마음이 잘 산다는 건 편안한 것으로부터 놓여나 새로워지는 거고, 몸이 잘 살게 된다는 건 누구나 비슷하게 사는 거지만, 마음이 잘 살게 된다는 건 제각기 제 나름으로 살게 되는 거니까."

"무슨 말씀인지 잘 모르겠어요, 할아버지. 시가 없어도 조금도 불편하지 않다는 것밖에는."

"시가 있었으면 지금보다 살기가 불편했을지도 모르지. 그렇지만 지금보다는 살맛이 있었을 거야."

"살맛이 뭔데요? 그것은 초콜릿 맛하고 닮은 건가요? 바나나 맛하고 닮은 건가요?"

"그건 몸으로 본 맛이기 때문에 마음으로 보는 살맛하고는 비교를 할 수가 없지. 살맛이란, 나야말로 남과 바꿔치기할 수 없는 하나뿐인 나라는 것을 깨닫는 기쁨이고, 남들의 삶도 서로 바꿔치기할 수 없는 각기 제 나름의 삶이라는 것을 깨달아 아껴 주고 사랑하는 기쁨이란다."

"어렵군요. 할아버진 설마 지금부터 그 어려운 걸 하실 생각은 아니겠죠?"

"실상 나는 너무 늙었다. 그래도 해 볼 작정이다."

"할아버진 어디에서 오셨나요?"

"양로원에서 왔다."

"저도 양로원에 대해서 알고 있어요. 할머니 할아버지 들이 가장 편안하게 지낼 수 있는 곳이죠. 저희 할머니도 거기 계시기 때문에 한 달에 한 번씩 방문하는데, 우리 아파트보다 더 좋은 곳이에요. 더군다나 이런 판잣집하고는 댈 것도 아니죠. 그런데 시는 이렇게 초라하고 불편한 곳에서만 쓸 수 있나요?"

"그렇지 않지만 시를 쓰는 마음이 가장 꺼리는 건 몸과 마음이 어떤 틀에 박히는 거지. 시를 쓰는 마음은 무한한 자유를 원하거든. 그래서 우선 양로원이라는 노인들의 틀을 벗어난 거란다."

"그럼 시를 쓰셨나요?"

"아니, 아직 못 썼다. 쓰려면 아직 아직 멀었다."

"그러실 거예요. 무엇을 쓰려면 책상 앞에 붙어 앉아 있어야 하는데, 할아버진 매일매일 돌아다니시니까요."

"괜히 돌아다니는 게 아니란다."

"알아요. 잡수실 것을 얻으러 다니시죠? 이제부터 책상에 앉아서 시만 쓰셔요. 잡수실 것은 제가 갖다 드릴게요."

"아니다, 먹을 걸 얻는 데 시간이 걸리진 않는다. 이 고장은 살기 좋은 고장인 데다가 거지는 나밖에 없으니까."

"그런데 왜 온종일 집을 비우고 돌아다니셔요?"

"말을 얻으러 다니지. 시는 말로 쓰지 않니?"

"말이 그렇게 귀한가요, 얻으러 다니게? 참 이 방엔 라디오도 텔레비전도 없군요. 게다가 할아버진 혼자 사시고……. 이제부터 제가 자주 와서 할아버지 말벗이 되어 드릴게요. 그리고 소리는 좋은데 모양이 구식이라 버리게 된 라디오도 한 대 갖다 드리죠."

"너는 참 착한 아이로구나. 그러나 할아버지가 얻으러 다니는 건 그런 말이 아니란다."

"그런 말하고 또 다른 말도 있나요?"

"암, 있고말고. 요새 떠다니는 말은 새로 생긴 물건의 이름하고, 그걸 갖고 싶다는 욕심을 위한 말이 전부지. 그러나 시를 위한 말은 그런 물건에 대한 욕심과는 상관없는 마음의 슬픔, 기쁨, 바람 등을 나타내는 말이란다. 얻으러 다녀 보니 그런 말이 어쩌면 그렇게 귀해졌는지, 이 근처엔 거의 없고 저 변두리 평민 아파트 근처에나 조금씩 남아 있는데, 거기도 온종일 헤매야 겨우 한두 마디 얻어 가질 정도로 드물어."

"그게 언제 모여 시가 되나요?"

"아직 아직 멀었지만, 언젠가는……."

"사람들이 그걸 읽을까요?"

"아직 아직 멀었지만, 언젠가는……."

"그걸 읽으면 사람들이 어떻게 달라질까요?"

"너는 지금 궁전 아파트에 살지?"

"네."

"궁전 아파트 현관의 신발장은 무슨 빛깔이더라?"

"모두 상앗빛이에요. 손잡이는 금빛이고요."

"지금 궁전 아파트에 사는 사람은 아무도 상앗빛 신발장을 의심하지 않지? 그러나 시를 읽는 사람이 생기면 그걸 의심하는 사람도 생길 거야. 나는 상앗빛을 좋아하나? 아닌데 나는 노랑을 좋아하는데, 그러면서 어느 날 노랑색 페인트를 사다가 신발장을 칠해서 자기만의 신발장을 갖는 사람이 생겨난단 말이다. 물론 파랑 신발장, 빨강 신발장을 갖는 사람도 생겨나지. 그래서 궁전 아파트 신발장이 아닌 제 나름의 신발장을 갖게 되는 거야. 또 어린이 중에서도 어른이 가르쳐 준 놀이 말고 새로운 놀이를 만들어 내는 어린이가 생겨날 테지. 그 어린이는 판판한 아스팔트 밑에는 도대체 뭐가 있을까 하는 호기심을 참지 못해 그것을 파헤쳐 그 속에 숨은 흙을 보고 말 거야. 그래서 그 속에는 몇 년째 잠자던 강아지풀과 명아주와 조리풀*과 토끼풀과 민들레의 씨앗을 눈뜨게 하고, 매미의 마지막 애벌레가 허물을 벗고 가로수를 향해 날아오르게 할 거야."

할아버지의 주름투성이 얼굴이 아이들의 얼굴처럼 더없이 맑아지고 눈은 꿈꾸는 것처럼 한없이 먼 곳을 보고 있습니다.

"할아버지, 이상해요. 할아버지 말씀을 듣고 있으려니까 괜히 가슴이 울렁거려요. 이런 느낌은 처음이에요."

"아이야, 고맙다. 할아버지가 이제부터 말을 얻어다 시를 써도 늦지는 않겠구나. 시인의 꿈은 가슴이 울렁거리는 사람과 만나는 거란다."

낱말 풀이

고사하다 더 말할 나위도 없이
모포 담요
정갈하다 깨끗하고 깔끔하다.
조리풀 족두리풀. 쥐방울덩굴과의 여러해살이풀
형용하다 말이나 글, 몸짓 따위로 사물이나 사람의 모양을 나타내다.

송기숙

개는 왜 짖는가

송기숙 1935~

전라남도 장흥에서 태어나 전남대학교 국문과를 졸업하고, 동 대학원에서 현대문학을 공부했다. 1966년 《현대문학》에 단편 소설 〈대리복무〉를 발표해서 문단에 나왔다. 목포교육대학교를 거쳐 전남대학교 교수로 재직하던 중 교육민주화선언문을 작성하여 대통령 긴급조치에 따라 구속되었다가 석방되었으나 교수직에서 파면되었다. 1980년 광주민주화운동으로 구속되어 복역하다가 이듬해 석방된 후 전남대학교 국문학과 교수를 역임했다. 그는 민족의 수난사를 배경으로 민족의 정신적 현실을 에피소드 중심의 연대기 형식으로 구성하여 민족주의 리얼리즘 문학의 본령을 지켜 왔다. 1980년대 분단문학의 중요한 성과로 꼽힐 만큼 분단극복 의지를 보인 작품을 집필했다.

작품 해제

갈래 풍자 소설, 사회 소설
배경 1970~1980년대 군사독재 정권 시절의 서울
시점 전지적 작가 시점
제재 개
주제 표현의 자유가 억압된 시대에 대한 풍자
출전 《현대문학》 제343호(1983년 7월)

줄거리

　민 영감, 좁쌀영감, 굴때장군, 털보영감, 호적계장 등은 동네에서 못된 녀석이 있으면 어떻게든 혼쭐을 내어 버릇을 고쳐 놓고 마는 동네 노인들이다. 박영하가 이 동네에 이사를 왔을 때 노인들은 호의적인 반응을 보였고, 민 영감은 유자나무를 선물하기도 했다. 그런데 박영하는 되도록이면 이 동네 사람들과 어떤 방식으로든 관계를 갖지 말자고 결심한다.
　노인들은 또철이라는 사람이 불효를 하는 것을 바로잡으려고 개에게 또철이라는 이름을 붙였다. 또철이란 사내는 매번 개들이 자신을 향해 짖는 것을 참다못해 순경을 데려와 노인들과 실랑이를 벌인다. 그 자리에 함께 있게 된 박영하에게 노인들은 또철이의 불효에 대해 기사를 써서 신문에 내라 하고, 이 말을 들은 또철이는 자신이 왜 신문에 나와야 하냐며 길길이 날뛴다. 또철이의 일을 신문에 내기가 어렵다는 박영하의 말에 굴때장군은 개는 짖으라고 있고, 신문은 나팔을 불라고 있는 것이 아니냐고 따진다.
　매미소리를 듣고 땅 속에서 7년이나 17년을 유충으로 기다리는 매미의 생애가 이상한 감상을 불러와 박영하는 또철이와 관련된 기사를 작성한다. 다음날 출근하여 국장실에서 나온 정치부장이 화를 내는 것을 보고, 박영하는 신문에 내기만 하면 저 죽고 나 죽겠다고 독기를 피우던 또철이의 눈이 떠올라 주머니에서 기사를 꺼내 슬그머니 휴지통에 넣는다. 술에서 깬 아침, 영하는 아내에게서 자신이 어젯밤 술주정을 하며 개의 주둥이를 묶어 버린다는 등의 말을 했다는 사실을 듣고 놀란다. 그러다가 책상의 분재 소나무에 시원하게 울던 그 말매미가 실을 친친 감고 죽어 있음을 목격한다.

개는 왜 짖는가

1

"저 아래 민 영감이 다녀가셨어요."

낮잠을 자고 일어난 박영하朴永夏 기자는 잠이 덜 깬 얼굴로 아내를 보며 눈을 씀벅였다*.

"저 유자나무 가져왔던 민 영감 말이요? 무슨 일로?"

영하는 정신이 화닥 들었다.

"주무신다니까 그냥 가셨어요. 무슨 일이 있었나요?"

"아, 아니."

아내는 영하가 당황하는 표정을 잠시 보고 있다가 더 채근하지 않고 부엌으로 나갔다.

영하는 어제저녁 기억을 더듬어 봤다. 술에 취해 늦게 들어오다가 영감들 틈에 끼여 잠시 노닥거렸던 기억이 떠올랐다. 술에 많이 취하기는 했었으나 무슨 실수를 한 것 같지는 않았다. 영하는 술에 심하게 취하면 위아래 없이 마구 시비를 걸고 덤벼드는 버릇이 있는 터라 민 영감이 다녀갔다는 말에 처음에는 찔끔했지만, 어제저녁 영감들 앞에서는 몇 마디 주접을 떨다 곱게 물러난 것 같았다. 요사이는 술에 조금만 취했다 하면 그때의 기억이 씻은 듯이 달아나 버리는 경우가 많지만, 어제저녁 영감들 만났던 기억만은 대강 남아 있었다. 다시 기억을 되새겨 봐도 영감들에게 무슨 실례가 될 만한 주사酒邪를 떤 것 같지는 않았다. 실수라면 술에 취해 영감들 틈에 끼여 앉았다는 바로 그게 실수였다. 영하는 그동안 골목 어귀에 몰려 있는 영감들을 가까이하지 않으려고 이만저만 신경을 써 온 게 아니었기 때문이다.

영하가 본디 노인들을 특별하게 싫어하는 성미는 아니었다. 젊은 사람치고 노인들을 좋아한다고 할 사람이 있을까마는, 영하는 노인들에게 비교적 고분고분한 편이었다. 명절이나 집안 대사 같은 때 고향에라도 내려가면 일가 노인들한테 줄곧 붙잡혀 말 푸접*을 해 주었다. 시국 이야기에서 도시의 땅값이며, 집안 아이들 신상 문제에 이르기까지 미주알고주알* 파고드는 고리타분한 말에 조금도 싫어하는 내색을 하지 않고 하나하나 모두 대꾸를 해 주었다. 집안에서 영하 평판이 좋은 것도 노인들에 대한 이러한 태도 때문이었다.

그런데, 이 아래 골목 어귀에 모여 있는 이 동네 노인들은 유별난 분들이라 영하는 그들을 싫어한다기보다 두려움을 느끼고 있었다.

이 동네는, 옛날에는 시가지에서 한참 떨어진 변두리 마을이었으나 도시가 팽창하자 저절로 시가지에 편입된 곳이었다. 이 영감들이 몰려 있는 골목 어귀는 옛날에 공동우물이 있던 곳이어서 지금도 통새암거리라 부르는데, 언덕배기에 붙어 있는 이 동네는 골목들이 모두 이 통새암거리에서 부챗살처럼 퍼져나가 있었다. 그러니까, 부채의 사북* 짬에 우물이 있고, 그 우물을 중심으로 동네가 형성된 것 같았다. 이 우물은 물맛이 좋고 수원이 깊기로 이 근동에서 소문이 났던 모양인데, 수도에 밀려 우물이 매워지자 그 자리는 그대로 공유지가 된 것 같았다. 평수도 그렇거니와 땅이 생긴 것도 달리는 쓸모가 없는 자투리여서 시청에서도 모르는 체 묵인을 했던지, 이 동네 노인들이 여기다가 블록으로 집을 지어, 한쪽은 상점으로 세를 내놓고 한쪽에는 큼직하게 방을 들여 노인당 비슷하게 쓰고 있었다. 여기에는 이 상점을 포함해서 상점 네댓 개와 복덕방이 서너 개 몰려 있어, 여기는 여러 가지 의미에서 시쳇말로 이 동네 센터였다.

영하는 여기에다 집을 흥정할 때부터 이 노인들이 좀 별나다 싶었는데, 이리 이사 온 며칠 뒤 아내가 어디서 주워듣고 온, 이 노인들에 대한 이야기에 실없는 가슴이 철렁했다. 이 노인들은 이 동네에 못된 녀석이 있으면 어떻게든 혼쭐을 내어 버릇을 고쳐 놓고 만다는 것이다. 작년에는 세무서 무슨 과장이 이 노인들의 눈 밖에 났다가 학질을 뗐고*, 경찰서 형사 한 사람도 이 노인들한테 잘못 보였다가 고두 백배* 사죄를 하고서야 무사했다는 것이다.

"그들이 무슨 잘못이 있었기래 그랬다는 거요?"

"세무서 과장은 집을 사면서 세금 일부를 전매자轉賣者에게 떠넘기려다 그랬고……"

"그 영감들은 복덕방도 아닌데?"

"그러기 재미있는 영감들이지요."

"형사는?"

"이 동네 어떤 사람이 한동네 산다고 그이한테 무슨 부탁을 했던 모양인데, 그 일로 되레 공갈을 쳐서 돈을 울궈 먹었더래요. 이 영감들이 들고일어나자 돈은 도로 게위 냈는데, 그 감정으로 뻣뻣하게 고개를 쳐들고 다니다가 임자를 만난 거예요. 이 노인들이 아침저녁으로 골목에 지켜 섰다가 그 형사가 지나갈 때마다 코가 땅에 닿게 절을 하며 '밤새 안녕하셨습니까, 형사 나리' '안녕히 다녀오십니까, 형사 나리' 이랬다지 않아요. 그렇지만, 그 형사도 보통내기가 아니었던지 처음 한두 번은 본 척도 않고 지나다녔던 모양인데, 날마다 그렇게 극성을 피우자 하는 수 없이 손이 발이 되게 빌고서야 용서를 받았다지 뭐예요."

아내는 우스워 죽겠다는 듯 호들갑을 떨었다. 그러나 영하는 굳었던 얼굴이 더 굳어졌다. 아내는 자기 남편같이 인사깔* 밝고 더구나 노인들한테 고분고분한 사람은 그 과장이나 형사 같은 꼴을 당할 리가 없다고 생각하는 모양이었다. 사실, 영하는 예사 인간관계로는 남하고 아직 크게 시비가 붙었던 일이 없으므로 그런 일로야 영감들한테 잘못 보일 까닭이 없겠지만, 그러면서도 실없이 무슨 큰 죄나 짓고 있는 것처럼 아뜩한* 느낌이었다.

영하는 요사이 무얼 꼬치꼬치 따지는 사람은 무작정 싫었다. 더구나 정치가 어쩌고저쩌고 하는 사람은 질색이었다. 술자리에서도 음담패설이나 낚시·분재·등산 같은 이야기가 아니고, 화제가 정치나 시국 이야기로 돌아가면 슬그머니 자리를 떠 버리기가 일쑤였다. 그런 말을 듣고 있으면 마치 횟물 먹은 메기 꼴로 맥이 빠지고 말았다. 요사이는 그게 버썩 더했다. 취재를 하면서도 전같이 꼬치꼬치 따지며 파고드는 버릇이 없어졌다. 한때는 한 달에 특종을 세 번이나 하여 그 기록을 아직도 깬 기자가 없지만, 요사이는 출입처에서 기삿거리가 생기면, 마치 산에 나무하러 간 게으른 머슴이 나무를 베어

대충대충 가든그려* 지고 오듯, 건둥건둥* 정리하여 부장 데스크에 던져 버리는 것으로, 나무를 져다 부린 머슴 녀석처럼 하루 일을 끝내고 말았다.

　영감들에 대한 아내 이야기를 듣고 나자 영하는 이사를 잘못 왔다고 뉘우쳤다. 영하가 처음 집을 사려고 알아보고 다닐 때는 내가 여태 찾고 다니던 데가 바로 이런 데가 아니었나 싶을 만큼, 이 동네도 마음에 들었고 동네 맨 꼭대기 쯤에 있는 이 집도 마찬가지였다. 40여 평 대지에 건평 14평의 낡은 한옥이지만, 언덕배기 꼭대기라 전망이 툭 트여 시원했고, 가린 데가 없어 화단의 나무들도 한결 싱싱하게 잎이 피어오르고 있었다.

　영하는 당장 아내를 데리고 다시 왔다. 그러나 복덕방 영감을 따라 꾸불꾸불한 골목길을 올라가며, 영하는 아내 눈치 살피기에 정신이 없었다. 아내는 이제야 비로소 내 집을 마련한다는 생각에 값이 방불하다* 싶으면 어디든지 좋다는 듯 여기까지 따라왔으나, 와놓고 보니 너무 변두리라 별로 내키지 않는 눈치였다. 그렇지만 영하는 어떻게든 여기에 주저앉고 말겠다고 작정한 다음이라, 아내의 마음을 이쪽으로 돌리려고 매양 돈타령만 하며 올라갔다.

　그러나 아내의 눈으로 다시 보자니 얼마 전에는 보이지 않던 것들만 보였다. 바둑판같은 도심지에 비껴 골목이 꼬불꼬불하고 가파른 것은 그렇다 치고, 집터서리*의 잡초 위에 무더기무더기 개똥이 쌓여 있질 않나, 도시 명색이란 데가 고샅에 돼지새끼들이 몰려다니질 않나, 이런 것을 보고 아내가 돌아서 버리면 속수무책이었다.

　왕모래가 튀어나온 블록 담장 위의 장미덩굴이며, 감나무에 더뎅이* 진 참새 떼며, 어쩌다가 그런 집이 지금까지 남아 있는지 비각*

보다 조금 큰 골기와의 낡은 맞배집 등 영하는 고향에라도 온 것같이 안온한 정취가 푸근했으나, 어려서부터 수돗물만 먹고 자란 아내가 그런 걸 정취로 느낄 것 같지도 않았다. 그러면서도 영하보다 앞장을 서서 복덕방 영감을 따라붙고 있는 아내가 기특하다 싶었다.

"골목이 이렇게 가파르고 길면 연탄 하나에 오 원 한 장은 웃돈을 놓아야 들어오지 않겠어요?"

개똥이나 돼지새끼 같은 것은 안중에 없고 연탄값만 걱정하는 아내가 이때처럼 예뻐 보인 적은 없었다. 아내는 수도꼭지부터 틀어보고 부엌이며 연탄광 등을 구석구석 살폈다.

"전망 좋다. 온 시가지가 말짱 이 집 정원이구만. 저기 저 이층집 주변에 있는 집들 좀 봐요. 높은 집 밑에 깔려 놓으니 영락없이 게딱지구먼. 지대가 좀 높다고는 하지만 저런 집에 비하면 이 집이 열 번 낫잖아요."

"그래도 나중에 팔 때는 이렇게 높은 게 제일 큰 흠이에요."

"그러기 살 때도 싸게 사는 거지. 하여간, 팔 때는 팔 때고 아까 말한 값에 후릴 수만 있다면 나는 이 집이 젤 맘에 들어요."

제대로 흥정이 붙자 민 영감을 비롯한 동네 노인들이 모두 영하 편을 들어 거들었다. 복덕방은 본디 사는 사람 편에 서기 마련이지만, 이 영감들은 복덕방도 아니면서, 하나하나 그 집 흠집을 들춰 얀정머리* 없이 집주인을 욱대기며* 집값을 후렸다. 이 영감들이 나선 바람에 집값은 처음 영하가 생각했던 것보다 훨씬 밑으로 내려갔다.

"자꾸 시골 시골 해쌓더니 이제 반은 시골로 나온 셈이군요."

계약금을 치르고 나오면서 아내가 웃었다. 제법 생색을 내는 소리였다. 영하는 먼지 날리는 소리로 풀썩 웃었다. 영하가 시골 시골 했던 것은 신문기자 직업을 바꿔야겠다는 애기였으니 아내의 말은 번지수가 한참 틀린 소리였지만, 그래도 이런 식으로나마 기분을 맞춰 준 아내가 기특하다는 생각이 들기도 했다. 영하는 무엇보다 이만큼이라도 도시에서 벗어나 버린다는 게 새삼스레 숨통이라도 터진 것 같은 해방감을 느꼈다.

영하가 처음 시골을 입 밖에 냈던 것은 지난해 봄부터였다. 요사이 어느 집에나 그러듯 영하의 전세방에도 구독신청을 하지 않은 신문이 두 가지나 억지로 배달되고 있었다. 아내는 넣지 말라고 심하게 닦달을 했지만 막무가내였다.

영하가 세 들어 살고 있는 방은 담 너머가 바로 골목길이라 배달 아이는 담 너머로 슬쩍 신문을 던져 놓고 내빼 버렸다. 신문을 접어 종이비행기처럼 날리는 모양인데, 그게 창에 턱 맞고 마룻바닥이나 그 밑에 사푼 떨어졌다. 그 소리만 나면 아내는 부리나케 쫓아나갔다. 그렇지만 대문을 열고 나갔을 때는 저만큼 내뺀 뒤였다. 아내는 달아나는 배달아이 등에다 대고 고래고래 악을 썼지만, 다음날이면 똑같은 꼴로 신문이 날아와 창을 때렸다.

"모두가 판에 박은 듯이 똑같은 신문을 무엇 하러 세 가지나 보낸 말이야. 고양이도 낯짝이 있더라고 좀 염치가 있어야지. 한 번만 더 넣었다가는 가만두지 않을 테야."

어떻게 붙잡았는지 아내가 배달아이를 잡아 닦달하는 소리였다. 영하는 혼자 이불 속에서 비실 웃었다. 그것은 바로 신문기자인 자기한테 하는 소리로 들렸기 때문이다. 간접적이나마 아내한테서까지 그런 소리를 들으니 절로 웃음이 나왔다.

"그냥 놔두고 신문대만 내지 말아요."

"저애들이 얼마나 뻔뻔스런 애들이라고 그렇게 쉽게 되는 줄 아세요? 이달치만 줄 테니 더 넣지 말라고 신문대를 주며 달래 보기도 하고, 신문을 모아 놨다 돌려주기도 했지만, 견뎌낼 재간이 없다고요. 아무리 꺽진* 거지도 저 애들 같진 않을 거예요. 구걸을 해도 유분수지, 벌써 여섯 달째라고요."

"그 구걸하는 돈으로 우리도 월급을 타먹고 있으니 너무 구박 말아요."

"하지만, 아무 필요도 없는 신문을 세 가지나 보잔 말인가요?"

아내는 이만저만 속이 상한 게 아닌 모양이었다.

그 뒤부터 신문이 날아들어 창에 맞고 떨어지는 소리를 들으면, 영하는 그 신문이 자기 가슴에라도 떨어지는 듯 가슴이 철렁했다. 그때마다 또 아내가 쫓아나갈까 겁이 났다. 제발 쫓아나가지 말았으면 하고, 영하는 그 배달아이보다 더 조마조마하게 가슴을 조였다.

하루는 무슨 일로 일찍 집을 나가다가 바로 대문 앞에서 그 배달아이와 부딪치고 말았다. 신문을 접어 비행기를 날리려는 순간이었다.

"야!"

배달아이는 힐끔 돌아보더니 후닥닥 도망쳤다. 마치 무얼 훔치다가 들킨 꼴이었다. 진창까지 밟으며 정신없이 뛰었다. 운동화 한 짝이 벗겨져 공중으로 튕겨 올라갔다. 신을 집더니 제대로 신지도 않고 손에 들고 뛰었다. 골목을 거의 빠져나가서야 이쪽을 돌아보며 신을 신었다. 누구한테 붙잡혀 뺨이라도 얻어맞은 적이 있지 않았을까 싶었다.

그 며칠 뒤 성탄절 아침이었다. 전날 저녁에 술이 많이 취했으나 다섯 살짜리 아들 녀석이 고장 난 장난감을 고쳐달라고 극성을 피우는 바람에 일찍 눈이 뜨였다. 외할머니며 이모들한테서 받은 크리스마스 선물이었다.

그때 골목에서 '××일보요' 하는 소리가 났다. 영하 집에서 제대로 구독을 하고 있는, 영하 회사의 경쟁지였다. 그 억지 신문은 아직 날아들지 않고 있었다. 언제나 그 신문이 먼저 날아드는데 오늘은 좀 늦는 모양이었다.

순간, 지난번 흙탕에서 튕겨 오르던 그 배달아이의 신발이 머리를 스쳤다. 영하는 거의 반사적으로 일어나 포켓을 뒤졌다. 오천 원짜리가 나왔다. 천 원짜리를 찾았으나 없었다. 그대로 손에 쥐고 대문간으로 나갔다. 신문대하고는 상관없이 운동화나 한 켤레 사 신으라고 할 참이었다. 골목에는 눈이 허옇게 쌓여 있었다. 저쪽에서 배달아이가 달려오고 있었다. 달려오던 아이가 영하를 보더니 우뚝 멈춰섰다. 대번에 주눅이 들어 조그맣게 오그라들었다.

"이제 안 넣을게요."

잔뜩 겁먹은 눈으로 영하를 보며 애원하듯 했다. 골목을 뛰어다녀 얼굴이 벌겋게 익어 있었고, 더운 김을 내뿜는 코끝에는 방울방울 땀방울이 돋아 있었다.

"그게 아냐."

"이제 정말 안 넣는다니까요."

소년은 금방 영하가 덜미라도 낚아채지 않을까, 저쪽 담에다 등을 대고 한 걸음 한 걸음 빠져나가며 말했다. 눈은 공포에 질려 있었다.

"아냐, 내 말 들어봐."

영하는 돈을 보이며 말했다.

"정말 안 넣을게요."

소년은 거의 울상으로 슬금슬금 영하 앞을 지나더니 후닥닥 뛰었다. 저만큼 내빼다가 힐끔 돌아봤다. 순간, 눈길에 미끄러져 발랑 나가떨어졌다. 눈 위에 신문 뭉치가 흩어졌다. 소년은 이쪽을 힐끔거리며 뭉떵뭉떵 신문을 거머쥐었다. 다시 이쪽을 돌아보며 도망쳤다. 영하는 소년이 사라진 데를 보고 서 있었다. 넋 나간 꼴로 한참 동안 서 있다가 대문을 닫고 들어왔다.

다음날부터 그 신문은 날아들지 않았다. 그 소년의 겁에 질린 눈만 커다랗게 남아 있었다. 그 눈이 자꾸 떠올랐다. 자리에 누울 때도 떠오르고 밥을 먹을 때도 떠올랐다. 기사를 쓸 때도 마찬가지였다.

영하는 그때부터 고향에 있는 자기 몫의 논밭이 떠올랐다. 그 얼마 뒤 음력설에 아내와 함께 고향에 다녀오면서 넌지시 시골에서 살면 어떻겠느냐고 했다. 아내는 웃으며 농담으로 받아넘겼다. 영하는 정색을 하고 말했다. 아내는 지금 그게 제정신으로 하는 소리냐는 눈으로 영하를 돌아보며 픽 웃고 말았다. 고향에 가면 언제나 그랬지만 그때는 더 푸근한 안도감이 들었던 것이다. 어디 먼 데로 나돌며 잔뜩 지쳐 빠져 자기 집에라도 돌아온 기분이었다. 사실은, 영하도 말로만 그랬지 여태 몸담아 오던 직장을 버리고 고향으로 내려간다는 게 빈 밥상 물리듯 쉬운 일이 아니라는 건 잘 알고 있었다. 그러다가 이사를 하고 보니 이만큼이라도 도시에서 빠져나온 것 같아 한결 기분이 나았다.

이사 온 다음날 민 영감이 뜻밖의 호의를 베풀었다. 이삿짐을 정리하고 있는데, 자기 키만 한 유자나무를 한 그루 들고 온 것이다. 그는 집을 흥정할 때도 그랬지만 이건 전혀 뜻밖이었다.

"개량종 속성수 유자나뭅니다. 2년 뒤면 유자가 열릴 거요. 요새 정원수란 건 말짱 왜색倭色만 풍기는 것들이라 이런 것도 한 그루 심어 놓으면 화단 구색이 조금 달라질 거요."

영하는 고향집에 있는 큰 유자나무가 떠올랐다.

"정원수라면 모두 그 전진가 뭔가, 건듯하면 자르고 비틀고 몸살을 시키는데, 이건 통 손대지 말고 그냥 제 자라는 대로 놔두시오. 나무란 가지가지 훨훨 자라는 맛으로 보는 것인데, 요새 사람들은 무슨 놈의 취미가 그렇게 극성스런 취미들도 있는지, 멀쩡한 나무를 그저 틈만 있으면 싹둑싹둑 자르고, 그도 모자라 비틀고 철사로 묶질 않나, 하여간 나무 하나도 제대로 두고는 못 보더구먼."

영감은 심을 자리를 물어 손수 심은 다음, 물까지 주고 나서 전지하지 말라는 당부를 한 번 더 하고 돌아갔다. 영하는 영감의 호의도 호의였지만, 나무에 대한 그의 말이 길게 여운을 남겼다. 영감 말을 듣고 보니 이삿짐에 끼여 와서 아직 제자리를 잡지 못하고 있는 소나무 분재 두 그루가 갑자기 초라하게 보였다. 정원수보다 이 분재야말로 처음부터 바위틈이나 메마른 푸석돌* 사이에서 제대로 자라지 못해 으등그러질* 대로 으등그러진 것들을, 그중에서도 제일 험상스럽게 으등그러진 것을 골라다가 그도 모자라 가위로 자르고 철사를 감아 비틀고, 실로 묶어 휘고, 별의별 요변덕*을 다 부려 놓은 것이었다. 영감 말대로 가지가지 훨훨 자란 나무에 비하면 병신 중에서도 상병신 꼴이었다.

그렇지만, 따지고 보면 분재를 꼭 그렇게만 볼 수는 없었다. 사람도 머리털이 자라면 일정한 형에 맞춰 이발을 하듯, 나무도 그럴싸한 수형樹型이란 것이 있는 것이고, 생존조건이 동물과 다르기 때문에 병신이란 관념을 적용할 수도 없으려니와, 또 도시의 좁은 공간에서 큰 나무 풍취를 최소한으로 축소시켜 보자니까 분재란 것이 생겨났을 것이므로, 분재는 분재대로 있어야 할 이유와 그만한 볼품을 지니고 있었다.

그러나, 민 영감 말은 나무를 보는 영하의 눈을 크게 바꿔 놓고 말았다. 요사이 분재에 대한 일반의 열기는 대단해서 영하 신문사 친구들도 앉으면 분재 이야기였다. 한 그루에 몇 십만 원에서 몇 백만 원까지 호가하는 것이 있다는 것으로, 이것은 취미 중에서도 고급취미려니와 분재 취미의 상승 추세로 보아 투자가치도 있고, 또 제대로 안목이 생기고 길속*이 트이면 노다지를 캐는 수도 있다는 것이다. 그렇다면 취미도 취미지만, 부업으로 그럴듯하겠다 싶어 영하는 귀가 솔깃했었다.

그래 저것 두 그루를 구해 오느라 이만저만 공을 들이지 않았고, 또 채목採木 도구 일습을 장만하여 륙색ruck sack을 짊어지고 친구들을 따라다니기도 했으며, 책을 사다 밤새워 읽는 등 수선을 피웠었다. 그렇지만, 정작 나서고 보니 뭐가 그렇게 쉽게 될 것 같지도 않아 요사이 와서는 좀 심드렁해* 있는 참인데, 영감의 말을 듣고 보니 더 뜨악해지고* 말았다.

2

영하는 세수를 하고 점심을 먹으며 이쪽에서 영감을 찾아갈 것인가, 다시 찾아오기를 기다릴 것인가 생각하고 있었다. 어젯밤 그들과 특별한 이야기를 한 것 같지는 않아, 어젯밤에 만난 것과는 상관없이 무슨 부탁을 하러 온 것 같은데, 이쪽에서 찾아가서까지 부탁을 받을 필요가 있겠는가 싶었다.

영하는 이 동네로 이사 오면서 되도록이면 이 동네 사람들과 어떤 방식으로든 무슨 관계를 갖지 말자고 마음을 다졌다. 그런데, 어떻게 알려졌는지 이사 올 때 이미 영하가 기자란 것을 알고 있는 것 같아 아차 했다. 기자 신분이 알려지는 것도 마뜩찮은* 일이지만, 여기만 해도 시골인데다 모두가 궁색스런 밑바닥 사람들이라, 자기 고향 사람들이 그러듯 기자라면 무슨 큰 힘이라도 있는 줄 알고 건듯하면 이것저것 부탁해 오기 십상일 같았다. 이웃에 산다는 정분에 묶여 한두 사람 부탁을 들어주다 보면 시청이며 경찰서며 이 동네 사람들의 구질구질한 일을 도거리*로 덤터기 쓸 판이었다.

  요사이는 유독 싫은 게 그런 부탁이라 유자나무를 심어 준 민 영감의 호의도 그렇게 달갑지 않았다. 그때는 나무에 대한 식견이나 행동거지가 여간 드레지지* 않아 그런가보다 했는데, 처음 만나는 사람한테 베푼 호의로는 지나치다는 느낌이 없지 않아, 뒤를 보자고 미리 그렇게 그루를 앉힌 게 아니었다 싶기도 했다. 남의 순수한 호의를 모독한 것 같으면서도 그런 인상을 떨쳐버릴 수가 없었다. 민 영감은, 지난번 집을 살 때 보거나 아내의 말로 미루어 이것저것 동네 사람들 일에 오지랖 넓게* 간여하는 것 같았기 때문이다. 그러다 보면 필경 관청 상관으로도 얽히는 일이 많을 것이라 자기를 그런 일에 끌어들이지 말라는 법도 없었다.

  옛날 민완*기자로 술덤벙물덤벙* 정신없이 나댈 때는 친구나 고향 사람들이 무슨 부탁을 해 오면, 조금도 내색하지 않고 일을 보아 주었다. 그러나 지금은 그런 부탁이 제일 질색이었다.

  통새암거리에는 노인들이 많을 때는 여남은, 적을 때는 대여섯 명이 몰려 있었는데, 항상 거기 골 박혀 있는 영감들은 민 영감을 비롯한 다섯 사람이었다. 그 다섯 사람들은 그렇게 보아 그런 게 아니라 예사 골목 영감들과는 너무 달랐다. 어디서 일부러 그런 사람들만 골라다가 모아놓은 것같이, 모두가 따로따로 독특한 성격이면서도 한 패거리로 그렇게 구색이 맞을 수가 없었다.

영감들은 코팅한 텐트 천 차양을 방문 위에 넓게 드리우고, 항상 그 아래 평상에 몰려 앉아 바둑을 두거나 이야기를 하고 있었다. 그 가운데서 골목을 들어올 때나 나갈 때 먼저 눈에 띄는 영감은, 몸집이 중학교 일 학년짜리 몸피밖에 안되는 좁쌀영감이었다. 그는 적잖이 개를 다섯 마리나 거느리고 항상 같은 자리에 앉아 골목으로 드나드는 사람들을 지켜보고 있었다. 송아지만 한 독일산 셰퍼드 한 마리, 영국산 포인터 두 마리와 털을 곱게 손질한 스피츠가 두 마리였다.

다른 영감들은 거의 바둑을 두고 있지만, 이 영감은 그런 데는 전혀 취미가 없는 듯 언제나 평상 한쪽 귀퉁이에 조그맣게 쪼그리고 앉아 골목을 지켜보고 있었다. 셰퍼드는 차양 위로 그늘을 드리우고 있는 미루나무 밑동에 매어 있는데, 어디서 군견이라도 빼돌린 것이 아닌가 싶게, 눈에 촉기가 시퍼렇고 훈련이 잘 된 것 같아 범상한 눈에도 순종으로 보였다. 다른 개들은 아무렇게나 놀고 있지만, 이 셰퍼드는 주인과 함께 그 시퍼런 눈으로 골목을 지켜보고 있었다.

이 좁쌀영감과는 도무지 딴판으로 몸집이 깍짓동* 같이 우람하고 시커먼 수염이 얼굴을 온통 뒤덮고 있는 털보영감이 있는가 하면, 몸집이 털보영감같이 빵빵하지는 않지만 키가 굴때장군*으로 장승만큼 껑충한 영감이 있었다.

털보영감은 흑산도나 어디서 뱃사공으로 고깃배를 타다가 잠시 물에 올라 주막에라도 들른 것 같게, 무성한 수염 말고도 얼굴 바탕이 원체 흑갈색으로 시커메서 필경 모진 갯바람에나 씻겼어야 저러겠다 싶었다. 굴때장군은 혹시 본색이 옛날 산적이 아니었을까 싶게 장사형으로 뼈대가 단단하고 눈꼬리가 치켜 올라갔다.

또 한 영감은 어느 시골 면사무소에서 매끄러운 재필* 하나를 밑천으로, 잘 했으면 호적계장으로나 정년을 맞았을 것 같은 골샌님이었다. 그리고 민 영감은 서당 훈장 풍으로 이들에 비하면 월등 기품이 있어 보였다. 민 영감, 좁쌀영감, 굴때장군, 털보영감, 호적계장 등 이 다섯 영감은 그중 어느 하나도 빠져서는 안 될 것같이 한 패거리로 구성지게 구색이 맞았다.

어찌 보면 이 영감들은 옛날 《삼국지》에 나오는 호걸들이 늙어 할 일이 없어지자 이렇게들 모여 있는 것이 아닐까 착각이 들 지경이었다. 일테면, 민 영감과 호적계장이 바둑을 두고 있으면 털보영감과 굴때장군은 그 곁에서 덤덤히 지켜보고 있었는데, 그건 꼭 유비와 제갈공명이 바둑을 두는 자리에서 장비와 관운장이 시립하고* 있는 꼴이었다. 그 곁에서 좁쌀영감은 적의 내습에 파수라도 보듯 개를 다섯 마리나 거느리고 골목으로 드나드는 사람들을 지켜보고 있었다.

한번은 영하가 여섯 살짜리 아들을 데리고 목욕을 가는 참인데, 스피츠가 아이에게 꼬리를 치며 달려들었다. 아이는 뒷걸음질을 치며 칭얼거렸다.

"이토, 이토, 이리 와, 이리!"

좁쌀영감이 스피츠를 불렀다. 그러나, 개는 듣지 않았다.

"이토, 이토!"

좁쌀영감이 크게 소리를 쳤다. 그렇지만 스피츠는 자꾸 꼬리를 치며 달려들었다.
"괜찮다, 괜찮아. 물지 않는다."
굴때장군이 아이를 달랬다.
"임마, 저래 뵈도 저 개가 일본 총독 이토 히로부미, 우리말로는 이등박문이다. 이등박문이가 개로 환생해서 죄를 갚느라고 한국 사람이라면 저렇게 아무한테나 꼬리를 치는 거여. 영광이지 뭐냐. 하하."
아이 들으라는 소리가 아니고 영하 들으라는 소리 같았다. 영하는 처음에는 개 이름을 대수롭지 않게 들었다가, 이등박문이라는 소리에 어리둥절, 좁쌀영감을 빤히 건너다봤다.
굴때장군이나 털보영감에 비하면 셰퍼드에 스피츠 꼴로 쪼만한 좁쌀영감이, 애완견 스피츠한테 덤턱스럽게* 이등박문의 이름을 붙여 쓰다듬고 있다니 어이가 없었다. 한국을 병탄한 이등박문에 대한 민족적 공분을 그렇게 표현하고 있는 영감의 해학에 공감하기보다는 그 앙증스런 오기에 두려움이 느껴졌다. 개한테 그런 이름을 붙여 지금까지 그 원한을 되씹고 있을 정도라면, 단순히 민족적 공분을 떠나 일제 때 당한 개인적 사정도 만만치 않을 것 같았다. 하지만 그 울분을 지금까지 이렇게 되새기고 있다는 것은 보통내기가 할 수 있는 일이 아니었다.
영감에 대한 이런 두려움이 한층 더해진 것은 그 이삼 일 뒤였다.
"또철아, 또철아, 가만있어, 가만!"
영하는 처음에는 누구를 꾸짖는 소리인 줄 알았다. 그런데, 그 또철이는 셰퍼드 이름이었다. 이 또철이도 사람 이름인 것 같았는데 이토처럼 유명인사 이름인 것 같지는 않았다. 그러나 개한테 저런 이름을 붙인 것 보면 그 이름 임자가 이토처럼 예사 사람은 아닌 것 같았다. 저 쪼만한 영감 어디에 저런 악착스런 오기가 들어 있는지 영하는 어이가 없었다. 작은 고추가 맵다고 저 작은 체구가 온통 오기로 뭉쳐진 것 같았다.

자기도 저 영감한테 잘못 보였다가는, 개한테 영하라는 이름이 붙어 발길로 옆구리라도 차면서 영하야, 영하야 하고 부를지 모른다는 생각이 들었다. 그런 새퉁맞은* 생각이 들자 정말 자기도 무슨 그럴 만한 잘못이라도 있는 것처럼 영감이 끔찍하게 보였다.

영하는 어떻게든 이 영감들의 관심에서 자신을 빼돌려야겠다고 생각했다. 그러자면 그들과 무슨 관계를 갖지 말 것은 물론, 그들의 눈에도 띄지 말아야 할 것 같았다. 그래서 통새암거리 말고 다른 데로 다닐 골목을 찾아봤다. 그러나 동네 골목이 생기기를 처음부터 그렇게 생겨 다른 데로는 강아지 한 마리 빠져나갈 데가 없었다.

영하는 어디 꽉 갇혀 버린 것같이 답답했다. 영감들을 피해 다닐 다른 방법이라면, 그 영감들이 골목에 나오기 전에 일찍이 출근하고 저녁에는 늦게 퇴근하는 길뿐이었다. 영하는 그렇게 했다. 영감들에게는 일요일이나 토요일이 없기 때문에 그런 날은 일이 생기면 별수 없었으나, 그래도 한 달에 두세 번을 제외하고는 그들을 용케 피해 다닐 수 있었다. 그런데, 여름이 되면서부터 사정이 달라졌다. 아침에는 그런대로 괜찮았는데, 요즘 와서는 밤 열 시가 넘도록 들어가지 않았다.

영감들한테 고개 한번 까딱하고 바삐 지나쳐 버리면 그만 아니냐고 할지 모르지만, 그게 그렇게 간단한 일이 아니었다. 그들의 눈에 띈 것이 빌미가 되어 요새 신문이 돼먹었느니 말았느니, 신문에 대한

개는 왜 짖는가 101

불만을 영하한테 몽땅 덤터기 씌울 수도 있을 것이고, 어쩌다가 술이라도 마시고 들어오다가 혹시 인사라도 좀 부실했다가는, 기자 놈들 거만하기는 예나 제나 마찬가지라고, 가뜩이나 심심하던 입살*에 도마 위의 생선 꼴이 될 것 같았다.

그런데, 그동안 용케도 잘 피해 다니다가 어제저녁 그만 실수를 하고 말았다. 비록 술김이었지만 무슨 배짱으로 그랬는지 그 영감들 틈에 끼여 한참 동안 노닥거렸던 것이다. 그게 이만저만 불찰이 아니었다. 그것은 여태 그런 일이 없던 민 영감이 자기 집에 다녀갔다는 것으로도 짐작할 수 있는 일이었다. 집에 왔던 용건이 뭐가 됐든 그렇게 노닥거리며 얼렸던* 것이, 집에 오는 영감의 발걸음을 수월하게 해 버린 것은 분명했기 때문이다.

3

영하를 맨 먼저 발견한 것은 언제나 그렇듯 좁쌀영감이었다.

"박 기자, 어서 오겨!"

평소에는 싸늘한 냉기가 흐르던 좁쌀영감이 오늘은 웃기까지 하면서 영하를 반겼다.

"안녕들 하셨습니까? 어제저녁에는 죄송했습니다."

영하는 좁쌀영감의 웃는 표정에 힘을 얻어 제법 의젓하게 인사를 했다.

"죄송하긴? 신문기자 술 마시는 것쯤 보통이겠지."

민 영감이었다. 무슨 일이 있었는지 오늘은 영감들이 바둑을 두지 않고 있었다.

"박 기자를 좀 만나려고 한 것은 다른 일이 아니오. 이 동네에 아주 막돼먹은 녀석이 하나 있는데 이 녀석을 어떻게 처치했으면 좋겠는가, 박 기자하고 의논을 한번 하려는 것이요."

민 영감이 심각한 얼굴로 말했다.

"어지간한 녀석들은 우리 늙은이들이 나서서 개유*를 하거나 닦달하면 대개는 말을 듣는데, 이 녀석은 어떻게 생겨먹은 녀석인지 도무지 이빨이 안 들어갑니다. 낯바대기* 빤드럽기가* 꼭 그 갯가에 굴러다니는 몽돌* 한가집니다."

민 영감은 변죽만 울리고 있었다.

"어떤 사람이 그렇게 답답한 사람이 있습니까?"

영하는 이거 잘못 걸려들었구나 싶으면서도 겉으로는 웃으면서 대꾸했다.

"제 어미 아비를 마루 밑에 강아지만큼도 안 여기는 녀석입니다. 이 녀석이 가난해서 끼니 걱정을 할 정도라면 말도 안 하겠소. 부동산 투자로 일 억 가까이 돈을 쥔 녀석인데, 원체 무식하기가 절간 굴뚝인데다, 처음부터 돼먹기를 아주 막돼먹은 작잡니다. 자기 내외간에는 돈으로 별의별 눈꼴 시린 짓을 다하면서도 제 어미 아비 방에는 지난해같이 추운 겨울에 불 하나도 제대로 때주지 않았습니다. 이런 녀석을 그냥 보고만 있어야 쓰겠소?"

"아무리 눈먼 돈이라지만 그런 녀석 손에도 그렇게 굴러들어가는 것을 보면 세상 이치란 건 알다가도 모르겠어."

털보영감이 혼잣소리로 이죽거렸다.

"같은 늙은이들 처지에서 이 녀석을 더 두고 볼 수가 없습니다. 지금 단단히 잡도리*를 한다고 하고는 있소마는, 우리 힘만 가지고는 안 되겠으니 박 기자가 한몫 거들어야겠소."

"제가요?"

영하는 아차하면서도 멋쩍게 웃었다.

"저 작자 소행을 신문에 한번 내주시오."

영감들이 모두 영하를 봤다. 의논을 한다고 하더니 이건 숫제 명령이었다.

"글쎄요. 그 부모들한테 어떻게 하는지 모르지만, 그런 사적인 일을 함부로 신문에 내기는……."

영하는 시르죽은* 소리로 조심스럽게 말했다.

"사적인 일이요? 아니, 신문이란 것이 세상의 시시비비를 가려서 잘한 것은 잘한다고 내고, 못한 일은 못한다고 내는 것 아니요? 헌데 그런 불효막심한 녀석을 신문에 안 내면 뭣을 낸단 말이요?"

호적계장이었다. 따지고 나서는 것이 생긴 것 같지 않았다.

"글쎄, 그렇기는 합니다만, 불효를 해서 그 부모가 죽었다거나 하면 몰라도, 그런 일만 가지고 불효한다고 신문에 내기는 어렵습니다."

"허허, 그러니까 신문은, 아들놈이 불효를 해서 그 부모가 언제 죽나 손 개 없고* 앉아 있다가 숨이 딸각 넘어가야 입을 연다 이 말이오?"

호적계장이 거푸 다그쳤다. 영하는 신문잡지 윤리요강의 사생활 조항을 이야기한다는 게 너무 주변머리 없이 말을 하다가 꼬리를 잡히고 말았다.

그때였다. 여태 가만히 있던 셰퍼드가 벌떡 일어나며 왕왕 짖는다.

"호랑이도 제 말 하면 온다더니 마침 저기 오는구먼."

털보영감이 골목을 노려봤다. 셰퍼드는 눈에 퍼렇게 불을 켜고 무섭게 짖어대고, 스피츠도 목뒤털을 곤두세우고 앙칼지게 짖었다. 처녀처럼 수줍기만 하던 포인터도 컹컹댔다. 골목을 들어서고 있던 사내는 상판이 우거지상으로 험하게 일그러지며 셰퍼드와 좁쌀영감을 번갈아 노려봤다.

"정말 이러기요?"

사내는 좁쌀영감한테 삿대질을 하며 악을 썼다.

"누구보고 하는 얘기여? 따지려면 개한테 따져!"

좁쌀영감이 버럭 악을 썼다.

개들은 더 요란스럽게 짖어댔다. 사내가 주인한테 대들자 셰퍼드는 길길이 뛰어올랐다. 셰퍼드는 목이 줄에 당겨 앞발을 치켜들며 공중으로 뛰어올랐다. 저러다가 혹시 줄이라도 끊어지면 어쩔까, 영하는 조마조마했다. 만약, 줄이 끊어졌다 하는 날에는 한입에 갈가리 발겨 버릴 서슬이었다. 개 짖는 소리에 온 동네 다른 개들도 덩달아 짖어댔다. 무슨 큰일이라도 난 줄 알고 조무래기들이 몰려나왔.

사내는 연방 뭐라 좁쌀영감에게 퍼부어 댔으나 개 소리에 묻혀 알아들을 수가 없었다.

"또철아, 또철아. 가만있어, 가만!"

좁쌀영감이 손을 저으며 개를 달랬다. 개들이 좀 누그러졌다.

"개한테까지 내 이름을 붙여 날이면 날마다 또철아, 또철아, 도대체 영감, 나하고 무슨 웬수가 졌소?"

사내는 숨을 씨근덕거리며 잡아먹을 듯이 대들었다. 그러나 또 개가 짖고 나설까 싶어 말소리를 낮추느라 안간힘을 썼다.

"뭐? 또철이가 어쩐다고? 그것이 임자 혼자 이름이오? 임자는 이또철이지만, 김또철이, 박또철이, 대한민국 땅덩어리에 또철이가 수십 명일 텐데, 어째서 그것이 임자 혼자 이름이냔 말이여?"

영감이 깡, 내질렀다. 개들이 또 와크르 짖고 나섰다. 사내가 뭐라고 악을 썼다. 그러나 개 소리 때문에 들리지 않았다. 사내가 악을 쓰면 쓸수록 개들은 더 요란스럽게 짖어댔다. 사내의 악다구니는 개 짖는 소리 속에서 사람이 짖는 소리로밖에 들리지 않았다.

"같은 종자들끼리라 잘들 짖는다."

털보영감이었다.

"허허, 사람 환장하겠네. 나 이제 더는 못 참아. 파출소에다 신고를 하고 말겠어."

또철이는 악을 쓰며 돌아섰다. 시뻘건 얼굴에 더운 김을 내뿜으며 휑하니 골목을 빠져나갔다.

"개한테 짖기고 파출소 가는 녀석은 살다가 저 녀석 하나 보네."

털보영감이 허허 웃었었다.

"신고하면 순경이 나오겠지. 잘됐다. 꼬부랑자지 제 발등에 오줌 누더라고, 순경 앞에서 혼 한번 나봐라."

여태 말이 없던 굴때장군이었다.

"허허, 순경이 나오면 사람 또철이가 묶여 가든지 개 또철이가 묶여 가든지 둘 중에 한 또철이는 묶여 가겠구만."

호적계장이 웃었다.

"지난번에는 제 녀석도 빽 있다고 큰 소리 땅땅 치더니 그 빽이 얼마나 알량한 빽인지, 데려오려면 그 빽을 한번 데려와 볼 일이지, 기껏 파출소야?"

좁쌀영감이었다.

좀 만에 사내가 순경을 앞세우고 시퍼렇게 골목으로 들어섰다. 이번에는 셰퍼드가 짖지 않았다. 으르렁거릴 뿐이었다.

"개를 놓아기른다면서요?"

순경이 개들과 영감들을 번갈아 보면서 누구에게랄 것이 없이 어정쩡하게 물었다.

"지금 이 개들을 보고 하는 소리 같은데, 보시다시피 매어 있지 않소? 황소도 잡아맬 만한 쇠줄로 저렇게 단단히 매어놨는데, 어떤 시러베아들 놈이 그럽디까? 평상 밑에 포인터도 이렇게 매어 있고, 이 스피츠로 말하면 이건 처음부터 애완견이고⋯⋯."

순경은 사내를 돌아봤다.

"저놈의 개가 내가 지나가기만 하면 생사람 간 떨어지게 으르렁거리며 짖어대지 뭡니까? 저 영감이 나한테 겁을 주려고 일부러 신호를 하고 있어요."

그때 셰퍼드가 사내를 보며 으르렁거렸다. 사내가 주인에게 손짓을 했기 때문이다.

"저 개가 영감이 신호를 해서 짖는다고? 그럼 어제는 저 영감이 이 자리에 없었는데도 왜 짖었나?"

털보영감이 나섰다.

"평소에 그렇게 시켜놨으니까 그렇지요."

"그 여드레 삶은 호박에 도래송곳도 안 들어갈* 소리 작작해! 저 개가 임자만 보면 왜 짖는지 아직도 몰라?"

좁쌀영감이 갈마들었다*.

"개는 원래 도둑놈이나 수상한 사람을 보면 짖어. 생겨날 때부터 개는 그렇게 생겨났어. 헌데, 저 개는 내가 기르면서 보아 왔으니까 말이지만, 도둑놈이나 수상한 놈뿐만 아니라, 심성이 비뚤어진 놈을

봐도 짖어. 어째서 하고많은 사람들이 이 골목을 아무리 지나다녀도 가만히 있던 개가 임자만 나타나면 원수 보듯 짖고 나서겠어? 임자가 도둑놈이 아니고 달리 수상한 데가 없다는 것은 나도 알아. 그런데도 개가 짖고 나선 걸 보면 임자 심성이 어디 한 군데 크게 비뚤어진 모양이야."

"내가 심성이 비뚤어지기는 어떻게 비뚤어졌단 말입니까?"

사내가 악을 썼다. 셰퍼드가 또 왕왕 짖고 나섰다.

"그것은 저 개한테 물어봐!"

"허허. 사람 환장하겠네."

"그것은 개한테 물어야 할 일이로되, 개는 짖기밖에 못하는 짐승이니, 모르겠다면 내가 대신 말을 해 주지."

털보영감이 차근히 나섰다.

"마침 여기 신문기자도 왔고, 순경도 왔으니, 저 개가 왜 짖는가, 또 짖는 것이 옳은가 그른가, 여기서 노변송사*를 한번 해 보자구. 젊은 순경, 기왕 나왔으니 사무가 좀 바쁘더라도 차근히 한번 얘길 들어보슈. 그러지 않아도 우리가 불러와야 할 판인데 잘 왔소."

털보영감은 생긴 것 같지 않게 말솜씨가 매끄럽고 능청스러웠다. 신문기자라는 말에 사내와 순경은 영하를 보며 눈이 둥그레졌다.

"저 개들이 임자만 보면 짖는 것은 임자 심성이 비뚤어져도 크게 비뚤어졌기 때문이야. 그것은 임자가 부모들한테 어떻게 하고 있는지 생각해 보면 알 것이여. 부모 알기를 마룻장 밑에 강아지만큼도 못 알고 있으니, 이건 심성이 뒤틀려도 바닥에서부터 홀딱 뒤집힌 거여."

"내가 부모한테 어쩌든 당신들이 무슨 상관이오?"

"무슨 상관이냐고? 말 못하는 개도 그걸 못 봐 컹컹 짖는데, 사람 너울 뒤집어쓴 작자들이 그냥 손 개 없고 구경만 하란 말이야? 하지만, 이 자리는 우리가 임자를 닦달하는 자리가 아니고, 개 까탈로 임자가 순경까지 불러왔으니, 저 개가 임자만 보면 왜 짖는지 그 까닭을 말하고 있는 자리야. 그래서 지금 내가 개 대신 순경에게 말을 하고 있으니 둘이 다 내 말을 국으로 들어야 할 차례야."

"젊은 놈 너무 이러지 마슈!"

"젊은 놈이고 늙은 놈이고 이치 발라 말을 하면, 삶은 개다리 벋지르듯* 하지 말고 말을 들어!"

털보영감이 퉁방울눈을 부라리며 말꼬리를 깡, 굴렸다. 덩달아 셰퍼드도 컹 짖었다.

"임자 부모들 연세가 지금 어떻게 됐나? 망팔*이면 저승사자가 문 앞에서 기웃거릴 나이잖아? 우리가 직접 가서 봤으니까 말인데, 그런 늙은이 밥상이 어떻게 생겼는지 임자는 한집 식구니까 잘 알겠지? 사람이 늙으면 손발에 땀부터 밭아*. 그게 어디 손발뿐이겠어? 그러기 늙은이 밥상에는 맹물에 장을 풀더라도 숟가락 적실 국 한 그릇은 놓여야 목구멍으로 밥이 넘어간다 이 말이여. 돈이 아까우면 고깃국 끓여 드리라는 말이 아녀. 된장독에 숟갈 한번 푹 찔러다가 물에 풀어 끓이면 그게 된장국 아닌가? 아무리 점심때라지만, 김치 깍두기 한 가지로 맨밥에 강다짐하고* 있더구먼, 이게 부모를 사람 취급하는 짓인가?"

"어쩌다 한 번 그런 걸 가지고 생사람 잡지 마슈."

"생사람 잡는다고? 그럼 입성으로 말을 할까? 요새같이 옷베* 흔한 세상에 만 원짜리 다섯 장이면 바지저고리에 조끼에 두루마기까지 썼다 벗었다야. 그런데, 출입복 하나 없는 것도 어쩌다가 그런 것인가? 자고로 의복은 날개라 했거늘, 난든벌*이 따로 없이 입고 자는 바지저고리가 그대로 들고 나는 두루치기*더구만. 여보, 젊은 순경, 이것은 따지고 보면 국가적인 문제라구. 섬유류 수출이 세계에서 몇 째 간다는 나라에서 이런 일이 있다고 외국에 알려지면 나라 망신이 아니고 뭐요? 이런 사람은 나라 체통 생각해서라도 법에서 묶어다가 닦달을 해야 하잖겠소?"

"그렇게까지 남의 집 일을 간섭하시려면 영감님들이 들어서서 아주 우리 집 살림을 떠맡아 해 버리지 그러슈?"

"아가리 닥치고 더 들어!"

갑자기 굴때장군이 사내의 한쪽 어깨를 잡아 흔들며 을렀다.

"저 개 눈 봐! 시퍼렇게 불을 켜고 노려보잖아? 끌러만 주면 대번에 산멱*을 물겠다는 서슬이야. 그래도 우리들은 사람이라 고분고분 말로 하고 있는 것이여."

굴때장군은 사내를 몇 번 흔들다가 홀쩍 밀어 버렸다. 사내는 굴때장군이 흔드는 대로 상체가 하염없이 흔들리다가 훅 미는 바람에 하마터면 자빠지려다 가까스로 중심을 잡았다. 무서운 힘이었다. 사내는 뭐라 말을 하려다가 굴때장군 서슬에 질려 멀거니 쳐다보며 입을 다물었다.

"그뿐인 줄 아슈. 자기들은 새파란 것들이 정력이 어떻고 뭐가 어떻고, 한 마리에 30만 원 50만 원 하는 구렁이를 사다가 온 동네에 냄새 풀풀 풍기며 한 달이 멀다하고 고아 먹으면서, 제 부모 방에는 지난겨울같이 추운 겨울에 불도 제대로 안 때 사명당四溟堂 사첫방*도 그런 냉돌은 아니겠습디다. 이런 자가 사람 너울을 쓰고 다니니

개가 짖지 않고 배기겠소?"

순경은 비실비실 웃고 있었다.

"영감님, 생사람을 잡아도 어지간히 잡으시오. 젊은 것들이 구렁이를 먹다니, 그러니까, 우리 여편네도 구렁이를 먹더란 말씀이요? 구렁이를 보기만 해도 기겁을 하는 사람이 그걸 먹다니 세상에 그런 억지소리가 어딨습니까? 영감님 하시는 말씀이 말짱 이런 식입니다."

사내는 어처구니없다는 듯 능글능글 웃으면서 말소리까지 한결 낮춰 반격을 했다.

"흥, 가다가 말꼬리 하나 잡았구만."

"말꼬리가 아니라 사실입니다. 모두가 그런 억지소리로 사람을 잡고 있는 게 아니고 뭡니까?"

사내가 버럭 목소리를 높였다.

"허허. 구렁이를 장복하더니만 말꼬리 잡아 구렁이처럼 친친 감고 도는 게 약발이 고루고루 잘도 풀렸구먼."

모두 웃었다.

"심성을 바로 가져. 심성을 바로 가져야 그런 약을 먹어도 약발이 제대로 풀리는 거여."

"연탄이 어떻고 하는 소리는 또 뭡니까? 그때 보일러가 고장 나서 방이 좀 차기는 했지만, 연탄이 아까워서 어쩐다니 그게 말이 됩니까?"

"그러니까, 부모들 위하느라고 보일러를 고친 게 아니라, 고장 난 보일러에다 연탄을 하루에 수십 장씩 땠다는 소린가? 잘했구먼. 잘했어."

"허허, 사람 죽여주네."

"젊은 순경, 봤지요? 저렇게 자기 허물을 뉘우칠 줄 모르고 큰 소리만 치고 있으니 개가 짖지 않고 배기겠소? 정부에서도 충효忠孝 어쩌고 했으면, 저런 작자들부터 묶어 가야 할 게 아니요? 그리고 박 기자, 어떻소. 이런 사람을 신문에 안 내면 뭣을 신문에 낸단 말이요?"

털보영감이 이번에는 영하를 물고 들어갔다.

"뭐요? 신문에 내다니, 뭣을 신문에 낸단 말이요?"

사내가 털보영감 말을 채뜨리며 시퍼렇게 악을 쓰고 나섰다.

"임자 같은 사람을 신문에 안 내면 뭣을 신문에 낸단 말이여? 개는 짖으라고 있고 신문은 나팔을 불라고 있는 것인데, 개도 못 봐서 짖는 일을 신문기자가 손 개 없고 있으란 말이여? 신문기자가 개만도 못한 줄 알아?"

여태 말이 없던 굴때장군이 깡, 내질렀다. 민 영감은 베실베실 웃고만 있었다.

"영감들이 괜히 나를 못 잡아먹어서 환장이지 내가 어째서 신문에 난단 말이요?"

사내는 신문 이야기가 나오자 제정신이 아니었다.

"두고 봐. 신문에 나는가 안 나는가 두고 보라구."

"잡것, 어떤 놈이든지 신문에만 내봐라. 그때는 저 죽고 나 죽고 정말 사생결단을 하고 말 것이다."

작자는 이를 악물며 들떼놓고* 을러멨다*. 영하는 소한테 물린 것처럼 헤프게 웃고만 있었다.

"신문기자가 그렇게 만만한 줄 아나?"

"만만 안 하면 신문기자 배때기에는 철판 깐 줄 아슈?"

"허허, 잘 논다."

"생사람을 못 잡아먹어 환장을 하더니 나중에는 신문기자까지 끌어다 대는구만."

"환장? 그게 어디다 대고 하는 말버릇이야?"

좁쌀영감이 소리를 질렀다.

"그럼 환장이 아니고 뭡니까?"

사내가 좁쌀영감한테 삿대질을 하며 악을 썼다. 순간 왕왕, 셰퍼드가 짖었다. 스피츠와 포인터도 덩달아 짖고 나섰다.

"또철아, 또철아, 가만있어, 가만!"

개들이 다시 누그러졌다.

"방금은 저 개들이 왜 짖은 줄 알아? 제 주인한테 대드니까 짖었어. 개는 까닭 없이는 안 짖어. 사람 못된 것들은 할 소리 안 할 소리 자발없이* 씨부렁대지만, 개는 짖을 놈만 봐서 꼭 짖을 때만 짖어. 저 시퍼런 눈 봐. 저 눈으로 사람 못 보는 데까지 훤히 꿰뚫어 보고 꼭 짖을 놈만 찾아 짖는단 말이야."

털보영감이 능청을 떨었다.

"뭐가 어쩌고 어째요? 저 영감이 시키니까 짖지 개가 뭣을 알아 짖는단 말이오. 저 개한테 붙인 또철이란 이름이 뉘 이름이오. 개한테 멀쩡한 사람 이름을 가져다 붙인 것부터가 속내가 환한데, 시키지도 않는데 제 사날*로 짖는단 말이오?"

사내는 이를 앙다물며 좁쌀영감을 노려봤다. 작자는 이만저만 끈질긴 성미가 아니었다. 이쯤 했으면 진력이 날 법도 한데 기어코 물고 늘어졌다.

"또철이가 뉘 이름이냐 이 말인가? 아까도 말했듯이 그것은 임자 이름인 것 같기도 하지만 저 개 이름이기도 해. 임자가 또철이란 이름을 지을 때 누구한테 허락 맡고 지었나? 나도 내 맘대로 지었는데, 어째서 시비야? 또철이란 이름은 임자 혼자 이름이라고 전세 내서 등기라도 해 두었어?"

좁쌀영감이 차근하게 따졌다.

"일부러 내 이름을 개한테 붙인 것이 아니고 뭐요?"

"저 사람이 남의 말 들을 귀에 말뚝을 박았나? 대한민국에 또철이가 임자 혼자뿐이 아닌데 어째서 그게 임자 혼자 이름이란 말이야?"

영감이 삿대질을 하자 또 셰퍼드가 컹 짖었다. 영감 말이 옳다는 소리 같았다.

"이 골목에 사는 또철이는 나 하나뿐이니, 나 들으라고 지은 이름이 아니고 뭡니까? 바둑이·도크·쫑·검둥이, 세상에 쌔고 쌘 개 이름 놔두고, 아무런들 개한테 사람 이름을 붙여 허구한 날 또철아, 또철아, 도대체 이런 법도 있습니까?"

사내는 순경을 돌아보며 입에 거품을 물었다. 그가 소리를 지르자 또 개가 으르렁거렸다.

"개한테 그런 이름 붙이면 안 된다는 무슨 법조문이라도 있단 말이야? 있으면 가져와 봐. 이놈은 일본 총독 이토, 이놈은 인규, 이놈은 아민, 이놈은 또철이, 또 이놈은 뭔 줄 아나? 모를 게야. 아직 안 짓고 아껴 뒀어."

영감은 개 이름을 하나하나 가리키며 말했다. 인규는 4·19 때 최인규* 겠고, 아민은 시위하는 군중들을 수천 명 쏘아 죽인 아프리카 우간다 독재자 이디 아민 같았다.

"이런 것뿐이라면 말도 않겠소. 중이 절 보기 싫으면 떠나더라고 이 골목에서 이사를 가 버리려고 집을 내놔도, 이 영감들이 집을 꽉 누르고 있기 때문에 반년이 넘도록 집이 안 팔려요. 이것은 법에 안 걸리는 일입니까?"

사내는 순경과 영하를 번갈아 보며 호소하듯 말했다.

"그 집 얘긴가? 그것 절대로 안 팔릴 거로구만."

여태 말이 없던 민 영감이 나섰다.

"우리가 작당을 해서 누르고 있어 안 팔리는 것이 아니고, 저절로 안 팔리는 거여. 우리가 복덕방은 아니지만, 이 골목에서 집 팔고 사는 것을 오래 지켜보았으니 말인데, 낱낱 보면 이런 집 하나 팔리는 것도 심성을 곱게 지니는 사람이라야 쉽게 팔리더만. 더구나, 요새 같은 불경기에는 두말할 것도 없지. 코 쩨기 내기를 해도 일이 년 안에는 안 팔릴걸."

"아무렴. 절대로 팔릴 까닭이 없지. 일이 년 안에 그 집이 팔리면 내 코도 팍 쩨고 말겠어."

굴때장군이었다. 손가락을 위로 세워 코를 팍 쑤시는 시늉까지 했다.

"저 보시오. 내가 모르는 줄 아시오. 이 영감들이 이 골목 복덕방들뿐만 아니라, 다른 데 복덕방들한테까지 말짱 공갈을 쳐서 소개를 못하게 누르고 있어요. 저기 저 복덕방 영감들한테 물어보시오. 내 말이 거짓말인가."

순경과 영하를 번갈아 보며 복덕방 쪽을 가리켰다. 그러자, 곁에 앉아 있던 복덕방 영감이 작자를 할기시* 노려봤다.

"지금 우물귀신 생사람 끌어들이듯 누굴 끌어들이자는 거야? 공

개는 왜 짖는가 115

갈을 치기는 누가 누구한테 공갈을 쳐서 집을 누르고 자시고 한단 말이야?"

복덕방 영감도 만만찮았다.

"다 한통속인 줄 알아요."

"어디서 털 뜯기고 어디다 언걸*인지 모르겠네."

복덕방 영감이 할기시 노려봤다.

"여보, 순경!"

그때 굴때장군이 나섰다.

"이제 대강 사정을 들어 봤으니, 사람 또철이가 잘못이면 사람 또철이를 묶어가고, 개 또철이가 잘못이면 개 또철이를 묶어가고, 양단간에 한 또철이는 묶어가시오."

"사람이고 개고 아무렇게나 묶어간답니까? 이런 노변송사는 골목 사람들 끼리나 하시고 다음부터는 이런 데다 바쁜 사람 불러내지 마슈."

순경은 웃으며 돌아섰다. 순간, 셰퍼드가 골목을 향해 왕왕 짖고 나섰다. 순경이 멈칫했다. 삼십대의 사내가 생글거리며 들어서고 있었다.

"또철아, 임마, 나하고 잘 좀 사귀어 보자."

사내는 간사스럽게 손을 흔들며 온몸을 꼬아 개한테 아양을 떨었다.

"저것 보시오. 저 사람은 또 누군지 아시지요? 골목으로 그 많은 사람들이 들락거려도 가만히 있던 개가 왜 이런 작자들만 나타나면 짖겠소?"

털보영감이었다. 순경은 허허 웃으며 골목을 빠져나갔다.

"영감님들 왜 또 이러십니까? 그렇지 않아도 오늘은 기분 좋은 김에 영감님들께 술 한잔 사려는 참입니다. 취직이 됐어요."

사내는 몸을 비비 꼬며 능갈*을 쳤다.

"어디서 만만한 촌놈이라도 하나 걸려들었다는 얘긴가?"

굴때장군이 툭 쏘았다.

"젊은 놈 너무 괄시하지 마십시오."

"괄시고 깻묵이고 그놈의 취직은 어떻게 생긴 취직인데, 입만 벌어지면 취직이야?"

"정말입니다, 오늘은."

"어디다 했나?"

"토건회사요."

"토건회사? 회사 이름이 뭐야?"

"뭘 또 거기까지 아시려고 그러십니까?"

"예끼, 이 못된 작자. 서발도 못 가서 꼬리가 밟힐 거짓부렁이를 어디다 대고 씨부리고 있어? 전과 5범도 부족해서 이번에는 우리한테 일 범 더 하자고 초를 잡는 겐가? 사기해 처먹을 데가 없어서 이 쭈그렁 늙은이들을 골라잡은 게야?"

"아따, 너무 이러지 마십시오."

사내는 유들유들 웃으며 골목으로 사라져 버렸다. 어느새 또철이도 안개 속으로 ㅅ 나가듯 사라지고 말았다.

"박 기자, 봤지요? 우리가 오죽했으면 개한테 작자 이름을 붙였겠소? 헌데, 보시다시피 우리 힘으로는 도무지 이빨이 안 들어갑니다. 그래도 아까 신문기자라니까 겁을 먹지 않던가요? 이제 신문에 내는 것 말고는 방법이 없습니다."

민 영감이었다.

"그렇지만 신문은 신문대로 사건을 취급하는 규칙이 있습니다. 신문잡지 윤리요강에 사생활을 침범하는 기사는 못 쓰게 되어 있습니다."

"허허. 윤리 한번 맹랑한 윤리도 있구려. 효도는 만 가지 윤리의 근본인데, 불효한 놈 신문에 못 내게 하는 윤리도 있단 말이요?"

호적계장이 말을 채고 나섰다.

"글쎄, 그렇기는 합니다마는, 뭣이냐, 말하자면……."

영하는 잔뜩 주눅이 들어 고추 먹은 소리로 허텅지거리*만 하고 있었다.

"지금 정부에서도 충효를 으뜸으로 내세우고 있지만, 그중에서도 효도라 하는 것은……."

"자꾸 효도, 효도, 그런 케케묵은 소리 좀 작작 하시오. 더구나, 요새 같은 세상에 효도가 만 가지 윤리의 근본이라니, 그런 답답한 소리를 하니까 말발이 안 서요."

갑자기 민 영감이 호적계장을 몰아세웠다.

"가만있자, 효도가 케케묵은 소리라니요?"

호적계장은 지금 무슨 소리를 하고 있느냐는 눈으로 민 영감을 멀뚱하게 건너다봤다.

"국민학교나 중학교 담벼락에도 가는 데마다 대문짝만 하게 '나라에 충성 부모에 효도'라고, 안 써 붙인 데가 없는데, 그게 케케묵은 소리라니, 나는 무슨 말씀인지 모르겠습니다. 우리가 아까 또철이 그 작자를 닦달한 것도 그 작자가 제 부모한테 불효를 했기 때문이 아닙니까?"

호적계장은 평소 민 영감한테 끓려 지내는 사이 같았으나, 말이 사뭇 엉뚱하다 보니 어리둥절한 모양이었다.

"그게 어디 불효입니까? 학대지."

"불효나 학대나 같지 않습니까?"

"어째서 같아요? 효도라는 매가리 없는 눈으로 보니까, 제 부모를 개만큼도 못 여기는 그런 짓도 기껏 불효로밖에 안 보여요."

"무슨 말씀인지 나는 당최 못 알아먹겠소."

"말하자면 길지만, 아까 그 사기꾼 녀석 보시오. 그 작자가 부모한테 효도하는 것으로 따지면 그런 효자도 드물 거요. 집에 들어갈 때마다 제 아비 소주 한 병씩은 차고 들어가고, 작년만 하더라도 봄가을로 일 년에 두 번씩이나 제 부모들 효도관광 시킨 녀석은 이 골목에서 그 작자뿐이었소. 하지만 그 작자가 무슨 짓을 해서 제 부모 효도관광 보낼 돈을 벌었소? 사기꾼에다 소매치기, 꼭 효도 쪽으로 말을 하자면, 남의 숱한 부모들 사기치고 소매치기 해다가 제 부모한테만 효도한 녀석이 그 녀석이요."

호적계장을 비롯한 네 영감들은 뚝배기에 든 두꺼비 꼴로 멍청하게 민 영감을 건너다보고 있었다.

"옛날에는 한 집에서 삼대·사대가 오물오물 몰려 살았으니까, 효도 한 가지면 집안 법도뿐만 아니라 세상 법도까지 환하게 섰고, 충성 하나면 나라 질서가 반듯했지만, 지금은 달라요. 옛날에야 하루 내내 만나는 사람들이 자기 가족 말고는 동네 사람들뿐이었고, 하는 일도 식구들이 손을 모아 기껏 농사일뿐이었소. 그렇지만 지금은 어떻습니까? 가족도 부부 중심으로 뿔뿔이 흩어지고, 하루에 만나는 사람만도 길거리·시내버스·시장·직장 수백 수천 명을 만나고, 또 사람 살아가는 것도 남남끼리 수십 벌로 얽혀서 온 세상이 한통으로 돌아가고 있어요. 이런 세상에서는 장사꾼들은 남을 속여먹지 말아야 하고, 버스 탈 때는 서로서로 순서를 지켜야 하며, 공무원은 친절하고 성실해야 할 것이요. 하여간, 지금 세상은 제 어미 아비나 식구들한테만 그럴 것이 아니고, 남남끼리 서로가 사람을 사람답게 보고 정직하게 사는 것이 가장 으뜸가는 일이라, 이 말이요."

민 영감은 말을 마치며 영하를 봤다. 내 말이 틀렸느냐는 표정이었다.

"그러면 효도는 아무것도 아니란 말씀입니까?"

호적계장이 물었다.

"아무것도 아닌 것이 아니라, 아까 그런 일 속에는 효도 같은 것도 저절로 포함되어 버리니까 굳이 효도만 따로 떼어 강조할 필요가 없다 이 말입니다."

"다른 말 속에 포함되어 버리다니요?"

"일테면, 사람을 사람답게 보라, 이래노면 제 부모는 물론이고 남의 부모와 세상사람 모두가 포함되어 버린다 이 말입니다. 남을 사람답게 보아 존중하고 위하는 사람이면 제 부모는 얼마나 더 위하겠소?"

"그것이 그런 것 같기는 합니다마는, 지금 정부에서도 나라에 충성 부모에 효도인데……."

호적계장은 조금 웃물이 도는 것 같은 표정이기는 했지만, 그래도 효도란 말에 미련이 남는 듯 고개를 갸웃거렸다.

"아까 그 사기꾼을 놓고 봅시다. 그럴 리야 없지만, 그 자가 가령 학교 담벼락만 쳐다보며 사는 녀석이라면, 나는 군대에 갔다 왔으니

나라에 충성을 했고 또 부모한테 나만큼 효도한 녀석이 누가 있느냐고 으스댈지 모릅니다. 헌데 학교 담벼락에다 '정의롭게 살자' 이래 놨다고 합시다. 그랬다면, 그 자는 사기꾼이 아니라 사기꾼을 잡는 정의로운 사람이 됐을지 모릅니다. 제 주머니는 좀 가벼워지고 제 부모들 효도관광은 못 보내도 널리 보면 얼마나 좋은 일이겠소?"

영감들은 허허 웃었다.

"그러니까, 이런 일을 기자들한테 부탁할 때도 제 부모한테 불효를 하니 저자를 신문에 내시오, 이러면 그 불효라는 말부터가 매가리가 없는 소리라 저런 이들 귀에는 먹혀들지 않겠지만, 부모를 학대하니 신문에 내라고 해 봐요. 그런 소리에는 귀가 번쩍 뜨일 겁니다. 하하, 박 기자, 내 말이 맞지요? 하여간 그 작자 그 기사나 잘 써 주시오."

민 영감은 영하를 보며 말했다. 영하도 멍청하게 따라 웃었다.

4

영하는 집에 돌아와 마루에 번듯 누웠다. 도무지 얼얼하기만 한 기분이었다. 영감들한테 당한 것은 또철이란 사내가 아니고 영하 자신이었던 것 같고, 이 세상 아닌 연옥에라도 갔다 오거나 종교적인 무슨 심판대에라도 올랐다가 내려온 것 같았다.

신문에 내기만 하면 저 죽고 나 죽고 말겠다고 노려보던 또철이의 그 살기어린 눈이 떠올랐다. 개는 짖으라고 있고, 신문은 나팔을 불라고 있는 것이 아니냐고 따지던 굴때장군의 얼굴이 떠올랐다. 좁쌀영감의 매서운 눈과 시퍼렇게 불을 켜고 있는 셰퍼드의 눈도 한꺼번에 떠올랐다. 영하는 우선 잠이나 한숨 자고 싶었다. 그만큼 피로했다. 꼭 어디 비좁은 바위 틈에 낀 기분이었다.

 그때 찌이 하는 매미소리가 났다. 가까이 화단 어디서 나는 것 같았다. 영하는 고개를 들고 화단을 두리번거렸다. 영하는 자리에서 벌떡 일어났다. 화단 한쪽 오동나무에 큼직한 말매미가 한 마리 붙어 울고 있었다. 도시에 매미가, 더구나 저렇게 큰 말매미가 날아와 울고 있다니 희한한 일이었다. 실은, 이 매미소리는 아까부터 나고 있었는데, 영감들 생각에 잠겨 그 소리를 제대로 느끼지 못한 것 같았다. 도시의 소음에 단련된 귀라 저 큰 말매미소리도 얼른 가려듣지 못한 것이 아닌가 싶었다.

 매미는 오동나무에 붙어 찌이, 제 성량껏 소리를 지르고 있었다. 영하는 혹시 저놈이 날아가 버리지 않을까 조마조마했다. 마치 귀한 손님이라도 맞은 기분이었다.

 장미 몇 그루와 향나무 한 그루, 그리고 민 영감이 심어 준 유자나무 외에 회양목이며 철쭉 등 잡살뱅이* 정원수가 아무렇게나 심어진 화단 한쪽에는 두 길쯤 되는 오동나무가 한 그루 껑충하게 서 있다. 오동나무는 널찍한 잎사귀를 시원스럽게 드리우고 담 너머로 아랫집을 내다보며 한창 싱싱하게 물이 오르고 있었다.

 실은, 저 오동나무는 봄에 없애 버리려던 것이다. 그렇지 않아도 비좁은 화단에 멋대가리 없이 키만 큰 이런 오동나무까지 심어 놨을까 싶어서였다. 그걸 파내자니 곁에 있는 나무뿌리들이 상할 것 같아 밑동을 베어 버렸었다. 그런데, 며칠 있으려니까 거기서 움이 나기 시작했다. 새 움쯤이야 하고 그냥 두었더니 이게 하루가 다르게 쑥쑥 뽑아 올라갔다. 우죽우죽* 자라 오르는 게 신기하다 했더니 꼭 죽순 뻗어 올라가는 기세였다. 그게 봄부터 여름 사이에 무려 두 길이나 자라 버린 것이다. 나중에 알고 보니 오동나무는 이삼 년 자란 뒤에 밑동을 잘라 줘야 하며 거기서 돋아난 것이라야 제대로 자란다는 것이다. 그러니까 없애 버리자고 잘라 준 것이 되레 제대로 가꿔 준 꼴이 되고 말았다.

부채보다 더 널찍한 잎사귀를 훨훨 드리우고 거침없이 뽑아 올라간 오동나무는 그런대로 볼품이 없지 않았다. 싱싱하기로는 오동나무에 비길 나무가 쉽지 않겠다고 감탄을 했었는데, 바로 그 싱싱한 수세*가 매미를 불러들인 것이다. 나무란 가지가지 훨훨 자라는 맛으로 본다던 민 영감 말이 떠올랐다.

나무란 저렇게 거침없이 자라야 나무다운 생김도 생기려니와 거기에서 자연의 조화가 제대로 이루어지는 모양이고, 결국 그런 조화 속에 매미 같은 것도 저절로 날아드는 게 아닌가 싶었다. 매미 같은 곤충이 이리저리 날아다니는 것도 그런 조화에 따라 움직이는 자연의 리듬일 것이다.

비싼 나무를 사다가 잘 손질한 정원은 인위적으로 정돈된 바로 그만큼 자연의 질서와 조화에서는 어긋나 있는 것이 아니겠는가 하는 생각이 들며 매미가 붙어 있는 오동나무가 새삼 대견스럽게 여겨졌다.

저 오동나무는 통샘암거리 노인들 같다는 생각이 들었다. 그 노인들은 저 오동나무처럼 거침없이 살다가 구김 없이 늙으며, 어디서나 자기 할 소리 하며 자기 분수껏 이 세상에 나온 자기 몫을 하고 죽어 갈 사람들이었다.

화단 한쪽 햇볕에 내놓은 분재로 눈이 갔다. 오동나무에 비기면 저게 뭔가? 봄이 되어도 가지 하나를 뻗고 싶은 대로 뻗지 못하고,

뿌리는 또 비좁은 화분 속에서 얼마나 궁색스럽게 비틀리고 얽혀서 뻗어야 하는가? 저렇게 최소한의 생존조건 속에서 생명을 부지해야 사랑받고, 그 생존조건의 극한점이 올라가면 올라갈수록 가치도 그에 비례하는 것이 문제였다.

통새암거리 노인들이 오동나무라면 나는 뭔가? 저 분재일까? 그렇게 빗대어 놓고 보니 너무 신통하게 들어맞는 것 같았다. 영하는 멀겋게 웃었다.

울음을 그쳤던 매미가 또 찌이, 장대 같은 소리를 내질렀다. 거침없이 내지르고 있는 매미소리는, 더위에 내려앉을 것 같은 여름 한낮에 하늘로 치솟아 오르는 한 줄기 시원한 분수였다.

매미는 지상의 생애 1주일 혹은 3주일을 살려고 땅 속에서 7년 내지 17년을 유충으로 기다린다는 것이다. 적어도 7년에서 17년을 별러 태어나 7일을 살다 죽는, 그 7일로 응축된 매미의 생애가 이상한 감상을 불러왔다. 찌이 하는 울음소리가 단순한 곤충의 울음으로 들리지 않았다. 그 기나긴 기간을 땅 속에서 벼르고 별렀던 자신의 무슨 절실한 의지를 저렇게 단음으로 표출하고 있는 것이 아닌가 싶었다. 저 크고 우람한 소리는 그 짧은 생애 한순간 한순간을 아껴 내지르는 뭔가 그만큼 절실한 삶의 표출일 것이다.

매미소리에 취해 있던 영하는 책상머리로 갔다. 아까 그 기사를 써야겠다고 생각했다. 매미처럼 무슨 거창한 소리를 지르자는 것이 아니고 매미소리를 듣다 보니 뭔가 끄적거리고 싶었다.

△ 개한테 사람 이름을 붙여 말썽이 되고 있다. 시내 ××동 골목 어귀에 몰려 지내는 노인들이 셰퍼드에다 'x철이'란 이름을 붙였는

데, 그 골목 안에 사는 사람 이름이 ×철이어서 시비가 붙은 것.

△ 노인들은 사람 이름이라고 개한테 붙이지 말라는 법이 있느냐고 되레 큰소린데, 그 ×철이란 이가 평소 그 부모를 학대한다고 이 노인들이 닦달하던 다음이라 그 이름 임자는 그게 의도적이라는 것이다.

△ 더구나, 그 ×철이라는 셰퍼드는 사람 ×철만 나타나면 눈에 시퍼렇게 불을 켜고 잡아먹을 듯이 짖어대는 바람에 화를 참다못한 ×철 씨가 경찰까지 불러오는 등 골목이 사뭇 소란스러웠다.

△ 다섯 마리의 개를 거느리고 있는 이 영감들은 그중 한 마리한테는 이토라는 이름을 붙이고 있는데, 이토는 조선총독부 초대 총독 이토 히로부미의 이토. 누구든지 이 영감들의 눈 밖에 나는 사람 있으면 다른 개한테도 그 사람의 이름이 붙을 판이다.

써놓고 보니 가십 기사가 될 것도 같았다. 개가 사람을 물면 기사가 안 되지만 사람이 개를 물면 기사가 된다고 했다. 그런 기준으로 보면 개한테 사람 이름을 붙인 이 사건은 교과서적인 기삿거리라 할 수도 있었다.

또철이의 잘못을 모두 폭로해 달라는 것이 노인들의 주문이었으므로, 그들의 요구에는 좀 빗나간 대로 할 얘기는 한 셈이다. 또 학대라는 말이 불효보다 설득력이 있는 것 같았다. 의기양양하게 말하던 민 영감이 떠올라 혼자 웃었다. 영하는 기사를 바지 뒷주머니에다 챙겨 넣고 자리에 누워 잠을 청했다.

"잡았다!"

밖에서 떠들썩한 소리에 잠이 깼다. 언제 왔는지 고등학교 다니는 처남이 화단에서 매미를 올가미에 옭아서 나오고 있었다. 매미는 나일론 끈에 목이 옭혀 막대기 끝에서 풀풀 날아다녔다. 다섯 살짜리 아들놈은 좋아서 홀딱홀딱 뛰었다.

"그걸 왜 잡았어?"

영하가 꽥 고함을 질렀다. 턱없이 큰 고함소리에 처남은 찔끔했다.

"놔주지 못해?"

영하는 다시 소리를 질렀다. 험상스럽게 일그러진 영하의 표정에 처남은 무 캐 먹다 들킨 녀석처럼 엉거주춤 서 있었다.

"안 돼! 안 돼! 놔줌 안 돼!"

아들놈이 제 삼촌 손에서 막대기를 빼앗으며 방색*을 했다. 영하는 허탈한 기분이었다. 저 녀석의 극성을 이겨낼 재간이 없겠다 싶어서였다. 만약 억지로 놔줬다가는 큰 야단이 날 판이다.

아들놈은 매미를 풀풀 날리며 마당을 정신없이 뛰어다녔다. 속수무책이었다. 저 녀석이 싫증이 날 때까지 기다리는 수밖에 방법이 없었다.

"그렇게 억지로 끌고 다니면 죽어 버린단 말이야. 나무에 매어 두든지 해!"

"알았어요. 알았어."

녀석은 알았다면서도 말뿐이었다. 오후 내내 매미를 끌고 마당을 뛰어다녔다.

영하는 다음날 출근하면서 매미를 나무에 매어 두라고 몇 번이나 일렀다. 아내한테까지 당부를 하고 집을 나섰다.

편집국에 들어섰다. 무슨 일인지 분위기가 싸늘했다. 모두 입을 봉하고 담배만 뻐금거리고 있었다. 항상 생글거리던 문화부 여기자마저 얼굴이 굳어 있었다. 대밭에서 와글와글 지저귀던 참새 떼들이 갑자기 지저귀던 소리를 뚝 그치는 경우가 있다. 위험을 감지하는 순간이다. 그 정적 사이에서 한두 마리가 짹짹거린다. 다시 지저귀거나 모두 와르르 날아간다. 그 한두 마리가 짹짹거리는 소리는 괜찮다거나 위험하다는 신호인 모양이었다. 들판에서 끼룩거리며 먹이를 먹던 기러기 떼도 마찬가지다. 망보던 녀석이 뭐라 길게 소리를 하면 먹이를 먹던 기러기 떼가 모두 고개를 쳐들고 소리를 뚝 그친다. 바로 그런 분위기였다. 그때 정치부장이 국장실에서 나왔다. 우거지상이었다.

"제길, 그런 것도 못 쓰면 무얼 쓰란 말이야?"

정치부장은 의자에 엉덩이를 내던지며 창밖을 향해 의자를 핑글 돌렸다. 담배에 불을 붙여 길게 연기를 내뿜었다.

영하에게 갑자기 떠오른 게 있었다. 신문에 내기만 하면 저 죽고 나 죽겠다고 독기를 피우던 또철이의 눈이었다. 영하는 주머니에서 기사를 꺼내 슬그머니 휴지통에 넣어 버렸다. 그가 무섭다기보다 귀찮았다. 뒤미처 골목 영감들의 얼굴이 떠올랐다. 좁쌀영감의 차가운 눈이 맨 먼저 떠올랐다. 셰퍼드의 시퍼런 눈도 떠올랐다. 갑자기 옛날 신문배달 아이의 공포에 질린 눈도 지나갔다.

다음날 아침, 영하는 아내가 여러 번 깨워서야 눈을 떴다. 골이 빠개질 것 같았다. 어제저녁 너무 마신 것 같았다. 아무래도 어디서 크게 실수를 한 것 같았다. 무슨 기억이 떠오른 게 아니고 그런 느낌이었다. 삼차까지 간 기억은 있지만, 그 뒤는 어떻게 됐는지 아무것도 떠오르지 않았다.

"어제저녁 몇 시에 왔지요?"

아내는 어이없다는 눈으로 한참이나 영하를 바라보더니 픽 웃고 말았다. 영하는 자기가 무슨 실수를 한 것 같지는 않더냐고 물을 용기는 나지 않았다. 그걸 아내의 표정에서 읽으려고 몇 시에 왔던가만 거듭 채근했다. 몇 시에 온지도 모를 만큼 많이 취했었다는 것을 강조함으로써, 혹시 있었을지 모르는 실수를 미리 술 탓으로 돌리려는 술꾼 특유의 교활한 변명방식이었다.

"몇 시에 왔더냐구요?"

"한 시도 넘어서 파출소 순경이 모셔 왔습디다. 어이구, 금주 하신다더니 사흘도 제대로 못 가시는구려."

"무슨 실수를 한 것 같지 않아요?"

하는 수 없이 한 발 내쳤다. 아내는 어이없다는 듯 또 웃었다. 성격이 무던한 아내는 영하의 주사를 별로 타박하지 않는 편이었다. 요사이는 그게 더했다. 예사 때는 그게 여간 고맙지가 않았는데, 이럴 때는 그게 되레 짜증스러웠다.

"말을 좀 해 봐요!"

"앞으론 살인 많이 나겠습디다."

아내는 여전히 웃으며 핀잔이었다.

"살인? 그게 무슨 소리요?"

영하는 놀라 물었다. 어슴푸레 짚이는 게 있었다.

"그렇게 뒤가 무른 분이 술만 마시면 어디서 그런 객기가 나오지요? 저 아래 통새암거리에서부터 다 때려죽인다고 동네가 떠나가게 악을 씁디다."

"누굴 죽인다고?"

"죽인다는 이가 모르시면 내가 어떻게 알아요."

"에이 참, 어제저녁에는 너무 마셨어. 이젠 정말 술 끊어야겠어."

영하는 우거지상을 한껏 찡그리며 담배를 태워 물었다.

"그런데, 무슨 장군 어쩌고 하시던데 그게 누구예요?"

"뭐, 장군이라니?"

영하는 다시 눈이 둥그레졌다.

"또 뭐라더라. 호적계장?"

"그들보고 뭐라 했어요, 내가?"

"무슨 장군, 호적계장 어쩌고 막 악을 쓰기에 처음에는 그런 사람들하고 싸우는 줄 알았어요."

"그래, 그들을 죽인다고 하던가요?"

"하도 큰 소리로 고래고래 악을 쓰는 통에 무슨 소리가 무슨 소린지 모르겠는데, 죽인다고 하기도 하고, 또 무슨 개 주둥이를 묶어 버린다고도 하고 도무지 종잡을 수가 없었어요. 하여간, 창피해서 이 동네서 다 살았어요."

"내가 개 주둥이를 묶어 버린다고 하더란 말이오?"

"그래요. 그런데 개라면 통새암거리 그 셰퍼드 말인가요?"

"에이 참!"

"개가 짖는 건 사람으로 치면 말하는 것이나 마찬가진데, 언론 자유가 어떻고 하시는 분이 개 주둥이를 묶어 버린다면 그건 또 뭐예요?"

아내는 어이가 없다는 듯 경황 중에도 킬킬거렸다.

영하는 얼음장에 나자빠진 황소처럼 얼빠진 눈으로 웃고 있는 아내 얼굴만 멍청하게 건너다보고 있었다. 아내는 출근시간이 늦었다며 얼른 세수나 하라고 채근하며 부엌으로 나갔다.

영하는 잔뜩 얻어맞고 그로기 상태가 된 복싱선수처럼 벽에 등을 기대고 축 처져 있었다. 힘없는 눈길을 허공에 띄우고 그렇게 한참 앉아 있었다. 그러고 있던 영하의 눈에 갑자기 긴장이 피어올랐다. 초점이 한 곳에 모아지며 상채를 일으켰다.

책상 위에 놓인 분재 소나무에 말매미가 실을 친친 감고 죽어 있었다. 소나무 가지에 매달려 대롱대롱 대롱거리고 있었다.

낱말 풀이

가든그리다 가볍고 간편하게 거두어 싸다.

갈마들다 서로 번갈아들다.

강다짐하다 밥을 국이나 물 없이, 또는 반찬 없이 그냥 먹다.

개 얹다 '개어 얹다'의 준말. 이부자리 같은 것을 개켜서 올려놓다.

개유開諭 사리를 알아듣도록 잘 타이름

건둥건둥 꼼꼼하게 하지 않고 대충대충 하는 모양

고두 백배叩頭百拜 머리를 조아리며 몇 번이고 거듭 절하다.

굴때장군 키가 크고 몸이 굵으며 살갗이 검은 사람을 놀림조로 이르는 말

길속 익숙해져 길난 일의 속내

깍짓동 몹시 뚱뚱한 사람의 몸집을 비유적으로 이르는 말

꺽지다 성격이 억세고 꿋꿋하며 용감하다.

난든벌 외출할 때 입는 옷과 집 안에서 입는 옷

낯바대기 '낯'을 속되게 이르는 말

노변송사路邊訟事 길거리에서 하는 소송

능갈 얄밉도록 몹시 능청을 떪

더뎅이 부스럼 딱지나 때 따위가 거듭 붙어서 된 조각

덤턱스럽다 매우 투박스럽게 크고 푸진 데가 있다.

도거리 따로따로 나누지 않고 한데 합쳐서 몰아치는 일

두루치기 예전에, 낮은 계층의 여인들이 입던 치마의 하나. 폭이 좁고 길이가 짧다.

드레지다 사람의 됨됨이가 가볍지 않고 점잖아서 무게가 있다.

들떼놓고 꼭 집어 바로 말하지 않고

뜨악하다 마음이 선뜻 내키지 않아 꺼림칙하고 싫다.

마뜩찮다 '마뜩잖다'의 오기. 마음에 들 만하지 않다.

망팔望八 여든을 바라본다는 뜻으로, 나이 일흔한 살을 이르는 말
몽돌 모오리돌. 모가 나지 않고 둥근 돌
미주알고주알 아주 사소한 일까지 속속들이
민완敏腕 재빠른 팔이라는 뜻으로, 일을 재치 있고 빠르게 처리하는 솜씨를
　　　　이르는 말
방불하다 거의 비슷하다.
방색 무엇을 하지 못하게 막음
밭다 액체가 바싹 졸아서 말라붙다.
벋지르다 버티고 서다.
비각碑閣 비를 세우고 비바람 따위를 막기 위해 그 위를 덮어 지은 집
빤드럽다 깔깔하지 않고 윤기가 나도록 매끄럽다.
사날 제멋대로만 하는 태도
사북 접었다 폈다 하는 부채의 아랫머리나 가위다리의 교차된 곳에 박아 돌
　　　쩌귀처럼 쓰이는 물건
사첫방房 손님이 묵고 있는 방
산멱 산멱통. 살아 있는 동물의 목구멍
새퉁맞다 조금 어처구니없이 새삼스럽다.
수세樹勢 나무가 자라나는 기세나 상태
술덤벙물덤벙 자신에게 이익이나 해가 되는지도 모르고 함부로 행동하는 사
　　　　　　람을 두고 이르는 말
시르죽다 기를 펴지 못하다.
시립하다 웃어른을 모시고 서다.
심드렁하다 마음에 탐탁하지 않아 관심이 거의 없다.
씀벅이다 눈꺼풀이 움직이며 눈이 감겼다 떠졌다 하다.
아뜩하다 갑자기 어지러워 정신을 잃고 까무러칠 듯하다.
얀정머리 '인정머리'를 낮잡아 이르는 말
언걸 다른 사람 때문에 당하는 괴로움이나 손해

얼리다 '어울리다'의 준말

여드레 삶은 호박에 도래송곳도 안 들어간다 하는 말이 사리나 이치에 전혀 닿지 않음을 비유적으로 이르는 말

오지랖(이) 넓다 쓸데없이 지나치게 아무 일에나 참견하다.

옷베 '옷감'의 방언

요변덕 요사스러운 변덕

우죽우죽 힘이 기운차게 솟구쳐 오르는 모양

욱대기다 억지를 부려 우겨서 제 마음대로 해내다.

으등그리다 춥거나 하여 조금 움츠리다.

을러메다 을러대다. 위협적인 언동으로 을러서 남을 억누르다.

인사깔 인사성. 예의 바르게 인사를 차리는 성질이나 품성

입살 악다구니가 세거나 센 입심

자발없이 행동이 가볍고 참을성이 없이

잡도리 단단히 준비하거나 대책을 세움. 또는 그 대책

잡살뱅이 여러 가지가 뒤섞인 허름한 물건

재필才筆 재치가 있는 글씨나 문장. 또는 글씨나 문장을 재치 있게 쓰는 사람

집터서리 집의 바깥 언저리

최인규 1960년 3·15 부정선거 당시 내무부 장관이었던 최인규는 3월 15일 마산 시위를 무자비하게 강경진압을 해서 결국 3월 18일 책임을 지고 사임했다.

푸석돌 화강암이나 화강 편마암 따위가 풍화 작용을 받아 푸석푸석해진 돌

푸접 남에게 인정이나 붙임성, 포용성 따위를 가지고 대함

학질을 떼다 거북하거나 어려운 일로 진땀을 빼다.

할기시 은근히 한 번 할겨 보는 모양

허텅지거리 상대편을 꼭 집어내어 바로 말하지 않고 하는 말을 낮잡아 이르는 말

김원일의 〈오마니별〉, 박완서의 〈겨울 나들이〉, 〈시인의 꿈〉, 송기숙의 〈개는 왜 짖는가〉에 나오는 단어를 활용하여 낱말 퍼즐을 풀어 보세요(낱말 풀이 참조).

🗝 **가로 열쇠**

1. 얄밉도록 몹시 능청을 떪
2. 마음에 들 만하지 않다.
3. 밥을 국이나 물 없이, 또는 반찬 없이 그냥 먹다.
4. 여러 가지가 뒤섞인 허름한 물건
5. '인정머리'를 낮잡아 이르는 말
6. 고요하고 아늑하다.
7. 인사성. 예의 바르게 인사를 차리는 성질이나 품성
8. 태피터. 광택이 있는 얇은 평직 견직물
9. 손장난. '수음'을 속되게 이르는 말
10. 정도가 너무 지나쳐서 진저리가 날 만큼 싫증이 나다.

🗝 **세로 열쇠**

1. 서로 번갈아들다
2. 행동이 가볍고 참을성이 없이
4. 단단히 준비하거나 대책을 세움. 또는 그 대책
5. 깨끗하고 깔끔하다.
6. 더 말할 나위도 없이
9. 세상에 이름이 널리 드러나다.

오정희

소음 공해

중국인 거리

> 오정희 1947~
>
> 서울 종로구 사직동에서 4남 4녀의 다섯째로 태어났다. 그의 부모는 광복 무렵 월남해서 곤궁한 살림을 꾸려 갔다. 그가 4세 되던 해 6·25 전쟁이 터지는데, 피란하지 못하고 인공 치하의 서울에서 몇 달을 보내다가 1·4 후퇴 때 간신히 군용 트럭을 얻어 타고 피란길에 올라 충청남도 홍성군 홍주에서 지냈다. 이화여자고등학교와 서라벌예술대학 문예창작과를 졸업하고, 1968년 《중앙일보》 신춘문예에 〈완구점 여인〉이 당선되어 문단에 나왔다. 그는 여성 특유의 섬세한 묘사와 맛깔스런 문장이 특징인데, 초기에는 육체적 불구와 왜곡된 관능, 불완전한 성性 등을 묘사하며 단절되고 고립된 채 살아가는 인물들을 그렸다. 또한 중년 여성을 주인공으로 내세워 여성의 본질적이고 근원적인 여성성을 찾는 작품들을 썼다.

작품 해제

갈래 현대 소설
배경 현대의 어느 도시 아파트
시점 1인칭 주인공 시점
제재 아파트 위층의 소음
주제 이웃에 무관심한 도시인의 삶에 대한 비판
출전 《돼지꿈》(랜덤하우스코리아, 2008년)

줄거리

평소에 남편과 두 아들을 뒷바라지하느라고 자신의 시간을 내기 어려운 나는 심신장애자 시설에서 자원 봉사를 마치고 지친 몸을 이끌고 집으로 돌아온다. 나는 모처럼의 휴식을 취하며 아름다운 음악을 틀어 놓고 진한 커피 한 잔을 마시는 여유를 누리고 싶었으나, 위층에서 들려오는 시끄러운 소음 때문에 그만 신경이 날카로워진다.

그동안 나는 소음 공해 등 공동생활의 기본 수칙을 무시하는 이웃의 몰상식함과 무교양에 대해 화가 나 있었다. 일주일 후에 나는 참을 수가 없어 경비실을 통해 항의를 해 보았다. 그것은 상대방과 나 자신에 대한 품위와 예절을 지키기 위해서다. 나는 위층에서 들리는 소음에 불쾌해 하기만 하고 왜 소음이 발생했는지에 대해서는 알려 하지 않았다. 하지만 소음은 가라앉지 않아 결국 인터폰을 들어 909호를 바꿔 달라고 말하고 악다구니를 쳤다.

그래도 화가 가라앉지 않자 나는 화가 날수록 부드럽고 점잖게 처신해야 한다는 생각으로 소리가 나지 않는 실내용 슬리퍼를 선물로 들고 직접 위층으로 올라갔다. 그런데 휠체어를 타고 있는 위층 여자를 보는 순간 깜짝 놀란다. 나는 소음의 원인이 휠체어 때문이라고 알고 이웃에 대한 자신의 무관심과 몰이해에 대해 얼굴을 붉히며 황급히 슬리퍼를 감추었다.

소음 공해

집에 돌아오자마자 뜨거운 물로 샤워를 하고 실내복으로 갈아입었다. 목요일, 심신장애자 시설에서 자원봉사자로 일하는 날은 몸이 젖은 솜처럼 피곤하고 무거웠다. 그래도 뇌성마비나 선천적 기능 장애로 사지가 뒤틀리고 정신마저 온전치 못한 아이들을 씻기고 함께 놀이를 하고 휠체어를 밀어 산책을 시키는 등 시중을 들다 보면 나를 요구하는 곳에서 시간과 힘을 내어 일한다는 뿌듯함이 느껴졌다. 고등학생인 두 아들은 아침에 도시락을 두 개씩 싸 들고 가서 밤 11시나 되어야 올 것이고 남편은 3박 4일의 출장 중이니 저물어도 서둘 일이 없었다. 더욱이 나는 한나절 심신이 지치게 일을 한 뒤라 당당히 휴식을 즐길 권리가 있다. 아이들은 머리가 커져 치마폭에 감기거나 귀찮게 치대는 일이 없이 '다녀왔습니다' 한마디로 문 닫고 제 방에 들어앉기 마련이지만 가족들이 집에 있을 때는 아무리 거실이나 방에 혼자 있어도 혼자 있다는 기분을 갖기 어려웠다. 사방 문 열린 방에서 두 손 모두어 쥐고 전전긍긍* 24시간 대기하고 있는 형국이었다. 거실 탁자의 갓등을 켜고 커피를 진하게 끓여 마시며 슈베르트의 아르페지오네 소나타를 틀었다. 첼로의 감미로운 선율이 흐르고 나는 어슴푸레하고 아득한 공간, 먼 옛날로 돌아가는 듯한 기분에 잠겨 들었다. 몽상과 시와 꿈과 불투명한 미래가 약간은 불안하게, 그러나 기대와 신비한 예감으로 존재하던 시절, 내가 이러한 모습으로 살아가리라는 것은 상상할 수도 없었던 시절로.

 사람이 단돈 몇 푼 잃는 것은 금세 알아도 본질적인 것을 잃어 가는 것에는 무감각하다던가? 눈을 감고 하염없이 소나타의 음률에 따라 흐르던 나는 그 감미롭고 슬픔에 찬 흐름을 압도하며 끼어든 불청객에 사납게 눈을 치떴다. 드륵드륵드르륵, 무거운 수레를 끄는 듯 둔탁한 그 소리는 중년 여자의 부질없는 회한과 감상을 비웃듯 천장 위에서 쉼 없이 들려왔다. 십 분, 이십 분. 초침까지 헤아리며 천장을 노려보다가 나는 신경질적으로 전축을 껐다. 그 사실적이고 무지한 소리에 피아노와 첼로의 멜로디는 이미 소음에 지나지 않았다. 하루 이틀의 일이 아니었다. 위층 주인이 바뀐 이래 한 달 전부터 나는 그 정체 모를 소리에 밤낮없이 시달려 왔다. 진공청소기 소리인가, 운동 기구를 들여놓았나, 가내 공장을 차렸나. 식구들마다 온갖 추측을 해 보았으나 도시* 알 수 없는 일이었다. 도깨비가 사나 봐요, 롤러스케이트를 타는 도깨비. 아들 녀석이 처음에는 머리에 뿔을 만들어 보이며 히히덕거렸으나 자정 넘도록 들려오는 그 소리에 드디어 짜증을 내기 시작했다. 좀체 남의 험구*를 하지 않는 남편도 한 지붕 아래 함께 못 살 사람들이군, 하는 말로 공동생활의 기본적인 수칙을 모르는 이웃을 나무랐다. 일주일을 참다가 나는 인터폰을 들었다. 인터폰으로 직접 위층을 부르거나 면대하지 않고 경비원을 통해 이쪽 의사를 전달하는 간접적인 방법을 택하는 것은 상대방과 자신에 대한 품위와 예절을 지키기 위해서였던 것이다. 나는 자주 경비실에 전화를 걸어, 한밤중 조심성 없이 화장실 물을 내리는 옆집이나 때 없이 두들겨 대는 피아노 소리, 자정 넘어서까지 조명등 쳐들고 비디오 찍어 가며 고래고래 악을 써 삼동네* 잠을 깨우는 함진아비의 행태 따위가 얼마나 무교양하고 몰상식한 짓인가 등등을 일깨워 주었다. 그러고는 소음 공해와 공동생활의 수칙에 대해 주의를 줄 것을, 선의의 피해자들을 대변해서 강력하게 요구하곤 했었다. 직접 대놓고 말한 것은 아래층 여자의 경우뿐이었다. 부부 싸움을 그만두게 하라고 경비실에 부탁할 수는 없는 것이 아닌가. 남편이 오퍼상*을 한다는 것, 돈과 여자 문제로 부부 싸움이 잦다는 것은 부엌 옆 다용도실의 홈통을 통해 들려온 소리 때문에 알게 된 일이었다. 홈통은 마이크처럼 성능이 좋았다. 부엌에서 일을 할라치면 남자를 향해 퍼붓는 여자의 앙칼진 소리들을 싫어도 들을 수밖에 없었다. 엘리베이터에 단둘이 타게 되었을 때 나는 여자에게, 부엌이나 다용도실에선 남이 알면 거북할 얘기는 안하는 게 좋다고 조용히 말했다. 여자가 자꾸 남편의 자존심을 건드리고 약점을 잡아 몰아대면 남자는 더욱 밖으로 돌기 마련이라고, 알고도 모르는 채 속아 주기도 하는 게 좋을 때도 있는 법이라는 충고를 덧붙인 것은 나이 많은 인생 선배로서의 친절이었다. 여자는 차갑게 굳은 얼굴로 명심하겠노라고 말했지만 다음부터는 인사는커녕 마주치면 괴물을 보듯 아예 고개를 돌려 버리곤 했다.

위층의 소리는 멈추지 않았다. 드르륵거리는 소리에 머리카락 올이 진저리를 치며 곤두서는 것 같았다. 철없고 상식 없는 요즘 젊은 엄마들이 아이들에게 집 안에서 자전거나 스케이트보드 따위를 타게도 한다는데 아무래도 그런 것 같았다. 인터폰의 수화기를 들자 경비원의 응답이 들렸다. 내 목소리를 알아채자마자 길게 말꼬리를 늘이며 지레 짚었다. 귀찮고 성가셔 하는 표정이 눈앞에 역력히 떠올랐다.

"위층이 또 시끄럽습니까? 조용히 해 달라고 말씀드릴까요?"

잠시 후 인터폰이 울렸다.

"충분히 주의하고 있으니 염려 마시랍니다."

경비원의 전갈傳喝이었다. 염려 마시라고? 다분히 도전적인 저의*가 느껴지는 전언傳言이었다. 게다가 드륵드륵 소리는 여전하지 않은가. 이젠 한판 싸워 보자는 얘긴가. 나는 인터폰을 들어 다짜고짜 909호를 바꿔 달라고 말했다. 신호음이 서너 차례 울린 후에야 신경질적인 젊은 여자의 응답이 들렸다.

"아래층인데요. 댁이 그런 식으로 말할 건 없잖아요? 나도 참을 만큼 참았다구요. 공동 주택에는 지켜야 할 규칙들이 있잖아요. 난 그 소리 때문에 병이 날 지경이에요."

"여보세요. 난 날아다니는 나비나 파리가 아니에요. 내 집에서 맘대로 움직이지도 못하나요? 해도 너무하시네요. 이틀거리로 전화를 해 대시니 저도 피가 마르는 것 같아요. 절더러 어쩌라는 거예요?"

"하여튼 아래층 사람 고통도 생각하시고 주의해 주세요."

나는 거칠게 수화기를 내려놓았다. 뻔뻔스럽긴. 이젠 순 배짱이잖아. 소리 내어 욕설을 퍼부어도 화가 가라앉지 않았다. 그렇다고 언제까지 경비원을 사이에 두고 '하랍신다', '하신다더라' 하며 신경전을 펼 수도 없는 일이었다. 화가 날수록 침착하고 부드럽게 처신해야 한다는 것은 나이가 가르친 지혜였다. 지난겨울 선물로 받은, 아직 쓰지 않은 실내용 슬리퍼에 생각이 미친 것은 스스로도 신통했다. 선물도 무기가 되는 법, 발소리를 죽이는 푹신한 슬리퍼를 선물함으로써 소리를 죽이라는 메시지와 함께 소리로 인해 고통 받는 내 심정을 간접적으로 나타낼 수 있으리라. 사려 깊고 양식 있는 이웃으로서 공동생활의 규범에 대해 조곤조곤 타이르리라.

위층으로 올라가 벨을 눌렀다. 안쪽에서 누구세요, 묻는 소리가 들리고도 십 분 가까이 지나 문이 열렸다. '이웃사촌이라는데 아직 인사도 없이……' 등등 준비했던 인사말과 함께 포장한 슬리퍼를 내밀려던 나는 첫마디를 뗄 겨를도 없이 우두망찰했다*. 좁은 현관을 꽉 채우며 휠체어에 앉은 젊은 여자가 달갑잖은 표정으로 나를 올려다보았다.

"안 그래도 바퀴를 갈아 볼 작정이었어요. 소리가 좀 덜 나는 것으로요. 어쨌든 죄송해요. 도와주는 아줌마가 지금 안 계셔서 차 대접할 형편도 안 되네요."

여자의 텅 빈, 허전한 하반신을 덮은 화사한 빛깔의 담요와 휠체어에서 황급히 시선을 떼며 나는 할 말을 잃은 채 슬리퍼 든 손을 등 뒤로 감추었다.

낱말 풀이

도시 도무지
삼동네 양옆과 앞에 이웃하여 있는 가까운 동네
오퍼상offer商 무역 거래에서 매도인과 매수인 사이의 거래 조건을 조정하는 일. 또는 그 일을 전문으로 하는 사람
우두망찰하다 정신이 얼떨떨하여 어찌할 바를 모르다.
저의底意 겉으로 드러나지 않은 속에 품은 생각
전전긍긍 몹시 두려워서 벌벌 떨며 조심함
험구 남의 흠을 들추어 헐뜯거나 험상궂은 욕을 함. 또는 그 욕

작품 해제

- **갈래** 성장 소설, 전후 소설
- **배경** 6·25 전쟁 직후의 항구 도시에 있던 중국인 거리
- **시점** 1인칭 주인공 시점
- **제재** 매기 언니와 할머니의 죽음
- **주제** 정신적인 성장의 고통과 그 형상화
- **출전** 《문학과지성》 제35호(1979년 봄호)

줄거리

나를 비롯한 식구들은 아버지의 일자리를 따라 항구 도시(인천) 외곽에 있는 중국인 거리로 이주한다. 그곳은 전쟁으로 인해 폐허가 된 건물들과 낯선 모습의 적산 가옥, 기지촌과 미국 부대로 둘러싸여 있는 황폐한 도시다. 겨울 방학이 끝나면 담임 선생은 중국인 거리에 사는 아이들을 불러 학교 숙직실로 데리고 가서 목욕을 시켰다.

양갈보인 매기 언니를 보기 위해 나는 아침마다 치옥이네 집에 들러 치옥을 불러낸다. 그리고 매기 언니의 방에서 신기한 물건들을 구경하면서 양갈보가 되겠다는 치옥의 결심을 듣고, 자신 역시 치옥처럼 자유로웠으면 하고 바란다. 나는 우연히 건너편 이층집 창문에서 중국인 남자의 얼굴을 바라보게 되는데, 이 순간 설명할 수 없는 비애를 느끼게 된다. 어느 날 행복해 보이는 매기 언니는 술 취한 검둥이가 베란다에서 던져 버리는 바람에 떨어져 죽고, 나날이 정정해지는가 싶던 할머니는 쓰러져 시골로 보내진다.

나는 할머니가 소중히 여기던 반닫이에서 아무도 모르게 깨진 비취반지나 동정 따위가 들어 있는 손수건 뭉치를 꺼내 들고 공원으로 올라가 장군의 동상 부근 오리나무 밑에 깊이 묻는다. 봄이 되고 나는 일 년 동안 키가 한 뼘이나 자란다. 주변을 맴돌던 중국인 남자는 내게 세 가지 색의 물감 들인 빵과 용이 장식된 등이 든 종이꾸러미를 안겨 준다. 어머니는 나의 불길한 예감에도 불구하고 여덟 번째 아이를 무사히 낳게 되고, 나는 그 순간 핏속에 순처럼 돋아 오르는 무언가를 감지한다. 그리고 절망감과 막막함 속에서 초조를 맞이한다.

중국인 거리

 시市를 남북으로 나누며 달리는 철도는 항만의 끝에 이르러서야 잘려졌다. 석탄을 싣고 온 화차貨車는 자칫 바다에 빠뜨릴 듯한 머리를 위태롭게 사리며 깜짝 놀라 멎고 그 서슬에 밑구멍으로 주르르 석탄 가루를 흘려보냈다.
 집에 가 봐야 노루 꼬리만큼 짧다는 겨울 해에 점심이 기다리고 있는 것도 아니어서 우리들은 학교가 파하는 대로 책가방만 던져 둔 채 떼를 지어 선창*을 지나 항만의 북쪽 끝에 있는 제분 공장에 갔다.
 제분 공장 볕 잘 드는 마당 가득 깔린 멍석에는 늘 덜 건조된 밀이 널려 있었다. 우리는 수위가 잠깐 자리를 비운 틈을 타서 마당에 들어가 멍석의 귀퉁이를 밟으며 한 움큼씩 밀을 입안에 털어 넣고는 다시 걸었다. 올올이 흩어져 대글대글 이빨에 부딪치던 밀알들이 달고 따뜻한 침에 의해 딱딱한 껍질을 불리고 속살을 풀어 입안 가득 풀처럼 달라붙다가 제법 고무 질의 질긴 맛을 낼 때쯤이면 철로에 닿게 마련이었다. ⎫ (A)

우리는 밀 껌으로 푸우푸우 풍선을 만들거나 침목枕木 사이에 깔린 잔돌로 비사치기*를 하거나 전날 자석을 만들기 위해 선로 위에 얹어 놓았던 못을 뒤지면서 화차가 닿기를 기다렸다.

드디어 화차가 오고 몇 번의 덜컹거림으로 완전히 숨을 놓으면 우리들은 재빨리 바퀴 사이로 기어 들어가 석탄 가루를 훑고 이가 벌어진 문짝 틈에 갈퀴처럼 팔을 들이밀어 조개탄을 후벼 내었다. 철도 건너 저탄장*에서 밀차를 밀며 나오는 인부들이 시커멓게 모습을 나타낼 즈음이면 우리는 대개 신발주머니에, 보다 크고 몸놀림이 잽싼 아이들은 시멘트 부대에 가득 석탄을 팔에 안고 낮은 철조망을 깨금발로 뛰어넘었다.

선창의 간이음식점 문을 밀고 들어가 구석 자리의 테이블을 와글와글 점거하고 앉으면 그날의 노획량에 따라 가락국수, 만두, 찐방 등이 날라져 왔다.

석탄은 때로 군고구마, 딱지, 사탕 따위가 되기도 했다. 어쨌든 석탄이 선창 주변에서는 무엇과도 바꿀 수 있는 현금과 마찬가지라는 것을 우리는 알고 있었고, 때문에 우리 동네 아이들은 사철 검정 강아지였다.

해안촌海岸村 혹은 중국인 거리라고도 불리는 우리 동네는 겨우내 북풍이 실어 나르는 탄가루로 그늘지고, 거무죽죽한 공기 속에 해는 낮달처럼 희미하게 걸려 있었다.

할머니는 언제나 짚수세미에 아궁이에서 긁어 낸 고운 재를 묻혀 번쩍 광이 날 만큼 대야를 닦았다. 아버지의 와이셔츠만을 따로 빨기 위해서였다. 그러나 바람을 들이지 않은 차양 안쪽 깊숙이 넌 와이셔츠는 몇 번이고 다시 헹구어 푸새*를 새로 하지 않으면 안 되었다.

망할 놈의 탄가루들. 못 살 동네야.

할머니가 혀를 차면 나는 으레 나올 뒤엣말을 받았다.

광석천이라는 냇물에서는 말이다. 물론 난리가 나기 전 이북에서지. 빨래를 하면 희다 못해 시퍼랬지. 어느 독(瀆)이 그렇게 퍼렇겠니.

겨울 방학이 끝나면 담임인 여선생은 중국인 거리에 사는 아이들을 불러 학교 숙직실로 데리고 갔다. 그리고 숙직실 부엌 바닥에 웃통을 벗겨 엎드리게 하고는 미지근한 물을 사정없이 끼얹었다. 귀 뒤, 목덜미, 발가락, 손톱 사이까지 탄가루가 없는 것을 확인하고서야 왕소름이 돋은 등어리를 찰싹찰싹 때리는 것으로 검사를 끝냈다. 우리는 킬킬대며 살비듬*이 푸르르 떨어지는 내의를 머리부터 뒤집어썼다.

봄이 되자 나는 3학년이 되었다. 오전반이었기 때문에 한낮인 거리를 치옥이와 나는 어깨동무를 하고 천천히 걸어 집으로 돌아오고 있었다.

나는 커서 미용사가 될 거야.

삼거리의 미장원을 지날 때 치옥이가 노오란 목소리로 말했다.

회충약을 먹는 날이니 아침을 굶고 와야 해요. 선생의 지시대로 치옥이도 나도 빈속이었다.

공복감 때문일까, 산토닌*을 먹었기 때문일까, 해인초(海人草) 끓이는 냄새 때문일까. 햇빛도, 지나다니는 사람들의 얼굴도, 치마 밑으로 펄럭이며 기어드는 사나운 봄바람도 모두 노오랬다.

길의 양켠은 가건물인 상점들을 빼고는 거의 빈터였다. 드문드문 포격에 무너진 건물의 형해*가 썩은 이빨처럼 서 있을 뿐이었다.

제일 큰 극장이었대.

조명판처럼, 혹은 무대의 휘장처럼 희게 회칠이 된 한쪽 벽만 고스란히 남아 서 있는 건물을 가리키며 치옥이가 소곤거렸다. 그러나 그것도 곧 무너질 것이다. 나란히 늘어선 인부들이 곡괭이의 첫 날을 댈 위치를 가늠하고 있었다. 어느 순간 희고 거대한 벽은 굉음으로 주저앉으리라.

  한쪽에서는 이미 헐어 버린 벽에서 상하지 않은 벽돌과 철근을 ㉠발라내고 있는 중이었다.

  아주 쑥밭을 만들어 버렸다니까.

  치옥이는 어른들의 말투를 흉내 내어 몇 번이고 쑥밭이라는 말을 되풀이했다.

  사람들은 개미처럼, 열심히 집을 지어 빈터를 다스렸다. 반 자른 드럼통마다 조개탄을 듬뿍 써서 해인초를 끓였다.

  치옥이와 나는 자주 멈춰 서서 찍찍 침을 뱉어 냈다.

  회충이 약을 먹고 지랄하나 봐.

  아냐, 회충이 오줌을 싸는 거야.

  그래도 메스꺼움은 가라앉지 않았다. 끓어오르는 해인초의 거품도, 조개탄에서 피어오르는 연기도, 해조海藻와 뒤섞이는 석회의 냄새도 온통 노란빛의 회오리였다.

  왜 사람들은 집을 지을 때 해인초를 쓰지? 난 저 냄새만 맡으면 머리털 뿌리까지 뽑히는 것처럼 골치가 아파.

  치옥이는 내 어깨에 엇걸린 팔을 무겁게 내려뜨렸다. 그러나 나는 마냥 늑장을 부리며 천천히 걸어 해인초 냄새, 내가 이 시市와 나눈 최초의 악수였으며 공감이었던 그 노란빛의 냄새를 들이마셨다.

  우리 가족이 이 도시로 이사를 온 것은 지난해 봄이었다.

느 아버지가 취직만 되면……. 어머니는 차곡차곡 쌓은 담뱃잎에 푸우푸우 입에 가득 문 물을 뿜는 사이사이 말했다. 담뱃잎을 꼭꼭 눌러 담은 부대에 멜빵을 해서 메고 첫새벽에 나가는 어머니는 이틀이나 사흘 후 초죽음이 되어 돌아오곤 했다.

간이 열이라도 담배 장사는 이제 못 해 먹겠다. 단속이 여간 심해야지. 느 아버지 취직만 되면…….

미리 월남해서 자리를 잡았거나 전쟁을 재빨리 벗어난 친구, 동창들을 찾아다니며 취직 운동을 하던 아버지가 석유 소매업소의 소장 직으로 취직을 하고, 우리를 실어 갈 트럭이 온다는 날 우리는 새벽밥을 지어 먹고 이불 보따리와 노끈으로 엉글게* 동인 살림 도구들을 찻길에 내다 놓았다. 점심때가 되어도 트럭은 오지 않았다. 한없이 길게 되풀이되는 동네 사람들과의 작별 인사도 끝났다.

해질 무렵이 되자 어머니는 땅뺏기 놀이나 사방치기에도 진력이 나 멍청히 땅바닥에 주저앉은 우리들을 일으켜 세워 읍내의 국수집에서 국수를 한 그릇씩 사 먹였다. 집을 나서기 전 갈아입은 옷이건만 한없이 흐르는 콧물로 오빠와 나 그리고 동생은 소매와 손등이 반들반들하게 길이 들었다.

날이 완전히 어두워졌어도 어머니는 젖먹이를 안고 이불 보따리 위에 올라앉은 채 트럭이 나타날 다릿목*께만을 뚫어지게 노려보고 있었다.

트럭이 나타난 것은 저물고도 한참이 지난 후였다. 헤드라이트를 밝힌 트럭이 요란한 엔진 소리와 함께 다릿목에 모습을 드러내자 어머니는 차가 왔다, 라고 비명을 질렀다. 저마다 보따리 하나씩을 타고 앉았던 우리 형제들은 공처럼 튀어 일어났다. 트럭은 신작로에 잠시 멎고, 달려간 어머니에게 창으로 고개만 내민 조수가 무어라고 소리쳤다. 어머니는 되돌아오고 트럭은 다시 떠났다. 우리는 어리둥절해서 서로의 얼굴을 마주 보았다. 난간을 높이 세운 짐칸에 검은 윤곽으로 우뚝우뚝 서 있던 것은 소였다. 날카롭게 구부러진 뿔들과 어둠 속에서 흐르듯 눅눅하게 들려오던 되새김질 소리도 역력했다.

소를 내려놓고 올 거예요. 짐을 부려 놓고 빈 차로 올라가는 걸 이용하면 운임이 절반이니까 아범이 그렇게 한 거예요.

어머니의 설명에, 아버지와 어머니에게 한 번도 이의異意를 나타내 본 적이 없는 할머니는 뜨아한 표정으로, 그러나 어련히들 잘 알아서 하겠느냐는 듯 몇 번이고 고개를 주억거렸다.

그러나 트럭이 정작 우리 앞에 다시 나타난 것은 두어 시간 턱이나 지난 후였다. 삼십 리 떨어진 시의 도살장에 소들을 부려 놓고 차 바닥의 오물을 닦아 내느라고 늦었다는 것이었다.

이삿짐을 다 싣고 마지막으로 어머니가 젖먹이를 안고 운전석의, 운전수와 조수의 틈에 끼어 앉자 트럭은 출발했다. 멀리 남행 열차의 기적 소리가 들리는 것으로 보아 자정 무렵이었다.

나는 이삿짐들 틈에서 고개만 내밀어 깜깜하게 묻힌, 점점 멀어져 가는 마을을 보았다. 마을과 마을 뒤의 야산과 야산의 잡목숲은 한데 뭉뚱그려져 더 짙은 어둠으로 손바닥만 하게 너울대다가 마침내 하나의 점으로 털털대며 트럭의 꽁무니를 따라왔다.

읍을 벗어나자 산길이었다. 길이 나쁜 데다 서둘러 험하게 몰아대는 통에 차는 길길이 뛰고 짐들 틈바구니에 서캐*처럼 박혀 있던 우리는 스프링 장치가 된 자동인형처럼 간단없이* 튀어 올랐다.

할머니는 아그그그 뼈마디 부딪치는 소리를 어금니로 눌렀다. 길

아래는 강이었다. 차가 튀어 오를 때마다 하마하마* 강물로 곤두박질 치겠지 생각하며 나는 눈을 꼭 감고 네 살짜리 동생을 힘주어 끌어안았다.

봄이라고는 해도 밤바람은 칼끝처럼 매웠다. 물살을 가르며 사납게 웅웅대던 바람은 그 첨예한 손톱으로 비듬이 허옇게 이는 살갗을 후비고 아직도 차 안에 질척하게 고여 있는 쇠똥 냄새를 한소끔 걷어 내었다.

아까 그 소들, 다 죽었을까.

나는 문득 어둠 속에서 들려오던 소들의 눅눅한 되새김질 소리를 떠올리며 언니에게 물었다. 언니는 세운 무릎 사이에 얼굴을 깊이 묻은 채 대답이 없었다. 물론 지금쯤이면 각을 뜨고* 가죽을 벗기고 내장을 훑어 내기에 충분한 시간일 것이다.

달은 줄곧 머리 위에서 둥글었고 네 살짜리 동생은 어눌한 말씨로 씨팔눔아아, 왜 자꾸 따라오는 거여어 소리치며 달을 향해 주먹질을 해 대었다.

차는 자주 섰다. 다섯 명의 아이들이 차례로 오줌이 마려웠기 때문이었다. 짐칸과 운전석 사이의 손바닥만 한 유리를 두들기면 조수가 옆창문을 열고 고개를 내밀어 돌아보며 뭐야, 하고 소리쳤다.

오줌이 마렵대요.

조수는 손짓으로 그냥 누라는 시늉을 해 보였으나 할머니가 펄쩍 뛰었다. 마지못해 차가 멎고 조수는 아이들을 하나씩 안아 내리며 한꺼번에 다 눠 버려, 몽땅, 하고 퉁명스럽게 말했다. 우리는 길바닥에 쭈그리고 앉기가 무섭게 푸드득 몸을 떨며 오래 오줌을 누었다.

행정 구역이 바뀌거나 길이 굽이도는 곳에는 반드시 초소가 있어

한 차례씩 검문을 받아야 했다. 전투복을 입은 경찰이 트럭 위로 전짓불을 휘두를 때면 담배 장사로 간이 손톱만큼밖에 안 남았다는 어머니는 공연히 창밖으로 고개를 빼어 소리쳤다.

실컷 보시요, 암만 뒤져도 같잖은 따라지* 보따리와 새끼들뿐이요.

트럭은 기름을 넣기 위해 한 차례 멎고 두 번 고장이 났으며 굽이굽이 수많은 검문소를 지나쳐 강과 산과 잠든 도시를 밤새도록 달려 날이 밝을 무렵 이 도시로 진입해 들어왔다. 우리가 탄 트럭의 낡은 엔진의 요란한 소리에 비로소 거리는 푸득푸득 깨어나기 시작했다.

바다를 한 뼘만치 밀어 둔 시의 끝, 해안 동네에 다다라 우리는 짐들과 함께 트럭에서 안아 내려졌다. 밤새 따라오던 달은 빛을 잃고 서쪽 하늘에 원반처럼 납작하게 걸려 있었다. 트럭이 멎은 곳은 낡은 목조의 이층집 앞이었는데 아래층은 길가에 연해 상점들처럼 몇 쪽의 유리문으로 되어 있었다. 그리고 흙먼지가 부옇게 앉은 유리에 붉은 페인트로 '석유 배급소'라고 씌어 있었다.

바로 앞으로 우리가 살게 될 집이었다.

나는 새삼스럽게 달려드는 차가운 공기에 이빨을 마주치며 언제나 내 몫인 네 살짜리 사내 동생을 업었다.

우리가 요란하게 가로질러 온, 그리고 트럭의 뒤꽁무니 이삿짐들 틈에서 호기심과 기대로 목을 빼어 바라본 시는 내가 피난지인 시골에서 꿈꾸어 오던 도회지와는 달랐다. 나는 밀대 끝에서 피어오르는 오색의 비눗방울 혹은 말로만 듣던 먼 나라의 크리스마스트리처럼 우리가 가게 될 도회지를 생각하곤 했었다.

폭이 좁은 길을 사이에 두고 조그만 베란다가 붙은, 같은 모양의 목조 이층집들이 늘어선 거리는 초라하고 지저분했으며 새벽닭의 첫 날갯질 같은 어수선한 활기에 차 있었다. 그것은 이른 새벽 부두로 해물을 받으러 가는 장사꾼들의 자전거 페달 소리와 항만의 끝에 있는 제분 공장의 노무자들의 발길 때문이었다. 그들은 길을 메우고 버텨 선 트럭과 함부로 부려진 이삿짐을 피해 언덕을 올라갔다.

지난밤 떠나온 시골과는 모든 것이 달랐음에도 불구하고 나는 잠시, 우리가 정말 이사를 온 것일까, 낯선 곳에 온 것일까 이상한 혼란에 빠졌다. 그것은 공기 중에 이내*처럼 짙게 서려 있는, 무척 친숙하고, 내용은 잊혀진 채 분위기만 남아 있는 꿈과도 같은 냄새 때문이었다. 무슨 냄새였던가.

석유 배급소의 유리문을 밀어붙이고 나온 아버지는 약속이 틀리다고 운전수에게 고래고래 소리를 지르고 운전수는 호기심과 어쩔 수 없는 불안으로 눈을 두릿두릿* 굴리고 서 있는 우리들과 이삿짐들을 번갈아 가리키며 아버지에게 삿대질을 해 댔다.

목덜미에 시퍼렇게 면도 자국을 드러낸 뒷박머리*에 숨이 비껴 나온 노랑 인조 저고리를 입고, 아홉 살배기 버짐투성이 계집애인 나는 동생을 업고 이상하게 안절부절못하는 심사로 우리가 살게 될 동네를 둘러보았다.

우리의 이사 소동에 동네는 비로소 잠을 깨어 사람들은 들창을 열거나 길가에 면한 출입문으로 부스스한 머리를 내밀었다.

길을 사이에 두고 각각 여남은 채씩 늘어선 같은 모양의 목조 이층집들은 우리 집을 마지막으로 갑자기 끝났다. 그리고 우리 집에서부터 완만한 경사로 이루어진 언덕이 시작되었는데 그 언덕에는 바랜 잉크 빛깔이나 흰색 페인트로 벽을 칠한 커다란 이층집들이 길을 사이에 두고 나란히 마주 보고 서 있었다.

우리 집 앞을 지나는 길은 언덕으로 이어져 있고 언덕이 시작되는 첫째 집은 거의 우리 집과 이웃해 있었다. 그러나 넓은 벽에 비해 지나치게 작은, 창문이나 출입문이라고 볼 수 있는 문들은 모두 나무 덧문이 완강하게 닫혀져 있어 필시 빈집이거나 창고이리라는 느낌이 짙었다.

큰 덩치에 비해 지붕의 물매가 싸고* 용마루가 밭아서* 이상하게 눈에 설고 불균형해 뵈는 양식의 집들이었다. 그 집들은 일종의 적의敵意로 냉담하고 무관심하게 언덕 아래를 내려다보며 서 있었다. 언덕을 넘어 선창으로 향하는 사람들의 발길에도 불구하고 언덕은 섬처럼 멀리 외따로 있었으며 갑각류의 동물처럼 입을 다문 집들은 초라하게 그러나 대개의 오래된 건물들이 그러하듯 역사와 남겨지지 않은 기록의 추측으로 상상의 여백으로 다소 비장하게 바다를 향해 서 있었다.

이삿짐을 다 부려 놓고도 트럭은 시동만 걸어 놓은 채 떠나지 않았다. 요구한 액수대로 운임을 받지 못한 운전수는 지구전에 들어간 듯 운전대에 두 팔을 얹고 잠깐 눈을 붙였다.

아이 시끄러워 또 난리가 쳐들어오나, 새벽부터 웬 지랄들이야.

젊은 여자의, 거두절미한 쇳소리가, 시위하듯 부릉대는 차 소리를 단번에 눌러 끄며 우리의 머리 위로 쨍하니 날아왔다. 어머니는, 그리고 우리는 망연해서 고개를 쳐들었다. 허벅지까지 맨살을 드러낸 채 겨우 군복 윗도리만을 어깨에 걸친 젊은 여자가 염색한 머리털을 등 뒤로 너울대며 맞은편 집 이층 베란다에서 마악 들어가려던 참이었다.

아버지는 차 바퀴 사이를 들락거리며 뺑뺑이를 치는 오빠의 덜미를 잡아 끌어내어 알밤을 먹었다. 그러고는 오르르 몰려선 우리들을 보며 일개 소대 병력이로구나 하며 기막히다는 듯 헛웃음을 쳤다.

새벽 구름이 걷히고 햇살이 조금씩 투명해지기 시작할 무렵에도 언덕 위 집들은 굳게 문을 닫은 채 잠에서 깨어나지 않았다. 시의 곳곳에서 밀려난 새벽의 푸르스름한 어두움은 비를 품은 구름처럼 불길하게 언덕 위의 하늘에 몰려 있었다.

어둠이 완전히 걷히자 밤의 섬세한 발 틈으로 세류細流가 되어 흐르던 냄새는 억지로 참았던 긴 숨처럼 거리 곳곳에서 피어오르기 시작했다.

아, 그제야 나는 그 냄새의 정체를 알 수 있었다. 그 냄새는 낯선 감정을 대번에 지우고 거리는 친숙하고 구체적으로 내게 다가왔다. 그것은 나른한 행복감이었고 전날 떠나온 피난지의 마을에 깔먹여진 색채였으며 유년幼年의 기억이었다.

민들레꽃이 필 무렵이 되면 나는 늘 어지럼증과 구역질로, 툇돌에 앉아 부걱부걱 거품이 이는 침을 뱉고 동생은 마당을 기어 다니며 흙을 집어 먹었다. 할머니는 긴 봄 내내 해인초를 끓였다. 싫어 싫어 도리질을 해 대며 간신히 한 사발을 마시고 나면 나는 어쩔 수 없이 천지가 노오래지는 경험과 함께 춘곤春困과도 같은 이해할 수 없는 나른한 혼미 속에 빠져 할머니에게 지금이 아침인가 저녁인가를 때없이 묻곤 했다. 할머니는 망할 년, 회 동하나* 부다라고 대꾸하며 호호 웃었다.

나는 잊혀진 꿈속을 걸어가듯 노란빛의 혼미 속에 점차 빠져들며 문득 성큼 다가드는 언덕 위의 이층집들과 굳게 닫힌 덧창 중의 하나가 열리며 젊은 남자의 창백한 얼굴이 나타나는 것을 보았다.

어머니는 일곱 번째 아이를 배고 있어 나는 아침마다 학교에 가기 전 양재기를 들고 언덕 위 중국인들의 집 앞길을 지나 부두로 갔다. 싱싱한 굴과 조개만이 어머니의 뒤집힌 속을 달래 주었기 때문이었다. 나는 알 수 없는 두려움과 호기심으로 흘끗거리며 굳게 닫힌 문들 앞을 달음박질쳤다. 언덕바지로부터 스무 발자국 정도만 뜀박질하면 갑자기 중국인 거리는 끝나고 부두가 눈 아래로 펼쳐졌다. 내가 언덕의 내리받이에 이르러 가쁜 숨을 몰아쉬며 돌아볼 즈음이면 언덕의 초입에 있는 가게의 덧문을 여는 덜컹대는 소리가 들려왔다.

일주일에 한 번쯤 돼지고기를 반근, 혹은 반의 반근 사러 가는 푸줏간이었다. 어머니는 돈을 들려 보내며 매양 같은 주의를 잊지 않았다.

적게 주거든, 애라고 조금 주느냐고 말해라, 그리고 또 비계는 말고 살로 주세요, 해라.

푸줏간에서는 한쪽 볼에 힘껏 쥐어질린* 듯 여문 밤톨만 한 혹이 달리고 그 혹부리에, 상기도* 보이지 않는 손에 의해 끄들리고* 있는 듯 길게 뻗힌 수염을 기른 홀아비 중국인이 고기를 팔았다.

애라고 조금 주세요?

키가 작아 발돋움질로 간신히 진열대에 턱을 올려놓고 돈을 밀어 넣은 것과 동시에 나는 총알처럼 내뱉었다.

고기를 자르기 위해 벽에 매단 가죽 끈에 칼을 문질러 날을 세우던 중국인은 미처 무슨 말인지 몰라 뚱한 얼굴로 나를 바라보았다. 나는 비계는 말고 살로 달래라 하던 어머니의 말을 하기 전 중국인이 고기를 자를까 봐 허겁지겁 내쏘았다.

고기로 달래요.

중국인 거리 157

중국인은 꾸룩꾸룩 웃으며 그때야 비로소 고기를 덥석 베어 내었다.

왜 고기만 주니, 털도 주고 가죽도 주지.

푸줏간에 잇대어 후추나 흑설탕, 근으로 달아 주는 중국차 따위를 파는 잡화점이 있었다. 이 거리에 있는 단 하나의 중국인 가게였다. 우리 동네 사람들은 가끔 돼지고기를 사러 푸줏간에 갈 뿐 잡화점에는 가지 않았다. 우리에게는 옷이나 신발에 다는 장식용 구슬, 염색 물감, 폭죽놀이에 쓰이는 화약 따위가 필요치 않았기 때문이었다.

햇빛이 밝은 날에도 한쪽 덧문만 열린 가게는 어둡고 먼지가 낀 듯 침침했다.

그러나 저녁 무렵이 되면 바구니를 팔에 건 중국인들이 모여들었다. 뒤통수에 쇠똥처럼 바짝 말라 붙인 머리를 조금씩 흔들며 엄청나게 두꺼운 귓불에 은고리를 달고 전족*한 발을 뒤뚱거리며 여자들은 여러 갈래로 난 길을 통해 마치 땅거미처럼 스름스름 중국인 거리를 향했다.

남자들은 가게 앞에 내놓은 의자에 앉아 말없이 오랫동안 대통 담배를 피우다가 올 때처럼 사라졌다. 그들은 대개 늙은이들이었다.

우리는 찻길과 인도를 가름 짓는 낮고 좁은 턱에 엉덩이를 붙이고 나란히 앉아 발장단을 치며 그들을 손가락질했다.

아편을 피우고 있는 거야, 더러운 아편쟁이들.

정말 긴 대통을 통해 나오는 연기는 심상치 않은 노오란 빛으로 흐트러지고 있었다.

늙은 중국인들은 이러한 우리들에게 가끔 미소를 지었다.

통틀어 중국인 거리라고 불리는 동네에, 바로 그들과 인접해 살고

158

있으면서도 그들 중국인에게 관심을 갖는 것은 아이들뿐이었다. 어른들은 무관심하게 그러나 경멸하는 어조로 '뙤놈들'이라고 말했다.

우리는 그들과 전혀 접촉이 없었음에도, 언덕 위의 이층집, 그 속에 사는 사람들은 한없이 상상과 호기심의 효모酵母였다.

그들은 우리에게 밀수업자, 아편쟁이, 누더기의 바늘땀마다 금을 넣는 쿨리*, 그리고 말발굽을 울리며 언 땅을 휘몰아치는 마적단, 원수의 생간肝을 내어 형님도 한 점, 아우도 한 점 씹어 먹는 오랑캐, 사람 고기로 만두를 빚는 백정, 뒤를 보면 바지도 올리기 전 꼿꼿이 언 채 서 있다는 북만주 벌판의 똥 덩어리였다. 굳게 닫힌 문의 안쪽에 있는 것은, 십 년을 사귀어도 좀체 내뵈지 않는다는 깊은 흉중胸中에 든 것은 금인가, 아편인가, 의심인가.

우리 집에서 숙제하지 않을래?

집 앞에 이르러 치옥이가 이불과 담요가 널린 이층의 베란다를 올려다보며 나를 끌었다. 베란다에 이불이 널린 것은 매기 언니가 집에 없다는 표시였다. 매기 언니는 집에서는 담요를 씌운 침대 속에 들어가 있었다. 나는 맞은편의 우리 집을 흘긋거리며 망설였다. 할머니나 어머니는 치옥이네를 양갈보*집이라고 불렀다. 그러나 이 거리의 적산 가옥*들 중 양갈보에게 방을 세 주지 않은 것은 우리 집뿐이었다. 그네들은 거리로 면한 문을 활짝 열어 놓고 거리낌 없이 미군에게 허리를 안겼으며 볕 잘 드는 베란다에 레이스가 달린 여러 가지 빛깔의 속옷들과 때 묻은 담요를 널어 지난 밤의 분방한 습기를 말렸다. 여자의 옷은 더욱이 속엣것은 방 안에 줄을 매고야 너는 것으로 알고 있는 할머니는, 천하의 망종*들이라고 고개를 돌렸다.

 치옥이의 부모는 아래층을 쓰고 위층의 큰 방을 매기 언니가 검둥이와 함께 세 들어 있었다. 치옥이는 큰 방을 거쳐 가야 하는 협실夾室과도 같은 좁고 긴 방을 썼다. 때문에 나는 아침마다 치옥이를 부르러 가면 그때까지도 침대 속에 머리칼을 흩뜨리고 누워 있는 매기 언니와 화장대의 의자에 거북스럽게 몸을 구부리고 앉아 조그만 은빛 가위로 콧수염을 가다듬는 비대한 검둥이를 만났다. 매기 언니는 누운 채 손을 까닥거려 들어오라는 시늉을 했으나 나는 반쯤 열린 문가에 비켜서서 방 안을 흘끔거리며 치옥이를 기다렸다. 나는 검둥이는 우울한 남자라고 생각했다. 맥없이 늘어진, 두꺼운 가슴팍의 살, 잿빛 눈, 또한 우물거리는 말투와 내게 한 번도 웃어 보인 적이 없다는 것이 그러한 느낌을 갖게 한 것이다.

 학교 갈 때는 길에서 불러라. 검둥이는 네가 아침에 오는 게 싫대.

 치옥이가 말했으나 나는 매일 아침 삐걱대는 층계를 밟고 올라가 매기 언니의 방문 앞을 서성이며 치옥이를 불렀다.

 매기 언니는 밤에 온다고 그랬어, 침대에서 놀아도 괜찮아.

 입덧이 심한 어머니는 매사가 귀찮다는 얼굴로 안방에 드러누워 있을 것이고 오빠는 땅강아지를 잡으러 갔을 것이다. 할머니는 기다렸다는 듯 막 젖이 떨어진 막내 동생을 업혀 내쫓을 것이었다.

 커튼으로 햇빛이 가리운 어두운 방의 침대에 매기 언니의 딸인 제니가 자고 있었다. 치옥이는 벽장문을 열고 비스킷 상자를 꺼내어 꼭 두 개만 집어 들고는 잘 닫아 다시 넣었다. 비스킷은 달고, 연한 치약 냄새가 났다.

 이거 참 예쁘다.

내가 화장대의 향수병을 가리키자 치옥이는 그것을 거꾸로 들고 솔솔 겨드랑이에 뿌리는 시늉을 하며 미제美製야, 라고 말했다. 치옥이는 다시 벽장 속에 손을 넣어 부시럭대더니 사탕을 두 알 꺼냈다.

이거 참 맛있다.

응, 미제니까.

치옥이가 또 새침하게 대답했다. 제니가 눈을 말갛게 뜨고 우리를 보고 있었다.

제니, 예쁘지? 언니들은 숙제를 해야 하니까 조금만 더 자렴.

치옥이가 부드럽게 말하며 손바닥으로 눈꺼풀을 쓸어 덮자 제니는 깜빡이 인형처럼 눈을 꼭 감았다.

매기 언니의 방에서는 무엇이든 신기했다. 치옥이는 내가 매양 탄성으로 어루만지는 유리병, 화장품, 페티코트*, 속눈썹 따위를 조금씩만 만지게 하고는 이내 손댄 흔적이 없이 본디대로 해 놓았다.

좋은 수가 있어.

치옥이 침대 머릿장에서 초록색의 액체가 반쯤 남겨진 표주박 모양의 병을 꺼냈다. 병의 초록색이 찰랑대는 부분에 손톱을 대어 금을 만든 뒤 뚜껑을 열어 그것을 따라 내게 내밀었다.

먹어 봐. 달고 화하단다.

내가 한 모금에 훌쩍 마시자 치옥이는 다시 뚜껑을 가득 채워 꿀꺽 마셨다. 그리고 손톱을 대고 있던 금부터 손가락 두 마디만큼 초록색 술이 줄어들자 줄어든 만큼 냉수를 부어 뚜껑을 닫아 머릿장에 넣었다.

감쪽같잖니? 어떠니? 맛있지?

입안은 박하를 한입 문 듯 상쾌하게 화끈거렸다.

이건 비밀이야.

매기 언니의 방에서는 무엇이든 비밀이었다. 서랍장의 옷갈피 짬에서 꺼낸 비로드* 상자 속에는 세 줄짜리 진주 목걸이, 여러 가지 빛깔로 야단스럽게 물들인 유리알 브로치, 귀걸이 따위가 들어 있었다. 치옥이는 그중 알이 굵은 유리 목걸이를 걸고 거울 앞에서 단호하게 말했다.

난 커서 양갈보가 될 테야, 매기 언니가 목걸이도 구두도 옷도 다 준 댔어.

손끝도 발끝도 저리듯 나른히 맥이 풀려 왔다. 눈꺼풀이 무겁고 숨이 차 오는 건 방 안이 너무 어둡기 때문일까, 숨을 내쉴 때마다 박하 냄새가 하얗게 뿜어져 나왔다. 나는 베란다로 통한 유리문의 커튼을 열었다. 노오란 햇빛이 다글다글 끓으며 들어와 먼지를 떠올려 방 안은 온실과도 같았다. 나는 문의 쇠 장식에 달아오른 뺨을 대며 바깥을 내다보았다. 그리고 다시 중국인 거리의 이층집 열린 덧문과 이켠을 보고 있는 젊은 남자의 얼굴을 보았다. 그러자 알지 못할 슬픔이, 비애라고나 말해야 할 아픔이 가슴에서부터 파상*을 이루며 전신으로 퍼져 나갔다.

왜 그러니? 어지럽니?

이미 초록색 물의 성질을, 그 효과를 알고 있는 치옥이 다가와 나란히 문에 매달렸다. 나는 고개를 저었다. 그럴 수밖에 없는 것이 나는 이층집 창문에서 비롯되는 감정을 알 수도, 설명할 수도 없었으며, 그 순간 나무 덧문이 무겁게 닫히고 남자의 모습이 사라졌기 때문이다.

유리 목걸이에 햇빛이 갖가지 빛깔로 쟁강쟁강 튀었다. 그중 한

알을 입술에 물며 치옥이가 말했다.

　난 양갈보가 될 거야.

　나는 커튼을 닫고 돌아와 침대에 누웠다. 그는 누구일까. 나는 기억나지 않는 꿈을 되살려 보려는 안타까움에 잠겨 생각했다. 지난가을에도 나는 그를 보았다. 이발소에서였다. 키가 작아 의자에 널판자를 얹고 앉아 나는 어머니가 일러 준 대로 말했다.

　상고머리예요. 가뜩이나 밉상인데 뒷박머리는 안 돼요.

　그런데 다 깎은 뒤 거울 속에 남은 것은 여전히 뒷박머리였다.

　이왕 깎은 걸 어떡하니, 다음번에 다시 잘 깎아 주마.

　그러길래 왜 아저씨는 이발만 열심히 하지 잡담을 하느냔 말예요.

　나는 바락바락 악을 썼다. 마침내 이발사는 덜컥 의자를 젖히며 말했다.

　정말 접시처럼 발랑 되바라진 애구나, 못쓰겠어, 엄마 뱃속에서 나올 때 주둥이부터 나왔니?

　못쓰면 끈 달아 쓸 테니 걱정 말아요. 아저씨는 손모가지에 가위부터 들고 나와 이발쟁이가 됐단 말예요?

　이발소 안이 와아 웃음바다가 되었다. 나는 의기양양해서 사람들을 둘러보았다. 웃지 않는 건 이발사와 구석자리의 의자에 턱수건을 두르고 앉은 젊은 남자뿐이었다. 그는 거울 속에서 물끄러미 나를 보고 있었다. 나는 문득 그가 중국인 남자라고 생각했다. 길 건너 비스듬히 엇비낀 거리에서만 보았을 뿐 한 번도 가까이서 본 적이 없었으나 그 알 수 없는 시선의 느낌이 그러했다. 나는 목수건을 풀어 탁 거울 앞에 던져 놓았다. 그리고 또각또각 걸어 나가 두 손으로 허리를 짚고 문께에 서서 말했다.

죽을 때까지 이발쟁이나 해요.

그러고는 달음질쳐 집으로 돌아왔다. 아버지는 피난 시절의 셋방살이 혹은 다리 밑이나 천막에서 아이들을 끌어안고 밤을 새우던 기억에 복수라도 하듯 끊임없이 집 손질을 했다. 손바닥만 한 마당을 없애며, 바느질을 처음 배운 계집애들이 가방의 안쪽이나 옷의 갈피짬마다 비밀 주머니를 만들어 붙이듯 방을 들이고 마루를 깔았다. 때문에 집 안에는 개미굴같이 복잡하게 얽힌 좁고 긴 통로가 느닷없이 나타나고, 숨으면 아무도 찾아낼 수 없는 장소가 꼭 한 군데는 있게 마련이었다.

나는 집으로 뛰어 들어와 헌 옷가지나 묵은 살림살이 따위 잡동사니가 들어찬 변소 옆의 골방에 숨어 들어갔다. 빈 항아리의 좁은 아구리에 얼굴을 들이밀어도 온몸의 뼈가 물러앉는 듯한 센 물살과도 같은 슬픔은 사라지지 않았다.

그 뒤로도 나는 여러 차례 창을 열고 이켠을 보고 있는 그 남자의 시선을 느낄 수 있었다. 대개 배급소의 문밖에 쭈그리고 앉아 석간신문을 기다리고 있을 때였다.

제니, 제니, 일어나, 엄마가 왔다.

치옥이가 꾸며 낸, 부드럽고 달콤한 목소리로 제니를 부르자 제니가 눈을 뜨고 일어나 앉았다. 치옥이가 아래층에서 대야에 물을 떠 왔다. 제니는 비눗물이 눈에 들어가도 울지 않았다. 우리는 제니의 머리를 빗기고 향수를 뿌리고 옷장을 뒤져 옷을 갈아입혔다. 백인 혼혈아인 제니는 다섯 살이 되었어도 말을 못 했다. 혼자 옷을 입는 것은 물론 숟갈질도 못 해 밥을 떠 넣어 주면 한 귀로 주르르 흘렸다. 검둥이가 있을 때면 제니는 늘 치옥이의 방에 있었다.

짐승의 새끼야.

할머니는 어쩌다 문밖이나 베란다에 있는 제니를 보고 신기하다는 듯 혹은 할머니가 제일 싫어하는, 털 가진 짐승을 볼 때의 혐오의 눈으로 보며 말했다. 나는 제니를 보는 할머니의 눈초리가 무서웠다. 언젠가 집에 쥐가 끓어 고양이를 한 마리 기른 적이 있었다. 고양이가 골방에서 새끼를 일곱 마리나 낳자 할머니는 고양이에게 미역국을 갖다 주었다. 그러고는 똑바로 고양이의 눈을 쳐다보며 나비가 쥐 새끼를 낳았구나, 쥐 새끼를 일곱 마리나 낳았구나 하고 노래의 후렴처럼 몇 번이고 되풀이했다. 그날 밤 고양이는 새끼를 모조리 잡아먹고 대가리만 남겨 피 칠한 입으로 야옹야옹 밤새 울었다. 할머니는 기다렸다는 듯 일곱 개의 조그만 대가리들을 신문지에 싸서 하수구에 버렸다. 할머니가 유난히 정갈하고 성품이 차가운 것은 한 번도 자식을 실어 보지도 못했기 때문이라고 어머니는 말하곤 했다. 할머니는 어머니의 서모庶母였다. 시집 온 지 석 달 만에 영감님이 처제를 봤다지 뭐예요. 글쎄, 그래서 평생 조면*하시고 의붓딸에게 의탁하신 거지요. 어머니는 먼 친척 할머니에게 소리를 낮춰 수근거렸다.

제니는 치옥이의 살아 있는 인형이었다. 목욕을 시켜도, 삼십 분마다 한 번씩 옷을 갈아입혀도 매기 언니는 나무라지 않았다. 제니는 아기가 되고 때로 환자가 되고 때로 천사도 되었다. 나는 진심으로 치옥이가 부러웠다.

너도 동생이 있잖아.

치옥이가 의아하게 물었다.

의붓동생인걸.

그럼 늬네 친엄마가 아니니?

나는 마른침을 꿀꺽 삼켰다.

응, 계모야.

치옥이의 눈에 단박 눈물이 괴었다.

그렇구나, 어쩐지 그럴 거라고 생각했었어. 이건 비밀인데 엄마도 계모야.

치옥이는 비밀이라고 했지만 치옥이가 의붓자식이라는 것을 모르는 사람은 동네에서 아무도 없었다. 우리는 비밀을 서로 지켜 주기로 손가락을 걸고 맹세했다.

그럼 너의 엄마도 널 때리고, 나가 죽으라고 하니?

응, 아무도 없을 때면.

치옥이는 바지를 내려 허벅지의 피멍을 보이며 단호하게 말했다.

난 나가서 양갈보가 되겠어.

나는 얼마나 자주 정말 내가 의붓자식이었기를, 그래서 맘대로 나가 버릴 수 있기를 바랐는지 몰랐다.

어머니는 일곱 번째 아이를 배고 있었다. 가난한 중국인 거리에 사는 우리들 중 아기는 한밤중 천사가 안고 오는 것이라든지 배꼽으로 방긋 웃으며 나오는 것이라는 것을 믿는 아이는 아무도 없었다. 여자의 벌거벗은 두 다리 짬에서 비명을 지르며 나온다는 것쯤은 누구나 다 알고 있었다.

러닝셔츠 바람의 지아이GI들이 부대 안의 테니스 코트에 모여 칼던지기를 하고 있었다. 동심원이 그려진 과녁을 향해 칼은 은빛 침처럼, 빛의 한순간처럼, 청년의 머리에 돋아난 새치처럼 날카롭게 빛나며 공기를 갈랐다.

휙휙 바람을 일으키며 휘파람처럼 날아드는 칼이 동심원 안의 검은 점에 정확히 꽂힐 때마다 그들은 우우 짐승 같은 함성을 질렀고 우리는 뜨거운 침을 삼키며 아아 목젖을 떨었다.

목표를 정확히 맞추고 한 걸음씩 물러나 목표물과의 거리를 넓히며 칼을 던지던 백인 지아이가, 칼이 손 안에서 튕겨져 나오려는 순간 갑자기 발의 방향을 바꾸었다. 칼은 바람을 찢는 날카로운 소리로 우리를 향해 날았다. 우리는 아악 비명을 지르며 철조망 아래로 납작 엎드렸다. 다리 사이가 뜨뜻하게 젖어 왔다. 그리고 잠시 후 고개를 들어 킬킬대는 미군의 손짓이 가리키는 곳을 하얗게 질린 얼굴로 바라보았다. 우리의 뒤 두어 걸음쯤 떨어진 곳에서 가슴에 칼을 맞은 고양이가 네 발을 허공에 쳐들고 반듯이 누워 있었다. 거의 작은 개만큼이나 큰 검정 고양이였다. 부대의 쓰레기통을 뒤지는 도둑 고양이였을 것이다. 우리가 다가가 둘러섰을 때까지도 날카로운 수염발이 바르르 떨리고 있었다. 갑자기 오빠가 고양이를 집어 올렸다. 그리고 뛰었다. 우리도 뒤를 따라 덩달아 뛰기 시작했다. 젖은 속옷이 살에 감겨 쓰라렸다.

미군 부대의 막사가 보이지 않는 곳에 이르자 오빠가 헉헉대며 걸음을 멈추었다. 그리고 비로소 손에 들린 것이 무엇인지 깨달은 듯 진저리를 치며 내동댕이쳤다. 검은 고양이는 털썩 둔탁한 소리를 내며 땅바닥에 떨어졌다.

그걸 왜 갖고 왔니?

한 아이가 비난하는 어조로 말했다. 도전을 받은 꼬마 나폴레옹은 분연히 고양이의 가슴팍에 꽂힌, 끝이 송곳처럼 가늘고 날카로운 칼을 빼어 풀섶에 쓱쓱 피를 닦았다. 그리고 찰칵 날을 숨겨 주머니에 넣었다.

막대기를 가져와.

한 아이가 지난봄 식목일의 기념식수 가지를 잘라 왔다.

오빠는 혁대를 끌러 고양이의 목에 감고 그 끝을 나뭇가지에 매었다. 그리고 우리는 묵묵히 거리를 지났다.

고양이는 한없이 늘어져 발이 땅에 끌리고 그 무게로 오빠의 어깨에 얹힌 나뭇가지는 활처럼 휘었다.

중국인 거리에 다다랐을 때 여름의 긴긴 해는 한없이 긴 고양이의 허리를 자르며 비껴 기울고 있었다.

머리에 서릿발이 얹힌 듯 희끗희끗 밀가루를 뒤집어쓴 제분 공장 노무자들이 빈 도시락을 달그락거리며 언덕을 넘어 우리 곁을 지나쳐 갔다.

고양이의 검고 긴 몸뚱어리, 우리들의 끝없이 길고 두려운 저녁 무렵의 그림자를 밟으며 우리는 부두를 향해 걸었다. 그때 나는 다시 보았다. 이층의 덧문을 열고 그는 슬픈 듯 노여운 듯, 어쩌면 희미하게 웃는 듯한 알 수 없는 눈길로 우리의 행렬을 보고 있었다.

부두에 이르러 우리는 나뭇가지를 내려놓고 고양이의 목에서 혁대를 풀었다. 오빠는 퉤퉤 침을 뱉으며 자꾸 흘러내리려는 바지허리를 혁대로 단단히 죄었다.

그리고 쓰레기와 빈 병과 배를 허옇게 뒤집고 떠 있는 썩은 생선들이 떠밀려 범람하는 방죽* 아래로 고양이를 떨어뜨렸다.

해가 지고 있었으므로 우리는 공원으로 가기로 했다.

여느 때 같으면 한없이 올라가는 공원의 층계에 엎드려 층계를 올라가는 양갈보들의 치마 밑을 들여다보며, 고래 힘줄로 심을 넣어 바구니처럼 둥글게 부풀린 페티코트 속의 온통 맨다리뿐이라는 데 탄성을 지르거나 혹은 풀섶에 질편히 앉아서 '도라아 보는 발걸음마다 눈무울 젖은 내애 처엉춘, 한마아는 과거사를 돌이켜 보올 때에 아아 산타마리아아의 종이이 우울리인다' 따위 늙은 창부 타령을 찢어지게 불러 대었을 텐데 우리는 묵묵히 하늘 끝까지라도 이어질 것 같은 층계를 하나씩 올라갔다.

공원의 꼭대기에는 전설로 길이 남을 것이라는 상륙 작전의 총지휘관이었던 노 장군의 동상이 있었다. 그곳에서는 시가지 전체가 한눈에 들어왔다.

선창에 정박해 있는 크고 작은 배들의 깃발이 색종이처럼 조그맣게 팔랑이고 있는 사이 기중기는 쉬지 않고 화물을 물어 올렸다. 선창에서 멀찌감치 물러나 섬처럼, 늙은 잉어처럼 조용히 떠 있는 것은 외국 화물선일 것이다.

공원 뒤쪽의 성당에서는 끊임없이 종을 치고 있었다. 고양이를 바다에 던질 때부터 아니 그 이전부터 우리 뒤를 따라오며 머리칼을 당기던 소리였다. 일정한 파문과 간격으로 한없이 계속되는, 극도로 절제되고 온갖 욕망과 성질을 단 하나의 동그라미로 단순화시킨 그 소리에는 한밤중 꿈속에서 깨어나 문득 듣게 되는 여름밤의 먼 우레 소리, 혹은 깊은 밤 고달프게 달려가는 기차 바퀴 소리에서와 같은, 이해할 수 없는 두려움과 비밀스러움이 있었다.

수녀가 죽었나 봐.

누군가 말했다. 끊임없이 성당의 종이 울릴 때는 수녀가 고요히 죽어 가는 것이라는 것을 우리는 모두 알고 있었다.

철로 너머 제분 공장의 굴뚝에서 울컥울컥 토해 내는 검은 연기는 전쟁으로 부서진 도시의 하늘에 전진戰塵처럼 밀려들고 있었다.

전쟁사에 길이 남을 것이라는 치열했던 함포 사격에도 제 모습을 고스란히 지니고 있는 것은 중국인 거리라고 불리는, 언덕 위의 이층집들과 우리 동네 낡은 적산 가옥들뿐이었다.

시가지 쪽에는 아직 햇빛이 머물러 있는데도 낙진落塵처럼 내려앉는, 북풍에 실린 저탄장의 탄가루 때문일까, 중국인 거리는 연기가 서리듯 눅눅한 어둠에 잠겨 들고 있었다.

시의 정상에 조망하는 중국인 거리는, 검게 그을린 목조 적산 가옥 베란다에 널린 얼룩덜룩한 담요와 레이스의 속옷들은, 이 시의 풍물風物이었고 그림자였고 불가사의한 미소였으며 천칭의 한쪽 손에 얹혀 한없이 기우는 수은이었다. 또한 기우뚱 침몰하기 시작한 배의, 이미 물에 잠긴 고물船尾이었다.

시의 동쪽 공설 운동장에서 때 이른 횃불이 피어올랐다. 잔양殘陽 속에서 그것은 단지 하나의 흔들림, 너울대는 바람의 자락이었다. 그리고 사람들은 와아와아 함성을 질렀다. 체코, 폴란드, 물러가라, 꼭두각시, 괴뢰 집단 물러가라, 와아와아. 여름 내내 햇빛이 걷히면 한 집에서 한 명씩 뽑혀 나간 사람들은 공설 운동장에 모여 발을 구르며 외쳤다. 할머니는 돌아와 밤새 끙끙 허리를 앓았다.

중립국 감시 위원단 중 공산 측이 추천한 체코와 폴란드가(그들은 소련의 위성 국가입니다) 그들의 임무를 저버리고 유엔군 측의 군사기밀을 캐내어 공산 측에 보고하는 스파이가 되었기 때문입니다.

전체 조회에서 교장 선생님은 말했다.

무릎을 세우고 앉아 그 사이에 깊이 고개를 묻으면 함성은 병의 좁은 주둥이에 휘파람을 불어넣을 때처럼 아스라하게 웅웅대며 들려왔다. 땅속 깊숙이에서 울리는, 지층이 움직이는 소리, 해일의 전조로 미미하게 흔들리는 물살, 지붕 위에 핥으며 머무는 바람.

집으로 돌아왔을 때 어머니는 수채에 쭈그리고 앉아 으윽으윽 구역질을 하고 있었다. 임신의 징후였다. 이제 제발 동생을 그만 낳아 주었으면 좋겠다고 생각하며 나는 처음으로 여자의 동물적인 삶에 대해 동정했다. 어머니의 구역질에는 그렇게 비통하고 처절한 데가 있었다. 또 아이를 낳게 된다면 어머니는 죽게 될 것이다.

밤이 깊어도 나는 잠을 잘 수가 없었다. 마악 생기기 시작한 젖망울을 할머니가 치마 말기*를 뜯어 만들어 준 띠로 꽁꽁 동인 언니는 홑이불의 스침에도 젖이 아파 가슴을 싸쥐며 돌아누워 앓았다. 밤새도록 간단없이 들려오는 야경꾼의 딱따기 소리, 화차의 바퀴 소리를 낱낱이 헤아리다가 날이 밝자 부두로 나갔다. 여전히 물결에 떠밀려 방죽에 부딪는 더러운 쓰레기와 썩은 생선들 사이에도, 더 멀리 닻 없이 떠 있는 폐선弊船의 밑창에도 고양이는 없었다.

어느 먼 항구에서 아이들의 장대질에 의해 뼈가 무너진 허리 중동을 허물며 끌어올려질지도 몰랐다.

가을로 접어들어도 빈대의 극성은 대단했다. 해가 퍼지면 우리는 다다미를 들어내어 베란다에 널어 습기를 말리고 빈대 알을 뒤졌다. 손목과 발목에 고무줄을 넣은 옷을 입고 자도 어느 틈에 빈대는 옷 속에서 스멀대며 비린 날콩 냄새를 풍겼다. 사람들은 전깃불이 나가는 열두 시까지 대개 불을 켜 놓고 잠이 들었다. 불빛이 있으면 빈대가 덜 끓었기 때문이었다. 그러나 열두 시를 기점으로 그것들은 다다미 짚 속에서, 벌어진 마루 틈에서 기어 나와 총공격을 개시했다.

열은 잠 속에서 손톱을 세워 긁적이며 빈대와 싸우던 나는 문득 나무토막이 부서지는 둔탁하고 메마른 소리에 눈을 떴다. 오빠는 어느새 바지를 주워 입고 총알처럼 계단을 뛰어 내려가고 있었다. 바깥에서는 갑작스런 소음이 끓었다. 무슨 사건이 일어났구나, 나는 가슴을 두근대며 베란다로 나갔다. 불이 나간 지 오래되어 깜깜한 거리, 치옥이네 집과 우리 집 앞을 메우며 사람들이 가득 와글와글 떠들고 있었다. 뒤미처 늘어선 집들의 유리문이 드르륵 열리고 베란다로 나온 사람들이 무슨 일이냐고 소리쳤다. 죽었다는 소리가 웅성거림 속에 계시처럼 들렸다. 모여 선 사람들은 이어 부르는 노래를 하듯 입에서 입으로 죽었다는 말을 옮기며 진저리를 치거나 겹겹의 둘러싼 틈으로 고개를 쑤셔 넣었다. 나는 턱을 달달 떨어 대며 치옥이의 집 이층 시커멓게 열린 매기 언니의 방과 러닝셔츠 바람으로 베란다의 난간을 짚고 아래를 내려다보고 있는 검둥이를 보았다.

잠시 후 요란한 사이렌을 울리며 미군 지프차가 달려왔다. 겹겹이 진을 친 사람들이 순식간에 양쪽으로 갈라졌다. 헤드라이트의 쏟아질 듯 밝은 불빛 속에 매기 언니가 반듯이 누워 있었다. 염색한, 길고 숱 많은 머리털이 흩어져 후광처럼 얼굴을 감싸고 있었다. 위에서 던져 버렸다는군.

검둥이는 술에 취해 있었다. 엠피MP가 검둥이의 벗은 몸에 군복을 걸쳤다. 검둥이는 단추를 풀어 헤치고 낄낄대며 지프차에 실려 떠났다.

입의 한 귀로 흘러내리는 물을 짜증을 내는 법도 없이 찬찬히 닦아 주며 치옥이는 제니에게 물을 먹이고 있었다. 아무리 물을 먹여도 제니의 딸꾹질은 멎지 않았다.

고아원에 가게 될 거야.

치옥이가 말했다. 봄이 되면 매기 언니는 미국에 가게 될 거야, 검둥이가 국제결혼을 해 준대,라고 말하던 때처럼 조금 시무룩한 말투였다. 그 무렵 매기 언니는 행복해 보였다. 침대에 걸터앉은 검둥이의 발을 닦아 주는 매기 언니의, 물들인 머리를 높이 틀어 올려 깨끗한 목덜미를 물끄러미 보노라면 화장을 지운, 눈썹이 없는 얼굴로 나를 돌아보며 상냥하게 손짓했다. 들어와, 괜찮아.

제니는 성당의 고아원에 갔어.

이틀 후 치옥이는 빨갛게 부은 눈을 사납게 찡그리며 말했다. 매기 언니의 동생이 와서 매기 언니의 짐을 모조리 실어 가며 제니만을 달랑 남겨 놓았다는 것이다. 치옥이네 이층은 꽤 오랫동안 비어 있었다. 그러나 나는 치옥이네 집에 숙제를 하러 가거나 놀러 가지 않았다.

아침마다 길에서 큰 소리로 치옥이를 불렀다.

또 아이를 낳게 된다면 어머니는 죽을 것이라는 예감이 신념처럼 굳어 가고 있었지만 어머니의 배는 치마 밑에서 조심스럽게 불러 가고 있었다. 대신 매운 손맛과 나지막하고 독한 욕설로 나날이 정정해지던 할머니가 쓰러졌다. 빨래를 하다가 모로 쓰러진 후에 제정신이 돌아오지 않는 것이다. 할머니의 등에 업혀 살던 막내 동생은 언니의 차지가 되었다.

대소변을 받아 내게 되자 어머니와 아버지는 할머니를 할아버지가 있는 시골로 보내는 것에 합의를 보았다.

이십 년도 가는 수가 있대요. 중풍이란 돌도 삭인다니까요.

어머니는 작게 소근거렸다. 그러고는 조금 큰 소리로, 미우니 고

우니 해도 늙마*에는 영감님 곁이 제일이에요 했고, 이어 택시를 대절해서 모셔야 해요 하고 크게 말했다.

할머니는 다시 아기가 되었다. 나는 치옥이가 제니에게 하듯 아무도 없을 때면 할머니의 방에 들어가 머리를 빗기고 물을 입에 떠 넣기도 하고 가끔 쉬를 했는지 속옷을 헤치고 기저귀 속에 살그머니 손끝을 대어 보기도 했다.

할머니가 떠나는 날 어머니는 할머니의 옷을 벗기고 새로 빤 옷을 갈아입혔다.

평생 자식을 실어 보지도 못한 몸이라 아직 몸매가 이렇게 고우시구나.

할아버지가, 할머니의 동생인 작은할머니와 그 사이에 낳은 자식들과 살고 있는 시골에 할머니를 모셔다 놓고 온 아버지는 한숨을 쉬며 더듬더듬 말했다.

못할 짓을 한 것 같아, 그 집에서 누가 달가와하겠어, 개밥에 도토리지. 그런데 부부라는 게 뭔지……. 글쎄 의식이 하나도 없는 양반이 펄떡펄떡 열불이 나는 가슴을 풀어 헤치고 영감님 손을 끌어당겨 거기에 얹더라니깐…….

그러게 내가 뭬랬어요, 역시 보내 드리길 잘했지. 평생 서리서리 뭉쳐 둔 한인걸요.

어머니는 할머니가 쓰던 반닫이의 고리를 열었다. 평소에 할머니가 만지지도 못하게 하던 것이라 우리들의 길게 뺀 목도 어머니의 손길을 따라 움직였다. 어머니는 차곡차곡 쌓인 옷가지들을 하나씩 들어내어 방바닥에 놓았다. 다리 부분을 줄여 할머니가 입던 아버지의 헌 내의, 허드레로 입던 몸뻬 따위가 바닥에 쌓였다. 그리고 항라*,

숙고사* 같은 옛날 천의 옷이 나왔다. 점차 어머니의 손길에 끌려 나온, 지난날 할머니가 한두 번쯤 입고 아껴 넣어 두었을 옷가지들을 보는 사이 비로소 이제 할머니는 돌아오지 않는다, 이런 옷들을 입을 날이 없을 것이라는 생각이 들어 가슴 밑바닥에 바람이 지나가듯 서늘해졌다. 할머니는 언제 저 옷들을 입었을까, 언제 다시 입기 위해 아끼고 아껴 깊이 넣어 둔 걸까.

마지막으로 어머니는 수달피 배자*를 들어내고 밑바닥을 더듬었다. 그리고 손수건에 단단히 싼 조그만 물건을 꺼냈다. 어머니의 손길이 그대로 잽싸게 움직이는 동안 우리 형제들은 숨을 죽여 뚫어지게 그것을 바라보았다.

어머니는 의아한 얼굴로 눈살을 찌푸려 손수건 속을 들여다보았다. 그 속에는 동강이 난 비취(翡翠)반지, 퍼렇게 녹이 슬어 금방 부스러져 버릴 듯한 구리 혁대 버클, 왜정 때의 백동전 몇 닢, 어느 옷에 달았던 것인지 모를 크고 작은 몇 개의 단추, 색실 토막 따위가 들어 있었다.

노친네도 참, 깨진 비취는 사금파리*나 다름없어.

어머니는 혀를 차며 그것을 다시 손수건에 싸서 빈 반닫이에 던져 놓았다. 내의 따위 속옷은 걸레감으로 내어놓고 옷가지들은 어머니의 장에 옮겨 놓았다. 수달피는 고급품이어서 목도리로 고쳐 쓰겠다고 했다.

다음 날 나는 아무도 몰래 반닫이를 열고 손수건 뭉치를 꺼냈다. 그리고는 공원으로 올라가 장군의 동상에서부터 숲 쪽으로 할머니의 나이 수대로 예순다섯 발자국을 걸어 숲의 다섯 번째 오리나무 밑에 깊이 묻었다.

겨울의 끝 무렵 우리는 할머니의 부음訃音을 들었다. 택시에 실려 떠난 지 두 계절 만이었다.

산월産月을 앞둔 어머니는 새삼스럽게 할머니가 쓰던, 이제는 우리들의 해진 옷가지들이 뒤죽박죽 되는 대로 쑤셔 박힌 반닫이를 어루만지며 울었다.

저녁 내내 아무도 찾아내지 못할, 골방의 잡동사니들 틈에서 숨을 죽이고 있던 나는 밤이 되자 공원으로 올라갔다. 아주 깜깜했지만 나는 예순다섯 걸음을 걷지 않고도 정확히 숲의 다섯 번째 오리나무를 찾을 수 있었다.

깊은 땅 속에서 두 계절을 묻혀 있던 손수건은 썩은 지푸라기처럼 축축하게 손가락 사이에 묻어났다. 동강난 비취반지와 녹슨 버클, 몇 닢 백동전의 흙을 털어 가만히 손안에 쥐었다. 똑같았다. 모두가 전과 다름없었다. 잠시의 온기와 이내 되살아나는 차가움.

나는 다시 손안의 물건들을 나무 밑에 묻고 흙을 덮었다. 손의 흙을 털고 나무 밑을 꼭꼭 밟아 다진 뒤 일정한 보폭을 유지하는 데 신경을 쓰며 장군의 동상을 향해 걸었다. 예순 번을 세자 동상이었다. 나는 고개를 갸웃했다. 분명히 두 계절 전 예순다섯 걸음의 거리였다. 앞으로 다시 두 계절이 지나면 쉰 걸음으로도 닿을 수가 있을까, 다시 일 년이 지나면, 그리고 십 년이 지나면 단 한 걸음으로 날듯 닿을 수 있을까.

아직 겨울이고 깊은 밤이어서 나는 굳이 사람들의 눈을 피하지 않고도 쉽게 장군의 동상에 올라갈 수 있었다. 키를 넘는, 위가 잘려진 정사면체의 받침돌에 손톱을 박고 기어올라 장군의 배 위에 모아 쥔 망원경 부분에 발을 딛고 불빛이 듬성듬성 박힌 시가지를 내려다보았다. 지난해 여름 전지처럼 자욱이 피어오르던 함성은 이제 들려오지 않았다. 다만 조용했다. 귀 기울여 어둠 속에 부드럽게 흐르는 소리를 좇노라면 땅속 가장 깊은 곳에서 숨어 흐르는 수맥이라도 손끝에 닿을 것 같은 조용함이었다.

나는 깜깜하게 엎드린 바다를 보았다. 동지나해로부터 밤새워 불어오는 바람, 바람에 실린 해조류의 냄새를 깊이 들이마셨다. 그리고 중국인 거리, 언덕 위 이층집의 덧문이 열리며 쏟아져 나와 장방형長方形으로 내려앉는 불빛과 드러나는 창백한 얼굴을 보았다. 차가운 공기 속에 연한 봄의 숨결이 숨어 있었다.

나는 따스한 핏속에서 돋아 오르는 순筍을, 참을 수 없는 근지러움으로 감지했다.

인생이란…….

나는 중얼거렸다. 그러나 뒤를 이을 어떤 적절한 말도 떠오르지 않았다. 알 수 없는, 다만 복잡하고 분명치 않은 색채로 뒤범벅된 혼란에 가득 찬 어제와 오늘과 수없이 다가올 내일들을 뭉뚱거릴 한마디의 말을 찾을 수 있을까.

다시 봄이 되고 나는 6학년이 되었다. 오빠는 어디서인지 강아지 한 마리 얻어 와 길을 들이는 중이었다. 할머니가 없는 집 안에 개는 멋대로 터럭을 날리고 똥을 쌌다.

나는 일 년 동안 키가 한 뼘이나 자랐고 언니가 쓰던, 장미가 수놓인 옥스퍼드 천의 가방을 들게 된 것은 지난해부터였다.

우리는 겨우내 화차에서 석탄을 훔치고 밤이면 여전히 거리를 쥐 떼처럼 몰려다니며 소란을 떨었으나 때때로 골방에 틀어박혀 대본貸本집에서 빌려 온 연애 소설 따위를 읽기도 했다.

토요일이어서 오전 수업뿐이었다. 회충약을 먹는 날이니 아침을 굶고 와요, 배가 부른 회충은 약을 받아먹지 않아요.

사람들은 이제는 집을 훨씬 덜 지었으나 해인초 끓이는 냄새는 빠지지 않는 염색 물감처럼 공기를 노랗게 착색시키고 있었다. 햇빛이 노랗게 끓는 거리에, 자주 멈춰 서서 침을 뱉으며 나는 중얼거렸다.

회충이 지랄을 하나 봐.

치옥이는 깡통에 파마약을 풀고 있었다.

제분 공장에 다니던 치옥이의 아버지가 피댓줄에 감겨 다리가 끊긴 후 치옥이의 부모가 치옥이를 삼거리의 미장원에 맡기고 이 거리를 떠난 것은 지난겨울이었다. 나는 매일 학교를 오가는 길에 미장원 앞을 지나치며 유리문을 통해 치옥이를 보았다. 치옥이는 자꾸 기어올라가는 작은 스웨터를 끌어당겨 바지허리 위로 드러나는 맨살을 가리며 미장원 바닥에 떨어진 머리칼을 쓸고 있었다.

나는 미장원 앞을 떠났다. 수천의 깃털이 날아오르듯 거리는 노란 햇빛으로 가득 차 있었다. 언제였지, 언제였지, 나는 좀체로 기억나지 않는 먼 꿈을 되살리려는 안타까움으로 고개를 흔들며 집을 향해 걸었다. 그리고 집 앞에 이르러 언덕 위의 이층집 열린 덧창을 바라보았다. 그가 창으로 상체를 내밀어 나를 손짓해 부르고 있었다.

내가 끌리듯 언덕 위를 올라가자 그는 창문에서 사라졌다. 그리고 잠시 후 닫힌 대문을 무겁게 밀고 나왔다. 코허리가 낮고 누른빛의 얼굴에 여전히 알 수 없는 미소를 띠고 있었다.

그는 내게 종이 꾸러미를 내밀었다. 내가 받아 들자 그는 몸을 돌려 안으로 들어갔다. 열린 문으로 어둡고 좁은, 안채로 들어가는 통로와 갑자기 나타나는 볕바른 마당과, 걸음을 옮길 때마다 투명한 맨발에 찰랑대며 묻어 오르는 햇빛을 보았다.

　나는 골방에 들어가 문을 잠근 뒤 종이 뭉치를 끌렀다. 속에 든 것은 중국인들이 명절 때 먹는 세 가지 색의 물감을 들인 빵과, 용이 장식된 엄지손가락만 한 등이었다.

　나는 그것들을 금이 가서 쓰지 않는 빈 항아리 속에 넣었다. 안방에서는 어머니가 산고産苦의 비명을 지르고 있었으나 나는 이층으로 올라갔다. 그리고 숨바꼭질을 할 때처럼 몰래 벽장 속으로 숨어 들어갔다.

　한낮이어도 벽장 속은 한 점의 빛도 들이지 않아 어두웠다. 나는 차라리 죽여 줘라고 부르짖는 어머니의 비명과 언제부터인가 울리기 시작한 종소리를 들으며 죽음과도 같은 낮잠에 빠져들어 갔다.

　내가 낮잠에서 깨어났을 때 어머니는 지독한 난산이었지만 여덟 번째 아이를 밀어내었다. 어두운 벽장 속에서 나는 이해할 수 없는 절망감과 막막함으로 어머니를 불렀다. 그리고 옷 속에 손을 넣어 거미줄처럼 온몸을 끈끈하게 쥐고 있는 후덥덥한 열기를, 그 열기의 정체를 찾아내었다.

　초조*였다.

낱말 풀이

각(을) 뜨다 잡은 짐승을 머리, 다리 따위로 나누다.
간단없이 끊임없이
끄들다 꺼들다. 잡아 쥐고 당겨서 추켜들다.
늙마 '늘그막'의 준말
다릿목 다리가 놓여 있는 길목
됫박머리 바가지머리
두릿두릿 '두리번두리번'의 방언
따라지 삼팔따라지. 보잘것없거나 하찮은 처지에 놓인 사람이나 물건을 속되게 이르는 말
말기 치마나 바지 따위의 맨 위에 둘러서 댄 부분
망종 아주 몹쓸 종자란 뜻으로, 행실이 못된 사람을 낮잡아 이르는 말
물매가 싸다 경사가 가파르다.
방죽 물이 밀려들어 오는 것을 막기 위해 쌓은 둑
비로드 벨벳velvet. 거죽에 곱고 짧은 털이 촘촘히 돋게 짠 비단
비사치기 손바닥만 한 납작한 돌을 세워 놓고 얼마쯤 떨어진 곳에서 돌을 던져 맞히거나 발로 돌을 차서 맞혀 넘어뜨리는 놀이
사금파리 사기그릇의 깨어진 작은 조각
산토닌santonin 회충 구충제의 하나
살비듬 인ㅅ비늘. 피부에서 하얗게 떨어지는 살가죽의 부스러기
상기도 아직도
서캐 사람의 몸에 기생하면서 피를 빨아 먹는 '이'의 알
선창 부두
수달피 배자 수달 가죽으로 만든 저고리 위에 덧입는 옷
숙고사 삶아 익힌 명주실로 짠 옷

양갈보 서양 사람에게 몸을 파는 여자

엉글다 물건의 사이가 뜨다.

용마루가 밭다 지붕 맨 꼭대기의 수평 마루가 짧다.

이내 해 질 무렵 멀리 보이는 푸르스름하고 흐릿한 기운

저탄장 석탄, 숯 따위를 모아서 간수해 두는 장소

적산 가옥敵産家屋 일본 사람의 집

전족 여자의 발이 자라지 못하게 동여매는 중국의 옛 풍습

조면阻面 오랫동안 서로 만나 보지 못함

쥐어질리다 '쥐어지르다'의 피동사. 주먹으로 힘껏 내지름을 당하다.

초조初潮 초경. 여성이 처음으로 시작하는 월경

쿨리coolie 육체노동에 종사하는 하층의 중국인이나 인도인 노동자

파상 어떤 일이 일정한 간격을 두고 차례로 되풀이되는 모양

페티코트petticoat 스커트 밑에 받쳐 입는 속치마, 즉 여자의 속옷

푸새 옷 따위에 풀을 먹이는 일

하마하마 어떤 기회가 자꾸 닥쳐오는 모양

항라 명주, 모시, 무명실 따위로 짠 옷

형해 어떤 구조물의 뼈대를 이루는 부분

회 동하다 뱃속에 있는 회충이 요동을 치다.

29. 위 글로 미루어 알 수 있는 내용이 아닌 것은?
① '나'의 가족은 삼대에 걸쳐 구성되어 있다.
② '중국인 거리'는 '나'가 태어난 곳이 아니다.
③ 전쟁 후의 항구 도시를 배경으로 삼고 있다.
④ '할머니'는 생활 환경을 불만족스럽게 여기고 있다.
⑤ 아이들은 먹을거리를 해결해야 할 상황을 힘겨워 한다.

30. 위 글에서 '석탄'이 갖는 기능으로 가장 적절한 것은?
① 작품의 분위기에 생동감을 불어넣고 있다.
② 여러 장면을 묶어 주는 연결 고리가 된다.
③ 주인공의 심리를 드러내는 장치가 된다.
④ 인물들 사이의 갈등을 유발하고 있다.
⑤ 사건을 반전시키는 계기가 된다.

31. (A)를 〈보기〉와 같이 바꿔 썼을 때의 효과로 적절하지 않은 것은? [3점]

〈 보기 〉

지금도 나는 가끔 그곳,
　제분 공장의 마당을 떠올리곤 합니다.
　　슬레이트 지붕과…… 높다란 굴뚝이 있는 제분 공장, 펼쳐진 멍석에는 늘 덜 건조된 밀이 있었지요. 나이 많은 수위가 잠깐 자리를 비운 틈을 타서, 우리는 마당으로 들어가곤 했습니다. 멍석의 귀퉁이를 밟으며…… 한 움큼씩 털어 넣은 밀알……. 밀알은 올올이 흩어지고, 대글대글 이빨에 부딪치곤 했지요. 딱딱한 껍질이, 달고 따뜻한 침에 녹아, 속살을 풀 때…… 입안 가득…… 풀처럼 달라붙던 밀알들. 우리의 무료함을 달래 주던…… 밀알이 제법 고무 질의 질긴 맛을 낼 때쯤, 우리는 철로에 닿곤 했습니다.

① 회고조의 목소리가 두드러져 과거에 대한 향수를 잘 드러낸다.
② 중심 제재를 더 자세히 묘사하여 독자에게 선명한 인상을 준다.
③ 호흡을 느리게 하여 과거의 경험을 음미하는 듯한 느낌을 준다.
④ 새로운 정보를 추가하여 독자가 장면을 이해하는 데 도움을 준다.
⑤ 친밀한 느낌을 주는 말투를 써서 서술자와 독자의 거리를 좁혀 준다.

32. 〈보기〉를 참조하여 위 글의 '노란색(빛)' 이미지를 해석한 것으로 적절하지 않은 것은?

〈 보기 〉

○ 노란색 : 병색病色. 구역질. 기쁨, 에너지의 색. 경계·경고의 색.
○ 노랗다(관용적 표현) : 영양 결핍. 핏기 없음. 기력이 쇠함.
○ 해인초 : 홍조류의 해조. 회충약으로 쓰이거나 석회의 접착력을 높이는 데 쓰임. 끓일 때 냄새가 강함.
○ 산토닌 : 구충제. 부작용은 모든 사물이 노랗게 보이는 증세, 두통, 구토.

① 겨울의 암울한 이미지와 대비되어, 동네 아이들의 소망을 상징한다.
② '중국인 거리'의 불안정한 분위기와 그에 대한 '나'의 낯섦을 표현한다.
③ 메스꺼움과 연관되면서 '나'가 성장 과정에서 겪는 부적응 상태를 암시한다.
④ 해인초의 후각적인 이미지와 결합하여, '나'의 몽롱한 의식 상태를 드러낸다.
⑤ 공복과 산토닌이 어우러진 상태에서 바라보는 세상의 모습을 시각화한 것이다.

33. ㉠과 같은 의미로 사용된 것은?
   ① 선생님께서 상처에 약을 발라 주셨다.
   ② 아이의 방을 예쁜 벽지로 발라 주었다.
   ③ 그는 늘 몸가짐이 발라 누구나 좋아했다.
   ④ 그 아이는 인사성이 발라 칭찬을 듣는다.
   ⑤ 어머니께서 생선에서 가시를 발라 주셨다.

윤흥길

땔감

윤흥길 1942~

전라북도 정읍에서 태어나 원광대학교 국문과를 졸업했다. 1968년 《한국일보》 신춘문예에 소설 〈회색 면류관의 계절〉이 당선되어 문단에 나왔다. 그가 문단의 주목을 받기 시작한 작품은 1973년에 발표한 〈장마〉다. 이 소설은 한국 전쟁 중에 벌어진 한 가족의 비극을 통해 이데올로기의 대립과 화해를 그려 냈다. 그는 왜곡된 역사 현실과 삶의 부조리를 독특한 리얼리즘 기법으로 그려 냈으며, 산업화 과정에서 드러나는 노동자들의 소외와 갈등의 문제를 형상화하는 등 예리한 통찰과 비판적 시각으로 세상을 그려 내는 작품을 주로 집필했다. 특히 그의 〈완장〉은 권력의 생태에 대한 비판의식을 풍자와 해학으로, 〈아홉 켤레 구두로 남은 사내〉는 소외된 우리 이웃들의 힘겨운 삶을 따뜻하게 그려 냈다.

작품 해제

갈래 순수 소설
배경 6·25 전쟁 당시 어느 마을
시점 1인칭 주인공 시점
제재 땔감
주제 전쟁의 비극과 가난한 사람들의 애환
출전 《무지개는 언제 뜨는가》(창작과비평사, 1979년)

줄거리

어머니가 식구들을 말짱 얼어 죽일 작정이냐며 몰아세우자 아버지와 장남인 나는 하는 수 없이 청솔가지를 몰래 훔쳐오기로 한다. 그래서 소라단에 가게 되는데, 상당한 위험과 고생을 무릅써야 했다. 하지만 산감에게 들켜 산감이 양민증을 달라고 윽박질렀다. 아버지는 집에 두고 왔다며, 도리어 산감에게 큰 소리를 질렀다. 그러자 산감은 나와 아버지를 끌고 간다고 하자, 아버지는 아들은 보내라고 하고 나에게 빨리 돌아가라는 신호를 보냈다. 나는 골짜기 아래로 도망쳤는데, 아버지가 도망쳐 오기를 기다렸다. 곧이어 아버지가 나타나 자신이 산감을 혼내 주었다고 말한다.

석탄을 훔치는 길봉이 패에 들어간 나는 차츰 인정을 받고 다른 녀석들이 부러워할 정도로 보상을 받는다. 어느 날 진권이가 길봉이 패에 끼어달라고 하자, 만일의 경우 입을 찢어도 좋다는 맹세를 받고 패에 합류시킨다. 유난히 안개가 자욱한 밤, 길봉이 패는 석탄을 훔치기 위해 나섰다. 그런데 전철기 소리에 놀란 진권이가 비명을 질렀다. 모두 도망을 쳤지만, 진권이는 선로에 엎드린 채 꼼짝달싹도 하지 않았다. 결국 진권이는 열차에 치여 죽었다.

이듬해 초봄, 토탄이라는 희한한 연료가 발견되어 아버지와 나는 논바닥을 파기 시작한다. 아버지는 토탄층이 발견되었다고 만면에 미소를 지으며 어머니에게 막걸리를 받아오라고 한다. 하지만 나는 이상한 징조를 발견하고 깜짝 놀랐다. 그러는 사이 논임자가 나타나 논바닥에서 무엇을 하냐고 묻는다. 아버지가 확인해 본 결과 그것은 토탄이 아닌 진흙이었다. 아버지는 나에게 구덩이 안으로 들어와 하늘을 구경하자고 이른다.

땔감

1

 그런 일이 있을 줄 미리 예감이라도 했던 듯이 아버지는 당최 내키지 않는 표정이었다. 그도 그럴 것이, 내가 알기로는 난생처음 아버지가 저지르려는 나쁜 짓이었으니까.
 그때 나는 알고 있었다. 이제부터 아버지와 내가 하려는 일이 일종의 도둑질에 해당된다는 사실을 알고 있었다. 좀더 솔직히 얘기해서 그것은 일종의 도둑질에 해당되는 정도가 아니라 명명백백한 도둑질이 분명하다는 사실도 나는 알고 있었다.
 "남에 물건은 터럭 하나라도 건디리는 법이 아니다."
 언젠가 주인 모를 밭둑에서 손가락에 피가 맺히게 억세디억센 바랭이* 덩굴을 잡아 뜯다가 오동포동 속살이 들어찬 무 밭을 보고 불현듯 시장기를 못 이겨 내가 한 뿌리 뽑으려 하자 아버지가 불쑥 던진 말이었다. 그 말이 부끄러움을 모르는 내 식욕에 재를 뿌렸기 때문에 나는 단박에 무르춤해져* 가지고 말려서 아궁이에 넣을 바랭이를 뜯는 일에 도로 기를 쓰고 매달릴 도리밖에 없었다.

그런데 무 한 뿌리에 견주면 이제 곧 우리가 훔치게 될 것은 그 북더기*로 보나 무엇으로 보나 징역을 살린대도 싸개* 났달게 없을 지경이었다. 아버지도 참 많이 변했다. 어머니를 비롯하여 우리 식구 모두는 아버지의 변모를 하나같이 환영하고 있었다. 아버지의 변모를 안타까워하고 슬퍼하는 사람은 오로지 아버지 혼자뿐이었다. 구름 위로 우뚝 솟은 자기를 두엄자리까지 끌어내리려 음모하는 것들이 바로 우리라고 아버지는 굳게 믿는 눈치였다.

"든든히 먹어 둬라. 사람이 뱃구레*가 비면 담력도 자연 허해지는 법이니라."

밥덩이를 듬뿍 떠 내 그릇에 덜어 주면서 아버지가 말했다. 밥이라야 들척지근한 고구마투성이가 진 떡에 지나지 않는 것이었다. 이삭바심*으로 얻은 싸라기*에다 고구마를 놓은 거라고 어머니는 곧잘 터무니없는 소리를 하곤 했는데, 사실은 어머니의 그 우겨 대는 소리를 훌렁 뒤집어 놓으면 그것이 바로 올바른 순서가 되었다. 다시 말해서 고구마 솥에다 약간의 싸라기를 섞어 지은 밥이었다. 하지만 뭐가 됐건 나는 사양하지 않았다. 아버지의 말이 옳았다. 만약 내 담력이 허해지는 날이면 일을 자주 그르쳐 젬병*으로 만들어 놓을 염려가 다분했다.

저녁을 그럭저럭 마쳤다. 아버지는 많이 모자라는 담력을 숭늉 대접을 벌컥벌컥 들이켜 빈 뱃구레를 채우는 것으로 벌충한* 다음 곧장 깜깜한 마당으로 내려섰다. 뒤따라 내가 밖으로 나갔을 때 아버지는 이미 출발한 채비를 갖춘 채 어둠 속에서 나를 기다리고 있었다. 아버지가 걸머진 것은 발채*를 얹은 본격적인 지게인 데 반해

내 것은 가마니였다. 해거름 전에 아버지가 가마니에 띠를 묶어 멜빵을 달아 놓았으므로 나 같은 약질이 짊어지기엔 아주 안성맞춤이었다.

"괜찮으요?"

어머니가 근심스런 목소리로 물었다.

"하도 오랜만에 져 보는 지게라서 어떨까 혔더니 슬슬 옛날 가락이 나올라고 허구만."

누가 들어도 그 과장기를 충분히 눈치 챌 수 있게시리 아버지의 목소리는 예사롭지가 않았다. 얼굴 표정을 숨길 수 없는 훤한 달밤이 아니기가 참말 다행이었다.

"들키지 않게 조심허시우."

어머니의 목소리는 한 꺼풀 더 근심스러워졌다. 식구들을 말짱 다 얼어 죽일 작정이냐면서 무섭게 몰아세우던 때와는 딴판으로 정작 아버지와 나를 떠나보낼 임시*에 어머니는 걱정도 팔자로 많았다.

"재숫머리 없이 초장부터 그렇게 참깨 방정 들깨 방정 떠는 법이 아녀!"

아버지가 평소의 그답지 않게 버럭 호통을 쳤다. 들킨다는 것, 들킬지도 모른다는 것은 참으로 곤란한 얘기가 아닐 수 없었다. 신경질을 부리는 정도가 지나친 점으로 미루어 아버지가 내내 속으로 가장 걱정한 것이 무엇인지를 짐작하기는 그다지 어렵지 않았다.

우리는 집을 나섰다. 아버지가 앞장을 서고 내가 그 뒤를 따랐다. 지척을 분간할 수 없는 어둠이 우리 부자 사이를 자꾸만 갈라놓으려고 덤볐다. 하늘에는 귀 떨어진 조각별 하나 안 보였다.

쌕쌕이*처럼 기분 나쁜 휘파람 소리를 지르며 들판을 온통 휩쓸고 오는 바람 끝엔 어김없이 칼날이 들려 있어 목도리를 칭칭 동여 감았는데도 쩍쩍 갈라지는 아픔이 콧마루와 뺨에서 떠나지를 않았다. 대단한 강추위였다.

"등 뒤에 바싹 붙거라."

바람이 아버지의 목소리를 흉내 내어 내게 말했다. 나는 그 말대로 머리를 잔뜩 숙여 붙이고 바람의 등덜미로 바싹 따라 붙었다. 그러자 그것은 바람이 아니었다. 아버지가 내 앞에서 바람의 칼날을 부러뜨려 양옆으로 흘려보내고 있었다. 아버지의 등이 전에 없이 커져서 갑자기 뒤에 매달린 바지게*의 넓이 하고 거의 비슷할 정도였다.

"춥지야?"

이번에는 아버지가 영락없이 바람의 목소리를 흉내 내었다. 아니라고, 별로 추운 줄 모르겠다고 대답할 참이었다. 그런데 나는 엉겁결에 그만 커다란 실수를 저지르고 말았다.

"예."

"너 못헐 일만 시키는갑다."

아버지는 대번에 풀이 죽었다. 우물쭈물하는 사이에 아버지가 또 말했다.

"얼어 죽이지 않을라고 헌다는 풍신*이 이 모냥이구나."

갑자기 고래가 막혀 아무리 불을 처때도 까까중이 이마 셋은 물만큼도 방바닥이 미적지근하지 못했다. 엄동의 한복판에서 졸지에 당한 일이라 방구들을 뜯어 고칠 수도 없는 노릇이었다. 아궁이를 손보고 화덕 위에 구멍을 뚫어 손잡이가 긴 고랫당그래*로 그을음 덩어리도 대충 긁어내 보고 굴뚝도 쑤셔 보는 등등으로 별의별 수단을 다 써 보았으나 헛수고일 뿐이었다. 한번 막혀 버린 고래는 어거지로 우겨 넣으려는 불길을 한사코 도로 아궁이 밖으로 내뿜기가 예사였다. 덕분에 식구들은 너나없이 고뿔이 들고 밤마다 고드름똥*을 싸느라고 눈을 붙이지 못했다. 솥에다 끓일 게 없는 것도 문제려니와 구들장을 데울 수 없는 것은 더욱 심각한 문제였다.

그럴 무렵에 동네 사람 누군가가 뾰쪽한 수를 일러 주었다. 화력이 유달리 센 청솔가지를 한바탕 기세 좋게 태우다 보면 더러는 저절로 뚫리는 수도 있다는 것이었다. 그 말이 일차로 어머니의 귀에 솔깃하게 들렸던 것이고, 그래서 어머니는 양민증 문제로 직장도 잃은 채 은둔 칩거하며 잔뜩 몸을 사리고 있는 아버지를 형편없이 우유부단하고 무책임한 게으름뱅이로 몰아붙임으로써 마침내 분발시키기에 이르렀던 것이다. 바로 그 청솔가지를 몰래 쳐 오기 위해서 한 집안의 가장인 아버지와 그의 장남인 내가 분연히* 나선 길이었다.

원래의 목적지인 소라단까지 우리는 아무 탈 없이, 그야말로 무사히 도착했다. 거리도 상당히 멀 뿐만 아니라 야간 통행은 물론 대낮에 길거리에 나서는 것마저도 아직은 자유롭지 못한 아버지 입장에서 그것은 제법 위험이 따르는 모험이었다. 더구나 거기 소라단은 행방불명된 삼촌을 찾아 아버지 자신이 직접 시체 구덩이를 뒤지고 다닌 적이 있는 유명한 학살터였으므로 밤중에 남의 솔가지를 훔칠 요량으로 살금살금 숨어들어 가는 그 심정이 어떨 것인지는 뻔했다. 다행히도 그 자리에서 삼촌이 시체로 발견되지 않았다 해서 가뜩이나 위축돼 있는 아버지가 크게 위안을 느낄 수는 없었을 것이다.

그럼에도 불구하고 우리는 끝내 소라단에 가지 않으면 안 되었다. 무엇보다도 우리에게 당장 시급한 것이 청솔가지였고, 들판에 자리 잡은 우리 동네에서는 아무래도 거기 이상 만만한 솔숲이 없었고,

그걸 꼭 구하려면 상당한 위험과 고생을 무릅쓰고 거기에 가는 도리 밖에 없었던 것이다.

산감*의 눈을 피해 감시소와는 정반대쪽 으슥한 골짜기에 지게를 받쳐 놓은 다음 아버지는 곧 일을 시작했다. 낫이 한 자루뿐이라서 아버지가 솔가지를 치는 동안 나는 멀찌감치 떨어져 망을 보았다. 아무것도 안 보였으나 소리만은 잘 들렸다. 너무 잘 들려서 오히려 미칠 지경이었다. 낫질하는 소리가 바람 소리를 도막도막 자르고 있었다. 그 소리는 먼저 바람을 자르고 다음 산자락을 한쪽서부터 차근차근 썰고 마지막으로 내 가슴에 부딪쳐 와서는 그나마 남아 있던 콩알만 한 담력을 가루로 으깨 놓았다. 낫을 맞은 나뭇가지가 비명을 지르면서 땅바닥에 떨어질 때마다 온몸에 소름이 돋았다. 아버지는 작업을 너무 서두르고 있었다. 때문에 들킬 작정으로 일부러 그러는 것처럼, 곤히 잠든 소라단을 흔들어 깨우고 있었다. 아버지의 서투른 도둑질 솜씨를 원망하면서 돌을 쪼는 정만큼이나 딱딱 울리는 낫질 소리에 온통 정신을 팔다가 나는 망보기를 자연 게을리해 보였다.

"꿈쩍 마라!"

느닷없는 호통 소리와 함께 전짓불이 아버지를 환하게 사로잡았다. 너무도 놀란 나머지 아버지는 마치 헛불* 맞은 노루와도 같이 펄쩍 한 차례 뛰는 것 같았다.

"으떤 놈이냐!"

그 소리가 골짜기에 메아리쳐서 금방 되돌아왔다. 으떤 놈이냐아 아아!

"불을 꺼야 대답을 허겄네."

눈이 부셔서 고개를 바룰* 수가 없는지 아버지는 낫을 쥔 손으로 얼굴을 가렸다. 그 바람에 어찌 보면 대항이라도 할 것 같은 용감한 자세가 되었다.

"잔소리 말고 어서 양민쯩이나 끄내!"

여전히 전짓불을 무자비하게 들이댄 채로 사내는 기다란 몽둥이를 휘둘러 위협적으로 좌우의 소나무 둥치를 후려갈기면서 아버지한테 다가섰다.

"자네가 누구간디 내 양민쯩을 보자고 그러능가?"

양민증 소리 한마디에 벌벌 떨 줄 알았으나 아버지는 의외로 침착하고 능갈맞게 나오는 것이었다.

"보고도 몰라? 소라 산림 감시소 산감님이다."

"없네. 집에다 두고 왔네."

"요놈 자식 좋게 말혀서 안 듣누만. 감시소로 가자!"

"너 이노옴!"

이번에는 아버지가 호통을 쳤다. 그 소리가 또 메아리쳐서 되돌아왔다. 너 이노옴옴옴!

"어려려, 도적놈이 감히 누구더러 됩데* 큰 소리여!"

"자식 놈 듣는 자리서 어따 대고 함부로 놈 짜를 팡팡 놓느냐!"

"허허허허······."

하도 어이가 없었던지 산감이 한참이나 너털웃음을 쏟아 놓았다.

"그렇게 자식 어려운 줄 아는 놈이 자식까장 앞세우고 도적질 댕기느냐?"

"어허, 그 도적 소리 고만두지 못허까. 우리 이럴 게 아니라 애나 먼저 보내 놓고 단둘이서 죄용히 얘기허세."

"무신 소리! 애도 같이 끌고 가야지."
"자네는 자식도 없능가? 애비가 못 당헐 꼴을 당허는 걸 아무 죄도 없는 자식이 꼭 봐야만 자네 직성이 풀리겠능가?"
"아까부터 이놈이 누구보고 건방구지게 자네 자네여!"
 산감이 언성을 높였다. 그러나 나를 보내고 안 보내는 문제에 대해서는 더 이상 시비를 삼지 않으려는 기색이었다. 아버지가 나 있는 쪽을 어림으로 지목하면서 눈짓을 했다. 빨리 돌아가라는 신호였다. 걸음아 날 살려라고 숲 사이를 빠져 나는 골짜기 아래로 도망치기 시작했다. 산감의 눈이 미치지 않을 곳까지 멀찍이 도망친 다음 아버지를 기다렸다. 나처럼 아버지도 도망쳐 나오기를 이제나저제나 하고 기다리고 있었다.
 그렇게 한참을 기다려 봐도 아버지는 돌아오지 않았다. 붙잡힌 아버지를 두고 나 혼자만 돌아갈 수는 없는 일이었다. 집에 가서 어머니한테 설명할 말이 없는 채로 그 자리를 떠날 수는 없는 노릇이었다. 나는 발소리를 죽이고 아버지가 붙잡혔던 자리로 살금살금 다가가기 시작했다. 만일 거기에 없으면 산림 감시소가 있는 맞은편짝 산기슭까지도 가 볼 작정이었다.
 다행히도 중간에서 아버지를 만났다. 깜깜한 속에서도 나는 아버지가 등에 지게까지 메고 있음을 알았다. 나는 잠자코 아버지의 등 뒤로 돌았다.
"괜찮다. 내가 그냥 지고 가마."
 내 몫의 가마니를 내리는 걸 아버지는 허락하지 않았다.
"먼저 돌아가라니께 여태까장 안 가고 어디 있었냐?"
 아버지의 힐책에 나는 아무 대꾸도 못 했다. 내가 우물쭈물 하고 있는 사이에 아버지는 다시 물었다.

"너도 봤쟈?"

그 말이 뭘 뜻하는 건지 새겨들을 겨를이 없었다. 아버지가 거푸 물어 왔기 때문이다.

"아버지가 그 버르장머리 없는 산감 녀석 혼내 주는 것 너도 똑똑히 두 눈으로 봤지야?"

나는 머리를 끄덕였다. 아버지의 그 말만은 어김없는 사실이었다. 산감한테 큰소리치는 걸 분명 내 눈으로 보고 귀로 들었으니까.

"예."

어두워서 머리를 끄덕이는 걸 못 본 성싶어 나는 소리 내어 대답했다. 그러자 대번에 아버지의 목소리에 생기가 돌았다.

"사람이 그렇게 막뵈기*로 뎀비는 법이 아니라고 알어듣게 혼을 내 줬더니 나중판*엔 잘못혔다고 미안허다고 그러드라. 한때 시국을 잘못 만나 운수 불길혀서 그렇지 야밤중에 나무나 허러 댕기는 그런 사람이 아니라고 혔더니 괜찮다고 그냥 가져가시람서 지게 우에다 얹어까지 주잖겄냐."

그 증거로 아버지가 어깨를 들썩이자 지게에 담긴 청솔가지가 제꺼덕 대꾸를 했다. 어쩐지 혼자서 도망쳐서 숨어 있길 참 잘했다는 생각이 자꾸만 들었다. 아버지가 산감을 결정적으로 꾸짖는 장면을 못 본 것이 조금도 섭섭지가 않았다.

"집에 가거든 느 에미한티 본 대로 얘기혀도 괜찮다. 아버지가 산감 녀석 버르장머리 곤쳐 놓는 얘기 말이다."

"예."

아버지가 앞장서고 내가 뒤를 따랐다. 귀 떨어진 조각별 하나 안 보이는 캄캄한 밤이었다. 어둠이 자꾸만 우리 부자 사이를 갈라놓으려 덤볐다.

"아버지 등 뒤에 바싹 붙거라."

칼날을 든 바람이 아버지의 목소리를 거의 그대로 흉내 내어 말했다. 나는 아버지가 하라는 대로 했다. 그러자 그것은 어느새 바람이 아니었다.

"되게 춥지야?"

이번에는 아버지가 휘파람 같은 바람 소리를 쏙 빼닮게 흉내 내었다.

"예."

엉겁결에 대답하고 나서 나는 내가 또다시 실수를 저질렀음을 얼른 깨달았다.

2

역 구내로 숨어들던 첫날의 그 호된 떨림은 가위* 살인적이었다. 철도 경찰이 총을 들고 보초를 서는 판이었다. 입환선* 레일 위로 차갑게 내리쏟치는 탐조등 불기둥을 우회하여 자갈 바탕을 기고 침목과 침목 사이를 건너뛸 때 마구잡이로 벌렁벌렁 노는 심장을 나로서는 다스릴 재간이 없었다.

"넘마 소리 내지 마!"

일행의 맨 앞에 있던 우리의 우두머리 길봉이가 갑자기 뒤처져 내게로 엉금엉금 기어오더니 이를 갈아붙이는* 소리를 했다. 아무런 소리도 낸 기억이 없었으므로 나는 곧바로 항의를 했다.

"내가 언제?"

"이따가 갈 때 보자. 한 번만 더 소리 냈다간 죽여!"

길봉이는 내 눈앞에 주먹을 흔들어 보이면서 다시 낮게 이를 갈았다. 허리춤에 각기 자루 하나씩을 꿰차고 손에는 쇠갈고리를 쥔 채 땅바닥을 벅벅 기는 일행의 꽁무니를 따르는 동안 그런 일에 난생처음인 나는 엉뚱한 생각을 했다. 정거장으로 석탄을 훔치러 갈 때만은 심장을 꺼내어 집에다 놔둘 수 있다면 얼마나 편리할까.
  "너 임마, 소리 내지 말라니까!"
  석탄을 잔뜩 실은 무개화차* 조금 못미처에서 나는 또 주의를 받았다. 이번에는 내 바로 앞을 기는, 나보다도 한 살이나 덜 먹은 송근이란 녀석한테서였다. 그제야 나는 방금 울린 자갈 구르는 소리가 내 갈고리 끝에서 난 것임을 간신히 알아차렸다.
  화차 그늘 속으로 뛰어든 다음부터는 녀석들의 행동이 갑자기 기민해지면서* 배짱도 보통이 아니었다. 큰 녀석들은 화차 위로 기어오르고 작은 녀석들은 약간 틈이 벌어진 문을 찾아 갈고리를 쑤셔 넣었다. 특히 그 가운데서도 우리의 우두머리 길봉이의 활약이 가장 돋보였다. 그는 눈 깜짝할 사이에 화차 꼭대기까지 뽀르르 기어 올라가서 탄 더미에다 납작 배를 깔고는 욕심껏 자루 속에다 조개탄을 퍼 담았다. 우선 제 것부터 후딱 채워 아래에서 받아 내리게 하고는 남의 자루까지 떠맡아 처리하기도 했다. 그러는 길봉이를 나는 존경하지 않을 수가 없었다. 도무지 손발이 떨리고 가슴이 두방망이질을 해서 나는 그 속에 뛰어들 엄두도 못 낸 채 다른 아이들이 땅바닥에 흘리는 거나 옆에서 간신히 주워 담는 정도에 그치고 말았다.
  첫날 나는 배당을 받지 못했다. 각자 짊어지고 갈 수 있을 만큼 자루를 채워 안전한 장소까지 운반한 다음에 길봉이가 왕초 자격으로 부하들 개개인에 대한 신임의 정도와 나이에 따른 능력의 개인차를 십분 참작하여 낱낱이 재분배해 주는 형식인데, 맨 꼴찌로 내 차례가 당하자 그는 석탄 대신 내 눈두덩을 불이 번쩍 일도록 후려갈기는 것이었다. 그럼에도 불구하고 나는 길봉이를 향한 존경심을 거두지 않았다.

그다음부터 길봉이는 나를 패거리 속에 일체 끼워 주지 않았다. 그가 나를 거부하는 한은 어쩔 도리 없는 일이었다. 그의 지휘와 보호 없이 나 혼자서 단독으로 석탄을 훔치러 들어간다는 건 상상도 못 했다. 하루 속히 노여움이 풀려 전처럼 다시 그가 관대하게 대해 주기만 바라면서 나는 기관차가 선로 위에 흘리고 간 낱알의 석탄 덩이나 코크스*를 줍는 것으로 아쉬움을 달랠 도리밖에 없었다.

변함없는 충성을 보인 보람이 있어 마침내 나한테 재차 기회가 주어졌다. 첫날처럼 또 시끄럽게 굴거나 바보짓을 하는 날이면 내 입을 찢어도 좋다는 다짐을 받고서야 길봉이는 마지못해 나를 용납해 주었다. 그 은혜에 보답하기 위해서라도 나는 이를 악물고 견디지 않으면 안 되었다.

차츰 횟수가 늘어남에 따라 내 솜씨는 눈에 띄게 달라져 갔다. 하루가 다르게 배짱도 두둑해졌을 뿐만 아니라 처음에는 주리를 틀어대는 고문 바로 그것이던 작업이 이젠 그 무엇과도 바꿀 수 없는 비밀스런 쾌감을 만끽하는 진진한 모험으로 변했다. 일이 끝난 후에 내게 돌아오는 배당도 다른 녀석들이 시샘하고 선망할 정도로 많아졌다. 능력과 신뢰도에 따라 응분의 보상을 받는 건 너무도 당연하고 공평한 처사였다. 침착하고 그러면서도 약삭빠른 점에서 나를 덮어 누를 사람이 있었다면 그것은 오로지 길봉이 하나 정도였다. 그래서 사변 직전까지 나하고 같은 반이던 진권이가 제발 좀 끼워 줄 수 없느냐고 길봉이한테 알랑방귀를 뀔 때 신출내긴 위험하니까 곤란하다고 누구보다 앞장서서 반대한 사람이 바로 나였다. 진권이는 결국 내 제의에 따라 만일의 경우 입을 찢어도 좋다는 맹세 끝에 가까스로 축에 드는 영광을 누리게 되었다.

　유난히도 안개가 자우룩한 밤이었다. 화물을 싣고 풀기 위해 이쪽에서 저쪽으로 또는 저쪽에서 이쪽으로 선로를 바꾸느라고 기관차들이 빼액빽 거푸 기적을 뽑으며 푹푹거릴 때 내뿜는 무더기무더기 하얀 증기가 전혀 안 보일 정도로 밤안개가 칙칙했다. 석탄을 때뽀 하기엔 아주 안성맞춤인 밤이었다. 우리들 사이에 도둑질은 달리 고상한 말로 때뽀라고 불리고 있었다. 실탄을 장전한 카빈을 들고 섰다가 얼핏 수상쩍은 기척이라도 비칠라치면 마구 허공을 향해 빵빵 쏴 대는 신경질투성이 철도 경찰을 피하여 조개탄이 실린 무개화차로 접근하는 동안 진권이의 입은 내 수중에 맡겨졌다. 여차만 했다 하면 나는 달려들어 녀석의 주둥이를 찢어 놓을 작정이었다.

　그러나 진권이는 의외로 잘하는 편이었다. 화차 근처에 바투 다가갈 때까지 아무 일도 벌어지지 않았다. 이제 선로 하나만 타 넘고 나면 다음부터는 누워서 떡 먹기였다. 그런데 이때 재수 옴 붙게도 바로 귓가에서 철커덕 소리가 요란하게 울렸다. 멀리서 수동으로 원격 조종되는, 우리가 흔히 뽀인또라고 부르는 전철기가 휘꺼덕 젖혀지면서 끝이 뾰쪽한 가동궤조*가 본 궤조에 들러붙는 소리였다. 철커덕 소리와 거의 동시에 진권이란 녀석이 느닷없이 귀청이 째지는 비명을 지르기 시작했다. 기적 소리만큼이나 크고 긴 비명이어서 참으로 낭패스러운 순간이었다.

　"아가리 닥쳐, 개새끼야!"

앞쪽에서 길봉이가 이를 갈았다.

"넘마, 소리 지르지 마!"

나 역시 이를 갈았다. 그런데도 녀석은 비명을 그치지 않았다.

"이런 벼엉신 같은 자식!"

주둥이를 닥치게 하려고 나는 녀석 옆으로 불불 기어갔다. 그러자 이때 길봉이가 벌떡 몸을 일으키면서 소리쳤다.

"오늘은 다 틀렸다! 튀자!"

덩달아 나도 몸을 솟구치면서 이렇게 협박했다.

"진권이 너 임마, 이따가 죽는 줄 알어!"

겨우 비명이 멎었다. 하지만 녀석은 다들 똥줄기 당기게 도망치는 판인데도 선로 위에 엎드린 채 죽은 듯이 꼼짝달싹도 하지 않았다. 비로소 의심이 부쩍 들었다. 어쩌면 별안간에 울린 철커덕 소리에 혼이 달아나서 지른 비명만은 아닐지도 모른다는 생각이 어렴풋이 떠올랐던 것이다. 그러나 그때는 이미 길봉이의 꽁무니를 쫓아 나는 정신없이 뛰고 있는 참이었다.

철조망에 뚫린 개구멍을 빠져나온 다음 뒤를 돌아다봤으나 진권이는 끝내 따라오지 않았다. 멀리 북쪽에서 달무리처럼 뿌옇게 테를 두른 전조등을 밝힌 채 하행열차가 안개 속을 뚫고 덜커덩덜커덩 내려오고 있었다. 그것이 조금 전에 우리들 귓전에서 철커덕 바뀐 선로를 타고 플랫폼으로 돌진할 것임을 그 순간 나는 직감했다.

진권이가 죽었다는 소식이 전해지자 동네가 온통 발칵 뒤집혔다. 떨어져 있던 레일과 레일이 갑자기 들러붙어 하나로 합쳐지는 바람에 그 틈바퀴에 발목이 물린 전권이는 거기서 끝내 빠져나올 수가 없었던 것이다. 동네 어른들이 뒤늦게야 떼뭉쳐 정거장으로 달려가

봤으나 진권이는 하행열차가 통과한 뒷자리에 남아 있지 않았다. 진권이는 이미 없어졌으면서도 그 주변에 널려 있었고 주변에 있으면서도 실상은 이미 없어져 버렸다.

그날 밤이 늦도록 아버지는 회초리를 들고 내 종아리를 때렸다. 회초리를 일단 내렸다가 다시 드는 그 사이사이에 아버지는 똑같은 말을 골백번이나 되풀이하고 있었다.

"이눔아, 누가 너더러 도둑질허는 자리 따러댕기라고 시키드냐? 느 애비가 시키디야, 느 에미가 시키디야?"

그러다가 아버지는 막판에 가서 회초리를 내 손에 건네주고는 자신의 바짓가랑이를 돌돌 걷어 올리기 시작했다. 놀랍게도 아버지는 소리 한마디 없이 눈물을 흘리고 있었다.

3

이듬해 초봄부터 늦가을에 걸쳐 때아닌 토탄土炭 바람이 우리 동네를 왁자하게 휩쓸었다. 배산盃山 뒤편짝 논바닥에서 나로서는 생전 듣도 보도 못한 그 희한한 연료가 새로 발견되었기 때문이다.

참으로 알다가도 모를 일이었다. 솥에다 삶을 것도 별로 없는 처지이면서 웬일로 그토록 땔감 때문에 늘 쩔쩔매는 살림을 겪어야만 했는지 도무지 이해가 안 가는 생활이었다.

전쟁이 물러간 지 꽤 오래인데도 그 무렵 아버지는 여전히 새로운 직장을 구하지 못한 채 집에서 빈둥빈둥 세월을 보내고 있었다. 인공 치하에서 있었던 삼촌의 그 되뚝* 솟은 부역 행위로 말미암아 아버지는 옴치고* 뛸 수도 없는 입장이었다. 가뜩이나 옹색스런 형편에 어려운 일들이 한두 가지가 아니었다.

그런 판국에 얻어들린 토탄 소문은 그냥 무심히 들어 넘기고 말 성질의 것이 아니었다. 북더기에 비해 값이 상대적으로 헐할뿐더러 야금야금 마디게 타는 것이라서 한바탕 또 요란하게 경제적인 땔감이었다. 비싼 장작은 우리 형편에 그림의 떡인 데다가 풀을 베어다 말려서 때는 일에도 이젠 넌덜머리가 나 있던 참이었다. 그럴 때 아버지 입에서 불쑥 토탄 얘기가 나왔다.

"우리도 식구대로 가서 파 오자."

그날 중으로 아버지는 어디서 기다란 장대를 구해다가 끝을 죽창같이 날카롭게 다듬었다. 그걸로 논바닥을 푹푹 쑤셔 보면 어떤 자리가 토탄이 많이 들고 적게 들었는지 고대 알 수 있다는 설명이었다.

"사람은 무신 일이고 머리를 잘 써야 허는 법이니."

아버지는 매우 의기양양했다.

"어따따, 고롷게 머리 잘 쓰는 양반이 오날날 뜨뜻더운 오뉴월에 토탄이나 파러 댕기게 됐구만이라우?"

언제가 그랬듯이 어머니가 또 입바른 소리를 했으나 아버지는 아무런 대척도 하지 않았다. 다만 좀 가소롭다는 듯이, 어디 한번 두고만 보라는 듯이 희미하게 미소 지을 따름이었다.

끝 간 데 모르게 펼쳐진 배산 뒤쪽 들판엔 사람들이 와글바글 들 끓고 있었다. 논바닥 여기저기에 수없이 네모반듯한 구덩이들이 파져 있고, 그 안에서 삽질로 토탄 덩이를 떠올리는 사람, 그걸 받아서 그릇에 담아 이고 지고 나르는 사람들로 꼭 장속 같았다.

논임자가 눈치 채지 못하게 아버지는 장대로 빈 논바닥을 조심조심 쑤시고 다녔다. 홍정이 이루어지기 전에 속을 파 보는 짓을 논임자는 엄격히 금했다. 대충 눈짐작으로 아무 데나 골라잡아야 하는 조건이기 때문에 땅거죽으로만 보아서는 어디가 좋고 나쁜 자린지 알 도리가 없었다. 순전히 재수 나름이었다. 따라서 아버지의 그 독특한 식별 방법은 아무튼 높이 평가받을 만한 것으로 생각되었다. 드디어 흙이 얇이 덮이고 토탄층이 두껍게 깔린 좋은 자리 물색이 끝났다. 아버지는 논임자를 불러다 흥정을 해서 한 평을 샀다. 웃옷을 벗어부치고 아버지와 나는 곧 작업에 착수했다.

우선 네 귀퉁이에 말목부터 지른 다음 삽으로 표토를 벗겨내기 시작했다. 뙤약볕 밑에서 구슬땀을 흘려 가며 열중한 보람이 있어 오래지 않아 누런 토탄층이 드러났다. 아버지가 뜨는 삽 위에 베갯덩이만 한 토탄이 올려지는 첫 순간, 옆에 지켜 앉아 구경하던 어머니와 동생들이 일제히 환성을 올리며 손뼉까지 쳤다. 그것 보라는 듯이, 내가 뭐라고 그러더냐는 듯이 아버지는 만면에 미소를 짓고 있었다.

"역시 사람은 머리를 써야 하는 법이니!"

아닌 게 아니라 아버지는 기다란 죽창 형태의 머리를 잘 써서 결국 성공을 거둔 셈이었다. 다른 사람들이 파는 자리에 비해 얼른 알아볼 수 있게시리 표토층이 얇았던 것이다. 그렇게 땡잡는 자린 줄까맣게 모르고 엉뚱한 데 가서 고생 고생 흙을 걷어 내기에 허팟살에 물집이 잡히는 불쌍한 사람들을 진정 동정하고 싶어질 지경이었다. 허허벌판 같은 논바닥에 우리 식구들만 외따로 떨어져 있는 셈이었는데, 그렇다고 외롭기는커녕 차라리 한갓지고* 풍성스런 즐거움뿐이었다.

"어디 가서 당신 막걸리나 한 납대기* 받어 오지그려."

수건으로 얼굴의 땀방울을 훔치며 아버지가 은근히 무리한 부탁을 말했다.

"삽질 조깨 허는 게 무신 베슬이다고 대낮부터 막걸리 노래는······."

어머니가 구덩이 속으로 하얗게 눈을 흘겼다. 그러나 말은 그렇게 하면서도 어머니는 한창 기분이 둥둥 뜨던 뒤끝인지라 더 이상 잔소리 없이 인근 마을을 향하고 핑하니 달려갔다.

토탄이란 참으로 묘하게 생겨 먹은 종류였다. 겉에서 파내는 것들은 찰흙처럼 몽글고* 물컹거리면서 시궁 썩는 냄새를 풍기는 거무죽죽한 물이 찌걱찌걱 비어져 나왔다. 그러나 그 구덩이 속으로 깊이 파 들어갈수록 차차로 물기가 가시면서 갈색을 띤 보송보송한 진짜 토탄이 나왔다. 틀림없이 몇만 년은 땅속에서 묵었을 이상야릇한 형태의 나뭇가지들이 모양도 선명하게 노출되기도 했는데, 그걸 손으로 주무르면 소리도 없이 흙덩이처럼 부서지곤 했다. 흙도 아니고 석탄도 아닌 그 어중간이었다.

토탄을 삽으로 떠서 구덩이 밖으로 내보내는 작업은 일단 그렇게 나온 토탄을 집에까지 운반하는 수고에다 견주면 실상 아무것도 아닌 셈이었다. 아버지를 제외한 모든 식구들이 저마다 한 개씩 토탄 자루를 메고 일렬로 서서 쨍쨍 뙤약볕 속을 걸어 먼 길을 몇 왕복이나 하는 사이에 아주 녹초가 돼 버렸다. 자루 자체가 들독*처럼 무겁기도 하거니와 마대 천 사이로 스며 나오는 걸쭉한 진액과 악취가 땀띠투성이 등덜미로 흘러내리고 코를 찔렀다. 세상에 그런 고역이 어디 다시 있을까.

두 왕복을 하고 나서 나는 갑작스레 복통을 일으켜 버렸다. 그리고 그 복통은 논바닥에 남아서 아버지가 하는 일을 설렁설렁 거드는 동안에 씻은 듯이 스러져 버렸다. 아버지는 알맞게 오른 취기에 힘입어 신이야 넋이야 부지런히 삽을 놀렸다.

"쪼깨 기력이 부쳐서 그렇지 노동도 아주 못 혀 먹을 노릇은 아니구나."

어느새 그렇게 자신이 붙었는지 아버지는 흰소리를 늘어놓으며 한 삽 듬뿍 퍼서 올렸다. 구덩이 깊이가 벌써 아버지의 허리를 넘어 있었다. 방금 밖으로 내던져진 토탄을 무심코 내려다보다가 나는 약간 이상한 징조를 발견하고는 깜짝 놀랐다. 모르는 사이에 빛깔이 변해 있었던 때문이다. 검누른 빛을 띤 양질의 토탄층이던 것이 어느 결에 갑자기 끈적끈적 물기 먹은 저질의 진흙 같은 모양을 덮어쓰고 나오는 중이었다. 너무 일에만 열중한 나머지 아버지는 그와 같은 변화를 전혀 알아차리지 못하는 눈치였다. 내가 마악 입을 열어 그 점을 지적하려는 참인데 때마침 논임자가 뒷짐을 진 채 어슬렁어슬렁 다가왔다.

"이보쇼, 당신 거그서 시방 뭐 허는 게요?"

구덩이 속을 굽어다 보며 논임자가 소리를 꽥 내질렀다.

"뭐 허는 게요라니, 몰라서 묻소?"

삽자루를 세우면서 아버지는 계제에 잠시 쉴 참을 즐길 작정인 듯이 걸어오는 농담을 맞받아 튕길 만반의 자세를 갖추었다.

"내 눈엔 당최 알 수가 없구만. 남에 논 가운데다 조상님 산소라도 뫼실 작정이유? 비싼 밥 묵고 씨잘디없이 웬 구뎅이는 그리 짚이 파는 게요?"

"예끼 여보슈!"

아버지는 약간 비위가 상한 표정이었다. 아버지가 다시 말했다.

"농담도 유분수지, 산소를 뫼시다니 말이나 되우? 아무리 땅쥔이라지만 내 돈 내고 내가 산 토탄 내가 파는디 사람이 그러면은 덜 좋은 법이오."

"당신 말은 옳긴 옳으요. 그래, 토탄이나 파랬지 남에 귀헌 논바닥 흙까장 말짱 들어가랬소?"

"흙이라……."

그 순간 아버지의 시선이 구덩이 바닥으로 달꽉 쏟아졌다. 한차례 심호흡인지 한숨인지 끝에 아버지는 허리를 새우등으로 만들었다. 그리고 손아귀에 진흙 한 줌을 집어 올려 요모조모로 찬찬히도 살피기 시작했다. 그것만으로도 부족해서 아버지는 양손을 싹싹 비벼 보다가 코끝에 대고 냄새를 맡아 보다가 필경에는 혓바닥으로 핥아 맛까지 확인해 보는 것이었다. 아버지는 결국 손에 쥔 걸 무섭게 태질을 치면서 바닥에 털썩 주저앉고 말았다. 정녕코 그것은 토탄이 아니었다. 의심의 여지 없는 진흙이었다.

"팔 만침 팠으면 고만 나오시오. 내년 요맘때는 봄보리가 시퍼렇게 모가지 내밀고 섰을 땅이요."

논임자는 다시 뒷짐을 지고서 어슬렁거리며 멀어져 갔다. 아버지는 숫제 흙 반죽으로 질컥거리는 구덩이 바닥에 늘편하게 드러눠 버렸다. 벌겋게 취기가 기승을 올리는 얼굴이었다. 도무지 말이 없는 채 아버지는 멀거니 하늘만 올려다보고 있었다. 그러는 아버지를 두고 나는 아무 말도 꺼낼 수가 없었다. 다른 자리에서 다른 사람들이 파는 분량의 겨우 삼분의 일에나 미칠까 말까 하는 수확이었다. 아버지의 머리가, 아버지의 장대가 바로 아버지 자신을 배반하고 능멸한 결과였다.

"너도 그렇다고 믿냐?"

한참 만에 아버지가 하늘을 상대로 밑도 끝도 없는 질문을 던졌다.

"이 애비가 아무짝에도 쓸모없는 어리석은 인간이라고 믿고 있냐?"

아버지는 다름 아닌 나를 상대로 묻고 있었다. 엉겁결에 나는 전에 자주 들은 풍월*을 고대로 옮겨 버렸다.

"안 그래요! 시국을 잘못 만나서 운수가 불길혀서 그래요!"

"허허, 고녀르 자석!"

웃었다. 아버지가 피식 웃었다. 내가 아버지를 웃겼다. 장남인 내가 마침내 내 힘으로 아버지를 웃게 만든 것이다.

"너 욜로 좀 들어오니라. 부자지간에 어디 한번 짱짜란히* 둔눠서 하늘이나 구경허자. 요렇게 네모 틀 너머로 보니께 하늘이 여간만 곱들 않구나."

나는 아버지의 분부를 감히 거역할 수가 없었다. 아버지의 눈은 조금도 틀린 데가 없었다. 정말로 하늘은 고왔다. 드높이 매달린 파란 하늘을 소담한 구름덩이 하나가 한가하게 질러가고 있었다. 아버지 말마따나 네모 틀 안에 가두고 바라보기 때문에 더욱더 곱게 느껴졌는지도 모른다.

"실은 말이다, 시국 탓도 운수 탓도 아니란다. 느이 애비가 아직도 사람이 덜된 탓이란다."

일차로 술 냄새부터 확 다가왔다. 그리고 이차로 아버지의 음성이 귓바퀴에 소곤소곤 감겨 왔다. 등덜미를 축축이 적시는 진흙 바닥에 드러누운 채로 나는 아버지의 귀엣말에 무조건 머리부터 끄덕여 보였다.

"자아, 인자 그만 이놈의 조상님 산소 자리 같은 구뎅이서 슬슬 나가 보자. 별수 있냐. 손해 본 토탄은 이 애비가 무신 수로든 벌충혀야지. 까짓것 또 땔감이 떨어지는 날이면 내 몸뗑이를 태워서라도 느이들을 따숩게 맹글 작정이다."

아버지가 앞장서서 구덩이 밖으로 기어 나가고 아버지의 장남인 내가 그 뒤를 바짝 따랐다. 아버지의 궁둥이가 내 코앞에서 커다랗게 얼씬거렸다. 구덩이 밖으로 나가기 위해 배비작거리는* 그 궁둥이의 움직임을 보고 있노라니 갑자기 목구멍이 깝북* 잠겨 오는 기분이 드는 것이었다.

낱말 풀이

가동궤조可動軌條 움직일 수 있는 레일
가위 한마디의 말로 이르자면
갈아붙이다 분함을 억제하지 못할 때나 결심을 굳게 할 때, 독한 마음으로 이를 바싹 갈다.
고드름똥 고드름 모양으로 뾰족하게 눈 똥
고랫당그래 고래의 재를 모아 당겨내는 길고 작은 고무래
기민하다 눈치가 빠르고 동작이 날쌔다.
깝북 어떤 범위 안에 무엇이 널리 퍼져 있거나 가득한 모양
나중판 얼마의 시간이 지난 뒤
납대기 네 모가 반듯하게 된 되
되똑 코 따위가 오뚝 솟은 모양
됩데 '도리어'의 사투리
들독 농사철을 앞두고 남자들이 힘자랑을 하기 위해 들어 올리던 돌
막뵈다 '막보다'의 사투리. 얕보아 마구 대하다.
몽글다 가루 따위가 미세하고 곱다.
무개화차 덮개나 지붕이 없는 화물차
무르춤하다 뜻밖의 사실에 놀라 뒤로 물러서려는 듯이 하여 행동을 갑자기 멈추다.
바랭이 볏과의 한해살이풀. 들판이나 밭에 절로 나는 풀
바루다 비뚤어지거나 구부러지지 않도록 바르게 하다.
바심 곡식의 이삭을 떨어서 낟알을 거두는 일
바지게 발채를 얹은 지게
발채 짐을 싣기 위해 지게에 얹는 소쿠리 모양의 물건
배비작거리다 좀스럽게 비비는 짓을 자꾸 하다.

뱃구레 사람이나 짐승의 배 속을 속되게 이르는 말

벌충하다 손실이나 모자라는 것을 보태어 채우다.

북더기 짚이나 풀 따위가 함부로 뒤섞여서 엉클어진 뭉텅이

분연하다 떨쳐 일어서는 기운이 세차고 꿋꿋하다.

산감 '산림 감시원'의 준말

싸개 여러 사람이 둘러싸고 다투며 승강이를 하는 상황

싸라기 부스러진 쌀알

쌕쌕이 '제트기'를 속되게 이르는 말

옴치다 겁을 먹거나 위압감 때문에 기가 꺾이거나 풀이 죽다.

임시 정해진 시간 무렵

입환선 열차를 조성하거나 차량을 바꾸기 위한 선

젬병 형편없는 것을 속되게 이르는 말

짱짜란히 나란히

코크스cokes 구멍이 많은 고체 탄소 연료

풍신 드러나 보이는 사람의 겉모양

풍월 얻어들은 짧은 지식

한갓지다 한가하고 조용하다.

헛불 사냥할 때 짐승을 맞히지 못한 총질

[47~51] 다음 글을 읽고 물음에 답하시오.

〈앞의 줄거리〉 장마가 계속되고 있었다. 전쟁 통에 우리 집에 피난 와 있던 외할머니는 국군인 외삼촌이 전사하였다는 통지를 받는다. 외할머니는 건지산에 있는 빨치산들에게 저주의 말을 퍼붓는다. 친할머니는 노발대발한다. 삼촌이 빨치산이기 때문이었다. 어느 날, 어떤 사람의 꼬임에 빠진 나는 삼촌이 집에 다녀간 사실을 말하게 되고, 아버지는 큰 고초를 치른다. 이로 인해 나는 친할머니의 분노를 사 큰방 출입이 금지된다. 친할머니는 점쟁이의 말에 따라 삼촌이 돌아올 날을 기다리며 잔치 준비를 한다. 그러나 그날이 되어도 삼촌은 오지 않는다. 그때 난데없이 구렁이가 집 안으로 들어온다. 친할머니는 졸도를 한다. 구렁이를 삼촌의 현신(現身)으로 생각한 것이다. 이때 외할머니는 친할머니의 머리카락을 태우면서 구렁이에게 다가가 말을 하기 시작한다.

"쉬이! 쉬어이!"
 외할머니의 쉰 목청을 뒤로 받으며 그것은 우물 곁을 거쳐 넓은 뒤란을 어느덧 완전히 통과했다. 다음은 숲이 우거진 대밭이었다.
 "고맙네, 이 사람! 집안일은 죄다 성님한티 맽기고 자네 혼자 몸땡이나 지발 성혀서 먼 걸음 펜안히 가소. 뒷일은 아모 염려 말고 그저 펜안히 가소. 증말 고맙네, 이 사람아."
 장마철에 무성히 돋아난 죽순과 대나무 사이로 모습을 완전히 감추기까지 외할머니는 우물 곁에 서서 마지막 당부의 말로 구렁이를 배웅하고 있었다.
 이웃 마을 용상리까지 가서 진구네 아버지가 의원을 모시고 왔다. 졸도한 지 서너 시간 만에야 겨우 할머니는 의식을 회복할 수 있었다. 그 서너 시간이 무의식의 세계에서는 서너 달에 해당되는 먼 여행이었던 듯 할머니는 방 안을 휘이 둘러보면서 정말 오래간만에 집에 돌아온 사람 같은 표정을 지었다.

"갔냐?"

이것이 맑은 정신을 되찾고 나서 맨 처음 할머니가 꺼낸 말이었다. 고모가 말뜻을 재빨리 알아듣고 고개를 끄덕였다. 인제는 안심했다는 듯이 할머니는 눈을 지그시 내리깔았다. 할머니가 까무러친 후에 일어났던 일들을 고모가 조용히 설명해 주었다. 외할머니가 사람들을 내쫓고 감나무 밑에 가서 타이른 이야기, 할머니의 머리카락을 태워 감나무에서 내려오게 한 이야기, 대밭 속으로 사라질 때까지 시종일관 행동을 같이하면서 바래다 준 이야기……. 간혹 가다 한 대목씩 빠지거나 약간 모자란다 싶은 이야기는 어머니가 옆에서 상세히 설명을 보충해 놓았다. 할머니는 소리 없이 울고 있었다. 두 눈에서 하염없이 솟는 눈물 방울이 훌쭉한 볼고랑을 타고 베갯잇으로 줄줄 흘러내렸다. 이야기를 다 듣고 나서 할머니는 사돈을 큰방으로 모셔 오도록 아버지한테 분부했다. 사랑채에서 쉬고 있던 외할머니가 아버지 뒤를 따라 큰방으로 건너왔다. 외할머니로서는 벌써 오래전에 할머니하고 한 다래끼* 단단히 벌인 이후로 처음 있는 큰방 출입이었다.

"고맙소."

정기가 꺼진 우묵한 눈을 치켜 간신히 외할머니를 올려다보면서 할머니는 목이 꽉 메었다.

"사분*도 별시런 말씀을 다……."

외할머니도 말끝을 마무르지 못했다.

㉠ ┌ "야한티서* 이 얘기는 다 들었소. 내가 당혀야 헐 일을 사분이 대신 맡었구랴. 그 험헌 일을 다 치르노라고 얼매나 수고시렀으꼬."
  │ "인자는 다 지나간 일이닝게 그런 말씀 고만두시고 어서어서 뭠이나 잘 추시리기라우."
  └ "고맙소. 참말로 고맙구랴."

할머니가 손을 내밀었다. 외할머니가 그 손을 잡았다. 손을 맞잡은 채 두 할머니는 한동안 말을 잇지 못했다. 그러다가 할머니 쪽에서 먼저 입을 열어 아직도 남아 있는 근심을 털어놓았다.

212

"탈없이 잘 가기나 혔는지 몰라라우."

"염려 마시랑게요. 지금쯤 어디 가서 펜안히 거처험시나 사분 댁 터주 노릇을 퇵퇵히 허고 있을 것이요."

ⓐ그만한 이야기를 나누는 데도 대번에 기운이 까라져 할머니는 가쁜 숨을 몰아쉬었다. 가까스로 할머니가 잠들기를 기다려 구완을 맡은 고모만을 남기고 모두들 큰방을 물러나왔다.

그날 저녁에 할머니는 또 까무러쳤다. ⓑ의식이 없는 중에도 댓 숟갈 흘려 넣은 미음과 탕약을 입 밖으로 죄다 토해 버렸다. 그리고 이튿날부터는 마치 육체의 운동장에서 정신이란 이름의 장난꾸러기가 들어왔다. 나갔다 숨바꼭질하기를 수없이 되풀이하는 것 같은 고통의 시간이 연속이었다. ⓒ대소변을 일일이 받아 내는 고역을 치러 가면서 할머니는 꼬박 한 주일을 더 버티었다. 안에 있는 아들보다 밖에 있는 아들을 언제나 더 생각했던 할머니는 마지막 날 밤에 다 타 버린 촛불이 스러지듯 그렇게 눈을 감았다. ⓓ할머니의 긴 일생 가운데서, 어떻게 생각하면, 잠도 안 자고 먹지도 않고 그러고도 놀라운 기력으로 며칠 동안이나 식구들을 들볶아 대면서 삼촌을 기다리던 그 짤막한 기간이 사실은 꺼지기 직전에 마지막 한순간을 확 타오르는 촛불의 찬란함과 맞먹는, 할머니에겐 가장 자랑스럽고 행복에 넘치던 시간이었나 보다. ⓔ임종의 자리에서 할머니는 내 손을 잡고 내 지난날을 모두 용서해 주었다. 나도 마음속으로 할머니의 모든 걸 용서했다.

ⓛ정말 지루한 장마였다.

— 윤흥길의 〈장마〉에서

한다래끼 큰 싸움
사분 사부인查夫人의 속음. 사돈댁
야한티서 애한테서

47. 윗글의 내용을 〈보기〉와 같이 정리하였을 때, (가)에 해당하는 장면은?

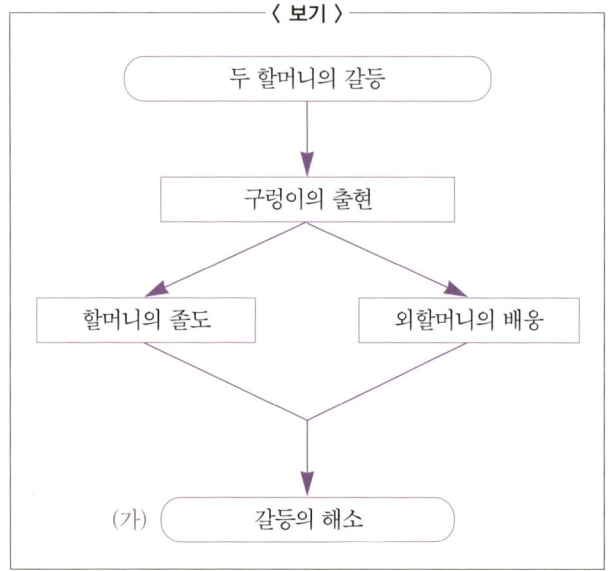

① 할머니가 삼촌을 기다렸다.
② 할머니가 의식을 회복하였다.
③ 고모가 할머니에게 경과를 이야기하였다.
④ 외할머니가 큰방으로 건너왔다.
⑤ 할머니가 돌아가셨다.

48. ㉠처럼 〈보기〉의 대화가 이루어진다고 할 때, 밑줄 친 부분에 들어갈 말로 가장 적절한 것은?

〈 보기 〉

가영 : 미안해서 어쩌지? 내가 했어야 할 일인데…….
영철 : _____
가영 : 정말 고마워.

① 그런 소리 하지 마. 네 몸이나 잘 돌봐.

② 천만다행이야. 그러니 준비를 철저히 했어야지.
③ 쓸데없는 소리! 이제부터는 네 일은 네가 알아서 해.
④ 사실 그 일을 하느라고 고생 좀 했어. 하지만 이젠 괜찮아.
⑤ 글쎄. 어쩌다가 일이 그렇게 되었는지 모르겠어. 앞으로가 걱정이야.

49. 이 작품의 결말 부분인 ⓒ에 대한 반응들이다. 윗글의 내용으로 미루어 볼 때, 적절하지 않은 것은?
① 한 줄 띄어져 있어 여운을 남기는군.
② 작품의 제목과 긴밀하게 연결되는 것 같아.
③ 장마 기간 동안 사건이 진행되었음을 의미해.
④ 새로운 갈등의 씨앗이 싹트고 있음을 함축하고 있어.
⑤ 실제보다 더 길게 느껴질 만큼 힘든 나날이었음을 암시해.

50. 윗글을 서술했을 때의 심경을 잘 드러내기 위해 '이제 와 돌이켜 생각해 보니' 라는 구절을 넣으려고 한다. ⓐ~ⓔ 중, 가장 적절한 곳은?
① ⓐ　　② ⓑ　　③ ⓒ　　④ ⓓ　　⑤ ⓔ

51. '한국 문학의 세계화' 라는 주제로 심포지엄을 열고자 한다. 〈보기〉의 밑줄 친 부분을 중심으로 이 작품에 대해 토론할 때, 그 내용으로 적절하지 않은 것은? [2.2점]

─〈 보기 〉─
　한국 문학의 세계화는 두 가지 측면에서 접근할 수 있다. 첫째, 한국 문학이 특수성을 어떻게 이해시킬 것인가, 둘째, 우리 문학이 지니고 있는 보편성을 어떻게 찾아내 드러낼 것인가이다. 두 가지 문제는 상호 보완적이지만 <u>첫 번째 문제를 먼저 해결해야 할 것</u>이라고 본다.

① 이 작품에 담겨 있는 사투리 특유의 어조를 어떻게 번역할 것인가?
② 이 작품에서 드러나는 인물들 사이의 심리적 갈등 양상을 어떻게 설명할 것인가?
③ 이 작품에 나타난 한국의 전통적 가족 제도 내의 인간 관계를 어떻게 이해시킬 것인가?
④ 이 작품에 나오는 토속적 샤머니즘에 대해 우리가 느끼는 정서를 어떻게 공감시킬 것인가?
⑤ 이 작품이 배경으로 하고 있는 6·25 당시 우리 농촌 특유의 장마철 분위기를 어떻게 전달할 것인가?

윤흥길의 〈장마〉

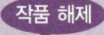

갈래 전쟁 소설, 성장 소설
배경 6·25 전쟁 중 어느 농촌 마을
시점 1인칭 관찰자 시점
제재 장마와 구렁이
주제 전쟁으로 인한 한 가정의 비극과 그 극복

> 줄거리

　나에게는 친할머니와 외할머니 두 분이 있는데, 이들은 한 집에서 같이 산다. 어느 날 밤 지루한 장마가 계속되던 때 외할머니는 국군 소위로 전쟁터에 나간 아들이 전사했다는 통지를 받는다. 이후부터 하나밖에 없는 아들을 잃은 외할머니는 빨치산을 향해 저주를 퍼붓는다. 같은 집에 살고 있는 친할머니가 이 소리를 듣고 노발대발한다. 그것은 곧 빨치산에 나가 있는 자기 아들더러 죽으라는 저주와 같았기 때문이다. 나도 어떤 사람의 꼬임에 빠져 삼촌이 집에 왔다는 말을 해서 아버지가 지서에 끌려가 한동안 고생하게 했던 사건으로 할머니의 분노를 산 상태였다.

　빨치산 대부분이 소탕되고 있는 때라서 가족들은 대부분 친할머니의 아들, 곧 삼촌이 죽었을 것이라고 믿었다. 하지만 친할머니는 '아무 날 아무 시'에 아무 탈없이 돌아온다는 점쟁이의 예언을 근거로 아들을 맞을 준비를 한다. 그 날이 가까워지면서 우리 집은 장마 통에도 친할머니의 성화 때문에 무척 바빴다. 그러나 예언한 날이 되어도 아들은 돌아오지 않는다. 친할머니는 실의에 빠져 있었는데, 그때 난데없이 구렁이 한 마리가 아이들의 돌팔매에 쫓겨 집 안으로 들어온다. 친할머니는 졸도를 한다.

　집안은 온통 쑥대밭이 되는데, 외할머니는 아이들과 외부인들을 쫓아 버리고 감나무에 올라앉은 구렁이에게 다가가 말을 하기 시작한다. 외할머니는 구렁이를 삼촌의 현신으로 생각한다. 그러고 나서 친할머니의 머리카락을 태우면서 구렁이를 달래 보려고 한다. 그 냄새에 구렁이는 땅에 내려와 대밭으로 사라져 간다. 친할머니는 깨어나 외할머니에게 고맙다고 한다. 그 후 친할머니는 외할머니와 화해하게 되고 일주일 후 숨을 거둔다. 지루한 장마도 끝이 난다.

오정희의 〈소음 공해〉, 〈중국인 거리〉, 윤흥길의 〈땔감〉에 나오는 단어를 활용하여 낱말 퍼즐을 풀어 보세요(낱말 풀이 참조).

🗝️ 가로 열쇠

1. 정신이 얼떨떨하여 어찌할 바를 모르다.
2. 지붕 맨 꼭대기의 수평 마루가 짧다.
3. 오랫동안 서로 만나 보지 못함
4. 손바닥만 한 납작한 돌을 세워 놓고 얼마쯤 떨어진 곳에서 돌을 던져 맞히거나 발로 돌을 차서 맞혀 넘어뜨리는 놀이
5. 도무지
6. 고드름 모양으로 뾰족하게 눈 똥
8. 드러나 보이는 사람의 겉모양

🗝️ 세로 열쇠

1. '두리번두리번'의 방언
2. 아주 몹쓸 종자란 뜻으로, 행실이 못된 사람을 낮잡아 이르는 말
3. 어떤 기회가 자꾸 닥쳐오는 모양
4. 움직일 수 있는 레일
5. 다리가 놓여 있는 길목
6. 아직도
7. 삶아 익힌 명주실로 짠 옷
8. 얻어들은 짧은 지식

이문구

유자소전

> 이문구 1941~2003년
>
> 충청남도 보령에서 태어나 한국 전쟁 때 아버지와 형들을 잃고, 어머니마저 세상을 떠나 15세에 가장이 되었다. 중학교를 졸업한 후에는 서울로 상경해서 막노동과 행상으로 생계를 이었고, 1961년에 서라벌예술대학 문예창작과에 입학해 문학을 공부했다. 1966년 《현대문학》에 단편 소설 〈백결〉이 추천되어 문단에 나온 이후 고향의 정감을 상실해 가는 사람들의 애환과 비애, 그것을 초래한 상황의 모순을 형상화하거나 전통적인 농촌이나 어촌, 혹은 산업화의 소외지대인 도시 변두리 사람들의 삶을 탁월하게 그려 냈다. '북한의 홍명희, 남한의 이문구'라고 할 정도로 구어체와 토속어와 서민들의 언어를 구수하게 구사했다. 김동리는 농민 소설의 새로운 장을 개척한 그를 "한국 문단에서 가장 이채로운 스타일리스트"라고 평가했다.

작품 해제

- **갈래** 풍자 소설
- **배경** 6·25 전쟁부터 1987년까지 서울과 시골
- **시점** 1인칭 관찰자 시점
- **제재** 유재필의 삶
- **주제** 인간적인 삶의 가치
- **출전** 《방황하는 내국인》(조선일보사, 1991년)

줄거리

　유재필이라는 친구는 심성이 깔끔하고 매사에 생각이 깊고 침착하며 능력도 적지 않아 작가인 나에게 많은 것을 도와 준 사람이다. 그는 어려서 아버지가 남로당원으로 처형당했지만, 그런 가정 환경 속에서도 남에게 기대거나 남 앞에 나서기를 꺼리며, 남의 아픔을 자신의 아픔으로 받아들일 줄 안다. 그러나 그가 사는 방식은 우리가 사는 요즈음 세상과는 잘 맞지 않아서 돌출된 행동을 많이 하고 세상살이에 잘 적응하지 못하는 부분도 있다.

　유재필은 중학교를 졸업한 후 정치식객들과 어울리며, 자유당 말기 야당 위원장 밑에서 지내게 된다. 4·19 혁명이 일어난 후에는 위원장을 따라 서울로 올라가고 5·16 군사쿠데타 때는 다시 고향에 돌아와 군에 입대한다. 편안한 군대생활을 하며 운전 기술까지 익혀 제대한 후에는 고향에서 택시를 몰게 된다. 그리고 운전 기술 덕분에 서울에서 재벌 그룹 총수의 운전수가 된다.

　그것도 잠시 그는 비싼 물고기의 죽음으로 인해 노선 총무로 좌천된다. 하지만 그는 맡은 일에 최선을 다하며 말썽 많은 교통사고를 원만하게 해결하는 한편 사비를 털어 교통사고 피해자를 돕기도 한다. 말년에는 종합병원 원무실장을 맡은 그는 6·29 선언이 있던 때 시위 현장에서 부상당한 사람들을 돕는다. 그리고 그는 간암으로 세상을 떠난다. 그런 유재필을 기리기 위해 문인들은 그의 일생을 돌아보며 시를 쓰기도 하고 화자인 나는 전(傳)을 쓴 것이다.

유자소전 俞子小傳

1

한 친구가 있었다.

그냥 보면 그저 그렇고 그런 보통 사람에 불과한 친구였다.

그러나 여느 사람처럼 이 땅에 그런 사람이 있는지 마는지 하게 그럭저럭 살다가 제풀에 흐지부지하고 몸을 마친 예사 허릅숭이*는 아니었다.

그의 이름은 유재필俞裁弼이다. 1941년 홍성군 광천에서 태어나 보령군 대천에 와서 자라고 배웠다. 그리고 그 나머지는 서울에서 살았다. 그는 어려서부터 타고난 총기와 숫기로 또래에서 별쭝맞고* 무리에서 두드러진 바가 있어, 비색한* 가운家運과 불우한 환경 속에서도 여러 모로 일찍 터득하고 앞서 나아감에 따라 소년 시절은 장히 숙성하고, 청년 시절은 자못 노련하고, 장년에 들어서서는 속절없이 노성하였으니*, 무릇 이것이 그가 보통 사람 가운데서도 항상 깨어 있는 삶을 살게 된 바탕이었다.

그의 생애는 풀밭에서 뚜렷하고 쑥밭에서 우뚝하였다.

그는 애초에 심성이 밝고 깔끔하였다. 매사에 생각이 깊고 침착하였으며, 성품이 곧고 굳은 위에 몸소 겪음한 바와 힘써 널리 보고 애써 널리 들을 것을 더하여, 스스로 갖추어진 줏대와 나름껏 이루어진 주견主見으로 갈피 있는 태도를 흩트리지 아니하였다.

그러므로 주변머리 없이 기대거나 자발머리없이 나대어서 남을 폐롭히거나* 누를 끼치는 자는 반드시 장마에 물걸레처럼 쳐다보기를 한결같이 하였고, 분수없이 남을 제끼거나 밟고 일어서서 설불리 무엇인 척하고 으스대는 자는 《삼국지》에서 조조 망하기를 기다리듯 미워하여 매양 속으로 밑줄을 그어 두기에 소홀함이 없었다. 또 모름지기 세상의 일에 알면 아는 대로 힘지게 말하고, 모르면 모르는 대로 숫지게 말하여 마땅한 자리임에도 불구하고 어딘지 떳떳지 못하게 주눅부터 들어서 좌우의 눈치에 딱 부러지게 흑백을 하지 못하는 자가 있으면, 마치 말만한 딸을 서울 가게 하는 데에 힘입어 그날로 이잣돈을 놓는 매몰스런 구두쇠를 보듯이 으레 가래침을 멀리 뱉기에 이력이 난 터이었다.

그의 됨됨이는 물론 그것이 전부는 아니었다. 체취는 그윽하고 체온은 따뜻하며 체질이 묵중한 사내였다. 또한 남의 아픔이 자신의 아픔임을 깨달아 아픔을 나누고 눈물을 나누되, 자기가 아는바 사람 사는 도리에 이르기를 진정으로 바라던 위인이었으니, 짐짓 저 옛말을 빌려서 말한다면 그야말로 때아닌 특립독행*의 돌출이요, 이른바 '세상 사람들의 걱정거리를 그들보다 앞서서 걱정하고, 세상 사람들이 즐거워함을 본 연후에야 즐거움을 누린다先天下之憂而憂 後天下之樂而樂'고 말한 선비적인 덕량德量의 본보기라 하지 않을 수 없는 친구였다.

"이간감? 나 유가여."

그가 내게 전화를 할 때마다 매번 거르지 않던 첫마디였다.

그렇지만 유가는 이미 다른 사람을 이르는 말이었다. 그는 유자俞子였다.

2

유자는 직업적인 문필가에 못지않은 뛰어난 어휘 감각으로 이 나라 문단의 제자백가들과 교유를 하면서도 언제나 대화의 선도鮮度를 유지했거니와, 그중에서도 보령 지방의 방언 구사에서는 그와 겨를 만한 사람이 드물다고 해도 과언이 아니었다.

대개 일정한 지역의 방언은 그 유통 구조적인 한계에 따라 자연스럽게 시르죽어서 종당에는 용도 폐기를 면치 못하기가 쉽고, 그로부터 호흡이 끊기고 박제화剝製化하여 사전辭典에 정리되고 나면 한갓 현장을 잃은 고어나 은퇴어가 되고 말아서, 모처럼 어디에 갔다가 만나더라도 뜨악하고 서먹해지게 마련인 것이었다.

그러나 아무리 잊은 지가 언젠지조차 모르는 귀꿈맞은* 방언이라고 해도, 그것이 유자의 입에서 흘러나올 때는 그 말이 지닌 본래의 숨결까지도 고스란히 살아 있어서 생각지도 않은 신선한 느낌마저 덮어씌는 것이었다. 그만큼 일상적으로 즐겨 사용해 온 탓이었다.

보령 지방의 독특한 방언 가운데 지금도 흔히 쓰이는 것으로 '개갈 안 난다'는 말이 있다. 이것은 요즈음 산하의 국어연구원에서 의례적인 용어부터 정립해 주기를 독려하고 있는 이어령 문화부 장관도 사석에서는 자기도 모르게 곧잘 튀어나오던 방언이기도 한 것이다.

이 '개갈 안 난다'는 말은 보통 '말이' 맺고 끊는 맛이 없다거나, 섞갈리거나, 요령부득이다. '뜻이' 가당치 않거나, 막연하거나, 어림도 없다. '일이' 매동그려지지* 않거나, 매듭이 나지 않거나, 마무리가 없다. '짓이' 칠칠치 못하거나, 갈피가 없거나, 결과가 예측불허다, 따위와 비스름한 의미로 쓰이고 있거니와, 나도 그 어원이 '가결可決 안 나다'에 있는지 어떤지는 아직도 모르고 있는 터이다.

한번은 내가 짐짓 해 보는 말로,

"대관절 그 개갈 안 난다는 말이 무슨 뜻이라나?"

유자더러 물었더니, 유자 대답하여 가로되,

"아 그 개갈 안 난다는 말처럼 개갈 안 나는 말이 워디 있간 됩세 나버러 개갈 안 나게 묻는다나."

하고 사뭇 퉁명을 부리는데, 그러는 그의 표정을 읽으니 말이 난 계제에 아예 어원까지 캐서 적실하게 밝혀 줄 수만 있다면 작히나 좋을까만, 하나 말인즉 원체가 '개갈 안 나는' 말인지라 당최 종잡을 수가 없어서 유감이라는 내색이 역연하였다*.

재주가 메주인 이런 삼류작가에게는 유자만큼 소중하고 요긴한 위인도 드물었다. 그는 내 직업에도 여러 가지로 도움이 되었는데, 이를테면 1950년대부터 고향과 멀어진 까닭에 '잊은 지가 언젠지조차 모르는', 그래서 모처럼 한 번이나 들어 보더라도 뜨악하고 서먹할 수밖에 없는 궁벽한* 방언들을 아주 새삼스럽게, 그것도 그 말이 지닌 본래의 숨결까지 고스란히 살아 있는 그대로 재생시켜 주면서 '말하는 방언사전' 노릇을 톡톡히 해 주었던 것도 그 중의 하나였다.

그것은 비단 방언만도 아니었다. 그가 사무적으로 왕래하는 각계각층의 전문적인 용어를 비롯하여, 가령 벌면 먹고 놀면 굶는 뜨내기들, 빈손이 큰손이요 끗발이 맨발인 따라지들, 심지어는 보다보다 볼장 다 본 막살이*들의 협협한* 허텅지거리와 종작없는 결말들까지도 나는 거의가 그를 통하여 얻어들었으며, 또 무슨 말이든지 일단은 힘 하나 안 들이고 주워대는 그의 입을 거쳐야만 비로소 제대로 실감이 나고, 나중에 용도를 가름하는 데에도 수나로울* 수가 있었던 것이다.

유자는 그가 아니면 안 되는 그 걸쩍한 입담뿐 아니라 그 자신의 모든 것이 바로 신선한 소재이기도 하였다. 한 예를 들면 중진 작가 천승세 씨의 장편 소설 〈사계의 후조〉도 곧 유자를 모델로 하여 이룩한 작품이었던 것이다.

내가 오래전에 쓴 〈그가 말했듯〉이란 졸작의 주인공도 유자가 모델이었다. 주인공이 일인칭인 이 소설을 본 사람들은, 읍내에 말시바위(곡마단)가 들어와서 악사들이 말에 원숭이를 태워 앞세우고 트럼펫 가락도 심란스럽게 가두선전에 나설 때마다 철딱서니 없이 단기團旗의 기수가 되어 우쭐거리는 주인공을 나의 과거사로 짐작하고 실소를 금치 못했다는 거였지만, 실은 유자가 그렇게 보낸 소년 시절이야말로 한쪽은 하릴없는 허드레 웃음거리였고, 한쪽은 공연히 웃어넘길 수만도 없는 애틋한 대목이 안팎을 이루고 있었던 것이다.

유자는 육이오 난리 이듬해에 한내(대천)의 구장터로 이사 오면서 대남국민학교에 전학하였다. 그는 전학하고 며칠이 안 되어서부터 스스로 존재를 드러내었다. 아무 데서나 주워대는 그 입담이 밑천이었다. 다른 아이들이 밥 먹을 때 모이를 먹고, 다른 아이들이 죽 먹을 때 여물을 먹었는지, 나이답지 않게 올되고 걸었던 그 입은, 상급생이나 선생님들 앞에서도 놓아먹인 아이처럼 조심성이며 어렴성이라곤 없이 넉살좋게 능청을 떨어 대었던 것이다.

일테면 여선생님이 쉬는 시간에 교문 밖에 나가서 딴전을 보다가 늦게 들어온 그를 불러 세우고 왜 늦었느냐고 다잡으며 따끔하게 혼내 줄 기미를 보이면,

"일 학년짜리 지집애가 오재미루 찜뿌*를 허다가 사리마다* 끈이 째서 끊어져 흘렀는디, 그냥 보구 말 수가 읎어서 그것 좀 나우 잇어 주다 보니께 이냥 늦엇번졌네유."

하고 '힘 하나 안 들이고' 넌덕스럽게* 너스레를 떨며 둘러방치기를 하는 것이었다.

그럼 그대로 두었나?

그대로 두었다. 학교에서도 초저녁에 싸가지 없는 아이로 치부하여 매를 들고 성화대거나, 어머니까지 오너라가너라 하면서 닦달하느니 보다, 숫제 배냇적부터 마치 우진마불경*의 원진살*이라도 타고난 녀석인 양 내놓아 버리는 것으로써 차라리 속이나 편키를 도모한 셈이었으니, 마침내 교감 선생님의 이름은 몰라도 그의 이름을 모르면 대남학교 아이가 아닌 줄로 여기게끔 명물이 되기에 이르렀다.

명물은 되잖게 입만 되바라졌다고 해서 아무나 되는 것도 아니었다.

그는 보매*보다 반죽이 무름하고* 너울가지*가 좋아 붙임성이 있었고, 싸움 난 집에서 누룽지를 얻어먹을 만큼이나 두룸성*이 있었으며, 하다못해 엿장수를 상대로 엿치기를 해도 따먹은 엿 토막이 앞에 수북할 정도로 눈썰미와 손속*이 뛰어난 터수*였다. 나이가 한참이나 위인 중학생들과 예사로 너나들이를 하고, 가는 데마다 시답지 않은 성님과 대가리 굵은 아우가 수두룩했던 것이 다 그와 같은

사실을 증명하던 일이었다.

　그 천연덕스럽고 숫기 좋던 붙임성은 말시바위가 들어올 적마다 맡아 놓고 모갑이(우두머리)를 찾아가서 단기의 기수로 자원하는 데에도 단단히 한몫했을 것은 두말할 나위가 없다.

　그는 깃광목이나 무색 인조견 바탕에 '뉴―서울 써커쓰' 따위가 쓰인 깃대를 들고, 그 모양 나던 뒤듬발이 걸음으로 가두 선전반을 이끌었다. 바람이라도 있어서 기장폭이 펄럭거리는 날은 깃대를 가누기는 고사하고 제 몸뚱이조차 고루잡기에도 힘이 부쳐 엎드러질지 곱드러질지 모르게 비칠거리면서 땀으로 미역을 감게 마련이었다. 그는 땀으로 미끈거리며 주책없이 자꾸 벗겨져 주천스럽던 고무신은 일찌감치 벗어서 허리춤에 차기를 잊지 않았지만, 그러나 그러고 까불거리면서 장터를 휘젓는 풍신이 바로 한내 사람들의 좋은 구경거리가 됐던 사실은 알고 있을 까닭이 없었다.

　그가 번번이 기를 쓰고 기수가 되고자 안달을 했던 것은, 겨우 무료 봉사에 한해서 무료입장을 보장했던 그 지지한* 미끼에 눈이 가린 탓이었다.

　하지만 그것도 초엽 어름에 잠깐이었다. 하루는 난리 때 노무자로 갔다 와서 육장 싸전머리에 노박이*로 나앉아 지겟벌이를 하던 이웃집 논규 아배가 보다 못해 한마디 나무랄 요량으로 핀잔을 하였다.

　"이녀리 자슥은 밤나…… 너넌 뭣 땜이 말시바우만 들왔다 허면 그리구 혹해서 사죽을 못 쓰구 댕긴다네?"

　그는 서슴없이 대꾸하였다.

　"그게 워디 그냥 싸카쓰간유. 사리마다만 입은 지집애덜이 사까다찌*를 해쌓는디, 기도 보는 이가 여간 사람이 아닝께 그거래두 해 주구서 봐야 선허지 워치기 그냥 만대유."

대남학교 사 학년 때의 대답이었다.

그는 싸전마당 한복판에 빙 둘러 쳐 놓은 포장 어디에 혹 개구멍이라도 없나 하여 우물쭈물 쭈뼛거리면서 이리 기웃 저리 기웃 얼씬거리다가 막대기로 삿대질을 하며 지키는 단원에게 걸리적거리고 성가시다며 지청구를 얻어먹어 풀이 죽은 아이들 앞에서 여봐란 듯이 무료입장을 하였다. 그리고 깔아 놓은 멍석 귀퉁이에 옹송그리고* 앉아서 이따가 그 쥐 잡아먹은 것 같은 입술의 해반주그레한* 계집애가 나와서 재주부리는 차례를 기다렸다. 그러나 공구경도 속이 든든해야 보이는 것이 있는 법이었다. 여린 삭신에 저보다 서너 길이 넘는 깃대에 시달려 옷이 척척하도록 땀을 흘리며 읍내를 헤맨 터에, 점심 굶고 저녁 걸러 곤할 대로 곤하고 허기진 몸이, 기름독에 빠졌다 나온 사내가 버나(접시돌리기)를 한들 보이고, 쥐 잡아먹은 입술이 통굴리기를 한들 보일 리가 없었다.

"인마, 어여 집이 가서 자빠져 자."

그는 매양 소스라치면서 눈을 떴다. 깨어 보면 막은 아까아까 내린 뒤였고, 구경꾼이 두고 간 쓰레기와 썩음썩음한 멍석에 쌓인 답쌔기*를 쓸던 단원이 대빗자루로 등짝을 냅다 갈기는 바람에, 저도 모르게 앉은 채로 곯아떨어져 있다가 그렇게 실없이 혼이 났을 따름이었다.

야간 통행금지 시간이 다 되어 집집이 불을 끄고 찬바람만 휑하던 골목길은 만날 그 앞으로 지나다니는 가겟집들의 굴뚝 모퉁이마다 왜 그렇게도 껄쩍지근하고 떨떠름하니 무서웠는지 몰랐다. 그렇지만 아무리 오금탱이가 저리고 당겨도 뜀박질은 하지 않았다. 졸음이 쏟아져서 반도 넘게 놓친 것도 그리 억울하지가 않았다. 그는 오히려 캄캄한 오밤중임에도 별을 보고 점을 치는 페르샤 왕자*, 어쩌고 하며 그 무렵에 한창 유행하던 노래를 콧소리로 흥얼거렸다. 밤길에 노래를 하면서 가다 보면 무섬증이 훨씬 덜했으니까. 그리고 다음날도 기수를 맡아서 보다가 못 본 것들을 마저 보게 되려니 하면 다시금 신이 나지 않을 수 없었으니까.

 판문점에서 정전회담이 오락가락하던 무렵에는 싸전마당에 화면에 홑이불만 한 '대한 늬우스'나 '리버티 늬우스'가 고작이던 한내에도, 난리가 시나브로 꺼끔해진* 뒤로는 가끔 가다 활동사진(극영화)도 들어오기 시작하였다. 되게 수리목 지른 변사가 혼자서 열두 가지 소리를 내던 벙어리 영화(무성 영화)가 들어오고, 확성기가 끌탕* 이어서 차라리 벙어리 영화가 낫던 발성 영화도 들어오고, 그런가 하면 어쩌다가 천연색 영화까지도 들어오는 것이었다. 말이 천연색이지 영화에서는 어리중천에 해가 쨍쨍한데 화면에서는 영화가 다 끝날 때까지 가랑비가 줄창 쏟아지고, 그러고도 모자라서 바야흐로 볼 만한 대목에 이르렀다 싶으면 제멋대로 필름이 툭 하고 끊어졌다가, 앞에 앉은 영감이 독한 파랑새 담배 한 대를 거진 다 태운 뒤에야 아까 그 대목은 훌쩍 건너뛰고 생판 딴 장면이 튀어나오던 서부 활극이 그 주종이었다.

 천연색 서부 활극에도 변사가 따랐다.

 "아, 저 인디안을 잡아라, 놓치면 영화 끝난다. 그러자 그때 저 인디안을 향하여 마상馬上에 높이 앉아 황야를 달려가는 한 사나이가 있었던 것이였었으니, 자, 그는 과연 누구라는 사나이였었던 것이였었더냐. 그렇다, 그 사나이는 바로 우리의 톰이라는 사나이였었던 것이였던 것이였었다……."

목통이 다 닳아 버린 목소리로 '것이였었던 것이였었다'를 즐기던 변사가 그렇게 따라다녔던 것은, 그때까지도 우리나라엔 화면에 자막을 넣는 기술이 없었기 때문이었을 터이었다. 일제 때 지은 농업 창고에서처럼 한동안 가마니때기를 깔고 볼 수밖에 없었던 면공관조차 아직 생기기 전이었으므로, 장터의 한 골목을 양쪽으로 막은 노천 가설극장에서 그나마 어중간하여 비라도 오는 날이면 초장에 구경을 품메는 편이 나을 성싶은데도 본전 생각에 못내 자리를 못 뜬 채, 보면서 젖고 가면서 얼고 해도 별로 흥이 아니었던 시절의 일이었다.

구경이라면 제백사除百事하던 취미에 하물며 활동사진이 들어올 때였겠는가. 유자는 영화가 들어올 때에도 남에 없는 부지런을 떨어서 이른바 샌드위치맨이 되기를 자원하고 나섰다. 앞뒤로 포스터를 붙인 널빤지 거지게를 짊어지고, 일껏 다려 입힌 바짓가랑이를 양잿물에 삶아도 소용이 없도록 휘지르면서, 걸어다니는 광고판 노릇으로 골목골목을 쏘다니기에 숙제 한 번을 제대로 해 간 적이 없는 학생이었던 것이다. 역시 웃느라고 짜장면 한 그릇 먹어 보란 말이 없었던 생고생을 사서 하는 일이었으니, 무료 봉사에 무료입장의 원칙은 개똥모자 비껴쓰고 사람을 돌려먹는 흥행업자나, 중절모자 제껴쓰고 기계를 돌려먹는 흥행업자나 매양 그 사람이 그 사람이었던 모양이었다.

비록 걸어다니는 광고판 노릇이었을망정 무더운 여름철에는 엄벙덤벙*하고 덤벙거리다가 더러는 남의 손에 빼앗기는 날도 없지가 않았다. 그가 점심시간이나 보건시간(체육시간)에 학교에서 빠져나와 아수꾸리(아이스케키) 통을 메고 돌아다니다가 쇠전마당 근처에 전을 벌리고 떠드는 약장수 구경에 넋을 놓아 한참씩이나 충그리게* 된 결과가 그것이었다.

그래도 영화는 빠뜨리지 않고 구경을 할 수가 있었다. 면공관에 문지기나 들무새*로 있던 상이군인 아저씨의 연애편지 배달원으로 선발되어, 주막 강아지 부엌 드나들듯이 꺼먹 고무신이 달창*이 되도록 들락거리고 다닌 보람이었다. 성냥 하면 천안 조일표, 고무신 하면 군산 만월표밖에 몰랐던 시절. 그러니까 지금은 우둥퉁한 노파가 되어 십중팔구 하염없이 추억이나 되새기고 있을 조미령이 일쑤 새파란 과부로 분장하고 나와서, 밥만 먹고 잠만 자던 촌사람들의 무던 가슴을 이리 집적 저리 집적하여, 육백*을 치면서 조인다고 조여도 국진 열 끗이 목단 열 끗으로밖에만 안 보였던 어수룩하던 시절의 일이었다.

3

내가 유자를 처음 본 것은 중학교에 들어가고 한 달포나 됐나 해서였다.

그날은 첫시간이 수학시간이었는데 수학 선생이 결근을 하는 바람에 옆 반하고 합반으로 수업을 하게 되어 있었다. 나는 국민학교에서도 내내 셈본만큼은 50점을 넘어 본 적이 한 번도 없었으므로, 기하고 대수고 간에 수학시간이라고 하면 으레 지옥도 그런 지옥이 없이 걱정이 태산이었다. 그러니 수학 선생의 결근은 선생의 사정 여하를 떠나서 무슨 경사를 만난 것이나 진배없이 반가워하였고, 그날은 단지 수학시간을 까먹게 되었다는 사실 하나만으로도 온종일 흐뭇한 기분에 젖어서 지내는 것이 보통이었다.

그런데 그날은 무턱대고 그리 좋아만 하고 있을 형편이 아니었다. 옆 반의 시간표에 맞추어 합반으로 때워야 할 시간이 하필이면 실업 시간이었기 때문이었다. 실업 선생은 싸낙배기*였다. 성질이 벼락인데다가 툭하면 불러내서 덮어놓고 매질을 해 대는 것이었다.

"어금니 꽉 다물어, 안 그러면 이빨 안 남아나."

실업 선생은 불러낸 아이에게 그렇게 미리 겁을 준 다음, 두 주먹으로 두 볼을 번갈아 가면서 사정없이 쳐돌리는 것이 장기였다. 손도 여간 맵지가 않았다. 한 대만 맞아도 눈에 불티가 일면서 머리가 휘둘리어 어질어질하였다. 그래서 실업시간만 되면 죄다 지레 얼겁*이 들어서 선생이 수업을 마치고 나갈 때까지는 교실에 실업 선생 외에는 아무도 없었던 것처럼 허망할 뿐 아니라 공기도 끄무러진 날씨처럼 한없이 무거울 뿐이었다.

그날의 그 시간도 예외가 아니었다. 그렇잖아도 한 반이 70여 명이나 되어 여유가 없는 교실에, 두 반이 뒤섞이어 둘씩 앉기에도 빠듯한 걸상에 넷씩이나 엉겨 붙으니 앞이고 옆이고 복잡하여 옴나위*를 할 수가 없을 지경이었다. 그래도 수업이 시작되자 먼지가 자욱하던 교실이 이내 없는 집 장광*처럼 조용해졌다. 누군들 잠음 한마디라도 새어 나갈세라 감히 조심하지 않을 수 있을손가.

그런 와중에도 수업이 시작된 지 한 5분쯤 하여 드르륵하는 문짝 소리도 요란하게 뒷문을 밀고 들어오는 지각생이 있었다. 재빨리 훔쳐보니 키는 중간 키요, 두툼하고 너부데데한* 얼굴에 눈은 까닭 없이 작고 코는 쓸데없이 크막한 옆 반 아이, 지금 이야기하고 있는 그 유자였다.

너는 죽었다…… 나는 그렇게 줄을 치면서 나부터 숨을 죽이고 뻔한 순서를 기다렸다.

"쉴……저놈의 자식은 또 왜 지각이여?"

실업 선생은 성깔을 있는 대로 얼굴에 모으면서 뼛성* 있는 억양으로 물었다. 나는 나더러 물은 것이나 다름없이 숨이 막힐 지경인데 그 아이는 뜻밖에도 전혀 그렇지가 않은 것이었다.

"거시기, 저 교문 앞서 자즌거포집 가이가 워떤 집 수캐허구 꿀붙었는디, 여적지 안 떨어져서 늦었슈."

"나불거리지 말구 들어가 앉어."

실업 선생은 불러내어 주먹을 쓰기는커녕 금이빨을 반짝이면서 웃기까지 하는 것이었다. 그가 호랑이 선생에게서도 간단히 면허를 따던 순간이었다.

저 선생님도 왕년에 누구한테 이빨이 안 남아나서 저렇게 금니를 한 것인가, 나는 얼핏 그런 엉뚱한 생각도 들었으나, 그 시간이 다 가도록 내 머릿속을 떠나지 않고 있었던 것은, 저런 천둥벌거숭이*가 어떻게 하여 3대 1이나 되었던 경쟁을 이기고 중학교에 들어올 수 있었을까 하는 의문이었다.

나는 그 뒤로도 선생의 출석부가 그의 머리통에 떨어지는 것을 심심치 않게 구경할 수가 있었다. 누구하고 다툰다거나 선생이 발끈하도록 일을 저질러서가 아니었다. 그는 운동 신경이 젬병이어서 아이들과 투탁거리는 일 따위는 애초에 엄두도 내지 못하던 둔발이었다. 그러므로 출석부가 그의 머리통에서 둔탁한 소리를 냈던 것은, 기껏해서 처녀 선생님을 '우리 아줌니'라고 부른다거나, 교감 선생님을 '꼬깜(곶감)'으로 부르다가 들켰을 때뿐이었다.

호랑이 선생에게서까지 면허를 딴 터였으니 다른 선생님들의 이야기는 하나마나한 일이다.

그는 정학 한 번 맞아 본 일이 없이 학교를 마쳤다.

나하고는 물론 가까운 사이가 아니었다. 서로가 시들하게 지낸 것이 오히려 당연한 일이었다. 첫째는 3년 동안에 단 한 번도 같은 반이 되어 본 일이 없었다. 게다가 나는 그 번잡하고 어수선한 아이와 한 반이 되지 않은 것을 늘 다행으로 여기고 있었고, 그는 또 그 나름으로, 지지리 못나 터져서 아무 존재도 없이 한갓 소설책 나부랭이나 들여다보는 것이 일이던 나를 처음부터 쳐주려고 하지 않았던 것이다.

존재라는 말이 나올 때마다 지금도 불현듯 생각나는 일이 있다. 2학년도 다 돼서였다. 하루는 무슨 일인가로 담임 선생의 호출을 받아 교무실에 갔더니, 입학하고부터 줄곧 생물과 미술을 담당하여 일주일에도 너더댓 시간씩이나 교실에 들어왔던 백모 선생이 내 얼굴과 명찰을 번갈아 가며 쳐다보고 나서, 암만 봐도 처음 보는 아이란 듯이 이러고 묻는 것이었다.

"야, 너는 워느 반 애냐?"

"일반인디유."

"니가 왜 일반여?"

"기유."

"일반에 너 같은 애가 워딨어?"

"있슈."

"원제 전학 왔는디?"

"입학허구부터 여태 댕겼는디유."

"집이 워딘디?"

"대천유."

"그럼 대천국민핵교 댕겼게?"

"그렇지유."

"그려? 그런디 왜 그렇게 통 존재가 읎어?"

이태 동안이나 두 과목을 가르친 선생도 못 알아보던 무존재였으니, 그 유명하던 아이가 나 같은 것쯤 안중에도 없었을 것은 열 번 당연한 일이었다.

나는 일제 고사니 기말 고사니 하는 것에 한 번도 긴장해 본 적이 없었다. 그리고 시험기간 직전까지 손에서 놓지 못하던 것이 소설책이었다. 어린것이 소설책을 읽으면 어려서부터 사람 되기 다 틀린 줄로 알고 눈 밖으로 보던 어지간히 무식했던 시절의 일이었다.

유자와 나는 중학교 입학으로 만나고 중학교 졸업으로 헤어졌다. 가는 길도 달랐다.

그는 한내에 주저앉아 직업을 생각하고 있었다. 숙부가 주관하여 지어 주는 농사가 있었으니 사는 것이 급해서가 아니었다. 대남학교 3학년 때 점심시간마다 몰래 나가서 아이스케키통 메었던 것으로 알 수 있듯이, 그가 미처 뼈도 여물기 전에 학업보다 직업을 먼저 생각했던 것은 오직 유별난 장난기와 호기심, 그리고 하루도 진드근히* 앉아 있지 못하는 왕성한 활동 의지의 작용이었다.

호기심의 첫 대상은 면공관의 영사기였다. 곡마단의 기수와 걸어다니는 광고판에서 한 걸음 나아간 것이었다.

그는 면공관의 영사기사처럼 부러운 것이 없어서 그 조수가 되기를 자원했다. 역시 무료 봉사였다. 그러나 영사기사의 꿈은 끝끝내 이루어지지 않았다. 그때만 해도 영사기가 한 번 고장 나면 근방에서는 고칠 데가 없어서 행여 함부로 만질세라 기계 근처에는 얼씬도 못하게 하였으니, 얼마를 쫓아다녀도 영사기에 대한 요리를 익힐 기회는 도무지 가망성이 없었다. 한내 장날은 여전히 자동차보다 소달구지가 붐벼서 교통이 복잡하던 시절이라 전축은 그만두고 유성기조차 드물었고, 그리하여 명문당 옆댕이에 있는 기쁜소리사를 아무리 주살나게* 드나들어도 영사기 비슷한 것은 고사하고 일껏 고쳐봤자 며칠이 안 돼 도로 바글대는 제니스 라디오 따위나 구경하고 말뿐이었다.

그래도 한 가지 보아 둔 것은 있었다. 노천 가설극장에서나 쓰이던 확성기의 배선 요령이 그것이었다. 하지만 그것은 어디까지나 요령이었지 기술은 아니었다. 그러니 기술 축에도 못 드는 그까짓 것을 장차 무엇에 써먹는단 말인가.

그런데 그런 것만도 아니었다. 꼭 한 군데 필요한 경우가 있었다.

때는 어언간에 자유당이 말기 증상을 보이기 시작하던 때였다. 국회의원 선거가 다가오자 민주당에 대한 탄압이 벌건 대낮에도 버젓이 벌어졌다. 민주당 지구당 위원장 겸 후보의 개인 유세장마다 직업적인 선거꾼이 몰려다니며 확성기 줄부터 끊어 놓고 난장판을 벌였다.

유자는 그럴 때마다 확성기 줄을 손보아 주었다. 쇳덩이나 다름없이 무거운 확성기를 걸머메고 생쥐들도 미끄러워서 꺼려하던 가가의 함석지붕을 아슬아슬하게 오르내리며 확성기를 설치하는 일도 그가 자청하고 나선 일이었다. 어린 소견에도 여당의 횡포에 반감이 일었던 것이며, 그에 대한 반사 작용으로 야당의 일손을 거들게 된 것이었다.

위원장은 그의 올바른 심성과 용기를 기특하게 여겨 동지로서 대하였다. 전례에 따라 무료 봉사에 무자격 입당이 이루어졌다. 천진난만한 정의감이 미성년 선거 운동원으로 이어진 것이었다.

원장과 함께 지프를 타고 관내를 누비는 동안에 그 유별난 장난기와 호기심이 다시금 들먹이기 시작했다. 선거 운동원들이 비계 한 점에 막걸리 한 사발로 요기를 하면, 그도 덩달아서 비계와 막걸리로 끼니를 에우게* 되었다. 같은 또래의 아이들이 겨우 사춘기의 문턱에 이르렀을 무렵 그는 단계를 건너뛰어 성인들의 세계를 넘성거리게* 된 것이었다.

지프를 타고 다니다 보니 그의 호기심은 틉틉하고* 트릿한 막걸리에만 머물지 않고 자동차 운전으로 옮겨 갔다. 운전은 기술에 속하는 것이었다.

운전수가 되기로 작정하니 이번에는 오던 기회가 달아났다. 선거는 끝나고 위원장은 낙선이었다. 기를 펴 볼 날이 갈수록 멀어지는 것이었다.

4

생기는 것 없이 야당붙이가 되고, 따라다니다 보니 발이 넓어지고, 그렇게 지내고 있으니 씀씀이만 커지고 하여, 날이 좋으면 좋아서 심란하고, 날이 궂으면 궂어서 심란하고 하던 그에게도 드디어 반짝 경기가 슬며시 다가오고 있었다. 반짝 경기의 내용은 사월혁명의 여덕餘德을 누리는 일이었고, 무료 봉사를 졸업하는 일이었고, 서울 생활을 수습하는 일이었다.

사월혁명 직후의 총선에서는 위원장의 낙승이었다. 민주당 신파의 참모이자 장면 씨의 측근으로 3선 의원이 된 위원장은, 민주당의 신파가 정부를 맡게 되자 대번에 재무부 장관으로 입각하였다.

그도 위원장의 자택에 입주하였다. 정치 식객으로 주저앉은 것이 아니라 동거인이 된 거였다. 직책은 무엇이었든 오랫동안 움츠렸던 기를 펴 보기 위해서는 당장 있어야 할 것이 대외용 명함이었다. 쓸쓸했던 집의 자제들이 넉넉해지면 조상들의 무덤치레부터 하여 행세하려 드는 심정으로 명함을 찍어 가지고 다녔다. 직함은 민의원 의원 비서관이었다. 명함은 숫기 좋고, 반죽* 좋고, 붙임성 있고, 두름성 있는 외에, 입담과 장난기와 호기심을 겸비했던 그에게 두 발에는 발동기가 되고, 두 팔에는 팔랑개비가 되어 주기에 부족함이 없었다.

명함이 없을 때는 되는 일이 없더니, 명함을 쓰면서부터 안 되는 일이 없었다. 신분은 장관을 겸직한 의원의 자택 동거자에 지나지 않았으나, 활동의 주권은 그 자신에게 있고, 모든 권력은 그 명함으로부터 나왔다.

입대할 나이가 되었으나 생각이 없어서 미루적거렸더니 시나브로 병역 기피자가 되어 있었다. 그래서 제대증을 만들어서 넣고 다녔다. 정치 식객들과 어울리다 보니 대학 졸업장도 필요할 듯하였다. 그래서 대졸 학력을 만들었다. 서울 사대문 안에 있는 명문대학의 졸업생으로 구색을 갖춘 것이었다.

그랬으나 만든 학력을 활용할 기회는 오지 않았다. 이듬해 오월의 군사정변이 먼저 들이닥친 것이었다.

집주인이 부정 축재자로 몰려 잡혀갔다.

동거인도 끌려갔다. 그가 안내된 곳은 그 자리에 있는 것들만 쓰더라도 그 한 몸 뼈를 추리기에는 일도 아닐 듯한 방이었다.

수사관은 소지품을 뒤어 내어 명함이 나오자 보기보다는 딴판이란 듯이 무슨 명색의 비서였느냐고 눈을 부라렸다.

"저는 가정 비서였는디유."

그가 엉겁결에 둘러댄 말이었다. 수사관은 듣다가 처음 듣는 직종이라 싶은지 구체적인 내용을 다그쳤다. 그는 그중 무난할 성부른 것으로만 주워대었다.

"보일라실두 드나들구, 시장두 왔다갔다 허구, 마당에 빗자루질두 허구……."

그는 털어 봤자 담배 부스러기밖에 나올 것이 없는 몸이기에 그 이상의 닦달을 면할 수가 있었다.

오막살이가 무너져도 아궁이하고 굴뚝은 남는 법인데, 재무부 장관 집이 한물 가 버리니 그에게는 장항선 기찻삯도 근근하였다.

한내로 돌아왔다.

길은 이제 한 군데밖에 없었다.

군대 가는 길이었다.

군대는 가면 숟가락도 놓기 전에 꺼지는 배로 하여 허천들린* 듯이 껄떡대던 시대였지만, 그의 병영 생활은 훈련병 시절부터 배를 곯아 본 일이 없었다.

입이 벌어 먹인 덕이었다.

논산훈련소로 가는 길은 먼저 홍성읍에 집결하여 가다 서고 가다 서고 하는 완행열차로 천안까지 올라왔다가 대전으로 꺾어져서 호남선을 갈아타는 노정 탓에, 으레 낮차가 밤차 되고 밤차는 낮차가 되어야 비로소 자리를 털고 일어설 수가 있었다.

그가 홍성에서 자리를 잡은 옆자리에는 중씰한* 연배에 주제꼴이 꾀죄죄하면서도 생긴 것보다는 땀내가 한결 덜한 사내가 앉아 있었는데, 그이가 온양에서 내릴 때는 몰랐다가 차가 뜨고 난 뒤에야 허름한 보퉁이 하나를 두고 내린 것이 눈에 띄었다. 만져 보니 먹는 것이 아닌 것 같아 적이 실망스러웠으나, 무슨 책인지는 몰라도 책은 분명한 것이 그나마 다행이었다.

한창 따분하던 판에 돼도 잘됐다 싶어서 보자기를 끌러 보았다. 짐작했던 대로 책은 책인데 두 권이었고, 그것도 다른 책이 아니라 하나는 서울에 있을 때 길바닥에 흔히 널려 있던 당사주책*이요, 그보다 약간 얇은 것은 사주책에 부속처럼 따라다니는 천세력千歲曆이었다.

당사주책을 떠들어 보니 국문 해득자면 누구나 육갑을 짚을 수 있게 사주풀이 하는 방법부터 자세히 친절을 베풀고 있었다.

그는 무엇보다도 지루함을 잊어 보려고 사주책을 붙들었다. 과연 기차가 천안에서 근 한 시간이나 충그리고, 조치원에서 해찰* 부리고, 대전에서 늘어지고 하는데도 지루한 줄을 몰랐다. 아니 눈코 뜰 새 없이 바빴다. 여기저기서 너도나도 하고 저마다 생년월일시를 주워섬기며 줄을 섰기 때문이었다. 천세력까지 곁들여 있으니 일진日辰 월건月建 태세太歲를 셈하느라고 왼손가락을 자주 짚어 댈 필요도 없었다.

일이 엉뚱한 방향으로 번나가기 시작하니 입인들 점잔을 빼고 있을 까닭이 없었다. 물어보는 사람마다 늙고 젊고 없이 말머리는 존댓말로 꺼냈어도 말꼬리는 일부러 반말지거리로 흐렸다. 엉터리가 아니란 것을 강조하는 방법은 그 수밖에 없었으니까.

꿈보다 해몽이라고 했듯이, 수數를 보는 술객*은 괘사卦辭보다 술

242

수術數였고, 술수보다는 말수가 많고 걸찍해야 물어본 사람도 듣기가 괜찮은 법이었으니, 그는 기차간에서부터 그 수를 일찌감치 터득한 셈이었다. 게다가 '가정 비서'를 하면서 정치 식객들과 노닥거리는 동안에 들은 것이라곤 거의 허랑하고 부황한 소리들뿐이어서, 그것을 이리 갖다 붙이고 저리 갖다 붙이고 하니 금상첨화일밖에.

"이번엔 뭐 보는 사람도 하나 들어왔다며?"

훈련소에 입소하자마자 들리는 소리가 그 소리였다. 소문이 한 발짝 앞서서 입소를 한 거였다. 그에게는 신수 대통을 뜻하는 희소식이었다. 다른 입소자들은 이리 차이고 저리 차이며 얼먹어서* 갈팡질팡 난리였으나, 그는 득의만면하여 느직하게 뒷짐을 지고 있었다.

그는 그날부터 훈련에 정신없는 신병으로서 바쁜 것이 아니라, 팔자에 없는 동양 철학자로 인정받아 높은 사람들 앞에서 동양 철학을 강의하기에 바빴다. 군사정변이 일어나고 얼마 아니 된 때여서 장교들은 말할 나위 없고, 장교가 될 가망성이 없는 직업 군인들까지도 심리적인 불안감에 안절부절을 못하던 상황이었음은, 그들이 물어보는 부분만 가지고도 쉽게 미루어 볼 수가 있었다.

중학교 때 단짝까지는 안 갔어도 곧잘 어울려 놀았던 친구 중에 최모가 있었다. 최는 대학에 진학하였으나 제때에 입영을 했던 관계로 그 무렵에는 이미 훈련소의 조교가 되어 있었다.

최는 제대하며 일변 복학을 하면 그만이었으니 따로 물어볼 것이 없었으나, 소문이 하도 요란하여 에멜무지로* 구경이나 한번 해 보자 하는 생각에서 남의 뒤를 따라나서게 되었다.

가서 보니 유자였다. 최는 깜짝 놀랐다. 최는 친구가 신병 생활을 수월히 하는 것이 반가운 한편으로, 결국 언젠가는 들통이 나도 나게 될 것을 생각하면 불안해서 못 볼 지경이었다. 또 그게 아닌 친구가 겁 없이 벌이는 사기 행각을 모르쇠* 하고만 있다는 것도 친구 된 도리가 아니었다. 그렇다고 친구의 본색을 사실대로 밝힐 수도 없었다. 그러기에는 때가 늦은 것이었다.

최는 고심 끝에 한 가지 방도가 있다는 것을 알았다. 자기가 훈련병들의 조교에 머물지 않고 친구의 조수도 겸하는 방법이었다.

그로부터 유자는 높은 사람이 찾을 때마다 조수에게 먼저 달려가서 예비지식을 단단히 쌓은 연후에야 술수에 임하게 되었다.

누구는 부인이 하던 얼마짜리 계가 언제 깨졌고, 누구는 난봉이 나서 논산 읍내에 작은집을 차렸고, 누구는 뒷배를 보아주던 별이 반혁명세력으로 몰려 군법 재판에 넘어갔고……. 최는 아는 것은 아는 대로, 모르는 것은 다른 조교들에게 알아 들이고 하여, 밑천이 달리지 않게끔 조수 노릇 한번 착실히 하지 않을 수가 없었다.

유자는 조수에게 얻은 정보를 바탕으로 힘 하나 안 들이고 강의를 계속할 수가 있었다. 뇌물을 밝힌다는 사람에겐 구설수를 예고하였고, 집안에 우환이 있는 사람에겐 따뜻한 위로를 하였고, 두 집 살림에 시달리거나 좋아지내는 여자로 하여 속을 끓이는 사람에겐 여난을 경고하였다.

"역시 용한데, 쪽집게 같어……."

물어보는 사람마다 백발백중이니 혀를 내두를 수밖에 없었다.

그러나 그의 별명은 쪽집게가 아니라 도사였다. 유 도사였다.

입소 동기생들이 땡볕에서 낮은 포복이다, 높은 포복이다 하고 군살을 빼는 동안, 그는 도사답게 가만히 서 있기만 해도 군살이 찔 것 같은 그늘에 맞서 졸卒을 함부로 죽여가며 초한전楚漢戰으로 실전

훈련을 쌓았고, 궁이 면줄에 몰릴 지경으로 다 된 판을 붙들고 늘어져 빗장을 부르는 홀떼기 장기와, 보리바둑 주제에 반 집짜리 끝내기 패로 시간을 끌면서, 남들이 다들 어려워어려워 했던 신병 시절을 유감없이 마쳤다. 병과는 그쪽이 편할 듯해서 헌병을 택하고, 기회가 없어서 못 배웠던 자동차 운전도 도사 시절에 익혔다.

도사라는 애칭은 평생을 두고 따라다녔다. 직업의식이 철저하여 맺고 끊는 맛이 분명한데다, 기술이건 지식이건 그것이 직업과 관련이 있는 것은 완벽에 가깝도록 익히고 펼치고 했던 특유의 장인 기질에 따른 것이었다.

자동차 운전만 해도 그러하였다. 운전 기술은 '군대 운전'에서 비롯된 것이었으나 그는 그것으로써 평생을 경영하였다.

그는 제대 후에 한내에서 한동안 택시를 몰았으나, 한내도 보령도 그가 기량을 펴기에는 바닥이 너무 좁았다.

그는 서울로 옮겼다. 다시 운전대를 잡았다. 그때나 지금이나 국내의 10대 재벌 그룹에 드는 재벌 그룹 총수의 승용차 운전대였다. 그룹의 총수도 본래는 차량 운전으로 시작하여 운수업체를 일으켰고, 운수업체를 주력 기업으로 하여 그룹을 이룩한 인물이었다. 따라서 웬만한 운전 기술로는 그 앞에서 땅띔*도 할 수 없는 처지였다. 총수는 그러나 유자의 운전 기술 내지 장인 기질 앞에서는 아무 말이 없었다.

5

1970년, 내가 지금의 세종문화회관 자리에 있던 예총회관의 문인협회 사무실에서 협회 기관지 《월간문학》을 편집하고 있을 어름이었다.

어느 날 난데없이 유자가 불쑥 찾아왔다. 10년도 넘어 된 해후邂逅였다. 이산怡山의 시처럼 '어디서 무엇이 되어 다시 만나랴' 했더니, 그는 재벌 그룹 총수의 승용차 운전수가 되고, 나는 글이라고 끼적거려 봤자 누구 하나 알아주는 이가 없는 무명작가가 되어서 다시 만나게 된 것이었다.

그가 잡지를 보다가 우연히 나를 알아보고, 그 잡지사에 전화로 내 소재를 찾는 번거로운 절차를 무릅쓰고 찾아온 데에는 그 나름의 속셈이 한 가지 있었기 때문이었다. 지금은 대학교수의 부인이 된 자기 누이동생을 내게 중매해 봤으면 하고 찾아본 것이었다. 아니, 결혼을 하면 처자를 굶길 놈인지 먹일 놈인지 우선 그것부터 슬쩍 엿보려고 온 것이었다. 그는 해가 바뀌어 그 누이동생을 여의고 난 뒤에야 비로소 그 말을 내게 하였다. 그는 처음 만났던 날 저녁에 내가 말술을 마시고도 양에 안 차 하는 데에 질려서 대번에 가위표를 쳐버리고 말았다는 것이었다.

한 번은 다 본 책이 있으면 달라고 하여 번역판 《사기史記》를 한 질 주었더니, 그 후부터는 올 때마다 책탐을 드러내는 것이었다. 잡지사 편집실에는 사시장천 기증본으로 들어오는 책만 해도 이루 주체를 못하도록 더미로 답쌓이게 마련이었다. 그는 오는 족족 자기 욕심껏 그 책더미를 헐어 갔다. 장근 17년 동안 밥상머리에서도 책을 놓지 않았던 그의 열정적인 독서 생활이야말로 실은 그렇게 출발한 것이었다.

또 책 때문에 오는 것만도 아니었다. 직장에서 답답한 일이 있으면 터놓고 하소연할 만한 상대로서 나를 택했던 것도 비일비재의 경우에 속하였다.

 하루는 어디로어디로 해서 어디로 좀 와 보라고 하기에 물어물어 찾아갔더니, 귀꿈맞게도 붕어니 메기니 하고 민물고기로만 술상을 보는 후미진 대폿집이었다.

 나는 한내를 떠난 이래 처음 대하는 민물고기 요리여서 새삼스럽게도 해감내*가 역하고 싫었으나, 그는 흙탕내도 아니고 시궁내도 아닌 그 해감내가 문득 그리워져서 부득이 그 집으로 불러냈다는 것이었다.

 "허울 좋은 하눌타리지, 수챗구녕내가 나서 워디 먹겄나, 이까짓 냄새가 뭐시 그리워서 이걸 다 돈 주구 사 먹어. 나 원 참, 취미두 별 움둑가지 같은 취미가 다 있구먼."

 내가 사뭇 마뜩찮아 했더니,

 "그래두 좀 구적구적헌 디서 사는 고기가 하꾸라이버덤은 맛이 낫어."

하면서 그날사말고 수그러들 기미를 보이지 않는 것이었다. 그가 자기 주장에 완강할 때는 반드시 경험론적 설득 논리로써 무장이 되어 있는 경우였다.

 "무슨 얘기가 있는 모양이구먼."

 "있다면 있구 읎다면 읎는디, 들어 볼라남?"

 그는 이야기를 펼쳐 놓았다.

 총수의 자택에 연못이 생긴 것은 그 며칠 전의 일이었다. 뜰 안에다 벽이고 바닥이고 시멘트를 들어부어 만들었으니 연못이라기보다는 수족관이라고 하는 편이 알맞은 시설이었다. 시멘트가 굳어지자 물을 채우고 울긋불긋한 비단 잉어들을 풀어놓았다.

비단 잉어들은 화려하고 귀티 나는 맵시로 보는 사람마다 탄성을 자아내게 하였으나, 그는 처음부터 흘기눈*을 떴다. 비행기를 타고 온 수입 고기라서가 아니었다. 그 회사 직원의 몇 사람치 월급을 합쳐도 못 미치는 상식 밖의 몸값 때문이었다.

"대관절 월매짜리 고기간디 그려?"

내가 물어보았다.

"마리당 팔십만 원쓱 주구 가져왔댜."

그 회사 직원들의 봉급 수준을 모르기에 내 월급으로 계산을 해 보니, 자그마치 3년 4개월 동안이나 봉투째로 쌓아야 겨우 한 마리 만져 볼까말까 한 값이었다.

"웬늠으 잉어가 사람버덤 비싸다나?"

내가 기가 막혀 두런거렸더니,

"보통 것은 아닐러면 그려. 뱉어낸벤또(베토벤)라나 뭬라나를 틀어 주면 또 그 가락대루 따러서 허구, 차에코풀구싶어(차이코프스키)라 나 뭬라나를 틀어주면 또 그 가락대루 따러서 허구, 좌우간 곡을 틀 어주는 대루 못 추는 춤이 읎는 순전 딴따라 고기닝께. 물고기두 꼬 랑지 흔들어서 먹구 사는 물고기가 있다는 건 이번에 그 집에서 츰 봤구먼."

그런데 이 비단 잉어들이 어제 새벽에 떼죽음을 한 거였다. 자고 일어나 보니 죄다 허옇게 뒤집어진 채로 떠 있는 것이었다.

총수가 실내화를 꿴 발로 뛰어나왔지만 아무 소용없는 일이었다.

"어떻게 된 거야?"

한동안 넋 나간 듯이 서 있던 총수가 하고많은 사람 중에 하필이 면 유자를 겨냥하며 물은 말이었다.

"글쎄유, 아마 밤새에 고뿔이 들었던 개비네유."

유자는 부러 딴청을 하였다.

"뭐야? 물고기가 물에서 감기가 들어 죽는 물고기두 봤어?"

총수는 그가 마치 혐의자나 되는 것처럼 화풀이를 하려 드는 것이었다.

그는 비위가 상해서,

"그야 팔자가 사나서 이런 후진국에 시집와 살라니께 여러 가지루다 객고客苦가 쌯여서 조시두 안 좋았을 테구…… 그런다가 부릇쓰구 지루박이구 가락을 트는 대루 디립다 춰댔으니께 과로해서 몸살끼두 다소 있었을 테구…… 본래 받들어서 키우는 새끼덜일수록이 다다 탈이 많은 법이니께……."

그는 시멘트의 독성을 충분히 우려내지 않고 고기를 넣은 것이 탈이었으려니 하면서도 부러 배참*으로 의뭉을 떨었다.

"하는 말마다 저 말 같잖은 소리…… 시끄러 이 사람아."

총수는 말 가운데 어디가 어떻게 듣기 싫었는지 자기 성질을 못이기며 돌아섰다.

그는 총수가 그랬다고 속상해할 만큼 속이 옹색한 편이 아니었다. 그렇지만 오늘 아침에 들은 말만은 쉽사리 삭힐 수가 없었다.

총수는 오늘도 연못이 텅 빈 것이 못내 아쉬운지 식전마다 하던 정원 산책도 그만두고 연못가로만 맴돌더니,

"유 기사, 어제 그 고기들은 다 어떡했나?"

또 그를 지명하며 묻는 것이었다.

그는 아무렇지 않게 대답했다.

"한 마리가 황소 너댓 마리 값이나 나간다는디, 아까워서 그냥 내

뻬지기두 거시기 허구, 비싼 고기는 맛두 괜찮겄다 싶기두 허구…… 게 비눌을 대강 긁어서 된장끼 좀 허구, 꼬치장두 좀 풀구, 마늘두 서너 통 다져 늫구, 멀국두 좀 있게 지져서 한 고뿌덜씩 했지유."
"뭣이 어쩌구 어째?"
"왜유?"
"왜애유? 이런 잔인무도한 것들 같으니……."
총수는 분기탱천하여 부쩌지를 못하였다. 보아하니 아는 문자는 다 동원하여 호통을 쳤으면 하나 혈압을 생각하여 참는 눈치였다.
"달리 처리헐 방법두 웂잖은감유."
총수의 성깔을 덧들이려고* 한 말이 아니었다. 그가 할 수 있는 것이 그 방법말고는 없었기 때문에 그렇게 뒷동을 단 거였다.
총수는 우악스럽고 무식하기 짝이 없는 아랫것들하고 따따부따해 봤자 공연히 위신이나 흠이 가고 득될 것이 없다고 판단했는지, 숨결이 웬만큼 고루 잡힌 어조로,
"그 불쌍한 것들을 저쪽 잔디밭에다 고이 묻어 주지 않고, 그래 그걸 술안주해서 처먹어 버려? 에이…… 에이…… 피두 눈물두 없는 독종들……."
하고 혼자말처럼 중얼거리면서 들어가 버리는 것이었다.
"그래, 지져 먹어 보니 맛이 워떻댜?"
내가 물은 말이었다.
"워떻기는 뭬가 워뗘…… 살이라구 허벅허벅헌 것이, 똑 반반헌 화류곗년 별맛 웂는 거나 비젓허더면 그려."
하고 그는 다시 말을 이었다.

"내가 독종이면 저는 말종인디…… 좌우지간 맛대가리 읎는 서양 물고기 한 사발에 국산욕을 두 사발이나 먹구 났더니, 지금지금 허구 해감내가 나더래두 이런 붕어지지미 생각이 절루 나길래 예까장 나오라구 했던겨."

총수는 그 뒤로 그를 비롯하여 비단 잉어를 나눠 먹었음직한 대문 경비원이며, 보일러실 화부며, 자녀들 등하교용 승용차 운전수며, 자택에서 근무하는 종업원들에게는 조석으로 눈을 흘기면서도, 비단 잉어 회식 사건을 빌미로 인사이동을 단행할 의향까지는 없는 것 같았다.

그는 하루바삐 총수의 승용차 운전석을 떠나고 싶었다. 남들은 그룹 소속 운전수들의 정상頂上이나 다름없는 그 자리에 서로 못 앉아서 턱주가리*가 떨어지게 올려다보고들 있었지만, 그는 총수가 틀거지만 그럴 듯한 보잘것없는 위선자로 비치기 시작하자, 그동안 그런 줄도 모르고 주야로 모셔 온 나날들이 그렇게 욕스러울 수가 없었고, 그런 위선자에게 이렇듯 매인 몸으로 살 수밖에 없는 구차스러운 삶이 칙살맞고* 가련하지 않을 수가 없었다.

그래서 총수가 더 붙들어 두고 싶어도 불쾌하고 괘씸해서 갈아 치울 수밖에 없는 어떤 사단이나 한바탕 퉁그러지기만을 이제나저제나 하고 기다리고 있었다.

그 사단은 생각보다 이르게, 그리고 싱겁게 다가왔다.

그는 그 비단 잉어 회식 사건이 있고 두어 달 만에 나타났는데, 그날이 바로 그가 그동안 벼르고 별러 온 그 그룹 소속 운전수들의 정상으로부터 하야를 한 날이었다.

사단의 전말은 다음과 같았다.

총수는 본디 각근하고* 신실한 불교 신자였다. 총수의 원당願堂만 해도 어디라고 하면 아이들도 이내 짐작할 수 있는 국립공원 안의 명찰이거니와, 언필칭 민족 문화 유산 운운하지만 실은 총수의 사찰私刹이라고 해도 과언이 아닐 지경이었다. 오랫동안 물심양면으로 해 온 것이 있었기에 그리 된 것이라고 보면, 총수의 신심이 어떠한가를 능히 헤아릴 수 있는 일이었다.

총수는 자택에도 불당을 두고 있었다. 자택의 불당은 저만치 떨어진 후원에 있었다. 정원이 웬만한 국민학교의 운동장보다도 너른데다 잘 가꾼 정원수가 가득하여 살림집인 본채에서는 잘 보이지도 않는 외진 곳이기도 하였다.

불당은 여느 암자들처럼 불단에 황금색의 등신불等身佛을 모시고 있었으나, 불상 주변에는 정화수를 올리는 불기와 향완香梡이 하나씩, 그리고 양쪽에 풍물의 한 가지인 날라리를 거꾸로 세운 듯한 촛대뿐으로, 재벌가의 불당치고는 썩 정갈하고 소박한 편이라고 할 만하였다.

그런 반면에 총수는 불상이나 불단에 먼지 하나라도 앉으면 큰일나는 줄 알고 청소 한 가지는 하루도 거르는 날이 없도록 엄히 다루고 있었다.

이 불당의 청소를 맡고 있던 것이 유자였다. 총수를 출근시키기 전에는 손이 놀고 있기도 했지만, 그보다도 총수를 모시고 국립공원에 있는 원당을 자주 왕래하여, 절에서 하는 불교 의식이나 풍속에 대해서는 누구보다 익숙했던 것이 청소를 맡게 된 이유였다.

총수는 어슴새벽에 일어나면서 일변 불당에 참배를 하는 것이 일과의 시작이었다.

유자는 총수가 참배 오기 전에 사닥다리를 오르내리며 불두에서 결가부좌까지 융으로 만든 마른행주로 불상의 먼지를 거두었고, 불단을 훔치고 촛불을 써놓은 다음 전날 제주도에서 공수해 온 약수로 정화수를 갈아 올리는 것이 일과의 시작이었다.

그날도 그렇게 하고 있었다.

불상의 먼지를 찍어 내려오던 그의 손이 항마촉지*한 손등에 이르렀는데, 파리똥인지 뭔지 마른행주로는 냉큼 지워지지 않는 것이 있었다.

행주에 물을 축여 오려면 넓은 정원을 가로질러 본채까지 다녀와야 할 텐데, 그렇게 지체하다가는 십중팔구 총수가 나타나기 전에 청소를 마치지 못하기가 쉬웠다. 불단의 정화수를 쓸 수도 없었다. 묵은 정화수는 총수 부인이 손수 식구대로 컵에 나누어 온 가족이 음복하듯이 마시게 하고 있어서 조금이라도 축낼 수가 없는 것이었다.

그가 차량을 다루던 버릇으로 자기도 모르게 툽 하고 마른행주에 침을 뱉어서 막 파리똥을 지우려던 순간이었다.

"야야, 저런 천하에 몹쓸······."

돌아다볼 것도 없이 총수의 호통이었다. 총수가 소리 없이 나타나서 청소하는 것을 지켜보고 있었던 것이다.

총수의 호령이 이어지고 있었다.

"너 너······ 너 오늘부터 내 집에서 당장 나가."

총수가 큰 절마다 정문의 문간에 좌우로 험악하게 서 있는 금강역사*의 눈을 해 가지고 명령하면서도 '내 회사'가 아니라 '내 집'에서 나가라고 한 것은, 거듭 생각해 보아도 대자대비하신 부처님의 굽어살피심이라고 아니할 수가 없었다.

6

그는 여지없이 그날로 좌천되었다. 좌천지는 그룹에 속한 모든 차량의 교통사고를 처리하는 부서였고, 관할 구역은 특별시 전역이었다.

이른바 노선 상무路線常務가 된 것이었다.

노선 상무는 또 노상路上 상무였다. 다른 것은 몰라도 풍찬노숙* 한 가지는 제도적으로 보장이 된 자리였다.

남들은 관례로 보아서 그도 당연히 사표를 던지려니 하고 있었다. 업무의 내용이며, 업무의 난이도며, 조직에서의 위상이며가 비교도 할 수 없는 거리로 벌어진 것이 사실이기 때문이었다.

그는 사표를 내지 않았다.

그는 아무 말 없이 새로운 업무를 캐고 익히고 있었다.

그가 그러고 있으니 남들은 창자도 없는 인간으로 여기는 눈치였다. 그를 쳐다보는 연민 어린 눈길이 그것이었다.

그는 비록 총수의 측근에서 그야말로 하루 식전에 원악도*와 다름없는 말단 부서의 현장 실무자로 유배된 셈이었지만, 공사석을 막론하고 한마디의 불평도 입에 올리지 않았다. 적어도 위선자의 몸을 모시고 다니는 것보다는 떳떳하며, 아울러서 속도 그만큼 편할 터이라고 자위하고 있었다.

새로 맡은 자리가 험악한 자리임을 설명하기에는 실로 긴 말이 필요치 않았다.

노선 상무에게는 차량의 운행 노선이 여러 갈래인 만큼이나 거래처가 많았다. 대강만 꼽아 보더라도 우선 사고 현장에 뛰어온 교통순경을 첫 거래처로 하여, 경찰서와 검찰청과 법원이 있고, 변호사가 있었다. 노선을 달리하여 병원의 응급실이 있고, 입원실이 있고, 원무실이 있고, 또한 보험회사가 있었다. 그리고 또 다른 노선에는 병원의 영안실과 장의사와 공원묘지와 화장터가 있었다. 그러나 어떤 기관보다도 상대하기가 까다로운 것은 피해자 측에서 선임한 변호사가 아니라 피해 당사자 내지는 그 유가족들이었다.

노선 상무의 업무는 사고 차량이 속한 단위 회사 사장 및 그룹의 총수를 대리하여, 교통사고로 빚어진 모든 복잡하고 사나운 일에 사무적으로, 법률적으로, 경제적으로, 사회적으로, 나아가서 인간적으로 임하는 일이요, 헌신적으로 뒤치닥거리를 하는 일이요, 후유증이 일지 않도록 깔끔하게 마무리를 하는 일이었다.

그러나 그 '모든 복잡하고 사나운 일'의 처리는 앞에 말한 여러 갈래 노선의 거래처를 상식적으로, 논리적으로, 과학적으로, 법률적으로, 경제적으로, 현실적으로, 인간적으로 일단은 이기는 것을 기본으로 하지 않으면 안 되는 것이었다.

그는 그러나 모든 거래처와 그렇게 겨루어서 이기더라도 이긴 것 자체에만 뜻이 있어 하고 만족할 위인이 아니었다. 그 스스로가 그것을 용납하지 않았다. 이기되 양심적으로 이겨야 하고 정서적으로도 이겨야만 하였다.

그가 인간적으로, 양심적으로, 정서적으로 이기는 일은 그리 어려운 일이 아니었다. 사필귀정의 원칙과 진실에 대한 신뢰에 흔들림이 없는 이상은 어려운 일이 아니었다.

그는 자신의 양심과 정서를 바탕으로 하고 거래처의 인성人性을 짝으로 삼아 주어진 소임을 다하고자 노력하였다. 그는 가해자(총수 혹은 그룹의 동료 운전수)에게나 피해자에게나 부정한 승리, 부당한 패

배가 있을 수 없도록 하는 일이 자신의 진정한 역할이라고 스스로 다짐하기를 변함없이 하고 있었다.

그러한 소신을 관철하기 위해서는 남다른 수고와 오해를 감수하지 않으면 아니 되었다.

사고 현장에 나가서 원인 유발의 동기와 환경을 과학적으로 증명하기 위해서는 정직한 실험과 논리의 개발에 부지런하지 않으면 아니 되었다. 그런 까닭에 법의학에 대하여, 인체생리학에 대하여, 정신신경과에 대하여, 심리학에 대하여, 보험법에 대하여, 도로교통법에 대하여, 도로관리법이니, 교통관리법이니 무슨 시행령이니, 무슨 지침이니 조례니 하는 것들에 대하여, 무엇 한 가지도 설익거나 어설프거나 소홀히 해서는 아니 되었다.

그는 남다른 노력으로 그것을 극복하였다. 아니 통달하였다. 도사였다.

그는 소설에 도움이 되도록 하고자 이 만년 수리문맹*인 나에게 호프만식 계산법을 비롯하여 보험금 계산법에 이르기까지 자신의 실무 경험과 선례, 판례, 사례를 들어가며 사건별로 누누이 강의를 되풀이하였으나, 일개 백면서생에 불과한 나에게는 이렇다 할 도움이 된 적이 별로 없었다.

나는 그가 줄줄 외워 대는 법령이나 조문 해석이 하도 복잡하여, 대개는 듣는 도중에 앞에서 말한 것들을 말해 준 순서대로 잊어 가다가, 그가 결론에 다다른 연후에야 겨우 결과가 어떻게 되었다는 말꼬리 부분에만 건성으로 고개를 끄덕이며, 그가 보기보다는 훨씬 악바리란 사실만을 번번이 재확인하고 말았을 뿐이었다.

그는 깎아서 말하자면 보기 드문 악바리였다. 하지만 가해자나 피해자 편으로는 오히려 인간미가 넘치는 든든한 해결사였고, 그를 세상에서 다시없는 악바리로 치부함직한 곳은 오직 한 군데, 즉 자동차 보험 회사뿐이었던 것이다.

그는 피해자나 피해 가족에게 공정한 보상이 되도록 애쓰면서도, 가령 사건 브로커 따위가 뛰어들어 총수의 사회적인 위치를 기화로 사망자의 장례를 거부하고 버티거나, 시체를 볼모 잡아 시위하며 터무니없는 요구를 하는 경우에는 단호하게 대처하였다.

그런 경우에도 물론 법에 묻기 전에 설득을 먼저 하였다.

"이봐요, 돌아가신 양반이 돈 타먹으려고 돌아가신 건 아니잖소. 시신두 부르는 게 값인 중 아슈? 물건이던감? 시방 무슨 흥정을 허구 있는겨. 여기 식인종 읎어, 산 사람은 월급이나 품삯이 챘다(올랐다) 하렸다(내렸다) 허니께 혹 상품이 될는지 몰라두 시신은 상품이 아닌규."

그런 와중에도 피해 가족의 대개는 사건이 마무리된 뒤에 그에게 사의를 표하는 것이 예사였다. 환자에 대한 잦은 문병과 신속한 치료 조치, 사망자가 난 사건에는 넉넉한 부의와 정중한 조문, 장지까지 따라가서 장례를 거드는 보기 드문 성의와 적극적인 보상 절차 이행, 그리고 한푼이라도 더 보태어 주려고 보험 회사와 밀고 당기는 지능 대결 등을 통하여 그의 진면목을 발견한 사람은, 비록 악연으로 만난 사이일망정 그 나름의 감동이 없을 수가 없었던 것이다.

그리하여 사건을 끝내면서 그들에게 진심 어린 치하와 더불어 따끈한 차라도 한잔 대접받게 되면, 그는 그 일로 인하여 누적된 피로가 씻은 듯이 가시면서 자신의 소임에 대한 새로운 인식과 함께 보람마저 느끼는 것이었다.

뒷맛이 씁쓸했던 일도 없지는 않았다. 사망자가 생전에 변변치 못했던가 싶은 사례가 그러하였다.

사고 발생의 요인이 복합적으로 뒤엉켜서 본의 아니게 해결이 지연되는 사건도 적지 않았다.

사건을 들고 법정으로 가거나, 보험 회사에서 제기한 이의에 분쟁의 소지가 있어도 자연히 시일을 끌었다.

사망자의 부인이 젊으면 더욱 그러하였다. 부인의 뒤에 친정 오라비를 자처하는 자가 따라다니면서, 부인에게 잘 보이려고 생색이 날 일을 찾게 되면 열에 일고여덟이 그렇게 되는 것이었다.

그가 보기에는 그런 친정 오라비에도 두 가지 종류가 있었다. 사망자의 사십구재 이전부터 모습을 나타내는 친정 오라비는, 사망자가 살아 있어서부터 그녀와 서로 네 거니 내 거니 해 온 사이였고, 사십구재라도 지나가고 나서 끌고 다니는 친정 오라비는, 유흥가에서 만난 직업적인 제비족이 분명하였다.

그는 사건 처리를 하면서도, 신통찮던 남편에게서 속 시원히 해방되고, 예정에 없었던 목돈을 쥐게 되고, 사내를 새로 만나서 딴 세상이 있었음을 발견한 젊은 과부의 그 의기양양한 모습을 볼 때처럼 맥살*이 풀리고 마음이 언짢을 때가 없었던 것이다.

그는 그럴 수록이 공사간을 분명히 하여 일을 매듭지었다.

그런데 그런 여자일수록 사건이 해결된 뒤 그에 대한 사의謝意 표시가 차 한잔 정도로는 크게 결례라고 생각하는 축이 많은 편이었다. 여러 말 할 것 없이 몸으로 때우겠다는 거였다.

그에게는 정해진 대답이 있었다.

"드으런년."

그렇게 한 마디로 자리를 박차 버리는 것이었다.

그가 괴로워하는 것은 비단 피해자 쪽의 사정만도 아니었다.

사고를 낸 운전수가 당황하여 숨어 버리거나 구속이 되어도 마찬가지로 안됐고 안타까운 것이었다.

그는 운전자의 운전 윤리에 누구보다도 반듯하였다. 그러므로 운행 중에 때아닌 곳에서 과속으로 앞지르기를 하거나, 옆에서 끼어들어 진로 방해를 하거나, 차선을 함부로 넘나들거나, 신호등이 바뀌기 전부터 앞으로 나가지 않는다고 뒤에서 경적을 울려 대거나, 운전상식이나 도로질서에 도전하는 자를 보면, 매양 혼잣말처럼 중얼거리기를 잊지 않았다.

"츤한늠…… 저건 아마 즤 증조할애비는 상전덜 뫼시구 가마꾼 노릇 허구, 할애비는 고등계 형사 뫼시는 인력거꾼 노릇 허구, 애비는 양조장 허는 자유당 의원 밑에서 막걸리 자즌거나 끌었던 집안 자식일겨. 질바닥서 까부는 것덜두 다 계통이 있는 법이니께."

그가 다루는 사건도 태반이 가해자의 운전 윤리 마비증이 자아낸 것이었다. 그렇지만 가해자가 그룹 내의 동료 운전수라 하여 팔이 들이굽는다는 식의 적당주의를 취한 적은 거의 없었다.

다만 사건 처리에 필요한 서류를 갖추기 위해 신상 기록 대장에 있는 주소를 찾아가 보면 일쑤 비탈진 산꼭대기에 더뎅이 진 무허가 주택에서 근근이 셋방살이를 하는 축이 많았고, 더욱이 인건비를 줄이느라고 임시로 쓰던 스페어 운전수들이 사는 꼴이 말이 아닐 때는, 그 운전자의 자질 여부를 떠나서 현실적인 딱한 사정에 괴로워하지 않을 수가 없었던 것이다.

스페어 운전수는 대체로 벌이가 시답지 않아 결혼도 못한 채 늙고

병든 홀어미와 단칸 셋방을 살고 있거나, 여편네가 집을 나가 버려 어린것들만 있는 경우가 적지 않았고, 들여다보면 방구석에 먹던 봉짓쌀이 남은 대신 연탄이 떨어지고, 연탄이 있으면 쌀이 없거나 밀가루 포대가 비어 있어, 한심해서 들여다볼 수가 없고 심란해서 돌아설 수가 없는 집이 허다한 것이었다.

그는 결국 주머니를 털었다. 스페어 운전수의 사고에는 업무 추진비 명색도 차례가 가지 않아 자신의 용돈을 털게 되는 것이었다. 식구가 단출하면 쌀을 한 말 팔아 주고, 식구가 많은 집은 밀가루를 두 포대 팔아 주고, 그리고 연탄을 백 장씩 들여놓아 주는 것이 그가 용돈에서 여툴* 수 있는 한계였다.

그는 쌀가게에서 쌀이나 밀가루를 배달하고, 연탄가게에서 연탄 백 장을 지게로 져 올려 비에 안 젖게 쌓아 주기를 마칠 때까지 그 집을 떠나지 않았다. 그리고 그 집을 나와서 골목을 빠져나오다 보면 늘 무엇인가를 빠뜨리고 오는 것처럼 개운치가 않았다.

그는 비탈길을 다 내려와서야 그것이 무엇이라는 것을 깨닫곤 하였다. 산동네 초입의 반찬가게를 보고서야 아까 그 집의 부엌에 간장밖에 없었던 것이 뒤늦게 떠오른 것이었다.

그러면 다시 주머니를 뒤졌다.

그가 반찬가게에서 집어 드는 것은 만날 얼간하여* 엮어 놓은 새끼 굴비 두름이었다. 바다와 연하여 사는 탓에 밥상에 비린 것이 없으면 먹어도 먹은 것 같지 않아 하는 대천 사람의 속성이 그런 데서까지도 드티었던* 것이다.

도로 산비탈을 기어 올라가서 굴비 두름을 개 안 닿게 고양이 안 닿게 야무지게 매달아 주면서,

"뷕에 제우 지랑뺵이 읎으니 뱁이구 수제비구 건건이*가 있으야 넘어가지유. 탄불에 궈자시던지 뱁솥에 쩌자시던지 하면, 생긴 건 오죽잖어두 뇌인네 입맛에 그냥저냥 자셔 볼 만헐규."

쌀이나 연탄을 들여 줄 때는 회사에서 으레 그렇게 돌봐 주는 것이거니 하고 멀건 눈으로 쳐다만 보던 노파도, 그렇게 반찬거리까지 챙겨 주는 자상함에는 그가 골목을 빠져나갈 때까지 눈시울을 적시고 있는 것이 보통이었다.

7

그가 노선 상무로 나간 초기에는 피해자 가족들에게 속절없이 봉변을 당하기에 바빴다.

사망자가 난 사고에서는 더욱 그러하였다. 운전수가 연행되어 조사를 받고 있거나 아예 달아나 버려서 분풀이를 하고 싶어도 상대가 없어서 앙앙불락*하던 차에, 사고를 낸 회사에서 사고 처리반이 나왔다고 하면 대개는 옳거니, 때 맞추어 잘 만났다 하고 떼거리로 달려들어 덮어놓고 멱살을 잡으며 주먹부터 휘두르고 보는 것이 예사였다. 나중에는 사람을 잘못 알고 실수했노라고 사과하고, 일을 처리하는데도 싹싹하고 상냥하게 협조하는 위인일수록 처음에는 흥분을 가누지 못해 사납게 부르대고 날뛰는 편이었다.

"야. 너, 흥부는 놀부같이 잘 사는 형이라도 있어서 매품*을 팔고 살았다지만, 너는 뭐냐, 뭐여, 못 사는 운전수를 동료라구 둔 값에 매품이나 팔며 살거라, 그거여? 너야말루 군사정변이 나서 구정권의 거물 비서 자격으루 끌려가서두 볼텡이 한 대 안 쥐백히고 니 발루 걸어나온 물건인디 말여, 그런디 이제 와서 냄의 영안실이나 찌

웃그리메 장삼이사헌티 놈짜 소리 듣는 것두 과만해서* 주먹질에 자빠지구 발길질에 엎어지구 허니, 니가 그러구 댕긴다구 상무 전무가 아까징끼* 값을 물어 주데, 사장 회장이 떨어져 밟힌 단추값을 보태 주데? 사대부 가문을 자랑허시던 할아버지가 너버러 이냥 냄의 아랫도리루만 돌며 살라구 가르치셨네, 동경 유학 출신의 아버지가 동넷북으로 공매나 맞구 살라구 널 나 놓셨네? 너두 처자가 있는 뭠이 이게 뭐라네? 뭐여? 니 신세두 참……."

그는 봉변을 당하고 나면 자기를 저만치 떼어놓고 바라보며 그런 허희탄식*으로 시간 가는 줄을 몰랐다.

세상사란 대저 궁즉통窮卽通인지라, 곰곰이 생각해 보니 사나운 일은 그저 예방이 제일이었다.

그가 찾아낸 예방책은 그가 먼저 선수를 쳐서 저쪽의 예봉을 피하자는 것이었다.

그는 실천을 하였다.

사망자의 빈소가 있는 병원의 영안실에 가면 처음부터 신분을 밝히지 않았다. 그는 빈소의 형식이 불교색인지 기독교색인지도 살피지 않았다. 우선 고인의 영정에 절부터 재래종으로 하고 꿇어앉아, 손수건으로 눈자위를 눌러 가며 눈시울을 훔쳤다. 눈물 같은 건 비칠 생각도 않던 눈도 그렇게 거듭 귀찮게 하면 진짜로 눈물이 있었던 것처럼 보이기가 쉬웠다. 또 그렇게 흉물을 떨며 눌러 있으면 상가의 친인척 중에서 나잇살이나 된 사람이 다가와 어깨를 다정히 흔들며 달래기도 했다. 일은 어차피 당한 일인데 애통해한들 무슨 소용이 있겠느냐, 그만 마음을 가란앉히고 저리 가서 술이나 한잔 하라는 것이었다.

"에이 쥑일 늠덜…… 암만 운전질이나 해 처먹구 사는 막된 것덜이래두 그렇지, 워쩌자구 이런 짓을 허는겨, 에이 쥑일 늠덜……."

천연스럽게 운전수를 나무라며 두툼하게 장만해 간 부의를 하고 물러나면, 아까 어깨를 흔들어 달래던 사람이 술상으로 안내를 하였고, 또 대개는 그 사람이 마주 앉아 술을 권하는 것이었다.

서로 잔을 건네고 담뱃불을 나누고 하면서 서너 순배쯤 하고 나면 궁금한 쪽은 그쪽이라,

"실렙니다만, 망인하고는 어떻게 되시는지……."
하고 신분을 묻는 것이었다.

그는 그제서야 앉음새를 고치면서 정중하게 명함을 내밀었다.

이왕에 손님 대접으로 술까지 권커니잣커니 해 온 사이인데 새삼스럽게 술상을 걷어차며 대거리를 하려 든다면 이미 경위*가 아닌 거였다. 비록 성질이 불같은 사람이라 하더라도 때를 놓친 것이었다.

그뿐 아니라 사고 처리반이 나왔다는 말에 가만두지 않을 작정으로 눈을 흡뜨며 다가오는 이가 있으면, 중간에 서서 볼썽사나운 일이 일어나지 않게 하는 책임의식이 들기도 하는 모양이다. 그러므로 그가 빈소에서 물리적인 대우를 면치 못했던 것은 노선 상무 초기의 얼마 동안에 지나지 않았던 것이다.

빈소에 드나들다 보면 망자의 가족 가운데 담이 들거나 풍기가 있어서 몸을 제대로 추스리지 못하는 노인이 많았다. 그런 사람을 보아주려고 침 놓는 법을 배웠다.

그는 돌팔이 침쟁이였지만 침통을 항상 몸에 지니고 다녔다.

장지에 따라다니다 보니 묏자리가 좋으니 나쁘니 하고 상제喪制나 친척들 간에 불퉁거리고*, 좌향坐向이 옳으니 그르니 하고 공원

묘지 산역꾼들과 불화하여 장례를 정중하게 못하는 집도 많았다. 그래서 그럴 때 쓰려고 책을 구해 들여 풍수지리를 배우고 쇠(나침반)를 장만하여 좌향을 정해 주기도 하였다.

그럴 때는 훈련소 신병 시절에 써먹었던 입담도 한몫 거들었다.

풍수를 배우는 과정에서 지하의 수맥에 대한 이치도 배워 둘 필요가 있었다. 상도동 성당인지 노량진 성당인지 버드나뭇가지로 수맥을 짚는 데에 권위인 신부님을 찾아다니며 수맥을 배우고, 그러는 동안에 천주교에 입문하여 세례를 받기도 하였다.

그러고 보면 그의 총수는 사람을 보는 눈이 있었고 부리는 꾀가 있었다.

총수는 유자의 능력을 높이 사서 곧 과장으로 올려 주었다. 그러나 그 이상의 승진은 불허하였다.

유자는 10년이 가도 과장이었다. 그가 자리를 옮기면 누가 그 자리에 가더라도 그만한 능력을 보이지 못하리라는 것을 총수는 익히 알고 있었던 것이다.

유자는 총수에게 자신의 상한선이 과장으로 굳어지는 이유를 물었다.

총수는 오로지 신원조회 탓이라고 말했다.

유자는 구태여 운수 회사에서까지 연좌제를 받드는 까닭에 대하여 구구하게 묻지 않았다. 항공 사업도 겸하고 있었기 때문이었다.

유자는 총수를 원망하지 않았다.

선거 때마다 연좌제 폐지를 공약으로 내걸었다가 정권이 보장되면 언제 그랬느냐 해 온 정권 담당자에 대해서도 원망하지 않았다.

연좌제에 관해서도 불원천불우인*의 자세가 기본이었다. 하물며 소신껏 살다가 일찍이 처형당한 부친을 원망할 터이겠는가.
 그는 부친의 제사를 모실 때마다 지방을 썼다. 그러나 현고*학생 운운하는 통속적인 지방은 한번도 써 본 적이 없었다.
 반드시 이렇게 됐다.

  현고 남조선노동당 홍성군당위원장 신위

 일가의 아낙 한 사람이 제삿날 일을 거들어 주러 왔다가 그 지방을 보고 물었다.
 "얼라, 워째 이 댁 지방은 저냥 질대유?"
 "예, 약간 질게 되어 있슈."
 유자는 그러면서 비시시 웃었다.
 고독한 웃음이었다.
 그는 고독하고 고단한 삶을 살면서도 그것을 내색하지 않았다.
 술과 독서와 그리고 남에 대한 봉사의 즐거움으로써 시름을 잊고 애달픔을 삭였다.
 문인들과의 폭넓은 교유도 일말의 위안이 됐을는지 몰랐다.
 그가 사랑하는 문인, 그를 사랑하는 문인이 많았다. 자주 어울렸던 문인으로 이호철, 고은, 천승세, 신경림, 박용수, 염재만, 김주영 제씨諸氏는 그가 성님(형님)으로 모신 문인이었다. 동년배인 한승원, 손춘익, 조태일, 안석강, 박태순, 양성우 제씨는 친구로서 지낸 문인이었고, 강순식, 송기원, 이시영, 이진행, 채광석, 김성동, 임재걸, 정규화, 홍일선, 김사인 제씨는 그가 아우님으로 부르던 문인이었다. 김지하 씨가 오랜만에 출옥해 있을 때는 원주까지 찾아가서 보앉고, 김성동 씨는 고향 후배라 하여 항상 애틋한 눈길을 주었다.

원로 작가 유승규, 천승세 씨가 교통사고를 입으니 자기 일처럼 뛰어다니고, 우리 집 아이가 교통사고를 당했을 때도 그가 해결사 노릇을 해 주었다.

어디를 가나 교통순경이 먼저 경례를 붙이고, 경찰서마다 말이 통하는 이가 있어서 즉결 재판감을 훈방으로 깎는 데에도 그가 아니고는 어려운 일이었다.

어느 병원을 가더라도 너나들이를 하고 지내는 의사가 있고 원무실장이 있었다.

그로 인하여 여러 문인이 의료 혜택을 입었으니, 그가 입원한 인사를 한 번 위문하고 가면 그날부터 의사나 간호사나 한 번 들여다볼 것도 두 번 세 번씩 들여다보기 마련이었다. 말 한마디로 특진이 이루어지고 치료비가 예외로 깎였다.

문인들과 관계된 일이라면 언제나 소매를 걷어붙였다.

내가 대표 명색으로 있던 실천문학사에서 집들이를 겸하여 고사를 지내던 날이었다.

문인과 기자들로 발 디딜 곳이 없는 가운데 대표의 책상 위에 시루와 돼지머리가 올려졌다. 사원들부터 차례로 절을 하였다. 무당이 없으니 대표부터 차례로 꿇어앉아 희망사항을 신고하고 두 손을 비비라는 농담이 사방에서 빗발치고 있었다.

그러나 숫기 없는 내가 나서서 그럴 터인가, 대중 앞에 나서기를 꺼려하는 송기원 주간이 나설 터인가. 독실한 가톨릭 신자인 이석표 상무가 그러기를 할 것인가, 꼬장꼬장한 성품의 이해찬 편집장이 그러기를 할 것인가.

손님들은 손님이라고 점잖게 서 있고, 사원들은 손님을 따라서 남의 집에 온 사람들처럼 막연하게 서 있을 뿐이었다.

그럴 때 소매를 걷어붙이고 나서는 것이 유자였다.

"……그저 관재수* 좀 옳게 해 주시고, 내는 책마다 베스트셀러가 돼서 돈두 좀 벌게 해 주시고, 또 이 회사 대표 되는 늠 술 좀 작작 처먹게두 해 주시구……."

그는 두 손을 싹싹 빌어 가며 걸찍한 비라리*를 대행하는 것이었다.

그로부터 서너 해가 지나서 펴낸 도종환 시인의 시집 《접시꽃 당신》이 시집 출판사상 세계적인 기록을 세우며 1백만 부 이상의 초베스트셀러가 됐던 것도, 혹 유자의 비라리에 감응이 있어서였는지 모를 일이었다.

1987년이 되었다.

갑자기 다가온 그의 만년이었다.

그는 어느 개인 종합병원의 원무실장으로 일하고 있었다.

그가 자기가 일하는 병원보다 큰 대학부속병원에 불쑥 입원을 했던 것도 이해 봄이었다.

가 보니 나처럼 아무것도 모르는 눈으로 보기에도 족보가 있는 병이 아닌가 싶은 증세였다.

그는 며칠 있다가 일터에 복귀했다. 걱정할 병이 아니라 하여 퇴원했다는 것이었다. 나는 긴가민가하였으나 그 자신이 현직 종합병원 원무실장이기에 자기의 병쯤은 제대로 다스릴 수 있으려니 하는 생각도 아울러 하고 있었다.

여름에 6·29 선언이 있었다.

전국의 노동자들이 들고 일어났다. 서울에서도 노동자들의 가두

시위가 파상적으로 일어났다.

어느 날, 그가 있는 병원에 남녀 노동자들이 떼 지어 몰려들었다. 모두가 다친 사람들이었고 중상자도 여러 명이나 되었다.

장기간의 치료가 필요한 중상자의 입원 조치 여부는 입원실의 배정권을 쥐고 있는 원무실장이 결재할 사항이었다.

알아보니 복직을 요구하며 가두시위를 하다가 최루탄 작전에 쫓겨 어느 건물로 피해 들어갔던 노동자들이, 뒤쫓는 추격에 갈 곳이 없어 뛰어내리다가 중상을 입었다는 것이었다.

그는 즉시 입원 조치를 지시하였다.

병원장이 가만히 있을 리가 없었다. 원장은 사회면에 중간 크기의 기사로 다루어진 신문을 들이대며, 아무것도 없는 환자들이 무슨 수로 치료비를 대겠는가, 노사분규로 해고된 사람들이니 회사에서 부담하겠는가, 뛰어내리다가 다친 사람들이니 정부에서 보상을 하겠는가, 원장이 종주먹을 대듯이 따지는 것도 당연한 일이었다.

그는 병원은 환자를 위하여 있는 것이란 말로써 대답을 대신하였다.

"책임지시오."

"책임지지요."

원장과의 언쟁은 그런 약속을 담보로 하여 끝났다.

환자들의 회복은 빨랐다.

완치된 환자가 늘어갔다. 다만 치료비가 없어서 인질로 있는 환자도 적지 않았다.

그가 책임지기로 한 일이 박두한 것이었다.

그는 책임지는 방법을 알고 있었다.

어차피 그 한 가지 방법밖에는 없었으니까.

당직 의사와 당직 간호사만 나오는 일요일을 택하여 환자들을 모두 탈출시켰다. 그리고 이튿날 아침에 사표를 냈다. 딱한 사람들에게 베푼 마지막 선물이었다.

실업자가 되어 집에 있으니 주춤했던 병마가 다시 기승을 부렸다. 주춤했던 것이 아니라 환자들을 탈출시킬 때까지 긴장의 연속이어서 자신의 몸은 돌아볼 경황이 없었던 것이다.

그를 만날 때마다 몸이 나날이 허물어지고 있는 것이 눈에 보였다. 걸음걸이도 걷는 것이 아니라 다리를 끌고 다니는 형국이었다. 승용차가 있어서 그나마 외출이 가능한 것 같았다.

그런 상태임에도 남의 딱한 일이라면 외면할 줄을 몰랐다.

날이 밝기도 전부터 전화가 오고 있었다. 새벽에 오는 전화치고 좋은 소식이 없었다. 나는 불길한 예감을 떨치지 못한 채 전화를 받았다.

뜻밖에도 젊은 평론가 채광석 씨의 불행을 알리는 전화였다. 교통사고였다.

전화를 놓고 담배 한 대를 피우고 나니 다시 전화가 왔다. 채씨의 문인장 장례위원회에서 유자에게 도움을 청하는 내용이었다.

유자는 그 몸을 하고도 일을 맡아서 뛰어다녔다.

내가 치산治山위원회에 배속되자 그는 소를 챙겨 가지고 나왔다.

채씨의 문인장 영결식이 있던 날 아침에 유자는 나와 함께 묘지로 차를 몰았다.

장지는 공원묘지의 꼭대기여서 길이 몹시 가파른데다 장마에 패이고 무너져서 거칠기가 짝이 없었다. 산에서 쓸 장례용품을 싣고

유자소전 269

뒤따라 온 차들은 반도 오르지 못해서 시동이 꺼졌다.

유자가 나섰다. 뒤로 미끄러지기만 하던 차들을 모두 끌어올렸다. 삼십대의 젊은 운전수들이 유자의 노련한 운전 솜씨에 탄성을 지르고 있었다.

영결식을 마치고 온 조객들이 산을 뒤덮고 있었다.

조객들이 열이면 열 소리로 참견을 해대니 산역꾼들도 그들 나름의 성질과 버릇이 있어서 뻗버듬하게* 나왔다. 그러나 유자가 한번 쇠를 놓자 아무 일도 없었다.

유자는 산역을 마치고 내려오다가 비석 공장에 들렀다. 거기서도 먼저 알아보고 인사를 하는 석수가 있었다. 보령에서 올라온 석수였다. 유자는 비석값을 깎았다. 석수는 깎자는 대로 깎아 주었다.

채씨의 묘비를 계약해 주고 귀로에 올랐다. 이시영 씨와 정상묵 씨가 동행이었다. 정씨는 양수리의 강가에서 채소 농장을 하고 있었다. 무공해 유기농업을 주창해 온 농민운동가였다.

정씨의 농장에 들러 정씨가 담근 딸기술을 한잔씩 했다.

유자와 내가 함께 나눈 마지막 잔이었다.

지금은 영광·함평 보궐선거를 통해 국회의원으로 일하는 이수인 교수가 유자의 마지막 특진을 주선해 주었다. 내 위장병을 고쳐 준 신일병원 원장 지영일 박사의 특진이었다.

유자는 지 박사의 노련한 표정 관리에 속아 태연하게 병원을 나섰다.

나도 내내 속고 싶었다. 그래서 일주일이 지나도록 지 박사에게 전화를 하지 않았다.

일주일이 넘도록 전화가 없자 병원에서 먼저 진실을 알려 왔다.

간암. 여명 3개월.

남은 기간의 투병 생활에 대해서는 차마 쓸 수가 없다.

다만 한승원, 조태일, 양성우, 정규화 씨 등이 문병하던 모습, 특히 직장암을 세 축이나 수술하고도 재발하여 자신의 여명도 얼마 남지 않았던 작가 강순식 씨가 유자의 병상을 부여잡고 하늘을 부르며 기도해 주던 모습, 대천에서 국민학교, 중학교 동창들이 버스를 몰고 와서 문병하던 모습, 그리고 유자가 혼수상태에 빠진 것을 보고 "이건 혼수가 아니야, 저승잠이야" 하고 오열하던 천승세 씨의 모습이나 오래도록 간직하고 싶을 뿐이다.

유자의 빈소에서 그의 죽마고우들이 모여 그의 개구쟁이 시절에 대해서 이야기하고 있었다.

문인들이 줄을 잇고 있었다. 그가 혹은 성님으로 모시고, 혹은 친구로서 놀고, 혹은 아우님으로 부르면서 어울렸던 문단의 원로, 문단의 중진, 문단의 신예들이었다.

유자의 장례식은 가을비 속에서 이루어졌다.

그리고 달포 가량 지나서 시인 이시영 씨가 유자를 읊은 시 한 편이 경향신문사에서 발행하는 《월간경향》지에 발표되었다. 제목은 〈유재필 씨〉였다.

유재필 씨

비가 구죽죽이* 내린 날, 유재필 씨의 시신은 영구차에 실려 답십리 삼성병원 영안실을 떠났습니다. 그 뒤를 호상* 이문구 씨가 따랐습니다. 번뜩이는 익살과 놀라운 재기로 수많은 사람들의 소설 속 주인공이 되었지만 자신은 이 지상에 한 편의 소설도 시도 남기지 않은 채 새파란 아내와 자식들을 남기고 갔습니다.

오늘은 또한 벗 채광석의 일백 일 탈상날이기도 합니다. 바로 일백 일 전 오늘 유재필 씨는 채광석 장례의 지관이 되어 이산 저산을 뒤지며 터를 잡고 돌집에 내려와서는 '시인 채광석의 묘'라고 새긴 돌값을 깎았습니다. 돌값을 깎고 내려와선 양수리 한강변에서 장어를 사 먹었던가요. 햇빛에 그을은 새까만 얼굴과 단단한 어깨, 넘치는 재담에서 우리는 그의 죽음을 상상도 못했습니다. 왜냐하면 그의 길지 않은 생애의 대부분의 직업이 죽은 자의 시신을 처리하는 사고 처리반 주임이었으니까요. 죽음은 어쩌면 그와 가장 친숙한 길동무였습니다. 그러나 그의 죽음이 왜 이렇게 자연스럽지 않은지요. 그는 우리들을 잠시 놀라게 하려고 이웃 마실에 간 것만 같습니다.

오늘은 일백 일 전에 세상을 떠난 광석이와 그를 묻고 돌을 세운 유재필 씨가 한강변의 이산 저산에서 만나는 날입니다. "잘 있었나?", "예, 형님 어서 오십시오. 제가 이곳에 좀 먼저 온 죄로 터를 닦아 놨습니다. 야, 애들아 인사드려라. 재필이 성님이다. 소설가 이문구 씨 친구.", "이문구 씨가 누구요?", "야 씨팔놈들아, 저세상에 그런 소설가가 있어!" 유재필 씨는 아직 아무 말이 없습니다. 남들이 묻힐 자리를 찾기 위해 수차례 오갔지만 아직은 좀 서먹한 산천과 무엇보다도 세상에 두고 온 가족들에 대한 슬픔이 뼈끝에 시려 오기 때문입니다. 그리고 문구는 잘 갔는지, 그 자식은 내가 없으면 어려운 일 당했을 때 뉘를 찾을지도 궁금하여 안심이 안 됩니다. "형님, 제 교통사고건 맡아 처리하시느라고 수고 많으셨다메요. 저번 사십구재 때 내려가서 가족들이 얘기하는 것 들었습니다. 술도 한잔 못 받아 드리고……." 그러나 유재필 씨는 아직 말이 없습니다. 저세상에 비가 내리는지 누운 자리가 좀 끕끕합니다*. 그리고 강물소리가 시원히 들리지 않는 것이 마음에 걸립니다.

이 산문시는 이시영 씨의 세 번째 시집 《길은 멀다 친구여》(실천문학사 발행)에도 실려 있다.

내가 두서없이 늘어놓느라고 못다 한 이야기가 이 시 속에 절제된 언어로 잘 함축되어 있다.

찬비를 맞으며 돌아섰던 그의 무덤을 나는 그 뒤로 한 번도 찾아보지 않았다. 있을 수 없는 일이었다.

그러나 나는 지금도 그를 찾아갈 수가 없다. 내가 가면 그 다정한 음성으로,

"야, 너두 그 고생 그만 허구 나랑 하냥* 있자야, 덥두 않구 춥두 않구, 여기두 있을 만혀……."

하며 내 손을 꼭 붙들 것만 같아서.

이제 찬한다*.
유명이 갈렸건만 아직도 그대를 찾음이여
오롯이* 더불어 살은 진한 삶이었음이네.
수필이 되고 소설이 되고 시가 되어 남음이여
그 정신 아름답고 향기로웠음이네.
아아 사십 중반에 만년이 되었음이여
남보다 앞서 살고 앞서 떠났음이로다.
붓을 놓으며 다시금 눈물 젖음이여
그립고 기리는 마음 가이없어라.

낱말 풀이

각근하다 정성을 다하여 부지런히 힘쓰다.

건건이 간단한 반찬

경위涇渭 사리의 옳고 그름이나 이러하고 저러함에 대한 분별. 중국의 징수이涇水 강의 강물은 흐리고 웨이수이渭水 강의 강물은 맑아 뚜렷이 구별된다는 데에서 나온 말이다.

과만하다 분수에 넘치다.

관재수官災數 관청으로부터 재앙을 받을 운수

구죽죽이 구질구질하게

궁벽하다 매우 후미지고 으슥하다.

귀꿈맞다 전혀 어울리지 않고 촌스럽다.

금강역사金剛力士 여래의 비밀 사적을 알아서 오백 야차신을 부려 현겁賢劫 천불의 법을 지킨다는 두 신

꺼끔하다 좀 뜸하다.

끌탕 공연히 애만 태움

끕끕하다 꿉꿉하다. 날씨가 습하거나 어떤 물건이 젖어 약간 축축하다.

너부데데하다 얼굴이 둥그스름하고 너부죽하다.

너울가지 남과 잘 사귀는 솜씨. 붙임성이나 포용성 따위를 이른다.

넌덕스럽다 너털웃음을 치며 재치 있는 말을 늘어놓는 재주가 있다.

넘성거리다 자꾸 넘어다보다.

노박이 한곳에 붙박이로 있는 사람(충청)

노성하다 많은 경험을 쌓아 세상일에 익숙하다.

달창 닳거나 해진 밑창

답쌔기 사람이나 사물 따위가 한군데 많이 모여 있는 것

당사주책唐四柱冊 중국에서 들여온 사주점을 칠 때에 보는 책

덧들이다 남을 건드려서 언짢게 하다.
두룸성 솜씨가 좋아서 일을 잘 변통하는 재주
드티다 밀리거나 비켜나거나 하여 약간 틈이 생기다. 또는 그렇게 하여 틈
        을 내다.
들무새 남의 막일을 힘껏 도움
땅띔 무거운 물건을 들어 땅에서 뜨게 하는 일
막살이 아무렇게나 되는대로 사는 살림살이. 또는 그런 사람
매동그리다 매만져서 뭉쳐 싸다.
매품 예전에 관가에 가서 삯을 받고 남의 매를 대신 맞아 주는 데 들이던 품
맥살 몸을 움직여 활동하는 기운이나 힘. 또는 의욕
모르쇠 아는 것이나 모르는 것이나 다 모른다고 잡아떼는 것
반죽 뻔뻔스럽거나 비위가 좋아 주어진 상황에 잘 적응하는 성미
반죽이 무름하다 성미가 연약하다.
배참 꾸지람을 듣고 그 화풀이를 다른 데다 함
별쭝맞다 몹시 별쭝나다. 말이나 하는 짓이 아주 별스럽다.
보매 겉으로 보기에
불원천불우인不怨天不尤人 하늘을 원망하지도 사람을 탓하지도 않는다.
불퉁거리다 걸핏하면 얼굴이 불룩해지면서 성을 내며 함부로 말하다.
비라리 곡식이나 천 따위를 많이 가진 사람들에게서 조금씩 얻어 모아 그것
        으로 제물을 만들어서 귀신에게 비는 일
비색하다 운수가 꽉 막히다.
뻗버듬하다 말이나 행동이 거만하다.
뼛성 갑자기 발칵 일어나는 짜증
사까다찌 사카다치さかだち. 물구나무서기
사리마다 사루마다さるまた. 속옷
손속 힘들이지 않아도 손대는 대로 잘 맞아 나오는 운수
수나롭다 무엇을 하는 데 어려움이 없이 순조롭다.

수리문맹數理文盲 숫자에 관해 거의 백치나 다름없다.

술객術客 음양陰陽, 복서卜筮, 점술占術에 정통한 사람

싸낙배기 성미가 사납기 그지없다.

아까징끼あかチンキ 빨간약. '머큐로크롬'을 일상적으로 이르는 말

앙앙불락怏怏不樂 매우 마음에 차지 않거나 야속하게 여겨 즐거워하지 않다.

얼간하다 소금을 약간 뿌려서 조금 절이다.

얼겁 겁에 질려 어리둥절한 상태

얼먹다 다른 사람 때문에 해를 당해 골탕을 먹다.

엄벙덤벙 주관 없이 되는대로 행동하는 모양

에멜무지로 결과를 바라지 않고 헛일하는 셈 치고 시험 삼아 하는 모양

에우다 다른 음식으로 끼니를 때우다.

여투다 돈이나 물건을 아껴 쓰고 나머지를 모아 두다.

역연하다 분명히 알 수 있도록 또렷하다.

오롯이 고요하고 쓸쓸하게

옴나위 꼼짝할 만큼의 적은 움직임

옹송그리다 춥거나 두려워 몸을 궁상맞게 몹시 옹그리다.

우진마불경牛嗔馬不耕 원진살元嗔煞의 하나. 궁합에서 소띠는 말띠를 꺼린다는 말이다.

원악도遠惡島 서울에서 멀리 떨어져 있고 살기가 어려운 섬

원진살元嗔煞 궁합에서 서로 꺼리는 살. 쥐띠와 양띠, 소띠와 말띠, 범띠와 닭띠, 토끼띠와 원숭이띠, 용띠와 돼지띠, 뱀띠와 개띠는 서로 꺼린다고 한다.

육백 화투 놀이의 하나. 얻은 점수가 육백 점이 될 때까지 겨룬다.

장광 장독대

주살나다 드나드는 것이 매우 잦다.

중씰하다 중년이 넘은 듯하다.

지지하다 어떤 일이 오래 끌기만 하고 보잘것없다.

진드근하다 태도와 행동이 매우 침착하고 참을성이 많다.

찜뿌 야구 방망이 대신 주먹으로 고무공을 쳐서 하는 야구 놀이의 일종으로 투수가 없고 타자가 직접 공을 친다.

찬하다 글을 짓거나 책을 저술하다.

천둥벌거숭이 철없이 두려운 줄 모르고 함부로 덤벙거리거나 날뛰는 사람을 비유적으로 이르는 말

충그리다 머물러서 웅크리고 있거나 머뭇거린다.

칙살맞다 하는 짓이나 말 따위가 얄밉게 잘고 더럽다.

터수 살림살이의 형편이나 정도

턱주가리 '아래턱'을 속되게 이르는 말

특립독행特立獨行 세속世俗에 따르지 않고 스스로 믿는 바를 행하다.

틉틉하다 액체가 맑지 않고 농도가 진하다.

페르샤 왕자 1954년에 발표한 허민의 노래

폐롭다 성가시고 귀찮다.

풍찬노숙風餐露宿 바람을 먹고 이슬에 잠잔다는 뜻으로 객지에서 많은 고생을 겪음을 이르는 말이다.

하냥 '함께'의 방언

항마촉지降魔觸地 왼손은 무릎에 오른손은 땅을 가리키는 부처의 자세. 모든 악마를 굴복시켜 없애 버리는 모습이다.

해감내 바닷물 따위에서 흙과 유기물이 썩어서 생긴 찌꺼기의 냄새

해반주그레하다 겉모양이 해말쑥하고 반듯하다.

해찰 마음에 썩 내키지 않아 물건을 부질없이 이것저것 집적거려 해침. 또는 그런 행동

허릅숭이 일을 실답게 하지 못하는 사람을 낮잡아 이르는 말

허천들리다 걸신乞神들리다. 굶주려 속이 매우 헛헛하다.

허희탄식歔欷歎息 한숨을 지으며 탄식하다.

헙헙하다 활발하고 융통성이 있으며 대범하다.

현고顯考 생전에 벼슬을 하지 않고 죽은 사람의 명정, 신주, 지방 따위에 쓰는 존칭

호상護喪 초상 치르는 데에 관한 온갖 일을 책임지고 맡아 보살핌

흘기눈 흑보기. 눈동자가 한쪽으로 쏠려 정면으로 보지 못하고 언제나 흘겨보는 사람

[52~56] 다음 글을 읽고 물음에 답하시오.

　나는 온몸이 그늘거리고 쑤셔 잠은커녕 진드근히 누워 있을 수도 없었다. 무슨 핑계를 대고 빠져나갔던가는 기억해 낼 수 없다. 내가 다시 결혼 잔치가 끝나 갈 석공네 마당으로 달려들었을 때, 밭마당의 모닥불은 거진 사위어 버리고 사람 하나 얼씬하지 않고 있었다. 그러나 풍장 소리와 노랫소리는 사립 울안에서 요란하게 울려 퍼지고 있었다. 여전히 누군가가 '소리'를 부르고 있었다. 멍석 너덧 닢내기만 한 안마당엔 어른들이 겹겹으로 둘러서서 모두가 엉덩이를 궁싯궁싯 들썩대며, 그러나 하나같이 군소리를 참고 눈과 얼굴로만 흥겨워하고 있었다.
　누구 음성이었을까, 생전 처음 들어 본 그 구성진 가락은.
　"석탄 백탄이 타는데, 연기만 펑펑 나는데에…… 이 내 가슴 타는데, 연기가 하나도 안 나는데……."
　나는 키가 모자라 사람 다리만 빽빽한 쪽마루에 비비대고 올라가 넘어다보았다. 그리고 놀랐다. 놀라지 않을 수 없던 것이다. 한 손으로 주안상 가장자리를 두들겨 가며 앉아서 노래하는 어른, 코와 눈이 그렇게 크고 음성 또한 굵직한 신사, 그이는 아버지였다. 나는 가슴이 벅차올라 숨조차 제대로 쉴 수가 없었다. 황홀하기도 하고 의심스럽기도 하여 얼마를 두고 뚫어지게 바라보았으나 분명 아버지였다. 당신으로서는 도저히 있을 수 없는 일에 도취된 모습이기도 했다.
　우선 석공네 울안에 들어왔다는 사실이 현실 같지 않았고, 노래를 하는 것도 사실일 수가 없으련만, 모든 것은 눈에 보인 그대로였다. 아버지는 안팎 동네 어느 누구네 집도 울안은 들어가 본 적이 없는 터였다. 일가 간인 한산 이가네로서 노인을 모시는 집안이거나 당내 간의 사랑이라면 더러 출입이 있었을 따름이요, 그것도 울안에 발을 들인 일이란 한 번도 없던 터였으니, 하물며 전에 일갓집 행랑살이를 했던 사람네 집이겠던가. 신 서방은 덩실덩실 춤을 추었고, 아버지의 맞은편에 꿇어앉은 석공은 연방 싱글벙글 웃어 가며 솟음솟음하는 신명을 어쩌지 못해 답답한 표정이었다.

 아버지가 노래를 마치자 요란스런 박수 소리가 터져 나오고, 신 서방이 두 손에 술잔을 받쳐 드니 석공이 주전자를 기울였다. 아버지가 술잔을 받아 들자 신 서방은 일어서며 노래를 부르기 시작했는데 아, 나는 그때 또 한 번 크게 놀라고 말았다. 다시 한 번 뜻하지 않은 일이 벌어졌음이니 그것은 아버지가 일어서서 어깨춤을 추기 시작한 거였다. 그때까지 내가 알고 있던 아버지는 그렇게 평범한 사람이 아니었다.

 할아버지 앞에서는 항상 무릎 꿇고 조아려 공손하기가 몸종과 다름없었지만, 처자 앞에서는 단란하고 즐거워 웃더라도 결코 치아를 내보인 일이 없게 근엄하되, 한내천 백사장에 강연장이 설치되면 뜨내기 장돌뱅이까지도 전을 걷어치울 정도로 수천 군민이 모여들게 마련이었으며, 산천이 들렸다 놓인다 싶게 불 뿜듯 웅변을 했는데, 그때마다 청중들로부터 천둥보다 더 우렁찬 환호와 박수갈채를 얻고 당신을 알던 모든 사람들한테 선생님이란 경칭을 받았던, 저만치 멀리로 건너다 보이며 어렵기만 한 사람이었다. 어디 그럴 법이 있을 수 있단 말인가. 남의 집 울안 출입에 노랫가락과 어깨춤…….

 신기함과 경이로움을 주체하지 못해 나는 몹시 당황했지만 그러나 그런 거북스러움도 ㉠ 가셔지고 있었다. 멍석 가장자리로 둘러서 있던 모든 사람들이 덩달아 함께 어울려 춤을 추기 시작했던 것이며, 그 속에는 작대기 막대기와 새끼 타래를 내던 진 쌍례 아배와 복산 아배, 덕산이와 조패랭이가 섞인 채 누구보다도 흥겨워 몸부림을 하고 있었기 때문이었다. 그 흥겨움에 감싸여 흐른 밤은 얼마나 되었을까.

 모든 사람들의 배웅을 뒤에 두고 나는 아버지 뒤를 따라 집으로 돌아오고 있었다. 아버지 그림자를 밟지 않기 위해 나는 이만큼 뒤처져 걷고 있었는데, 그림자가 너무 길다고 느껴져 불현듯 하늘을 우러르니, 달은 어느덧 자리를 거의 다 내놓아 겨우 앞치

마만 한 하늘을 두른 채 왕소나무 가지 틈에 머물고 있었으며, 뒷동산 솔수펑이의 부엉이만이 잠 못 들어 투덜대고 있었다. 아버지는 사랑 앞에 이르도록 헛기침 한 번 없이 여전 근엄하였고, 나는 버긋하게 지쳐 놓은 대문을 돌쩌귀 소리 안 나도록 조용히 여닫으며 들어가 이내 곤한 잠에 떨어져 버렸다. 이튿날 잠에서 깨어났을 때는 요 위가 질편하니 한강이었고 아랫도리가 걸레처럼 척척했으나 부끄러워서 일어날 수도 없었다.

"삼십 년을 모시면서 보기를 첨 보겠다. 아마 평생 첨이실걸……" 어머니 음성이 들려오고 있었다. "저만 첨인 중 알았더니 아씨두유?" 옹점이 대꾸하는 소리도 들려왔다. 나중 안 일이지만, 어머니에게 평생 처음으로 보인 일이란 그날 밤에 아버지가 손수 행한 바의 모두를 말함이었다. 귀로에 한쪽 발을 헛디뎠던 일도 그중에 포함되어 있었다. 아버지의 양말 한 짝이 마당가 우물 도랑물에 젖어 있었다던 것이다. 어쨌든 그날 밤에 있었던 아버지의 거동은 오랫동안 여러 동네의 큰 화젯거리였을 줄 안다. 모두들 처음이며 아울러 마지막일 터임을 미루어 볼 줄 알았기 때문이었다. 그래서 나는 석공의 추억이 일기 시작하면, 내가 즐겨 놀았던 마당으로서보다도 나의 아버지가 평생에 단 한 번 객스럽게 놀아 보신 장소라는 데에 보다 소중함이 느껴져서 잊지 못해 해 온 사실을 밝혀 두고 싶다.

— 이문구의 〈관촌수필〉에서

52. 〈보기〉와 같은 접근 방식을 통해 윗글을 비평한 것은?

─〈 보기 〉─

작품을 비평한다는 것은 일차적으로는 자기의 관점에 따라 작품을 바라보는 일이다. 관점이란 쉽게 말한다면 '소설이란 무엇인가'라는 질문에 대한 답이라고 할 수 있다. 그래서 관점은 매우 다양할 수밖에 없지만, 비평의 역사를 통해 볼 때 매우 영향력 있는 몇몇 관점들로 통합되는 경향이 있다. 그것들

> 중에서 '소설은 풍속風俗의 재현再現'이라는 관점을 취하면, 외적인 정보를 끌어들여 작품이 지니는 의미를 이끌어 내는 과정이 중심을 이루게 된다.

① 소설을 읽는 일은 소설 속 인물과의 가상 대화를 의미하는데, 이 글에서는 인물들 간의 관계나 주변 인물들의 태도 자체도 명시적으로 드러내지 않아 그 의미가 반감된다.
② 소설은 그 근본이 이야기니까 문장력이 뒷받침되어야 하는데, 이 글은 속도감도 적당하고 이야기를 이끌어 나가는 힘은 물론 감칠맛 나는 면모도 지니고 있어 매우 매력적이다.
③ 소설의 핵심은 갈등이 형성되고 해소되는 과정에 있다고 보는데, 이 글에서는 별다른 외적 갈등이 형성되어 있지 않아 소설의 묘미를 맛보기 어렵다는 점에서 낮게 평가된다.
④ 소설의 본질적인 기능은 작품이 제시하는 주제를 통해 깨달음을 주는 것인데, 이 글은 가족 관계에 대해 심층적으로 다루고 있어 그에 대한 성찰의 기회를 준다는 점에서 호감이 간다.
⑤ 소설의 구조와 현실의 구조는 서로 닮는다고 하는데, 이 글은 해방 직후의 격동기를 배경으로 삼았다고 알려졌을 뿐 구체적인 시대상은 그리고 있지 않아 좋은 평가를 내리기가 어렵다고 본다.

53. 윗글의 서사적인 특성으로 보기 어려운 것은?
① 사건의 관찰과 서술 사이에 시간적 간격을 두었다.
② 사건에 대한 정보 전달자를 장면별로 다르게 설정하고 있다.
③ 초점이 되는 인물을 형상화하는 방법으로 묘사를 도입하고 있다.
④ 공간적 배경의 속성이 사건의 의미와 밀접하게 연관되어 있다.
⑤ 사건이 전개됨에 따라 대상의 특성이 드러나는 서술 방식을 취하고 있다.

54. 윗글을 바탕으로 하여, '아버지'의 전기傳記의 한 부분을 〈보기〉

와 같이 구성하고자 한다. 이어질 내용의 요지로 가장 적절한 것은?

〈 보기 〉

5장 아버지의 ○○○

검정새 작다 하고 붕새야 웃지 마라
구만 리 높은 하늘 너도 날고 저도 난다
두어라, 나는 새긴 한가지니 그나 너나 다르랴
― 이 택 ―

지금도 우리 집 벽에 걸려 있는 이 시조를 볼 때마다 아버지의 모습을 떠올리게 된다. 아버지께서는 생전에 이 시조를 읊으시면서 스스로의 몸가짐을 가다듬고는 하셨다.

① 아버지는 할아버지 앞에서 아들로서 예의를 다하는 데 한 치의 소홀함이 없으셨다. 또한 우리 식구들 앞에서도 흐트러진 모습을 보인 적이 없으셨다. 그만큼 자기 관리에 철저한 분이셨다.

② 언젠가 아버지는, 나는 물론 우리 가족을 놀라게 한 적이 있다. 평소의 모습으로는 도저히 상상할 수 없는 행동을 하신 것이었다. 비록 처음이자 마지막이었지만 강렬한 인상으로 오랫동안 남아 있었다.

③ 당시에도 사람들은 여전히 전통적인 신분 질서를 의식하고 있었다. 어느 날 아버지는 일가의 행랑살이를 하던 이의 잔치마당에서 노래를 부르고 춤을 추셨다. 아버지는 통념을 넘어서는 용기와 포용력을 보여 주셨다.

④ 당시 아버지는 정치적인 일에 관여하고 계셨다. 마을 사람들은 대중을 상대로 연설을 하는 아버지를 자신들과는 다른 사람이라고 생각하고 있었다. 그래서 아버지는 마을 사람들에게는 늘 어려운 분으로 생각되었다.

⑤ 아버지는 특유의 친화력을 발휘하여 마을 사람들과 좋은 관계

를 유지하셨다. 공적으로는 매우 엄격하셨지만 사적으로는 격의 없는 만남을 유지하셨다. 그렇듯 아버지는 다른 사람들을 감화시키는 특별한 능력을 보여 주셨다.

55. 윗글을 TV 드라마로 만들면서 '잔칫집 장면'을 위해 〈보기〉와 같이 야외 세트를 구성하였다. 원작의 시점視點을 유지한다고 할 때, 카메라를 이동, 배치할 곳은? [1.8점]

〈 보기 〉

① ㉠→㉡→㉢   ② ㉠→㉣→㉤   ③ ㉠→㉣→㉥
④ ㉠→㉡→㉢→㉣   ⑤ ㉠→㉣→㉤→㉥

56. ㉠에 '행동이나 사태, 감정 따위가 은근하게 조금씩 변화하는 모양'의 의미를 가지는 단어를 넣는다고 할 때, 알맞은 것은?
① 가만가만   ② 너울너울   ③ 스멀스멀
④ 슬몃슬몃   ⑤ 어른어른

정답 : 52-⑤, 53-⑥, 54-②, 55-①, 56-④

[38~41] 다음 글을 읽고 물음에 답하시오.

　남다른 눈썰미로 한 번 보면 못 내는 시늉이 없었고, 손속 또한 유별났으니 애써 가르친 바가 없어도 음식 맛깔과 바느질 솜씨는 어머니도 나무랄 수 없음을 진작에 선언한 정도였다. 동냥을 주면 종구라기가 넘치고 개밥을 주어도 구유가 좁게 손이 컸다.
　"저것이 저리 손이 크니 시집가면 대번 시에미 눈 밖에 나리……."
　어머니의 걱정처럼 그녀는 오종종하거나 소갈머리 오죽잖은 짓을 가장 싫어했고, 남의 억울한 일에는 팔뚝을 걷어붙이고 나서서 뒵들어 싸워 주며, 부지런하려 들기로도 남보다 뒤처짐이 없었던 것이다. 대소 간에 대사가 있을 때마다 그녀가 징발됐던 것도 남의 집 뒷수쇄에 뛰어난 능력을 보였음이니, 온갖 일의 들무새요 안머슴이었던 것이다.
　"말꼬랑지 파리가 천 리 가더라구 옹젬이가 그렇당께."
　부락 사람들은 그녀의 억척과 솜씨를 그렇게 비유하였고, 그녀는 그녀대로 그런 말 듣게 된 자신을 대견스레 여기는 것 같았다.
　그녀가 열여섯이라는 어린 나이였음에도, 안팎 동네의 머슴이나 품일꾼, 그리고 어리전이나 드팀전을 보아 제 몫은 하던 장돌뱅이 총각들의 눈독을 한 몸에 받고 있었음은 당연한 일이었다. 그러나 그 총각들은 장차 그녀를 아내로 맞고 싶어서 그러던 것은 분명 아닌 것 같았다. 그 시절만 해도 혼사에 있어서만은 으레 근본의 어떠함이 결정적인 역할을 하고 있던 것이다. 양반 찌꺼기들은 말할 것도 없고 향품배鄕品輩* 끄트머리만 되어도 집안이 이렇고 저러함을 가장 큰 구실로 삼고 있었던 것이다. 그런 경우 교전비轎前婢*와 난봉난 행랑 것 사이에서 태어났던 그녀의 신분은 누구라도 고개를 저을 커다란 허물이었다. 아무리 소견이 들어 됨됨이가 쓸 만하고 살림에 규모가 있더라도 그녀의 내력을 번연하게 외던 근동 사람이라면 거들떠 보려고도 않을 판이었다.

(중략)

　관촌 부락에서 등성이를 끼고 돌면 요까티라는 작은 부락이 있었다. 원래 이웃하고 농사짓는 초가집 대여섯 가구뿐으로 일 년 내내 대사 한 번 치르지 않아 사는 것 같지 않던 동네였으나, 해방 이듬해부터는 금융 조합 창고 같은 연립 주택이 몇 채 들어서고 한 채에 여남은 가구씩, 북해도에서 왔다는 전재민들을 들여 정착시키자, 밤낮 조용한 날이 없게 시끄러운 마을로 변하면서 전재민촌이라는 새 이름이 붙은 곳이었다. 읍내의 지게꾼, 신기료장수, 리어카꾼과, 주제꼴이 남루한 낯선 사람은 모두 전재민촌에서 사는 사람들이라고 해도 무방할 지경이었다. 그 전재민촌이란 이름은 차츰 도둑놈 소굴이라는 뜻의 대명사로 불리어져 갔다. 관촌 사람들은 집 안에서 무엇이 없어진다거나, 논밭에 심은 것이 축난 듯싶으면 으레 전재민촌 사람들의 소행으로 여겨 버릇했고, 서툰 엿고리장수가 들어서도 전재민촌 사람으로 판단, 물건을 갈아주기보다 집어가는 것이 없는가를 살피려는 도사림으로 냉대해 보내기 일쑤였다.

(A) ┌ 　그런 중에도 옹점이는 조금 달랐다. 그네들의 살아온 이야기, 살아가는 이야기를 들어 보면 불쌍하기 그지없다던 거였다. 굶다 못해 이불솜을 빼다 팔아 겨울에도 홑이불을 덮는다든가, 변변한 옷가지는 죄 팔아먹어 주제꼴이 그처럼 비렁뱅이 꼴이라는 거였다. 그렇다면서 전재민만 오면 어머니를 졸라 무엇이든 한 가지는 갈아주도록 꾀하던 것이다. 그녀는 특히 그녀만 보면,
　"옥상, 오꼬시 사 먹소."
하며 들어붙던 절름발이 늙은이를 가장 측은하게 여기고 있었다. 일본에서 건너오다 처자를 놓쳐 홀로 된 늙은이라는 거였다.
　"그 옥상만 보면 지 애비가 모집 나갔다 나오면서 고상했던 생각이 나서 딱해 못 견디겠슈."

┌　옹점이가 어머니한테 하던 말이다.
　　과자를 먹어 어디서 난 것이냐고 물으면 옹점이는 서슴지 않고,
　　"쭉젱이 보리 한 종발 주구 옥상헌티 샀지."
　　했다. 옥상에게 곡식을 빼돌려 가면서까지 그녀가 내게 군것질을 시킨 이유는, 옥상이라고 부르던 그 불우한 늙은이를 돕는 마음이었지만, 그러나 더 갸륵한 뜻이 없지 않았음을 나는 알고 있었다.
　　　┌　근래에 들어와 크게 유행을 본 말 가운데서 내가 가장 깨닫기 수월찮던 말이 주체 의식이니 주체성 운운하던 단어들이었다. 어떡하는 것이 주체 의식이 있는 일이고 무엇이 주체성을 지키는 것인지 얼른 이해하기 어려운 말이었다. 세상이 어지러운 난세일수록 유언비어가 난무함이 예사이고, 말을 않으면 병신 대접 받기 십상인 줄 모르지 않으나, 주체 의식이나 주체성이란 말을 외래어보다도 막연하게,
(B)　개나 걸이나 지껄여 대지 않으면 행세를 못하는 줄 알던 많은 사람을 보아온 터여서, 그 천한 말을 옹점이는 일찍이 내게 행동으로써 보여준 셈이라고 장담하게 되지 않았나 싶기도 하다. 한 번 더 다짐해 두지만, 그 무렵 옹점이의 태도를 주체 의식, 또는 주체성이 있는 것으로 보아 무방하다면, 나는 그녀만 한 정신자세를 가진 인간을, 내가 이 사회에 나와 벌어먹게 된 뒤로는 몇 사람 외에 구경하지 못했다
　　　└　고 단언할 수 있으리라 믿는다.
　　　　　　　　　　　　　　　― 이문구의 〈관촌수필〉에서

　　향품배 지방의 낮은 벼슬아치들
　　교전비 혼례 때에 신부가 데리고 가던 계집종

38. 위 글의 서술상 특징으로 가장 적절한 것은?
　① 서술자를 교체하여 새로운 사건을 도입하고 있다.
　② 과거와 현재를 반복 교차하여 사건에 입체감을 부여하고 있다.

③ 사건에 대한 객관적 묘사를 활용하여 독자의 판단을 유도하고 있다.
④ 방언과 구어적 표현을 사용하여 생동감 있게 이야기를 풀어가고 있다.
⑤ 이질적인 시선을 대비해 가며 사회 현실을 총체적으로 그려 내고 있다.

39. 위 글의 등장인물이 했음 직한 말로 적절하지 않은 것은?
① **어머니** : 옹점이가 솜씨는 나무랄 데 없지만 통이 너무 커서 앞날이 걱정이야.
② **옹점이 자신** : 나보고 오지랖이 넓다고들 하는데, 나 없으면 동네 큰 잔치는 누가 준비하지?
③ **장돌뱅이 총각** : 옹점이가 가난하지만 않으면 색시로 삼고 싶은 마음이 굴뚝같아.
④ **근동 사람** : 옹점이네 속사정을 잘 아는데, 옹점이가 사람만 놓고 보면 커다란 흠은 없지.
⑤ **절름발이 늙은이** : 관촌의 다른 사람들과 달리, 옹점이는 내 처지를 잘 이해해 주지.

40. 위 글의 공간적 배경에 대한 설명으로 가장 적절한 것은?
① 관촌은 공동체적 유대감과 계층간 위계의식이 남아 있는 공간이다.
② 전재민촌은 강한 내적 결속력을 가진 폐쇄적인 공간이다.
③ 관촌은 역동적인 공간임에 비해 전재민촌은 한적한 공간이다.
④ 관촌은 전재민촌과 달리 시대의 변화에 순응하는 공간이다.
⑤ 관촌과 전재민촌은 모두 물질 중심의 가치관이 지배하는 공간이다.

41. 위 글을 〈보기〉에 비추어 이해한 내용으로 적절하지 않은 것은? [3점]

─〈 보기 〉─

〈관촌수필〉은 전(傳)을 현대적으로 변용한 작품으로 평가받고 있다. 전은 한 인물의 행적을 짤막하게 서술한 전통적인 글쓰기 양식이다. 대개 ㉠'인물 소개-주요 행적-인물평'의 순서로 구성된다. ㉡서술 대상은 주로 충신, 효자 등 모범적인 덕목을 지닌 인물이었는데, 그중에는 하층민도 포함되어 있다. 전의 중요한 특징 중 하나는 인물평인데, 인물의 행적 요약, ㉢본받을 만한 덕목 제시, 작가의 최종 평가 등으로 구성된다. 이 과정에서 ㉣세상에 대한 작가의 판단이 덧붙여지곤 한다. 인물평은 ㉤행적 부분과 구별되는 진술 방식을 보여 주기도 한다.

① (A)는 ㉠의 '주요 행적' 중 하나에 해당한다.
② 옹점이가 ㉡이 된 이유는 신분적 한계를 극복하려는 의지 때문이다.
③ 서술자는 ㉢을 '주체 의식'이라는 말로 표현하고 있다.
④ (B)에 나타난 세태 비판적 태도에서 ㉣을 엿볼 수 있다.
⑤ (B)의 어투가 이전과는 달라진 것에서 ㉤을 확인할 수 있다.

정답 : 38-④, 39-③, 40-①, 41-②

이문구의 《관촌수필》

작품 해제

갈래 연작 소설, 자전적 소설
배경 1940년대와 1970년대의 관촌이라는 농촌 마을
시점 1인칭 주인공 시점
제재 변해 버린 고향의 모습
주제 농촌 현실에 대한 비판과 과거의 삶을 되돌아봄

줄거리

　《관촌수필》은 작가의 고향인 충청남도 대천을 중심 무대로, 어린 시절 추억을 그린 연작 소설이다. 모두 8편이며 발표 연도는 1977~1978년까지다. 2003년 수능에서는 〈공산토월〉, 2010년 수능에서는 〈행운유수〉가 출제되었다.
　제1편 〈일락서산日落西山〉: 억압받고 무시당하면서도 끈질기게 삶을 영위해 나가는 인물들을 그렸던 종래의 작품 성향을 벗어난 작품이다. 옛 모습을 찾을 길 없는 고향을 찾아가 전형적인 조선인이었던 조부와 과격한 좌익 사상으로 희생된 아버지, 그들의 그늘에서 외로운 소년 시절을 보냈으며 이제는 오랜 타향살이로 인해 고향을 영영 잃어버린 나에 이르는 3대를 담담하게 회상한다.
　제2편 〈화무십일花無十日〉: 피란민 일가에 대한 나의 어머니의 따뜻한 인간애를 다룸으로써, 우리 사회에 뿌리박고 있는 전통적 삶의 인간미를 감동적으로 느끼게 한다.
　제3편 〈행운유수行雲流水〉: 성장기를 같이했던 옹점이의 결혼 생활과 인생 유전을 아픈 가슴으로 그리고 있다.
　제4편 〈녹수청산綠水靑山〉: 대복이와 그 가족에 얽힌 이웃 관계와 순박한 삶, 그 삶이 퇴색되어 가는 과정을 그리고 있다.
　제5편 〈공산토월空山吐月〉: 성실하게 살다 간 어느 청년(석공 신씨)의 이야기다. 옹점이나 대복이 등 종래의 《관촌수필》에 등장했던

토속적인 인간상보다 약간 세련된 인물로서 그의 이름은 신씨申氏다. 직업은 석공石工인데, 그는 선산先山의 유택을 치장해 주는 등 나의 집안과 밀접한 관계를 갖고 있어서 나로서는 잊을 수 없는 인물이다. 신씨는 6·25 때 부역을 한 일로 인해 5년간 형무소 살이를 했고, 출옥 후에는 마을의 온갖 궂은일을 도맡아 하면서 억척스럽고 성실하게 살았으나 37세의 한창 나이로 요절夭折함으로써 나의 뇌리에 극적인 인상을 남긴다.

제6편 〈관산추정冠山秋情〉: 전통적인 마을 안을 흐르는 '한내大川'가 도시 소비 문명으로 인해 점차 파괴되어 퇴폐적 하수구로 변하게 된 실상을 그리고 있다.

제7편 〈여요주서麗謠註書〉: 중학 동창인 친구가 아버지의 약값을 마련하기 위해 꿩을 잡아 팔려다가 발각되어 공권력에 시달리는 내용을 담고 있다.

제8편 〈월곡후야月谷後夜〉: 벽촌에서 소녀를 겁탈한 사건을 둘러싸고 동네 청년들이 범인에게 사적 제재를 가한다는 이야기다.

최일남

노새 두 마리

최일남 1932~

전라북도 전주에서 태어나 전주사범학교를 거쳐 서울대학교 국문과를 졸업했다. 1953년 《문예》에 〈쑥 이야기〉가 추천되고, 1956년 《현대문학》에 〈파양〉이 추천되어 문단에 나왔다. 1960년대로 접어들면서 경향신문사와 동아일보사 등에서 기자로 일하고 1980년 동아일보사에서 해직될 때까지 오랫동안 언론 활동에 주력했다. 1984년 복직된 이후에는 한겨레신문사 논설고문을 지냈다. 그는 작품 속에서 날카로운 역사적 감각, 현실에 대한 비판의식을 전면에 드러 냈다. 그러면서도 사회비판적 메시지를 함축하면서도 날카로운 공격이 아니라 해학적인 문체로 그것을 표현했다. 도시에 비해 낙후된 고향의 모습과 출세한 시골 출신의 도시인들이 느끼는 부채의식 등이 소설의 주류를 이룬다.

작품 해제

갈래 사회 소설, 풍자 소설
배경 1970년대 서울 변두리 동네
시점 1인칭 주인공 시점
제재 노새
주제 고향을 상실한 한 가족의 기이한 삶과 시대착오적인 풍습
출전 《한국문학》 제5호(1974년 4월)

줄거리

　노새를 생계 수단으로 연탄 배달을 하는 가족은 도시 변두리에서 어렵게 생활한다. 그러다 새동네가 생기면서 연탄 배달 주문도 늘고 좋아하는데, 어느 정도 시간이 흘러 이제 그 관심도 떨어지고 주문도 점차 줄어든다. 그런 와중에 가족의 생계 수단인 노새가 도망친다. 생계를 위협하는 이 상황 속에 아버지와 나는 노새를 찾기 위해 백방으로 노력하지만 찾지 못하고 돌아온다. 그 과정에서 그 누구도 가족의 상황에 관심을 갖거나 도와주려고 하지 않는다.
　도시의 비정함 속에서 나는 아버지가 일만 하고 고단한 삶을 살아가는 노새가 아닌가 생각하며, 아버지 역시 이제는 내가 노새라고 말하면서 가장으로서 가족의 생계를 자기가 책임져야 한다는 책임의식을 드러낸다. 그 결심으로 귀가하지만 기다리고 있는 것은 또 다른 불행이다.
　도망친 노새가 사람들에게 해코지를 한 것이다. 경찰서로 오라는 말을 듣고 집을 나가는 아버지를 보며, 나는 아버지와 노새 모두 도시적 삶에 적응하며 사는 것이 힘겨운 일임을 깨닫는다. 그러고는 언젠가 이웃이 말한 비행기, 헬리콥터, 자동차가 빵빵 거리는 대처에서 노새로 사는 것은 힘들다는 말을 떠올린다.

노새 두 마리

  그 골목은 몹시도 가팔랐다. 아버지는 그 골목에 들어서기만 하면 미리 저만치 앞에서부터 마차를 세게 몰아 가지고는 그 힘으로 하여 단숨에 올라가곤 했다. 그러나 이 작전이 매번 성공하는 것은 아니고, 더러는 마차가 언덕의 중간쯤에서 더 올라가지를 못하고 주춤거릴 때도 있었다. 그러면 아버지는 이마에 심줄을 잔뜩 돋우며, "이랴 이랴!" 하면서 노새의 잔등을 손에 휘감고 있는 긴 고삐 줄로 세 번 네 번 후려쳤다. 노새는 그럴 때마다 뒷다리를 바득바득 바둥거리며 안간힘을 쓰는 듯했으나 그쯤 되면 마차가 슬슬 아래쪽으로 미끄러 내리기는 할망정 조금씩이라도 올라가는 일은 드물었다.

  물론 마차에 연탄을 많이 실었을 때와 적게 실었을 때에도 차이는 있었다. 적게 실었을 때는 그깟 것 달랑달랑 단숨에 오르기도 했지만, 그런 때는 드물고 대개는 짐을 가득가득 싣고 다녔다. 가득 실으면 대충 오백 장에서 육백 장까지 실었는데 아버지는 그래야만 다소 신명이 나지 이백 장이나 삼백 장 같은 것은 처음부터 성이 안 차는 눈치였으며, 백 장쯤은 누가 부탁도 안 할뿐더러 아버지도 아예 실으려고 하지도 않았다.

우리 동네는 변두리였으므로 얼마 전까지도 모두 그날그날 벌어먹고 사는 사람들이 많아 연탄 배달도 일거리가 그리 많지 않았다. 기껏해야 구멍가게에서 두서너 장을 사서는 새끼줄에 대롱대롱 매달고 가는 게 고작이었다. 그랬는데 이삼 년 전부터 아직도 많은 빈터에 집터가 다져지고, 하나둘 문화 주택*이 들어서더니 이제는 제법 그럴듯한 동네 꼴이 잡혀 갔다. 원래부터 있던 허름한 집들과 새로 생긴 집들과는 골목 하나를 경계로 하여 금을 긋듯 나누어져 있었는데, 먼 데서 보면 제법 그럴싸한 동네로 보였다. 일단 들어와 보면 지저분한 헌 동네가 이웃에 널려 있지만, 그냥 먼발치로만 보면 2층 슬래브 집들에 가려 닥지닥지 붙은 판잣집 등속*이 보이지 않았으므로 서울의 변두리에 흔한 여느 신흥 부락으로만 보였다.

동네가 이렇게 바뀌어지자 그것을 가장 좋아한 사람 중의 하나가 아버지였다. 아까 말한 대로 그전에는 동네 사람들이 연탄을 두서너 장, 많아야 이삼십 장씩만 사 가는 터여서 아버지의 일거리가 적고, 따라서 이곳에서 이삼 킬로나 떨어진 딴 동네까지 배달을 가야 했는데 동네에 새 집이 많이 들어서면서부터는 그렇게 먼 걸음을 하지 않아도 되었기 때문이다. 그런 집에서 연탄을 한번 들여놓았다 하면 몇 달씩 때니까 자주 주문을 하지 않아서 아버지의 일감이 이 동네에서 끝나는 것만은 아니고, 여전히 타동네까지 노새 마차를 몰기는 했지만 그전보다는 자주 먼 곳까지 가지 않아도 된 것만은 사실이었다.

새동네(우리는 우리가 그전부터 살던 동네를 구동네, 문화 주택들이 차지하고 들어선 동네를 새동네라 불렀다)가 생기면서 좋아한 것은 비단 아버지만은 아니었다. 구동네에 두 곳 있던 구멍가게 주인들도 은근히 무언가를 기대하는 눈치였다. 그전까지는 가게의 물건들이 뽀얗게 먼지를 쓰고 있었고, 두 홉짜리 소주병만 육실하게 많았는데 그 병들 사이에 차츰 환타니 미린다니 하는 음료수 병들이며 퍼머스트 아이스크림도 섞이고, 할머니의 주름살처럼 주름이 좌좍 가 말라 비틀어진 사과 사이에 귤 상자도 끼이게 되었다. 그전에는 볼 수 없었던 우유 배달부가 아침마다 골목을 드나들고, 갖가지 신문 배달부가 조석으로 골목 안을 누비고 다녔다. 전에는 얼씬도 않던 슈샤인 보이*가 새벽이면 "구두 딲으……" 하면서 외치고 다녔다. 전에는 저 아래 큰 한길가 근처에 차를 대 놓고, 올 테면 오고 말 테면 말라는 식으로 버티던 청소부들이 골목 안까지 차를 들이대고 쓰레기를 퍼 갔다.

그러나 동네의 모습이 이처럼 달라지기는 했어도 구동네와 새동네 사람들이 서로 어울리는 일이 없었다. 너는 너, 나는 나 하는 식으로 새동네 사람들은 문을 꼭꼭 걸어 잠그고 누가 다가오는 것을 거절하고 있었다. 다만 그들이 들어옴으로 해서 구동네 사람들의 사는 모습이 조금 달라지기는 했는데 아무도 그걸 입에 올리지는 않았다. 아버지도 배달 일이 늘어나서 속으로는 새동네가 생긴 것을 은근히 싫어하지는 않는 눈치였지만, 식구들 앞에서조차 맞대 놓고 그런 내색을 하지는 않았다. 그런 가운데에서도 우리 노새는 온 동네 사람들의 눈길을 모으고 짤랑짤랑 이 골목 저 골목을 헤집고 다녔다. 아니 그것은 새동네 쪽에서 더욱 그랬다. 원래의 우리 동네에서야 아무도 거들떠보지 않았다. 자기들은 아이들의 싯누런 똥이 든 요강 따위를 예사롭게 수챗구멍 같은 데 버리면서도, 어쩌다 우리 노새가 짐을 부리는 골목 한쪽에서 오줌을 찍 깔기면, "왜 하필이면 여기서 싸. 어이구, 저 지린내, 말을 부리려면 오줌통이라도 갖고 다닐 일이지 이게 뭐야. 동네가 뭐 공동변손가" 어쩌고 하면서 아낙네들은 코를 찡 풀어 노새 앞에다 팽개쳤다. 말과 노새의 구별도 잘 못하는 주제에, 아무 데서나 가래침을 퉤퉤 뱉는 주제에 우리 노새를 보고 눈을 찢어지게 흘겼다. 그러나 새동네에서는 단연 달랐다. 여간해서 말을 잘 않는 아주머니들도 우리 노새를 보면 입가에 미소를 머금었다. 개중에는 "아이, 귀여워. 오랜만에 보는 노샌데" 하기도 하고, "어머, 지금도 노새가 있었네" 하기도 하고, "아니 이게 노새 아니에요. 아주 이쁘게 생겼네" 하기도 하고, "오머 오머, 이게 망아지는 아니고······. 네? 노새라구요? 아, 노새가 이렇게 생겼구나야" 하면서 모가지에 매달린 방울을 한번 만져 보려다가 노새가 고개를 젓는 바람에 찔끔 놀라기도 했다. 비단 연탄 배달을 간 집에서만이 아니라 이 근처의 길을 가던 사람들도, 우리 노새를 힐끗 쳐다본 순간 분명히 다소 놀라는 기색으로 다시 한 번 거들떠보곤 했다. 대야를 옆에 끼고 볼이 빨갛게 익은 채 목욕 갔다 오던 아주머니도 부드러운 눈길로 노새를 바라보고, 다정하게 나들이를 가려고 막 대문을 나서던 내외분도 우리 노새가 짤랑짤랑 지나가면 '고것······' 하는 표정으로 한동안 지켜보고, 파 한 단 사 가지고 잰걸음으로 쫄쫄거리고 가던 식모 아가씨도 잠시 발을 멈추고 노새를 바라보았다.

 무엇보다도 우리 노새를 보고 좋아하는 것은 새동네 아이들이었다. 노새만 지나가면 지금까지 하던 공차기나 배드민턴을 멈추고 한동안 노새를 따라왔다. "야, 노새다." 한 아이가 외치면 다른 아이들도 덩달아 외쳤다. "그래그래, 노새다." "야, 이게 노새구나." "그래 인마, 넌 몰랐니?" "듣기는 했는데 보기는 처음이야." "야, 귀 한번

대빵 크다." "힘도 세니?" "그럼, 저것 봐, 저렇게 연탄을 많이 싣고 가지 않니." 아이들이 이러면 나는 나의 시커먼 몰골도 생각하지 않고 어깨가 으쓱해졌다. 아버지도 그런 심정일까. 이런 때는 그럴 만한 대목도 아닌데 괜히 "이랴 이랏!" 하면서 고삐를 잡아끌었다. 나는 사실 새동네 아이들을 그리 좋아하지 않았다. 걔네들은 집 안에서 무얼 하는지 도무지 밖에 나오는 일도 드물었는데, 나온다 해도 저희네끼리만 어울리지 우리 구동네 아이들을 붙여 주지 않았다. 처음부터 우리가 걔네들더러 끼워 달라고 한 일은 없으니까 붙여 주고 안 붙여 주고 할 것은 없었는데, 보면 알지 돌아가는 꼴이 그런 처지가 못 되었다. 우리 구동네 아이들이야 학교 가는 시간을 빼고는 내내 밖에서만 노는데, 놀아도 여간 시망스럽게* 놀지 않았다. 걸핏하면 싸움질이요 걸핏하면 욕질이었다. 말썽은 어찌 그리도 잘 부리는지 아이들 싸움이 커진 어른 싸움도 끊일 날이 없었다. 그러자니 구동네 아이들은 자연히 새동네 골목에까지 진출했다. 같은 골목이라도 새동네는 조금 널찍한 데다가 사람들의 왕래도 그리 잦지 않아서 놀기에 좋았다. 그렇다고 새동네 아이들이 텃세를 부리지도 않았다. 그들은 저희끼리 놀다가도 우리들이 내려가면 하나둘씩 슬며시 자기네 집으로 들어갔다. 그런 아이들이었으므로 나는 평소에 데면데면하게* 대했는데, 이들이 우리 노새를 보고 놀라거나 칭찬할 때만은 어쩐지 그들이 좋았다. 거기 비해서 우리 동네 아이들은 노새만 보면 엉덩이를 툭 치거나, 꼬챙이 같은 걸로 자지를 건드리고 머리를 쓰다듬는 척하면서 콧잔등을 한 대씩 쥐어박고 하기가 일쑤였다. 평소에 말수가 적고 화내는 일이 드문 아버지도 이런 때는 눈에 불을 켜고 개구쟁이들을 내몰았다. "이 때갈* 놈의 새끼들, 노새가 밥

달라든, 옷 달라든? 왜 지랄들이야!"
　우리 집에 노새가 들어온 것은 이 년 전이었다. 그 전까지는 말을 부렸는데 누군가가 노새와 바꾸지 않겠느냐고 제의해 왔다. 싫으면 웃돈을 조금 얹어 주고라도 바꾸어 주겠다는 것이었다. 한 삼 년 가까이 그 말을 부려 온 아버지는 막상 놓기가 싫은 모양이었으나 그 말이 눈이 자주 짓무르고, 뒷다리 복사뼈 근처에 늘 상처가 가시지 않는 등 잔병치레가 잦은 터라, 두 번째 말을 걸어왔을 때 그러자고 응낙해 버렸다. 할머니와 어머니, 그리고 큰형은 그래도 말이 낫지 그까짓 노새가 무슨 힘을 쓰겠느냐고, 바꾸지 말자고 했으나 노새를 한 번 보고 온 아버지는 어떻게 생각했는지 그길로 노새와 말을 맞바꾸었다. 아닌 게 아니라 노새는 힘이 하나도 없어 보였다. 보기에도 비리비리한 게 약하디약하게만 보였다. 할머니나 어머니, 그리고 큰형은 그것 보라고, 이게 어떻게 그 무거운 연탄 짐을 나르겠느냐고 빈정댔는데 그래도 아버지는 가타부타 말이 없이 노새를 우리로 끌고 가 우선 솔질부터 시작했다. 말이 우리이지 그것은 방과 바로 잇닿아 있는 처마를 조금 더 달아낸* 곳에 있었다. 그래서 우리 집에는 항상 말 오줌 냄새, 똥 냄새가 가실 날이 없었다. 그뿐 아니라 그 우리의 바로 옆방이 내가 할머니 큰형과 함께 자는 방이었으므로 나는 잠결에도 노새가 앉았다 일어나는 소리, 히힝거리는 소리, 방귀 소리까지 들을 수 있었다. 어쨌거나 이 노새가 들어오면서 그 뒤치다꺼리는 주로 내가 맡게 되었다. 큰형도 더러 돌봐 주기는 했으나 큰형마저 군에 들어가고 난 뒤부터는 나에게 전적으로 그 일이 맡겨졌다. 고등학교를 나온 작은형이 있기는 해도 그는 아버지나 어머니의 성화에 아랑곳없이, 늘상 밖으로 싸다니기만 하고 집에 있을 때도 기타를 들고 골방에 처박히기가 일쑤였다. 가엾게도 노새는 원래는 회색빛이었는데도 우리 집에 온 뒤로는 차츰 연탄 때가 묻어 검정빛으로 변해 갔다. 엉덩이께는 물론 갈기도 까맣게 연탄 가루가 앉아 있었다. 내가 깜냥*으로는 지성스럽게* 털어 주고 닦아 주고 하는데도, 연탄 때는 속살까지 틀어박히는지 닦아 줄 때만 조금 히끗하다가 한바탕 배달을 갔다 오면 도로 그 모양이었다. 하지만 노새도 내 그런 정성을 짐작은 하는지, 멍청히 서 있다가도 내가 가까이 가면 고개를 위아래로 흔들어 아는 체를 했다. 그랬는데 그 노새가 오늘은 우리 집에 없다.

노새가 갑자기 달아난 건 어저께 일이었다. 아버지는 연탄을 실은 뒤 노새의 고삐를 잡고 나는 그냥 뒤따르고 있었다. 내가 뒤따르는 것은 아버지에게 큰 도움이 못 되고 하릴없이 따라다니기만 할 뿐이었다. 야트막한 언덕길을 오를 때 마차의 뒤를 밀기도 했으나 그것은 그대로 시늉일 뿐, 내 어린 힘으로 어떻게 된다든가 하는 일은 없었다. 아버지는 이따금 따라다니지 말고 집에 가서 공부나 하라고 했지만, 내가 공부 다 했어요, 하면 그 이상 더 말리지는 않았다. 그러나 탄을 싣거나 부릴 때 내가 거들려고 나서면 아버지는 한사코 그걸 말렸다. 아버지가 그랬으므로 나는 그러면 더 좋지 하는 홀가분한 마음으로 망아지 모양 마차 뒤만 졸졸 따라다녔다. 바로 어저께도 그랬다. 새동네의 두 집에서 이백 장씩 갖다 달라고 해서, 아버지는 연탄 사백 장을 싣고 새동네로 들어가는 그 가파른 골목길을 들어서고 있었다. 얘기의 앞뒤가 조금 뒤바뀌었지만, 우리 아버지는 연탄 가게의 주인이 아니고 큰길가에 있는 연탄 공장에서 배달일만 맡고 있다. 그러므로 연탄 공장의 배달 주임이 어느 동네 어느 집에 몇 장을 날라다 주라고 하면, 그만한 양의 탄을 실어다 주고 거기 따르는 구전*만 받으면 그만이었다. 그런데 한 가지 자랑스러운 일은 아버지는 아무리 찾기 힘든 집이라도 척척 알아낸다는 것이다. 연탄 공장 사람들의 설명이 미처 끝나기도 전에 알 만하오, 한마디면 그만이었다. 열이면 열 거의 틀리는 일이 없었다. 오죽하면 공장 사람들도 "마차 영감은 집 찾는 데 귀신이라니깐" 하면서 혀를 내두를까. 그들도 아버지에게 실려 보내면 마음이 놓인다는 것이었다. 어저께도 아버지는 이러이러한 댁에 갖다 주라는 말을 듣자, 두 번 다시 물어보지 않고 짐을 싣고 나선 것이다.

그 가파른 골목길 어귀에 이르자 아버지는 미리서 노새 고삐를 낚아 잡고 한달음에 올라갈 채비를 하였다. 그러나 어쩐 일인지 다른 때 같으면 사백 장 정도 싣고는 힘 안 들이고 올라설 수 있는 고개인데도 이날따라 오름길 중턱에서 턱 걸리고 말았다. 아버지는 어, 하는 눈치더니 고삐를 거머쥐고 힘껏 당겼다. 이마에 힘줄이 굵게 돋았다. 얼굴이 빨개졌다. 나는 얼른 달라붙어 죽어라고 밀었다. 그러나 길바닥에는 살얼음이 한 겹 살짝 깔려 있어서 마차를 미는 내 발도 줄줄 미끄러져 나가기만 했다. 노새는 앞뒷발을 딱딱 소리를 낼 만큼 힘껏 땅을 밀어냈으나 마차는 그때마다 살얼음 위에 노새의 발자국만 하얗게 긁힐 뿐 조금도 올라가지 않았다. 아직은 아래쪽으로 밀려 내리지 않고 제자리에 버티고 선 것만도 다행이었다. 사람들이 몇 명 지나갔으나 모두 쳐다보기만 할 뿐 아무도 달라붙지는 않았다. 그전에도 그랬다. 사람들은 얼핏 도와주고 싶은 생각이 났다가도, 상대가 연탄 마차인 것을 알고는 감히 손을 내밀지 못했다. 도대체 어디다 손을 댄단 말인가. 제대로 하자면 손만 아니라 배도 착 붙이고 밀어야 할 판인데 그랬다간 옷을 모두 망치지 않겠는가, 옷을 망치면서까지 친절을 베풀 사람은 이 세상엔 없다고 나는 믿어 오고 있다. 그건 그렇고, 그런 시간에도 마차는 자꾸 밀려 내려오고 있었다. 돌을 괴려고 주변을 살펴보았으나 그만한 돌이 얼른 눈에 띄지 않을뿐더러, 그나마 나까지 손을 놓으면 와르르 밀려 내려올 것 같아서 손을 뗄 수가 없었다. 아버지는 평소의 그답지 않게 사정없이 노새에게 매질을 해 댔다.

"이랴, 우라질 놈의 노새, 이랴!"

노새는 눈을 뒤집어 까다시피 하면서 바득바득 악을 써 댔으나 판은 이미 그른 판이었다. 그때였다. 노새가 발에서 잠깐 힘을 빼는가 싶더니 마차가 아래쪽으로 와르르 흘러내렸다. 뒤미처 노새가 고꾸라지고 연탄 더미가 대그르르 무너졌다. 아버지는 밀려 내려가는 마차를 따라 몇 발짝 뒷걸음질을 치다가 홀랑 물구나무 서는 꼴로 나자빠졌다. 나는 얼른 한옆으로 비켜섰기 때문에 아무 일도 없었다. 그러나 정작 일은 그다음에 벌어지고 말았다. 허우적거리며 마차에 질질 끌려가던 노새가 마차가 내박질러진* 자리에서 벌떡 일어서더니 뒤도 안 돌아보고 냅다 뛰기 시작한 것이다. 정확히 말하면 벌떡 일어섰다가 순간적으로 아버지와 내가 있는 쪽을 힐끔 쳐다보고는 이내 뛰어 버린 것이다. 마차가 넘어지면서 무엇이 부러져 몸이 자유롭게 된 모양이었다.

"어 어, 내 노새."

아버지는 넘어진 채 그 경황에도 뛰어가는 노새를 쳐다보더니 얼굴이 새하얘졌다. 그러나 그런 망설임도 그때뿐 아버지는 힘들게 일어서자 딴사람이 되어 빠른 걸음으로 노새를 뒤쫓았다.

"내 노새, 내 노새."

아버지는 크게 소리 지르는 것도 아니고 그렇다고 입안엣소리도 아닌, 엉거주춤한 소리로 연방 뇌면서 노새가 달려간 곳으로 뛰어갔다. 나도 얼른 아버지의 뒤를 따랐다. 노새는 십 미터쯤 앞에 뛰어가고 있었다. 뒤미처 앞쪽에서는 악악 하는 비명 소리가 들려왔다. 어깨에 스케이트 주머니를 메고 오던 아이들 둘이 기겁을 해서 길 옆으로 비켜서고, 뒤따라오던 여학생 한 명이 엄마! 하면서 오던 길을 달려갔다. 손자를 업고 오던 할머니 한 분은 이런 이런! 하면서 어쩔 줄 몰라 하다가 그 자리에 폭삭 주저앉고 말았다. 막 옆 골목을 빠져나오던 택시가 찍 브레이크를 걸더니 덜렁 한바탕 춤을 추고 멎었다. 금세 이 집 저 집에서 사람들이 쏟아져 나와서 골목은 어느 사이 수많은 사람들이 모여 웅성대기 시작했다.

"왜 그래, 왜 그래."
"무슨 일이야, 무슨 일이야."
"말이 도망갔나 봐, 말이 도망갔나 봐."
"무슨 말이, 무슨 말이."
"저기 뛰어가지 않아."
"얼라 얼라, 그렇군. 말이 뛰어가는군."
"별꼴이야, 말 마차가 지금도 있었군."

이런 웅성거림 속을 아버지는 두 주먹을 불끈 쥐고 뜀박질 쳐갔다.

"내 노새, 내 노새."

그때 나는 아버지보다 몇 발짝 앞서 있었다. 아버지의 헉헉 소리가 들려왔다. 하지만 노새는 우리보다 훨씬 빨랐다. 노새는 이미 큰길로 나가고 있었다. 드디어 아버지는 큰길로 나오자 덜컥 그 자리에 주저앉고 말았다. 노새는 이제 보이지 않았지만 나는 노새보다도 아버지의 일이 더 큰일일 것 같아서, 뛰던 것을 멈추고 아버지의 손을 잡고 끌어 일으키려고 했다. 한데 아버지는 쉽게 일어나지를 못했다. 아버지의 눈은 더할 수 없는 실망과 깊은 낭패로 가득 차, 나는 제대로 쳐다보지도 못하고 슬며시 고개를 돌리다가 이내 축 처지고 말았다. 얼굴 근육이 실룩거리는 것이 옆얼굴에도 보였다. 불현듯 슬픔이 복받쳐 내 눈도 씀벅거렸으나* 나는 그것을 억지로 참고, 계속해서 아버지의 팔목을 이끌었다.

"아버지, 여기서 이렇게 앉아 있으면 어떻게 해요. 노새를 찾아야지요."

지나가는 사람들이 우리 부자의 이런 모습을 구경거리나 되는 듯이 잠깐잠깐 쳐다보았다.

"그래."

아버지는 힘없이 일어났으나 나는 어디를 어떻게 가야 할지 그저 막막하기만 했다. 아버지도 그런 눈치인 듯 나를 한 번 덤덤히 쳐다보다가 아무 말 없이 앞장을 서기 시작했다. 두 사람 중 아무도 내박질러진 마차며 연탄 이야기를 꺼내지 않았다. 그 뒤처리도 큰일일 테니 말이다. 터덜터덜 걸어서 네거리까지 온 우리는 정작 그때부터 막막함을 느꼈다. 동서남북 어느 쪽으로 가야 할 것인가.

"아버지, 이렇게 하면 어때요. 둘이 같이 다닐 게 아니라 따로따로 헤어져서 찾아보도록 해요. 내가 이쪽 길로 갈 테니깐 아버지는 저쪽 길로 가세요, 네?"

아버지는 아무 말 없이 나와는 반대 방향으로 걸어갔다.

아버지와 헤어진 나는 사뭇* 뛰었다. 사람들은 거리에 가득 넘쳐 있었다. 크고 작은 자동차는 뿡빵거리면서 씽씽 달려가고 달려오고 하였다. 5층 건물 3층 건물이 즐비한 거리는 언제나처럼 분주했다. 아무도 나를 붙잡고 왜 뛰느냐고, 노새를 찾아 나선 길이냐고 묻지 않았다. 아무도 네가 찾는 노새가 방금 저쪽으로 뛰어갔다고 걱정 말라고 일러 주지 않았다. 나는 이 사람에게 툭 부딪치고, 저 사람에게 탁 부딪치면서 사뭇 뛰었다. 그러나 뛰면서도 둘레둘레 사방을 쳐다보는 것을 잊지 않았다. 벌써 거리는 조금씩 어두워지고 있었다. 이미 앞이마에 헤드라이트를 켠 자동차도 있었다. 나는 그런 자동차들이 막 뛰어다니는 노새로 보였다. 파랑 노새, 빨강 노새, 까만 노새 들이 마구 뛰어다니는 것이 아닌가. 바람같이 달리는 놈, 슬슬 가는 놈, 엉금엉금 기는 놈, 갑자기 멈추는 놈, 막 가다가 홱 돌아서는 놈, 그것은 가지가지였다. 그런데도 그중에 우리 노새는 없었다. 두 귀가 쫑긋하고 눈이 멀뚱멀뚱 크고, 코가 예쁘고, 알맞게 살이 찐, 엉덩이에 까맣게 연탄 가루가 묻어 반질반질하고, 우리 사촌 이모 머리채처럼 꼬리를 길게 늘어뜨린 우리 노새는 안 보였다.

어디까지 왔는지도 몰랐다. 차츰 다리가 아프기 시작했다. 배도 고프기 시작했다. 그러고 보면 나는 오늘 점심도 설친* 채였다. 아이들하고 한참 놀다가 집에서 점심을 몇 술 뜨는 둥 마는 둥 하다가 아버지의 일이 궁금하여 연탄 공장에 갔었는데 그때 마침 아버지가 짐을 싣고 나오는 것이었었다. 그러나 나는 걸음을 멈출 수가 없었다. 노새를 찾아야 한다, 노새를 찾아야 한다는 마음이 내 걸음에 앞서, 몇 번 고꾸라지기도 하였다. 더러는 어떤 신사 아저씨의 옆구리에 넘어지듯 부닥치기도 하였는데, 그러면 그 아저씨는 "이 녀석아……" 어쩌고 하면서 못마땅하게 쳐다보고, 더러는 어떤 아주머니의 치마꼬리를 밟기도 하였는데, 그러면 그 아주머니는, "얘가 왜 이래, 눈을 어데 두고 다녀?" 하면서 호통을 치기도 하였다. 그럴 때마다 나는 '미안해요, 우리 노새를 찾느라고 그래요' 하고 뇌까렸으나 그것이 입 밖으로 말이 되어 나오지는 않았다. 입안이 메말라서 도무지 말을 하고 싶지도 않았다. 언뜻 내가 왜 이렇게 쏘다니고 있을까, 노새는 어디로 간지도 모르고 왜 이렇게 방황해야만 하는가 하는 생각이 없지도 않았으나 그런 마음에 앞서 내 눈은 부산하게 거리의 구석구석을 살피고 있었다. 그러고 보면 나는 그동안 우리 노새와 깊이 정이 들어 있는지도 몰랐다. 자다가도 바로 옆 마구간에서 노새가 투레질하는* 소리, 발을 들었다 놓았다 하는 소리를 들으면 왠지 마음이 놓였고, 길에서 놀다가도 저만치서 아버지에게 끌려오는 노새가 보이면 후딱 달려가 그 시커먼 엉덩이를 한 번 두들겨 주기도 했다. 그러면 저도 나를 알아보는지 그 큰 눈을 한 번 크게 치떴다가 내리곤 했다. 아이들은 그런 나를 더욱 놀려 댔다. "비리비리 노새 새끼." "자지만 큰 노새." 그리고 나더러는 '까마귀 새끼'라고 말이다. 까마귀 새끼라는 것은 우리 아버지가 까맣게 연탄재를 뒤집어쓰고 다닌대서 그 아들인 나를 가리키는 말이다. 사실 아버지는 노상 시커먼 몰골을 하고 다녔다. 옷은 물론 국방색 신발도 어느새 깜장 구두가 되어 있었다. 손 얼굴 할 것 없이 온몸이 껌정투성이였다. 어쩌다가 헹 하고 코를 풀면 콧물조차도 까맸다. 그런 가운데에서도 눈 하나만은 퀭하니 크게 빛났다. 아이들은 그런 아버지를 보고 까마귀라고 불러 댔으나 차마 대 놓고 그러지는 못하고, 만만한 나만 보면 까마귀 새끼라고 놀려 댔다. 하지만 저희네들 아버지는 별것이었던가. 영길이네 아버지는 조그마한 기계와 연탄

불을 피워 가지고 다니면서, 뻥 소리와 함께 생쌀을 납작하게 눌러 튀겨 내는 장사를 하고 있었고, 종달이네 형님은 번데기 장수였다. 순철이네 아버지는 시장 경비원이었고, 귀달네 아버지는 포장마차에서 장사를 하고 있었다. 그래서 우리는 영길이더러 '뻥', 종달이더러 '뻔'이라는 별명을 붙여 주었으며, 순철이 귀달이도 모두 하나씩 별명을 가지고 있었다. 그러니까 내가 까마귀 새끼라는 별명을 가지고 있다는 것은 어떻게 보면 당연한 것이고 별로 억울할 것도 없었다.

내가 집에 돌아온 것은 밤 열 시도 넘어서였으나 아버지는 그때까지도 돌아오지 않고 있었다. 할머니와 어머니는 동네 사람들의 귀띔으로 미리 사건을 알고 있었던지, 내가 들어서자 얼른 뛰어나오며 허겁지겁 물었다.

"찾았니?"

"아버지는 어떻게 되셨어?"

내가 혼자 들어서는 걸 보면 찾지 못한 것을 번연히* 알면서도 어머니는 다그쳐 물어 댔다. 어머니는 나에게 밥을 줄 생각도 하지 않고 한숨만 내리 쉬고 올려 쉬곤 하였다.

아버지가 돌아온 것은 통행금지 시간이 거의 되어서였다. 예상한 일이었지만 아버지는 빈 몸이었고 형편없이 힘이 빠져 있었다. 그때까지 식구들은 아무도 잠들지 않았다. 작은형도 일이 일인지라 기타도 치지 않고 죽은 듯이 방 안에만 처박혀 있었다. 아버지를 보고도 아무도 말을 하지 않았다. 다만 할머니만이 말을 걸었다.

"이제 오니?"

"네."

그뿐, 아버지는 더는 말이 없었다. 그러고는 어머니가 보아온 밥상을 한옆으로 밀어 놓고는 쓰러지듯 방 한가운데 드러눕고 말았다. 아버지는 지금 내일부터 당장 벌이를 나갈 수 없는 아픔보다도 길들여 키워 온 노새가 가여워서 저러는지도 모를 일이었다. 아버지는 원래가 마부였다. 서울에 올라오기 전 시골에서도 줄곧 말 마차를 끌었다. 어쩌다가 소달구지를 끄는 적도 있기는 했으나 얼마 가지 않아서 도로 말 마차로 바꾸곤 했다. 그런 아버지였으므로 서울에 올라와서는 내내 말 마차 하나로 버텨 나왔었는데 어떻게 마음먹었는지 노새로 바꾸고 만 것이다. 노새나 말이나 요즘은 그놈의 삼륜차 때문에 아버지의 일감이 자칫 줄어드는 듯하기도 했다. 웬만한 오르막길도 끄떡없이 오르고, 웬만한 골목 안 집까지도 드르륵 들이닥치니 아버지의 말 마차가 위협을 느낌 직도 했고, 사실 일감을 빼앗기기도 했다. 그런데도 그때마다 아버지는 큰소리였다. "휘발유 한 방울 안 나오는 나라에서 자동차만 많으면 뭘 해." 마치 애국자처럼 말하는 것이었으나 나는 아버지의 그 말 뒤에 숨은 오기 같은 것을 느낄 수 있었다. 너무 고단해서였을까, 이날 밤 나는 앞뒤를 가릴 수 없을 만큼 깊이 잠에 빠졌던 것 같다.

 골목에서 뛰쳐나온 노새는 큰길로 나오자 잠시 망설이다가 곧 길 복판으로 뛰어 들어갔다. 그러자 달려가고 달려오던 차들이 브레이크를 밟느라고 찍, 찍 소리를 냈으나 노새는 그걸 본체만체하고 달렸다. 어디서 뛰어나왔는지 교통순경이 호루라기를 불며 달려오다가 노새가 가까이 오자 혼비백산해서* 도망갔다. 인도를 걸어가던 사람들이 일제히 발을 멈추고 노새의 가는 곳을 쳐다보곤 저마다 놀라고, 또는 재미있다는 표정을 지었다.

"허허, 저놈이 제 세상 만났군."

"고삐 풀린 말이라더니 저놈도 저렇게 한번 뛰어 보고 싶었을 거야."

"엄마, 저게 뭔데 저렇게 뛰어가? 말이지?"

"글쎄, 말보다는 작은데 노새 같다, 얘."

사람들이 그러거나 말거나 노새는 뛰고 또 뛰었다. 연탄 짐을 매지 않은 몸은 훨훨 날 것 같았다. 가파른 길도 없었고 채찍질도 없었고 앞길을 막는 사람도 없었다. 신호등에 파란불이 켜진 때도 있었고 노란불이 켜진 때도 있었으며 빨간불이 켜진 때도 있었으나, 막무가내로 그냥 뛰기만 했다. 노새는 이윽고 횡단보도에 이르렀다. 마침 파란불이 켜져서 우우 하고 길을 건너던 사람들이, 앗, 엇, 외마디 소리를 지르며 풍비박산*이 되었다. 보퉁이를 이고 가던 아주머니가 오메 소리를 지르며 퍽 그 자리에 넘어지자 머리 위에 있던 보퉁이가 데구루루 굴렀다. 다정히 손잡고 가던 모녀가 어머멋 소리를 지르며 제자리에 우뚝 섰다. 재잘거리며 가던 두 아가씨가 엄마! 소리를 지르며 한꺼번에 엉켜 넘어졌다. 자전거에 맥주 상자를 싣고 기우뚱기우뚱 건너가던 인부가 앞사람이 갑자기 뒷걸음질 치는 바람에 자전거의 핸들을 놓쳐 중심을 잃은 술 상자가 우르르 넘어졌다. 밍크 목도리에 몸을 휘감고 가던 아주머니가 나 몰라! 하고 소리를 지르며 홱 돌아서다가 자기도 모르게 옆에 있는 낯모르는 아저씨 품에 안겼다. 땟국이 잘잘 흐르는 잠바 청년 하나가 이때 워! 워! 하면서 앞을 가로막았으나 노새가 앞다리를 번쩍 한 번 들자 어이쿠 소리를 지르면서 인도 쪽으로 도망갔다.

노새는 그대로 달렸다. 뒤미처 순경이 쫓아오는 소리가 나고 앵앵거리며 백차가 따라오고 있었다. 노새는 그러나 아랑곳하지 않았다. 노새는 어느덧 번화가에 들어서고 있었다. 여기는 아까의 횡단길보다도 더욱 사람이 많았다. 노새는 자꾸 자동차가 걸리는 것이 귀찮았던지 성큼 인도 쪽으로 방향을 꺾었다. 그러자 이번에는 더욱 요란스런 혼란이 벌어졌다. 사람들은 달랑달랑하는 노새의 목에 달린 방울 소리가 들릴 때는 호기심으로 그쪽을 쳐다보았다가도, 금세 인파가 우, 우, 이리 몰리고 저리 몰리고 하면서 눈앞에 노새가 뛰어오자 어쩔 바를 모르고 왝, 왝, 소리를 지르며 달아나기에 바빴다. 분홍색 하이힐 짝이 나뒹굴고, 곱게 싼 상품 상자들이 이리저리 흩어졌다. 신사가 한옆으로 급히 비키다가 콘크리트 전봇대에 이마를 찧고, 군인이 앞사람의 뒤꿈치에 밟혀 기우뚱하다가 뒤에 오는 할아버지를 안고 넘어졌다. 배지를 단 여대생이 황망히 길 옆 제과점으로 도망치다가 안에서 나오던 청년과 마주쳐 나무토막 쓰러지듯 넘어지고, 아이스크림을 핥고 가던 꼬마 둘이 얼싸안고 넘어졌다.

번화가 옆은 큰 시장이었다. 노새가 이번에는 그 시장 속으로 뚫고 들어갔다. 머리에 수건을 동이고 좌판 앞에 앉아 있던 아낙네들이 아이구 이걸 어쩌지, 하면서 벌떡 일어서는 것을 신호로, 시장 안에 벌집 쑤신 듯한 소동이 사방으로 번져 갔다. 콩나물 통이 엎어지고, 시금치가 흩어지고, 도라지가 짓이겨지고, 사과 알이 데굴데굴 굴렀다. 미꾸라지 통이 엎어지고 시루떡이 흩어지고, 테토론* 옷감이 나풀거리고 제주 밀감이 사방으로 굴렀다. 갈치가 뛰고 동태가 날고, 낙지가 미끈둥미끈둥 길바닥을 메웠다. 연락을 받고 달려왔는지 시장 경비원 두세 명이 이놈의 노새, 이놈의 노새, 하면서 앞뒤를 막았으나 워낙 젖 먹던 힘까지 다 내서 길길이 뛰는 노새를 붙들지는 못하고, 저 노새 잡아라, 저 노새, 하고 외치며 이리 뛰고 저리 뛰고 할 뿐이었다.

골목을 뛰쳐나온 지 한 시간이 지났을까, 노새는 시장 안에서 한바탕 북새*를 떨고는 다시 한길로 나왔다. 이 무렵에는 경찰에 비상이 걸렸는지 곳곳에 모자 끈을 턱에까지 내린 경찰관들이 지키고 서 있었다. 서울 장안이 온통 야단이 난 모양이었다. 군데군데 무전차가 동원되어 자기네끼리 노새의 방향에 대해서 연락을 취하고 있었다. 그러나 노새는 미리 그것을 알고라도 있는 듯 용케도 경비가 허술한 길만을 찾아 잘도 달려갔다. 모가지는 물론, 갈기며 어깻죽지, 그리고 등허리에 땀이 비 오듯 해서 네 다리에 물이 주르르 흐르고 있었다. 검은 물이. 노새는 벌써 한강 다리를 건너고 있었다. 노새는 얼핏 좌우로 한강 물을 한 번 훑어보더니 여전히 뛰어가면서도 길게 심호흡을 하였다. 다리를 건너고 얼마를 가자 길이 넓어지고 앞이 툭 트였다. 고속도로였다. 노새는 돈도 안 내고 톨게이트를 빠져나가더니 그때부터는 다소 속도를 늦추었다. 그러나 절대로 뛰는 일을 멈추지는 않았다.

여느 날보다 다소 늦게 일어난 나는 간밤의 꿈으로 하여 어쩐지 마음이 헛헛했다. 꿈 그대로라면 우리는 다시는 그 노새를 찾지 못할 것이 아닌가. 꿈대로라면 우리 노새는 고속도로를 따라 멀리멀리 달아나서 우리가 도저히 찾을 수 없는 곳, 상상도 할 수 없는 곳에 가서 있는 것이 아닐까. 우리를 버리고 간 노새, 그는 매일매일 그 무거운, 그 시커먼 연탄을 끄는 일이 지겹고 지겨워서 다시는 돌아오지 못할 자기의 보금자리를 찾아 영 떠나가 버렸는가. 아버지와 내가 집을 나선 것은 사람들이 아직 출근하기도 전인 이른 새벽이었다. 큰길로 나오자 두 사람은 막상 어느 쪽부터 뒤져야 할지 막연하기만 했다. 둘 중 아무도 말을 꺼내지 않았으나 부자는 잠깐 주춤하다가 동네와는 딴 방향으로 걷기 시작했다. 새벽이라 그런지 사람은 그리 많지 않은데 날씨가 몹시도 찼다. 길은 단단히 얼어붙고 바람은 매웠다. 귀가 따갑게 아려 오는 듯하자 아랫도리로 냉기가 찰싹찰싹 달라붙었다.

"아버지, 시장으로 가 봐요."

나는 언뜻 간밤의 꿈이 생각났다.

"시장은 왜?"

"혹시 알아요, 노새가 뛰어가다가 시장기*가 들어 시장 쪽으로 갔는지."

나는 말해 놓고도 좀 우스웠지만 아버지도 별 싱거운 녀석 다 보겠다는 듯이 시큰둥한 태도였다. 아버지는 키가 컸다. 그래서 그런지 급히 서둘지도 않고 보통 걸음으로 걷는데도 나는 종종걸음을 쳐야 따라갈 수 있었다. 나는 할 수 없이 한 손을 내밀어 아버지의 손을 잡았다. 아버지의 손은 크고 투박하고 나무토막처럼 단단했다. 끌려가듯 따라가면서도 나는 좀 우스웠다. 이날까지는 이런 일을 생각할 수도 없었다. 아버지와 손을 잡고 길을 걷는다는 것은 꿈에도 상상할 수 없는 일이었다. 그렇게 지내 왔는데, 오늘 나는 아주 자연스럽게 아버지와 손을 맞잡고 길을 걷고 있다. 좀 우쭐한 생각이 들었다. 하지만 아무도 그런 우리를 부러운 눈초리로 쳐다보지는 않았다.

아버지와 나는 한도 끝도 없이 걸었다. 어느새 거리는 점심때쯤

되었고, 눈발이 비치기 시작했다. 어느 곳을 가나 거리는 사람으로 붐벼 있었고, 그 많은 사람들은 우리 부자더러 어디를 그리 바빠 가느냐고, 노새를 찾아다니느냐고 묻지 않았고, 아버지와 나는 아무에게 노새를 보지 못했느냐고 묻지 않았다. 다리는 쇠사슬을 단 것처럼 무겁고, 배가 고프고 쓰렸다. 나는 그런 우리가 옛날 얘기에 나오는 길 잃은 나그네 같다고 생각했다. 길은 멀고 해는 저물었는데, 쉬어 갈 곳이라고는 없는 그런 처지 같았다. 아무리 가도 인가人家는 나타나지 않고, 멀리서 깜박깜박 비치는 불빛도 없었다. 보이느니 거친 산과 들뿐 사람이나 노새는 보이지 않았다.

아버지와 내가 동물원에 들어간 것은 거의 해가 질 무렵이었다. 어떻게 해서 동물원에 들어오게 되었는지 나는 잘 기억해 낼 수가 없다. 둘 중의 아무도 동물원에 들어가자고 말한 사람은 없었는데 어째서 발길이 이곳으로 돌려졌는지 모른다. 정처 없이 걷다가 마침 닿은 곳이 동물원이어서 그냥 대수롭지 않게 들어왔는지도 모르겠다. 하여튼 나는 희한한 곳엘 다 왔나 싶었다. 내 경우 동물원에 와 본 것은 지금까지 딱 한 번밖에 없었으니까. 그것도 어린이날 무료 공개한다는 바람에 동네 조무래기들과 함께 와 본 것뿐이었다. 그때는 사람들에 치여 제대로 구경도 못 했는데 지금 나는 구경꾼도 별로 없는 동물원을 더구나 아버지와 함께 오게 되었으니 참 가다가는 별일도 있는 것이구나 하였다. 남들 눈에는 한가하게 동물원 구경을 온 다정한 부자로 비칠 것이 아닌가. 동물원 안은 조용하고 을씨년스러웠다. 동물들은 제집에 처박혀 있거나 가느다란 석양이 비치는 곳에 웅크리고 있거나 하였다. 막상 들어온 아버지는 그런 동물들을 별로 눈여겨보지 않았다. 동물들의 우리를 보다가 하늘을 보다가 할

뿐, 눈에 초점이 없었다. 칠면조도 사자도 호랑이도 원숭이도 사슴도 그런 눈으로 건성건성 보고 지나갈 뿐이었다. 그러던 아버지가 잠시 발을 멈춘 곳은 얼룩말이 있는 우리 앞이었다. 얼룩말은 두 마리였다. 아버지는 그러나 그 앞에서도 멍하니 서 있기만 하지 이렇다 할 감정의 표시를 하지 않았다. 나는 그런 아버지를 한 번 쳐다보고, 얼룩말을 한 번 쳐다보고 하였다. 그러다가 아버지의 얼굴이 어쩌면 그렇게 말이나 노새와 닮았는지 모르겠다고 생각하였다. 그렇게 생각하고 보니 꼭 그랬다. 길게 째진, 감정이 없는 눈이며 노상 벌름벌름한 코, 하마 같은 입, 그리고 덜렁하니 큰 귀가 그랬다. 아버지가 너무 오래 말이나 노새를 다뤄 와서 그런 건지, 애당초 말이나 노새 같은 사람이어서 그런 짐승과 평생을 같이해 온 것인지는 알 수 없으나, 막상 얼룩말 앞에 세워 놓은 아버지는 영락없는 말의 형상이었다.

　동물원을 나왔을 때 이미 거리는 밤이었다. 이번엔 집 쪽으로 걸었다. 그럴 수밖에 우리는 더 갈 데가 없었던 것이다. 우리 동네가 저만치 보였을 때 아버지는 바로 눈앞에 있는 대폿집에서 발을 멈추었다. 힐끗 나를 돌아보고 나서 다짜고짜 나를 술집으로 끌고 들어갔다. 이런 일도 전에는 없던 일이었다. 술집 안에는 사람들이 가득 차서 왁왁 떠들어 대고 있었다. 돼지고기를 굽는 냄새, 찌개 냄새, 김치 냄새가 집 안에 가득했다. 사람들은 우리를 의아스런 눈초리로 쳐다보았으나 이내 시선을 거두고 자기들의 얘기 속으로 다시 들어갔다. 나는 들어가자마자 그 냄새들을 힘껏 마셨다. 쓰러질 것 같았다. 아버지는 소주 한 병과 안주를 시키더니 안주는 내 쪽으로 밀어 주고 술만 거푸 마셔 댔다. 아버지는 술이 약한 편이어서 저러다가 어쩌나 하고 걱정이 되었다.

"아버지, 고만 드세요. 몸에 해로워요."

"으응."

대답하면서도 아버지는 술잔을 놓지 않았다. 얼마나 지났을까. 안주를 계속 주워 먹었으므로 어느 정도 시장기를 면한 나는 비로소 아버지를 쳐다보았다.

"이제부터 내가 노새다. 이제부터 내가 노새가 되어야지 별 수 있니? 그놈이 도망쳤으니까. 이제 내가 노새가 되는 거지."

기분 좋게 취한 듯한 아버지는 놀라는 나를 보고 히힝 한 번 웃었다. 나는 어쩐지 그런 아버지가 무섭지만은 않았다. 그러면 형들이나 나는 노새 새끼고, 어머니는 암노새고, 할머니는 어미 노새가 되는 것일까? 나도 아버지를 따라 히히힝 웃었다. 어른들은 이래서 술집에 오는 모양이었다. 나는 안주만 집어먹었는데도 술 취한 사람마냥 턱없이 즐거웠다. 노새 가족―노새 가족은 우리 말고는 이 세상에 또 없을 것이었다.

그러나 이러한 생각은 아버지와 내가 집에 당도했을 때 무참히 깨어지고 말았다. 우리를 본 어머니가 허둥지둥 달려 나와 매달렸다.

"이걸 어쩌우. 글쎄 경찰서에서 당신을 오래요. 그놈의 노새가 사람을 다치고 가게 물건들을 박살을 냈대요. 이걸 어쩌지."

"노새는 찾았대?"

"찾고나 그러면 괜찮게요? 노새는 간데온데없고 사람들만 다치고 하니까, 누구네 노새가 그랬는지 수소문 끝에 우리 집으로 순경이 찾아왔지 뭐유."

오늘 낮에 지서에서 나온 사람이 우리 노새가 튀는 바람에 여기저기서 많은 피해를 입었으니 도로 무슨 법이라나 하는 법으로 아버지를 잡아넣어야겠다고 이르고 갔다는 것이었다. 아버지는 술이 확 깨는 듯 그 자리에 선 채 한동안 눈만 뒤룩뒤룩 굴리고 서 있더니 힝 하고 코를 풀었다. 그러고는 아무 말 없이 스적스적* 문밖으로 걸어 나갔다. 나는 "아버지" 하고 뒤를 따랐으나 아버지는 돌아보지도 않고 어두운 골목길을 나가고 있었다.

  나는 그 순간 또 한 마리의 노새가 집을 나가는 것 같은 착각을 일으켰다. 그러고는 무엇인가가 뒤통수를 때리는 것을 느꼈다. 아, 우리 같은 노새는 어차피 이렇게 비행기가 붕붕거리고, 헬리콥터가 앵앵거리고, 자동차가 빵빵거리고, 자전거가 쌩쌩거리는 대처에서는 발붙이기 어려운 것인가 하는 생각이 들었다. 언젠가 남편이 택시 운전사인 칠수 어머니가 하던 말, "최소한도 자동차는 굴려야지 지금이 어느 땐데 노새를 부려" 했다는 말이 생각났다. 그러나 그것은 잠깐 동안이고 나는 금방 아버지를 쫓았다. 또 한 마리의 노새를 찾아 캄캄한 골목길을 마구 뛰었다.

낱말 풀이

구전 어떤 일을 소개해 주거나 흥정을 붙여 주고 그 보수로 받는 돈

깜냥 스스로 일을 헤아림. 또는 헤아릴 수 있는 능력

내박지르다 힘껏 집어 내던지다.

달아내다 덧대어 늘이다.

데면데면하다 사람을 대하는 태도가 친밀감이 없이 예사롭다.

등속 나열한 사물과 같은 종류의 것들을 몰아서 이르는 말

때가다 (속되게) 죄지은 사람이 잡혀가다.

문화 주택 1950년대 후반부터 등장한 새로운 형식의 주택

번연히 어떤 일의 결과나 상태 따위가 훤하게 들여다보이듯이 분명하게

북새 많은 사람이 야단스럽게 부산을 떨며 법석이는 일

사뭇 거리낌 없이 마구

설치다 필요한 정도에 미치지 못한 채로 그만두다.

슈샤인 보이 '구두닦이'를 뜻하는 말

스적스적 물건이 서로 맞닿아 자꾸 비벼지는 소리. 또는 그 모양

시망스럽다 몹시 짓궂은 데가 있다.

시장기 배가 고픈 느낌

씀벅거리다 눈이나 살 속이 찌르듯이 자꾸 시근시근하다.

지성스럽다 보기에 지극히 정성스러운 데가 있다.

테토론tetoron 폴리에스터계 합성 섬유. 또는 이 섬유로 짠 천

투레질하다 말이나 당나귀가 코로 숨을 급히 내쉬며 투루루 소리를 내다.

풍비박산風飛雹散 사방으로 날아 흩어짐

혼비백산하다 몹시 놀라 넋을 잃다.

[47~50] 다음 글을 읽고 물음에 답하시오.

 연습이 끝나고 막걸리 집 으로 옮겨 갔을 때도, 아이들은 민 노인을 에워싸고 역시 성규 할아버지의 북소리는, 우리 같은 졸개들이 도저히 흉내 낼 수 없는 명인의 경지라고 추어올렸다. 그것이 입에 발린 칭찬일지라도, 민 노인으로서는 듣기 싫지 않았다. 잊어버렸던 세월을 되일으켜 주는 말이기도 했다.
 "얘들아, 꺼져 가는 떠돌이 북쟁이 어지럽다. 너무 비행기 태우지 말아라."
 민 노인의 겸사에도 아이들은 수그러들지 않았다.
 "아닙니다. 벌써 폼이 다른걸요."
 "맞아요. ㉠우리가 칠 때는 죽어 있던 북소리가, 꽹과리보다 더 크게 들리더라니까요."
 "성규, 이번에 참 욕보았다."
 난데없이 성규의 노력을 평가하는 녀석도 있었다. 민 노인은 뜻밖의 장소에서 의외의 술친구들과 어울린 자신의 마음이, 외견과는 달리 퍽 편안하다는 느낌도 곱씹었다. 옛날에는 없었던 노인과 젊은이들의 이런 식 담합이, 어디에 연유하고 있는가를 딱히 짚어 볼 수는 없었으되.
 두어 번의 연습에 더 참가한 뒤, 본 공연이 열리던 날 새벽에 민 노인은 성규에게 일렀다.
 "아무리 단역이라고는 해도, 아무 옷이나 걸치고는 못 나간다. ⓐ모시 두루마기를 입지 않고는 북채를 잡을 수 없어."
 "물론이지요. 할아버지 옷장에서 꺼내 놓으세요. 제가 따로 가지고 갈게요."
 "두 시부터라고 했지?"
 "네."
 "이따 만나자."
 일찍 점심을 먹고, 여느 날의 걸음걸이로 집을 나선 민 노인은, 나이에 어울리지 않는 설레임으로 흔들렸다. 아직은 눈치를 채지 못한 아들 내외에 대한 심리적 부담보다는, 자기가 맡은 일 때문이었다. 수십 명의 아이들이 어우러져 돌아가는 춤판에 영감쟁이 하나가 낀다는 사실이, 새삼스럽게 어색하기도 하고, ⓑ모처럼의 북 가락이 그런 모양으로밖에는 선보일 수 없다는 데 대한, 엷은 적막감도 씻어 내기 힘들었다. 그러나 젊은 훈김들이 뿜어내는 학교 마당에 서자 그런 머뭇거림은 가당찮은 것으로 치부되었다. 시간이 되어 옷을 갈아입고 아이들 속에 섞여 원진(圓陣)을 이루고 있는 구경꾼들을 대하자, 그런 생각들은 어디론지 녹아내렸다. ⓒ그 구경꾼들의 눈이 자기에게 쏠리는 것도 자신이 거쳐 온 어느 날의 한 대목으로 치면 그만이었다. 노장이 나오고 취발이가 등장하는가 하면, 목중들이 춤을 추며 걸쭉한 음담패설 등을 쏟아 놓을 때마다, 관중들은 까르르 웃었다. 민 노인의 북은 요긴한 대목에서 둥둥 울렸다. 째지는 소리를 내는 꽹과리며 장구에 파묻혀 제값을 하지는 못해도, 민 노인에게는 전혀 괘념할 일이 아니었다. 그전에도 그랬던 것처럼, 공연 전에 마신 술기운도 가세하여, 탈바가지들의 손끝과 발목에 한 치의 오차도 없이 그의 북소리는 턱 턱 꽂혔다. 그새 입에서는 얼씨구! 소리도 적시에 흘러나왔다. 아무 생각도 없었다. ⓓ가락과 소리와, 그것을 전체적으로 휩싸는 달착지근한 장단에 자신을 내맡기고만 있었다.

그날 밤, 민 노인은 근래에 흔치 않은 노곤함으로 깊은 잠을 잤다. 춤판이 끝나고 아이들과 어울려 조금 과음한 까닭도 있을 것이었다. 더 많이는, 오랜만에 돌아온 자기 몫을 제대로 해냈다는 느긋함이, 꿈도 없는 잠을 거쳐 상큼한 아침을 맞고 했을 것으로 믿었는데, 그런 흐뭇함은 오래 가지 않았다. 다 저녁때가 되어, 외출에서 돌아온 며느리는 집 안에 들어서자마자 성규를 찾았고, 그가 안 보이자 민 노인의 방문을 밀쳤다.

"아버님, 어저께 성규 학교에 가셨어요?"

ⓔ예사로운 말씨와는 달리, 굳어 있는 표정 위로는 낭패의 그늘이 좍 깔려 있었다. 금방 대답을 못하고 엉거주춤한 형세로 며느리를 올려다보는 민 노인의 면전에서, 송 여사의 한숨 섞인 물

음이 또 떨어졌다.

"북을 치셨다면서요."

"그랬다. 잘못했니?"

우선은 죄인 다루듯 하는 며느리의 힐문에 부아가 꾸역꾸역 치솟고, 소문이 빠르기도 하다는 놀라움이 그 뒤에 일었다.

"아이들 노는 데 구경 가시는 것까지는 몰라도, 개들과 같이 어울려서 북 치고 장구 치는 게 나이 자신 어른이 할 일인가요?"

"하면 어때서. 성규가 지성으로 청하길래 응한 것뿐이고, 나는 원래 그런 사람 아니. ⓒ이번에도 내가 느들 체면 깎았냐."

"아시니 다행이네요."

송 여사는 후닥닥 문을 닫고 나갔다.

— 최일남의 〈흐르는 북〉에서

47. 위 글의 서술상의 특징과 그 효과에 대한 설명으로 가장 적절한 것은?

① 의식의 흐름 기법을 사용하여 인물의 내적 욕망을 드러내고 있다.
② 특정 인물의 시각에서 서술하여 그의 내면에 공감하도록 유도하고 있다.
③ 성격과 행위의 괴리를 보여 주어 인물이 처한 심리적 상황을 부각시키고 있다.
④ 서술자가 인물과 사건을 권위적으로 논평하여 주제를 선명하게 드러내고 있다.
⑤ 시대적 배경을 섬세하게 묘사하여 사회 현실의 문제를 실감나게 드러내고 있다.

48. 위 글의 공간적 배경에 대한 해석으로 적절하지 않은 것은?

① '막걸리 집'은 '민 노인'이 신세대와 만나 인간적인 소통을 하는 공간이다.
② '춤판'은 '아이들'이 함께 어우러져 유대감을 확인하는 공간이다.
③ '춤판'은 '구경꾼들'이 공연 내용에 반응하며 전통 예술을 향유

하는 공간이다.
④ '춤판'은 '민 노인'이 신명 나게 북을 치며 자신감을 회복하는 공간이다.
⑤ '집'은 '며느리'가 사회적 체면을 중시하여 자신의 허영심을 억압하는 공간이다.

49. ㉠~㉤에 대한 이해로 적절하지 않은 것은?
① ㉠ : 상대방에 대한 존경과 애정을 드러내고 있다.
② ㉡ : 부담감을 떨치고 상황에 적응하고 있다.
③ ㉢ : 상황에 몰입하여 무아지경의 상태에 있다.
④ ㉣ : 불편한 속내를 감추지 못하고 있다.
⑤ ㉤ : 상대방의 감정을 누그러뜨리려고 애쓰고 있다.

50. ⓐ와 ⓑ를 바탕으로 '민 노인'의 예술에 대한 태도를 가장 잘 표현한 것은?
① 예술은 예술가의 고난과 인내를 통해서 성취되는 아름다움의 결정체이다.
② 예술은 대접을 받지 못하더라도 품위 있는 격식을 잃지는 말아야 한다.
③ 예술은 어려움에 처해 있을지라도 시대의 이상을 꿋꿋이 지켜야 한다.
④ 예술은 청중들의 적극적인 호응을 통해서 성취되는 사회적 산물이다.
⑤ 예술은 평범한 사람들의 행복을 위해서 바쳐지지 않으면 안 된다.

최일남의 〈흐르는 북〉

작품 해제

갈래 세태 소설, 가족사 소설
배경 1980년대 서울 중산층 가정
시점 전지적 작가 시점
제재 북
주제 예술혼과 인간의 본원적 삶의 추구

줄거리

평생을 북을 치며 방랑하다가 아들 집에 얹혀사는 민 노인은 유배자와 다름없는 생활을 한다. 아들은 자신의 사회적 체면도 있고, 아버지가 북 때문에 가정을 버리고 방탕한 한평생을 보낸 것이라고 생각했기 때문에 아버지가 다시 북 치는 것을 막았다. 그러나 손자인 성규와 성규 친구들의 권유로 민 노인은 그 동안 놓았던 북채를 다시 잡게 된다.

어느 날, 성규는 할아버지에게 자기 학교의 봉산탈춤 공연에 참여해 달라는 제의를 한다. 고민 끝에 민 노인은 승낙한다. 그리고 아들 내외의 눈을 피해 젊은 패들과 연습에 돌입한다. 공연 당일, 민 노인은 다시 찾은 예술혼을 수많은 청중 앞에서 유감없이 발휘한다. 그러나 아들 내외가 이 사실을 알게 되고 민 노인을 타박하면서 아들 성규를 호되게 꾸짖는다.

일주일 후, 성규는 데모를 하다가 붙잡혀 들어간다. 민 노인은 양주를 들이켜다 북채를 잡고 북을 친다. 그러면서 '아무래도 그 녀석이 내 역마살을 닮은 것 같아. 역마살과 데모는 어떻게 다를까?' 하고 생각하면서 둥둥둥 더 크게 북을 두드린다.

정답 : 47-②, 48-⑤, 49-⑤, 50-②

이문구의 〈유자소전〉, 최일남의 〈노새 두 마리〉에 나오는 단어를 활용하여 낱말 퍼즐을 풀어 보세요(낱말 풀이 참조).

	1						2 수	리	3 문	맹
				4						
				3		5				
							8			
4	6 비									
	라									
7		리				9 지	지	하	다	

🗝️ 가로 열쇠

1. 한곳에 붙박이로 사는 사람
2. 숫자에 관해 거의 백치나 다름없다.
3. 운수가 꽉 막히다.
4. 사방으로 날아 흩어짐
7. 사루마다. 속옷
8. 다른 음식으로 끼니를 때우다.
9. 어떤 일이 오래 끌기만 하고 보잘것없다.

🗝️ 세로 열쇠

1. 많은 경험을 쌓아 세상일에 익숙하다.
2. 무엇을 하는 데 어려움이 없이 순조롭다.
3. 1950년대 후반부터 등장한 새로운 형식의 주택
4. 몹시 놀라 넋을 잃다.
5. '함께'의 방언
6. 곡식이나 천 따위를 많이 가진 사람들에게서 조금씩 얻어 모아 그것으로 제물을 만들어서 귀신에게 비는 일
7. 거리낌 없이 마구
8. 결과를 바라지 않고 헛일하는 셈 치고 시험 삼아 하는 모양

하근찬

수난 이대

죽창을 버리던 날

하근찬 1931~2007년

경상북도 영천에서 태어나 전주사범학교를 졸업한 후 초등학교 교사로 있다가 군 복무를 마치고 동아대학교 토목과에서 공부했다. 1957년《한국일보》신춘문예에 〈수난 이대〉가 당선되어 등단했는데, 동아대학교를 중퇴하고 서울로 올라와 신문사와 잡지사에 근무했다. 생계에 쫓겨 작품 활동이 여의치 않자 1970년부터 전업 작가로 들어섰다. 그는 태평양 전쟁과 6·25 전쟁을 평생의 문학적 소재로 삼았다. 〈수난 이대〉, 〈흰 종이 수염〉, 〈나룻배 이야기〉 등은 전쟁의 비인간성과 참혹함을 강도 높게 고발한 작품이다. 또한 향토성이 짙은 농촌을 배경으로 농민들이 겪는 민족적 수난을 사실적으로 묘사하기도 했다.

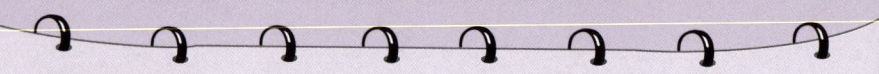

작품 해제

갈래 전후 소설, 가족사 소설
배경 일제 강점기와 6·25 전쟁 직후의 경상도의 어느 마을
시점 전지적 작가 시점(3인칭 관찰자 시점)
제재 두 부자의 삶
주제 민족의 수난과 현실을 극복하려는 의지
출전 《한국일보》(1957년)

줄거리

　박만도는 삼대 독자인 아들 진수가 전쟁터에서 살아서 돌아온다는 소식을 듣고 일찌감치 역전으로 나간다. 아들이 병원에서 나온다는 말에 불안감을 느꼈으나, 자기처럼 불구가 되진 않았으려니 하고 애써 마음을 편히 먹는다. 그는 한쪽 팔이 없다. 일제 때 강제 징용을 나가 비행장 건설 중 폭격에 잃어버린 것이다. 진수에게 주려고 고등어도 한 마리 샀다.
　멀리서 기적 소리가 들리고 사람들이 기차에서 내리기 시작한다. 박만도가 사방을 두리번거리고 있을 때, 뒤에서 "아부지" 하는 목소리가 들린다. 뒤로 돌아선 순간 그는 한쪽 다리가 없어져 빈 바지 자락이 펄럭이고 있고, 목발을 집고 있는 아들을 본다. 박만도는 눈앞이 아찔해진다. 아버지와 아들은 앞서거니 뒤서거니 하며 집으로 향한다.
　집으로 돌아오는 길에는 외나무다리가 하나 있다. 진수는 도저히 다리를 건널 수가 없다. 머뭇거리는 아들을 바라보던 만도는 대뜸 등을 돌리며 진수에게 업히라고 한다. 진수는 지팡이와 고등어를 각각 한손에 들고 등에 업힌다. 팔 하나가 없는 아버지와 다리 한쪽이 없는 아들이 조심스레 외나무다리를 건너고 있다. 눈앞에 우뚝 솟은 용머리재가 이 광경을 가만히 내려다본다.

수난 이대 受難二代

　진수가 돌아온다. 진수가 살아서 돌아온다. 아무개는 전사했다는 통지가 왔고, 아무개는 죽었는지 살았는지 통 소식이 없는데, 우리 진수는 살아서 오늘 돌아오는 것이다. 생각할수록 어깻바람이 날 일이었다. 그래 그런지 몰라도 박만도는 여느 때 같으면 아무래도 한두 군데 앉아 쉬어야 넘어설 수 있는 용머리재를 단숨에 올라채고 만 것이다. 가슴이 펄럭거리고 허벅지가 뻐근했다. 그러나 그는 고갯마루에서도 쉴 생각을 하지 않았다. 들 건너 멀리 바라보이는 정거장에서 연기가 물씬물씬 피어오르며 삐익―하고 기적 소리가 들려 왔기 때문이다. 아들이 타고 내려올 기차는 점심때가 가까워서야 도착한다는 것을 모르는 바 아니다. 해가 이제 겨우 산등성이 위로 한 뼘 가량 떠올랐으니, 오정이 되려면 아직 차례 멀은 것이다. 그러나 그는 공연히 마음이 바빴다. 까짓것, 잠시 앉아 쉬면 뭐할 끼고.
　만도는 손가락으로 한쪽 콧구멍을 누르면서 팽! 마른 코를 풀어 던졌다. 그리고 휘청휘청 고갯길을 내려가는 것이다.

내리막은 오르막에 비하면 아무것도 아니었다. 대구* 팔을 흔들라치면 절로 굴러 내려가는 것이다. 만도는 오른쪽 팔만을 앞뒤로 흔들고 있었다. 왼쪽 팔은 조끼 주머니에 아무렇게나 쑤셔 넣고 있는 것이다. 삼대 독자가 죽다니 말이 되나, 살아서 돌아와야 일이 옳고말고. 그런데 병원에서 나온다 하니 어디를 좀 다치기는 다친 모양이지만, 설마 나같이 이렇게사 되지 않았겠지. 만도는 왼쪽 조끼 주머니에 꽂힌 소맷자락을 내려다보았다. 그 소맷자락 속에는 아무것도 든 것이 없었다. 그저 소맷자락만이 어깨 밑으로 덜렁 처져 있는 것이다. 그래서 노상 그쪽은 조끼 주머니 속에 꽂혀 있는 것이다. 볼기짝이나 장딴지 같은 데를 총알이 약간 스쳐갔을 따름이겠지. 나처럼 팔뚝 하나가 몽땅 달아날 지경이었다면 그 엄살스런 놈이 견뎌 냈을 턱이 없고말고. 슬며시 걱정이 되기도 하는 듯, 그는 속으로 이런 소리를 주워섬겼다.

내리막길은 빨랐다. 벌써 고갯마루가 저만큼 높이 쳐다보이는 것이다. 산모퉁이를 돌아서면 이제 들판이다. 내리막길을 쏘아 내려온 기운 그대로, 만도는 들길을 잰걸음 쳐 나가다가 개천 둑에 이르러서야 걸음을 멈추었다. 외나무다리가 놓여 있는 조그마한 시냇물이었다. 한여름 장마철에는 들어설라치면 배꼽이 묻히는 수도 있었지마는, 요즈막엔 무릎이 잠길 듯 말 듯한 물인 것이다. 가을이 깊어지면서부터 물은 밑바닥이 환히 들여다보일 만큼 맑아져 갔다. 소리도 없이 미끄러져 내려가는 물을 가만히 내려다보고 있으면 절로 이촉*이 시려 온다.

만도는 물 기슭에 내려가서 쭈그리고 앉아 한 손으로 고의춤을 풀어 헤쳤다. 오줌을 찌익— 갈기는 것이다. 거울 면처럼 맑은 물 위에 오줌이 가서 부글부글 끓어오르며 뿌우연 거품을 이루니 여기저기서 물고기 떼가 모여든다. 제법 엄지손가락만씩 한 피리*도 여러 마리다. 한 바가지 잡아서 회쳐 놓고 한잔 쭈욱 들이켰으면……. 군침이 목구멍에서 꿀꺽했다. 고기 떼를 향해서 마른 코를 팽팽 풀어 던지고, 그는 외나무다리를 조심히 디뎠다.

길이가 얼마 되지 않는 다리였으나 아래로 몸을 내려다보면 제법 아찔했다. 그는 이 외나무다리를 퍽 조심한다.

언젠가 한번, 읍에서 술이 꽤 되어 가지고 흥청거리며 돌아오다가, 물에 굴러 떨어진 일이 있었던 것이다. 지나치는 사람이 없었기에 망정이지, 누가 보았더라면 큰 웃음거리가 될 뻔했었다. 발목 하나를 약간 접쳤을 뿐, 크게 다친 데는 없었다. 이른 가을철이었기 때문에 옷을 벗어 둑에 널어놓고 말릴 수는 있었으나 여간 창피스러운 것이 아니었다. 옷이 말짱 젖었다거나 옷이 마를 때까지 발가벗고 기다려야 한다거나 해서가 아니었다. 팔뚝 하나가 몽땅 잘라져 나간 흉측한 몸뚱이를 하늘 앞에 드러내 놓고 있어야 했기 때문이었다. 지나치는 사람이 있을라치면, 하는 수 없이 물속으로 뛰어 들어가서 얼굴만 내놓고 앉아 있었다. 물이 선뜩해서 아래턱이 덜덜거렸으나, 오그라 붙는 사타구니를 한 손으로 꽉 움켜쥐고 버티는 수밖에 없었다.

"호호호……."

그때 일을 생각하면 지금도 곧 웃음이 터져 나오는 것이다. 하늘로 쳐들린 콧구멍이 연방 벌름거렸다.

개천을 건너서 논두렁길을 한참 부지런히 걸어가노라면 읍으로 들어가는 한길이 나선다. 도로변에 먼지를 부옇게 덮어쓰고 도사리고 앉아 있는 초가집은 주막이다. 만도가 읍네 나올 때마다 한 번씩 들르곤 하는 단골집인 것이다. 이 집 눈썹이 짙은 여편네와는 예사로 농을 주고받는 사이다.

　술방 문턱을 들어서며 만도가,

　"서방님 들어가신다."

하면, 여편네는,

　"아이 문둥아 어서 오느라."

하는 것이 인사처럼 되어 있었다. 만도는 여간 언짢은 일이 있어도 이 여편네의 궁둥이 곁에 가서 앉으면 속이 절로 쑥 내려가는 것이었다.

　주막 앞을 지나치면서 만도는 술방 문을 열어 볼까 했으나, 방문 앞에 신이 여러 켤레 널려 있고, 방 안에서 웃음소리가 요란하기 때문에 돌아오는 길에 들르기로 했다.

　신작로에 나서면 금시 읍이었다. 만도는 읍 들머리에서 잠시 망설이다가, 정거장 쪽과는 반대되는 방향으로 걸음을 놓았다. 장거리를 찾아가는 것이었다. 진수가 돌아오는데 고등어나 한 손 사 가지고 가야 될 거 아닌가, 싶어서였다. 장날은 아니었으나, 고깃전에는 없는 고기가 없었다. 이것을 살까 하면 저것이 좋아 보이고 그것을 사러 가면 또 그 옆의 것이 먹음직해 보였다. 한참 이리저리 서성거리다가 결국은 고등어 한 손이었다. 그것을 달랑달랑 들고 정거장을 향해 가는데, 겨드랑 밑이 간질간질해 왔다. 그러나 한쪽밖에 없는 손에 고등어를 들었으니 참 딱했다. 어깻죽지를 연방 위아래로 움직거리는 수밖에 없었다.

　정거장 대합실에 들어선 만도는 먼저 벽에 걸린 시계부터 바라보았다. 두 시 이십 분이었다. 벌써 두 시 이십 분이니 내가 잘못 보았나? 아무리 두 눈을 씻고 보아도 시계는 틀림없는 두 시 이십 분이었다. 한쪽 걸상에 가서 궁둥이를 붙이면서도 곧장 미심쩍어 했다. 두 시 이십 분이라니, 그럼 벌써 점심때가 겨웠단* 말이가? 말도 아닌 것이다. 자세히 보니 시계는 유리가 깨어졌고 먼지가 꺼멓게 앉아 있었다. 그러면 그렇지, 엉터리였다. 벌써 그렇게 되었을 리가 없는 것이다.

"여보이소, 지금 몇 싱교?"

맞은편에 앉은 양복쟁이한테 물어보았다.

"열 시 사십 분이오."

"예, 그렁교."

만도는 고개를 굽실하고는 두 눈을 연방 껌벅거렸다. 열 시 사십 분이라, 보자 그럼 아직도 한 시간이나 넘어 남았구나. 그는 안심이 되는 듯 후유, 숨을 내쉬었다. 궐련을 한 개 빼물고 불을 댕겼다.

정거장 대합실에 와서 이렇게 도사리고 앉아 있노라면, 만도는 곧잘 생각나는 일이 한 가지 있었다. 그 일이 머리에 떠오르면 등골을 찬 기운이 좍 스쳐 내려가는 것이었다. 손가락이 시퍼렇게 굳어진 이끼 낀 나무토막 같은 팔뚝이 지금도 저만큼 눈앞에 보이는 듯했다.

바로 이 정거장 마당에 백 명 남짓한 사람들이 모여 웅성거리고 있었다. 그중에는 만도도 섞여 있었다. 기차를 기다리고 있는 것이었으나, 그들은 모두 자기네들이 어디로 가는 것인지 알지를 못했다. 그저 차를 타라면 탈 사람들이었다. 징용에 끌려 나가는 사람들이었다. 그러니까 지금으로부터 십이삼 년 옛날의 이야기인 것이다.

북해도 탄광으로 갈 것이라는 사람도 있었고 틀림없이 남양 군도로 간다는 사람도 있었다. 더러는 만주로 가면 좋겠다고 하기도 했다. 만도는 북해도가 아니면 남양 군도일 것이고, 거기도 아니면 만주겠지, 설마 저희들이 하늘 밖으로야 끌고 가겠느냐고 아무렇지도 않은 듯이 그 들창코로 담배 연기를 푹푹 내뿜고 있었다. 그러나 마음이 좀 덜 좋은 것은 마누라가 저쪽 변소 모퉁이 벚나무 밑에 우두커니 서서 한눈도 안 팔고 이쪽만을 바라보고 있는 때문이었다. 그래서 그는 주머니 속에 성냥을 두고도 옆사람에게 불을 빌리자고 하며 슬며시 돌아서 버리곤 했다.

플랫폼으로 나가면서 뒤를 돌아보니 마누라는 울 밖에 서서 수건으로 코를 눌러 대고 있는 것이었다. 만도는 코허리가 찡했다. 기차가 꽥꽥 소리를 지르면서 덜커덩! 하고 움직이기 시작했을 때는 정말 덜 좋았다. 눈앞이 뿌우옇게 흐려지는 것을 어쩌지 못했다. 그러나 정거장이 까맣게 멀어져 가고 차창 밖으로 새로운 풍경이 휙휙 날아들자, 그제야 아무렇지도 않아지는 것이었다. 오히려 기분이 유쾌해지는 것 같기도 했다.

바다를 본 것도 처음이었고, 그처럼 큰 배에 몸을 실어 본 것은 더구나 처음이었다. 배 밑창에 엎드려서 꽥꽥 게워 내는 사람들이 많았으나, 만도는 그저 골이 좀 띵했을 뿐 아무렇지도 않았다. 더러는 하루에 두 개씩 주는 뭉칫밥을 남기기도 했으나, 그는 한꺼번에 하루 것을 뚝딱해도 시원찮았다.

모두들 내릴 준비를 하라는 명령이 떨어진 것은 사흘째 되는 날 황혼 때였다. 제가끔 봇짐을 챙기기에 바빴다. 만도도 호박덩이만 한 보따리를 옆구리에 덜렁 찼다. 갑판 위에 올라가 보니 하늘은 활활 타오르고 있고, 바닷물은 불에 녹은 쇠처럼 벌겋게 출렁거리고 있었다. 지금 막 태양이 물 위로 뚝딱 떨어져 가는 것이었다. 햇덩어리가 어쩌면 그렇게 크고 붉은지 정말 처음이었다. 그리고 바다 위에 주황빛으로 번쩍거리는 커다란 산이 둥둥 떠 있는 것이었다. 무시무시하도록 황홀한 광경에 모두들 딱 벌어진 입을 다물 줄 몰랐다. 만도는 어깨마루를 버쩍 들어 올리면서, 히야―하고 고함을 질러 댔다. 그러나 섬에서 그들을 기다리고 있는 것은 숨 막히는 더위와 강제 노동과 그리고, 잠자리만씩이나 한 모기떼……. 그런 것뿐이었다.

섬에다가 비행장을 닦는 것이었다. 모기에게 물려 혹이 된 자리를 벅벅 긁으며, 비 오듯 쏟아지는 땀을 무릅쓰고, 아침부터 해가 떨어질 때까지 산을 허물어 내고, 흙을 나르고 하기란, 고향에서 농사일에 뼈가 굳어진 몸에도 이만저만한 고역이 아니었다. 물도 입에 맞지 않았고, 음식도 이내 변하곤 해서 도저히 견디어 낼 것 같지가 않았다. 게다가 병까지 돌았다. 일을 하다가도 벌떡 자빠지기가 예사였다. 그러나 만도는 아침저녁으로 약간씩 설사를 했을 뿐, 넘어지지는 않았다. 물도 차츰 입에 맞아 갔고, 고된 일도 날이 감에 따라 몸에 배어드는 것이었다. 밤에 날개를 치며 몰려드는 모기떼만 아니면 그냥저냥 배겨 내겠는데, 정말 그놈의 모기들만은 질색이었다.

사람의 일이란 무서운 것이었다. 그처럼 험난하던 산과 산 틈바구니에 비행장을 닦아 내고야 말았던 것이다. 그러나 일은 그것으로는 끝나는 것이 아니고, 오히려 더 벅찬 일이 닥치는 것이었다. 연합군의 비행기가 날아들면서부터 일은 밤중까지 계속되었다. 산허리에 굴을 파들어 가는 것이다. 비행기를 집어넣을 굴이었다. 그리고 모든 시설을 다 굴속으로 옮겨야 하는 것이었다.

여기저기 다이너마이트 튀는 소리가 산을 흔들어 댔다. 앵앵앵―
하고 공습경보가 나면 일을 하던 손을 놓고 모두가 굴 바닥에 납작
납작 엎드려 있어야 했다. 비행기가 돌아갈 때까지 그러고 있는 것
이었다. 어떤 때는 근 한 시간 가까이나 엎드려 있어야 하는 때도 있
었는데 차라리 그것이 얼마나 편한지 몰랐다. 그래서 더러는 공습이
있기를 은근히 기다리기도 했다. 때로는 공습 경보의 사이렌을 듣지
못하고 그냥 일을 계속하는 수도 있었다. 그럴 때는 모두 큰 손해를
보았다고 야단들이었다. 어떻게 된 셈인지 사이렌이 미처 불기 전에
비행기가 산등성이를 넘어 달려드는 수도 있었다. 그럴 때는 정말
질겁을 하는 것이었다. 가장 많은 손해를 입는 것도 그런 경우였다.
만도가 한쪽 팔뚝을 잃어버린 것도 바로 그런 때의 일이었다.

여느 날과 다름없이 굴속에서 바위를 허물어 내고 있었다. 바위
틈서리에 구멍을 뚫어서 다이너마이트를 장치하는 것이었다. 장치
가 다 되면 모두 바깥으로 나가고, 한 사람만 남아서 불을 당기는 것
이다. 그리고 그것이 터지기 전에 얼른 밖으로 뛰어나와야 되었다.

만도가 불을 당기는 차례였다. 모두 바깥으로 나가 버린 다음 그
는 성냥을 꺼냈다. 그런데 웬 영문인지 기분이 께름칙했다. 모기에
게 물린 자리가 자꾸 쑥쑥 쑤시는 것이다. 긁적긁적 긁어 댔으나 도
무지 시원한 맛이 없었다. 그는 이맛살을 찌푸리면서 성냥을 득 그
었다. 그래 그런지 몰라도, 불은 이내 픽 하고 꺼져 버렸다. 성냥 알
맹이 네 개째에서 겨우 심지에 불이 당겨 졌다. 심지에 불이 붙는 것
을 보자 그는 얼른 몸을 굴 밖으로 날렸다. 바깥으로 막 나서려는 때
였다. 산이 무너지는 소리와 함께 사나운 바람이 귓전을 후려갈기는
것이었다. 만도는 정신이 아찔했다. 공습이었던 것이다. 산등성이를

넘어 달려든 비행기가 머리 위로 아슬아슬하게 지나가는 것이었다. 미처 정신을 차리기도 전에 또 한 대가 뒤따라 날아드는 것이 아닌가. 만도는 그만 넋을 잃고 굴 안으로 도로 달려 들어갔다. 달려 들어가서 굴 바닥에 아무렇게나 팍 엎드러져 버리고 말았다. 그 순간이었다. 쾅! 굴 안이 미어지는 듯하면서 다이너마이트가 터졌다. 만도의 두 눈에서 불이 번쩍 했다.

　만도가 어렴풋이 눈을 떠 보니, 바로 거기 눈앞에 누구의 것인지 모를 팔뚝이 하나 아무렇게나 던져져 있었다. 손가락이 시퍼렇게 굳어져서, 마치 이끼 낀 나무토막처럼 보이는 것이었다. 만도는 그것이 자기의 어깨에 붙어 있던 것인 줄을 알자, 그만 으악! 하고 정신을 잃어버렸다. 재차 눈을 떴을 때는 그는 폭삭한* 담요 속에 누워 있었고, 한쪽 어깻죽지가 못 견디게 쿡쿡 쑤셔 댔다. 절단 수술은 이미 끝난 뒤였다.

　쾌애액— 기차 소리였다. 멀리 산모퉁이를 돌아오는가 보다. 만도는 앉았던 자리를 털고 벌떡 일어서며, 옆에 놓아두었던 고등어를 집어 들었다. 기적 소리가 가까워질수록 그의 가슴은 울렁거렸다. 대합실 밖으로 뛰어나가 플랫폼이 잘 보이는 울타리 쪽으로 가서 발돋움을 했다.

　째랑째랑 하고 종이 울자, 잠시 후에 차는 소리를 지르면서 달려 들었다. 기관차의 옆구리에서는 김이 픽픽 풍겨 나왔다. 만도의 얼굴은 바싹 긴장되었다. 시꺼먼 열차 속에서 꾸역꾸역 사람들이 밀려 나왔다. 꽤 많은 손님이 쏟아져 내리는 것이었다. 만도의 두 눈은 곧장 이리저리 굴렀다. 그러나 아들의 모습은 쉽사리 눈에 띄지 않았다. 저쪽 출찰구로 밀려가는 사람들의 물결 속에, 두 개의 지팡이를 의지하고 절룩거리며 걸어 나가는 상이군인*이 있었으나, 만도는 그 사람에게 주의를 기울이지는 않았다.

기차에서 내릴 사람은 모두 내렸는가 보다. 이제 미처 차에 오르지 못한 사람들이 플랫폼을 이리저리 서성거리고 있을 뿐인 것이다. 그놈이 거짓으로 편지를 띄웠을 리는 없을 건데……. 만도는 자꾸 가슴이 떨렸다. 이상한 일이다, 하고 있을 때였다. 분명히 뒤에서,

"아부지!"

부르는 소리가 들렸다. 만도는 깜짝 놀라며, 얼른 뒤를 돌아보았다. 그 순간, 만도의 두 눈은 무섭도록 크게 떠지고 입은 딱 벌어졌다. 틀림없는 아들이었으나, 옛날과 같은 진수는 아니었다. 양쪽 겨드랑이에 지팡이를 끼고 서 있는데, 스쳐가는 바람결에 한쪽 바짓가랑이가 펄럭거리는 것이 아닌가.

만도는 눈앞이 노오래지는 것을 어쩌지 못했다. 한참 동안 그저 멍멍하기만 하다가, 코허리가 찡해지면서 두 눈에 뜨거운 것이 핑 도는 것이었다.

"에라이 이놈아!"

만도의 입술에서 모지게 튀어나온 첫마디였다. 떨리는 목소리였다. 고등어를 든 손이 불끈 주먹을 쥐고 있었다.

"이기 무슨 꼴이고, 이기."

"아부지!"

"이놈아, 이놈아……."

만도의 들창코가 크게 벌름거리다가 훌쩍 물코*를 들이마셨다.

진수의 두 눈에서는 어느 결에 눈물이 꾀죄죄하게 흘러내리고 있

었다. 만도는 모든 게 진수의 잘못이기나 한 듯 험한 얼굴로,

"가자, 어서!"

무뚝뚝한 한마디를 내던지고는 성큼성큼 앞장을 서 가는 것이었다.

진수는 입술에 내려와 묻는 짭짤한 것을 혀끝으로 날름 핥아 버리면서, 절름절름 아버지의 뒤를 따랐다.

앞장서 가는 만도는 뒤따라오는 진수를 한 번도 돌아보지 않았다. 한눈을 파는 법도 없었다. 무겁디무거운 짐을 진 사람처럼 땅바닥만을 내려다보며, 이따금 끙끙거리면서 부지런히 걸어만 가는 것이다. 지팡이에 몸을 의지하고 걷는 진수가 성한 사람의, 게다가 부지런히 걷는 걸음을 당해 낼 수는 도저히 없었다. 한 걸음 두 걸음씩 뒤지기 시작한 것이, 그만 작은 소리로 불러서는 들리지 않을 만큼 떨어져 버리고 말았다. 진수는 목구멍을 왈칵 넘어오려는 뜨거운 기운을 꾹 참느라고 어금니를 야물게 깨물어 보기도 했다. 그리고 두 개의 지팡이와 한 개의 다리를 열심히 움직여 대는 것이었다.

앞서 간 만도는 주막집 앞에 이르자, 비로소 한 번 뒤를 돌아보았다. 진수는 오다가 나무 밑에 서서 오줌을 누고 있었다. 지팡이는 땅바닥에 던져 놓고, 한쪽 손으로는 볼일을 보고, 한쪽 손으로는 나무 둥치를 감싸 안고 있는 모양이 을씨년스럽기 이를 데 없는 꼬락서니였다. 만도는 눈살을 찌푸리며, 으음! 하고 신음 소리 비슷한 무거운 소리를 토했다. 그리고 술방 앞으로 가서 방문을 왈칵 잡아당겼다.

기역 자 판 안에 도사리고 앉아서 속옷을 뒤집어 까고 이를 잡고 있던 여편네가 킥하고 웃으며 후닥닥 옷섶을 여몄다. 그러나 만도는 웃지를 않았다. 방문턱을 넘어서면서도 서방님 들어가신다는 소리를 내뱉지 않았다. 아마 이처럼 뚝뚝한 얼굴을 하고 이 술방에 들어

서기란 처음일 것이다. 여편네가 멋도 모르고,

"오늘은 서방님 아닌가 배."

하고 킬킬 웃었으나, 만도는 으음! 또 무거운 신음 소리를 했을 뿐 도시 기분을 내지 않았다. 기역 자 판 앞에 가서 쭈그리고 앉기가 바쁘게,

"빨리 빨리."

재촉을 하였다.

"하따나, 어지간히도 바쁜가 배."

"빨리 꼬빼기로 한 사발 달라니까구마."

"오늘은 와 이카노?"

여편네가 쳐 주는 술사발을 받아 들며, 만도는 휴유…… 하고 숨을 크게 내쉬었다. 그리고 입을 얼른 사발로 가져갔다. 꿀꿀꿀, 잘도 넘어가는 것이다. 그 큰 사발을 단숨에 비워 버리고는, 도로 여편네 눈앞으로 불쑥 내밀었다. 그렇게 거들빼기*로 석 잔을 해치우고사 으으윽! 하고 게트림*을 하였다. 여편네가 눈이 휘둥그레 가지고 혀를 내둘렀다. 빈속에 술을 그처럼 때려 마시고 보니, 금세 눈두덩이 확확 달아오르고, 귀뿌리가 발갛게 익어 갔다.

술기가 얼큰하게 돌자, 이제 좀 속이 풀리는 성싶어 방문을 열고 바깥을 내다보았다. 진수는 이마에 땀을 척척 흘리면서 저만큼 오고 있었다.

"진수야!"

버럭 소리를 질렀다.

"이리 들어와 보래."

진수는 아무런 대꾸도 없이 어기적어기적 다가왔다. 다가와서 방

문턱에 걸터앉으니까, 여편네가 보고,

"방으로 좀 들어오이소."

하였다.

"여기 좋심더."

그는 수세미 같은 손수건으로 이마와 코언저리를 아무렇게나 훔친다.

"마 아무 데서나 묵어라. 저, 국수 한 그릇 말아 주소."

"야."

"꼬빼기로 잘 좀……. 참지름도 치소, 알았능교?"

"야아."

여편네는 코로 히죽 웃으면서 만도의 옆구리를 살짝 꼬집고는, 소쿠리에서 삶은 국수 두 뭉텅이를 집어 들었다.

진수가 국수를 훌훌 끌어 넣고 있을 때, 여편네는 만도의 귓전으로 얼굴을 갖다 댄다.

"아들이가?"

만도는 고개를 약간 앞뒤로 끄덕거렸을 뿐, 좋은 기색을 하지 않았다. 진수가 국물을 훌쩍 들이마시고 나자, 만도는,

"한 그릇 더 먹을래?"

하였다.

"아니예."

"한 그릇 더 묵지 와."

"고만 묵을랍니더."

진수는 입술을 싹 닦으며 부스스 자리에서 일어났다.

주막을 나선 그들 부자는 논두렁길로 접어들었다. 아까와 같이 만

도가 앞장을 서는 것이 아니라, 이번에는 진수를 앞세웠다. 지팡이를 짚고 찌긋둥찌긋둥 앞서 가는 아들의 뒷모습을 바라보며, 팔뚝이 하나밖에 없는 아버지가 느릿느릿 따라가는 것이다. 손에 매달린 고등어가 대구 달랑달랑 춤을 추었다. 너무 급하게 들이마셔서 그런지, 만도의 뱃속에서는 우글우글 술이 끓고, 다리가 휘청거렸다. 콧구멍으로 더운 숨을 훅훅 내불어 보니 정신이 아른해서 역시 좋았다.

"진수야!"

"예."

"니 우째다가 그래 됐노?"

"전쟁하다가 이래 안 됐심니꼬. 수류탄 쪼가리에 맞았심더."

"수류탄 쪼가리에?"

"예."

"음……"

"얼른 낫지 않고 막 썩어 들어가기 땜에 군의관이 짤라 버립디더, 병원에서예."

"……"

"아부지!"

"와?"

"이래 가지고 우째 살까 싶습니더."

"우째 살긴 뭘 우째 살아? 목숨만 붙어 있으면 다 사는 기다. 그런 소리 하지 마라."

"……"

"나 봐라, 팔뚝이 하나 없어도 잘만 안 사나. 남 봄에 좀 덜 좋아서 그렇지, 살기사 와 못 살아."

"차라리 아부지같이 팔이 하나 없는 편이 낫겠어예. 다리가 없어 노니, 첫째 걸어 댕기기에 불편해서 똑 죽겠십더."

"야야. 안 그렇다. 걸어 댕기기만 하면 뭐하노, 손을 지대로 놀려야 일이 뜻대로 되지."

"그러까예?"

"그렇다니까. 그러니까 집에 앉아서 할 일은 니가 하고, 나댕기메 할 일은 내가 하고, 그라면 안 대겠나, 그제?"

"예."

진수는 가벼운 한숨을 내쉬며 아버지를 돌아보았다. 만도는 돌아보는 아들의 얼굴을 향해 지긋이 웃어 주었다.

술을 마시고 나면 이내 오줌이 마려워지는 것이다. 만도는 길가에 아무데나 쭈그리고 앉아서 고기 묶음을 입에 물려고 하였다. 그것을 본 진수는,

"아부지, 그 고등어 이리 주이소."

하였다.

팔이 하나밖에 없는 몸으로 물건을 손에 든 채 소변을 볼 수는 없는 것이다. 아버지가 볼일을 마칠 때까지, 진수는 저만큼 떨어져 서서 지팡이를 한쪽 손에 모아 쥐고, 다른 손으로 고등어를 들고 있었다. 볼일을 다 본 만도는 얼른 가서 아들의 손에서 고등어를 다시 받아 든다.

개천 둑에 이르렀다. 외나무다리가 놓여 있는 그 시냇물이다. 진수는 슬그머니 걱정이 되었다. 물은 그렇게 깊은 것 같지 않지만, 밑바닥이 모래흙이어서 지팡이를 짚고 건너가기가 만만할 것 같지 않기 때문이다. 외나무다리는 도저히 건너갈 재주가 없고……. 진수

는 하는 수 없이 둑에 퍼지고 앉아서 바짓가랑이를 걷어 올리기 시작했다.

만도는 잠시 멀뚱히 서서 아들의 하는 양을 내려다보고 있다가,

"진수야, 그만두고, 자아 업자."

하는 것이었다.

"업고 건너면 일이 다 되는 거 아니가. 자아, 이거 받아라."

고등어 묶음을 진수 앞으로 민다.

진수는 퍽 난처해 하면서, 못 이기는 듯이 그것을 받아 들었다. 만도는 등허리를 아들 앞에 갖다 대고, 하나밖에 없는 팔을 뒤로 버쩍 내밀며,

"자아, 어서!"

했다.

진수는 지팡이와 고등어를 각각 한 손에 쥐고, 아버지의 등허리로 가서 슬그머니 업혔다. 만도는 팔뚝을 뒤로 돌리면서, 아들의 하나뿐인 다리를 꼭 안았다. 그리고,

"팔로 내 목을 감아야 될 끼다."

했다.

진수는 무척 황송한 듯 한쪽 눈을 찍 감으면서, 고등어와 지팡이를 든 두 팔로 아버지의 굵은 목덜미를 부둥켜안았다.

만도는 아랫배에 힘을 주며, 끙! 하고 일어났다. 아랫도리가 약간 후들거렸으나* 걸어갈 만은 했다. 외나무다리 위로 조심조심 발을 내디디며 만도는 속으로, 이제 새파랗게 젊은 놈이 벌써 이게 무슨 꼴이고. 세상을 잘못 만나서 진수 니 신세도 참 똥이다, 똥. 이런 소리를 주워섬겼고, 아버지의 등에 업힌 진수는 곧장 미안스러운 얼굴

을 하며, '나꺼정 이렇게 되다니, 아부지도 참 복도 더럽게 없지. 차라리 내가 죽어 버렸더라면 나았을 낀데……' 하고 중얼거렸다.

만도는 아직 술기가 약간 있었으나, 용케 몸을 가누며 아들을 업고 외나무다리를 무사히 건너가는 것이었다.

눈앞에 우뚝 솟은 용머리재가 이 광경을 가만히 내려다보고 있었다.

낱말 풀이

거들빼기 연거푸

게트림 거만스럽게 거드름을 피우며 하는 트림

겹다 때가 지나거나 기울어서 늦다.

대구 계속하여 자꾸

물코 콧물이 늘 흐르는 코. 또는 물기가 많은 콧물

상이군인 전투나 군사상 공무 중에 몸을 다친 군인

이촉 잇몸 속에 들어 있는 이의 뿌리

폭삭하다 '포근하다'의 방언(전남)

피리 '피라미'의 방언

후들거리다 팔다리나 몸이 자꾸 크게 떨리다.

작품 해제

갈래 전쟁 소설
배경 1945년 광복 당시 경상도 어느 마을
시점 1인칭 주인공 시점
제재 죽창
주제 민족의 수난과 광복의 기쁨
출전 《창조》 10월호(1971년 10월)

줄거리

나는 입학해서 방학이 될 때까지, 약 4개월 동안 일기장에 학교 생활을 적어 두었다. 그것을 아버지가 보고 나서 눈물을 글썽거리면서 학교에 다니지 말라고 했다. 나의 학교 생활이라는 것이 장작 운반하기, 관솔 따기, 소나무 뿌리 캐기, 황무지 개간하기, 보리 베기, 모심기, 퇴비 만들기 등 공부하고는 먼 생활이었다. 거기에 대나무 막대기로 미국과 영국을 섬멸한다며 교련을 받았다. 기숙사 생활도 만만치 않았다. 배고픔은 물론 선배들의 기합과 구타로 고통을 겪었다.

국민학교 훈도였던 아버지는 방학이 끝날 즈음에 나에게 학교 갈 준비를 하라며 일렀다. 그러면서 학교 소사에게 죽창을 부탁해 놓았다며 학교에 가지고 가라고 한다. 나는 속으로 '순 거짓말쟁이!'라고 말하고 학교 가기를 싫어한다. 다음날 나는 보따리를 들고 기차를 타기 위해 나서고 아버지는 자주 편지하라고 이른다. 하지만 나는 아버지가 일직이라는 사실을 알고 집으로 다시 돌아간다. 집에 들어가지만, 엄마의 성화에 못 이겨 결국 기차를 타기 위해 읍내로 향했다.

오전 기차를 놓쳐 오후 기차를 기다리기 위해 나는 낮잠을 청했다. 그리고 부스스 일어나자 사람들이 수군거리는 소리를 듣는다. 일본 천황이 항복했다는 것이다. 그러면서 사람들은 학교에 가지 말라고 한다. 집으로 돌아오는 도중에 아버지를 만난 나는 죽창을 버리겠다고 하자 아버지는 내버리라고 한다. 나는 힘껏 죽창을 시궁창 속에 내던져 버렸다.

죽창을 버리던 날

내 스크랩북의 넷째 페이지 한쪽에 '8·15와 나'라는 조그마한 잡문 하나가 오려 붙여져 있다. '죽창을 어깨에 메고'라는 소제목이 붙어 있는 글이다. 꽤 오래전에 어떤 신문에 발표했던 것으로, 어느덧 빛깔도 바래었고, 거기 곁들여 있는 동전짝만 한 사진도 희끄무레해져 가고 있다.

보잘것없는 것이었지만, 그 잡문이 눈에 띌 때마다 나는 묘한 감회에 사로잡힌다.

그 글은 다음과 같이 되어 있다.

국방색 반즈봉*에 각반을 차고 맨발로 죽창을 어깨에 멘 소년 모의 병정—생각만 해도 웃음이 나온다. 그게 바로 8·15 해방 직전의 나의 모습이었다.

해방이 되던 그 해 봄, 그러니까 해방을 몇 개월 앞두고 중학교에 입학을 했었다. 말이 중학이지, 그건 숫제 근로 혹사대가 아니면, 모의병

정 양성소였다. 산에 가서 소나무 뿌리 캐기가 아니면, 목총을 들고 운동장(그때는 연병장이라고 했다)에서 꽥꽥 소리 지르기였다.

　우리는 갓 입학한 애송이들이었기 때문에 목총도 차례가 오지 않고 고작 대나무 막대기였다. 대나무 막대기를 가지고, 야! 야! 고함을 질러 대야 했다. 그러면서도 일본이 반드시 이긴다는 말이 곧이들렸었다.

　3, 4개월 동안 그런 생활을 하다가, 여름방학이 되어 귀향했는데, 그 방학이라는 것이 겨우 보름밖에 안 되어 안타깝기 짝이 없었다.

　학교로 다시 돌아가는 날이 바로 8월 15일이었다.

　글은 좀더 계속되지만, 이쯤에서 그만두는 게 좋을 것 같다. 왜냐하면, 이 잡문을 볼 때마다 나는 8월 15일 그날의 일을 가지고 한 편의 작품을 만들어 보리라 생각해 왔기 때문이다. 벌써 25, 26년 전의 일이지만, 그날 일은 마치 얼마 전의 일인 것처럼 하나부터 열까지가 선명하게 머리에 떠오른다. 생각하면 절로 웃음이 나오기도 한다.

　새벽에 눈을 뜬 나는,
　"아아, 빌어묵을 놈의 날이 벌써 샜구나."
　이렇게 투덜거렸다.
　여느 때와 다름없는 우리 집 모기장 속이었다. 그러나 여느 아침과는 달리, 오늘은 날이 새는 세 되긴 인디깝고 신란하지가 않는 것이다.
　모기장 밖에 놓여 있는 책가방과 보따리가 눈에 띄자, 나는 그만 울상이 되어 돌아누웠다.
　식구들은 아직 모두 자고 있었다.

돌아눕자, 아버지의 자는 얼굴이 눈에 들어왔다. 나는 공연히 아버지의 얼굴이 못마땅해서,

"흥!"

코방귀를 한 번 뀌고, 눈을 찔끔 감아 버렸다.

간밤에 아버지가,

"일찍 자거라. 그래야 낼 새벽 일찍 일나지."

이렇게 말했던 것이다.

나는 아버지를 순 거짓말쟁이라고 생각하고 있는 것이다.

내가 방학이 되어 돌아왔을 때, 아버지는 두 눈에 눈물까지 글썽거리며,

"학교 다니지 마라. 그런 놈의 학교가 도대체 어딨단 말이고."

분명히 이렇게 말했었다.

일기장을 보고서였다. 아버지는 그동안, 그러니까 4월 초에 입학을 해서 방학이 될 때까지, 약 4개월 동안의 내 일기장을 처음부터 차례차례 다 읽어 보았던 것이다. 중학생이 된 아들의 학교 생활이 어떤 것인가, 기대에 찬 마음으로 말이다. 그런데 기대했던 것과는 딴판으로 너무나도 어이가 없는 하루하루들이어서, 그만 자기도 모르게 불쑥 그런 소리가 나왔던 것이다.

사실 그 무렵의 학교 생활이란 말이 아니었다. 공부를 하는 날은 거의 없고, 연일 일뜸질이었다. 산에 가서 장작 운반해 내려오기, 관솔* 따기, 소나무 뿌리 캐기, 황무지 개간하기, 보리 베기, 모심기, 퇴비 만들기, 심지어 학교 운동장 둘레까지 파 일구어 피마자를 심는다, 콩을 심는다 야단이었다.

그리고 걸핏하면 교련이었다. 대나무 막대기를 가지고 '기치쿠베

이에이'*를 섬멸한다고 야! 야! 고함을 질러 대는 것이었다.

그런 학교 생활도 생활이지만, 그에 못지 않게 괴로운 것이 기숙사 생활이었다. 신입생들은 시내에 자택이 있는 사람 외에는 전원 기숙사에 수용되었었다. 일학년생에게는 하숙이라는 것이 허락되지가 않았다. 그런데 그 기숙사 생활은 무엇보다도 배가 고파 견딜 수가 없었다. 밥이라고 먹고 돌아서면 벌써 배가 고플 지경이었다. 노상 옥수수밥 아니면 콩깻묵밥이 식기에 절반도 차지 않은 판이니, 그럴 수밖에 없었다.

그리고 상급생들의 성화에 정신을 차릴 수가 없었다. 마치 무슨 잘못이라도 저지른 것처럼 늘 눈치를 보아야 하고 굽신거려야 했다. 그렇지 않으면 걸핏하면 기합이었다. 기합도 그저 몇 차례 두들기거나 엎드려 뻗게 하는 그런 것이 아니라, 이건 사람을 아주 놀림감으로 생각하려 드는 것이었다.

예를 들면, 꿇어앉아서 코가 방바닥에 닿도록 절을 하라는 것이다. 그것도 천천히 해서는 안 되고, 절도있게 빨리빨리 해야 되는 것이다. 그렇게 남은 절을 시켜 놓고, 자기들은 재미있다는 듯이 킬킬 웃기도 하면서 자기네 할 일을 했다. 말하자면 이쪽은 절하는 오뚝이처럼 누구를 향해서가 아니고, 그저 그만하라는 명령이 있을 때까지 그렇게 꾸뻑거려 대야 하는 것이다. 정말 견딜 수 없는 모욕이었다. 그것도 무슨 큰 잘못을 저지르고 그런다면 또 모른다. 조금 눈에 거슬리기만 하면 그런 식이었다.

그런 유의 기합이 한두 가지가 아니었다. 그리고 상급생 중에서도 한 학년 위인 이학년짜리들이 제일 고약하게 굴었다. 더러워서 죽을 지경이었다.

낮에는 학교에서 일뜸질을 하고, 기숙사에 돌아와서는 걸핏하면 그런 기합을 당해야 하고, 배는 고프고…… 정말 미칠 것 같았다. 그러니 절로 고향집이 그리울 수밖에 없었다. 그래 밤에 잘 때 이불 속에서 소리 없이 눈물을 흘리기도 했고, 남 몰래 변소 안에 들어가 울기도 했다. 우는 것도 아무 데서나 울다가는, 이 병신 같은 새끼! 하고 또 틀림없이 기합인 것이다.

그런 학교 생활, 기숙사 생활의 가지가지 이야기를 나는 일기장에 열심히 적었던 것이다.

그러니 부모로서 그것을 읽고 기분이 좋을 까닭이 없어 아버지는 눈물까지 글썽거리며,

"학교 다니지 마라. 그런 놈의 학교가 도대체 어딨단 말이고."

불쑥 이런 말이 나왔던 것이다.

아버지는 국민학교 훈도*였다. 그러니까 그 무렵의 교육이 어떤 것이라는 것을 누구보다도 잘 알고 있었다. 중학교는 국민학교보다 근로 동원이 더 심하다는 것도 알고 있었다. 그러나 고생은 많겠지만, 중학생이니 무언가 좀 의젓하고 보람 있는 생활이 있으리라 기대에 찬 마음으로 일기장을 읽기 시작했는데, 이건 너무나도 어처구니가 없는 나날들이어서 불쌍한 생각이 들어 눈물이 글썽해지며, 그만 그런 소리가 나왔던 것이다. 그것은 어쩌면 아버지의 분노의 표출이라고 할 수가 있을 것이다.

어쨌든 나는 아버지의 그 말에 귀가 번쩍 했었다. 얼떨떨하면서도 기쁘기 한량없었다. 그 지긋지긋한 학교 이제 안 가도 되는구나 생각하니 속에서 무엇이 쑥 내려가는 듯 후련하기만 했다. 사실 나는 그 무렵, 그런 놈의 학교 조금도 다니고 싶은 생각이 없었다. 그런데

먼저 아버지의 입에서 그런 말이 나왔으니 신이 날 수밖에.

나는 아버지의 그 말을 정말로 믿고 있었다. 그런데 며칠 전 아버지는 뜻밖에도,

"인제 학교 갈 날도 메칠 안 남았구나. 준빌 해라."

이러는 것이 아닌가.

나는 이게 무슨 소린가 싶어서,

"예?"

하고, 눈을 크게 뜨고 아버지를 똑바로 바라보았다.

"십오 일까지 방학이라메? 그럼 인제 메칠 안 남았잖나."

"……"

나는 어이가 없어서 아무 말도 나오지 않았다.

"다케야리竹槍는 학교 소사한테 부탁해 놓았으니, 내일쯤 갖고 올 끼다."

아버지는 멀쩡한 얼굴로 지껄이고 있었다.

그때 나는 차마 입 밖으로 내지는 못하고 속으로,

'순 거짓말쟁이!'

하고 뇌까렸다. 학교 다니지 말라는 소리는 누구 입에서 나왔던가 말이다.

이튿날 학교 소사가 죽창을 가지고 왔다. 죽창은 여름방학의 과제물 중의 하나였다. 끝을 뾰족하게 깎아서, 든든한 놈 을 한 개씩 가지고 오라는 것이었다. 과연 끝이 뾰족하게 잘 깎여진 죽창을 보고, 나는 코로 히죽 웃었다. 그리고 속으로,

'안 간다구마!'

했다. 그러나 간밤에 아버지가,

"일찍 자거라. 그래야 낼 새벽 일찍 일나지."

했을 때는 그저 못마땅하기만 했을 뿐, 속으로나마 무어라고 뇌까려지지가 않았다.

그리고 심란해서 도무지 자정이 넘도록 잠을 이룰 수가 없었다.

그런데 오늘 새벽 벌써 이렇게 잠이 깬 것이다.

잠시 후, 어머니가 일어나 부엌에 나가 밥을 짓기 시작했고, 딸그락거리는 소리에 아버지도 깼다. 그러나 나는 그대로 눈을 감고 죽은 듯이 누워 있었다. 동생들은 여전히 자고 있었다.

한참 만에 어머니가 밥상을 가지고 들어왔다. 그러자 아버지가,

"일나라! 일나라!"

하고 나를 찔벅거렸다*.

나는 자는 체 버티고 있다가 아버지의 목소리가 거세어지자, 발딱 일어났다. 으윽, 기지개라도 켜면서 천천히 일어나는 것이 아니라, 될 수 있는 대로 아버지의 신경이 거슬리도록 발딱 말이다.

내가 얼굴에 물을 찍어 바르는 둥 마는 둥하고 아침을 먹는 동안, 아버지도 어쩔 셈인지 북북 세수를 해 대는 것이었다.

그리고 내가 젓가락을 놓고, 반즈봉 밑으로 드러난 맨다리에 각반을 치기 시작하자 빙그레 웃으면서,

"교복이 얼른 나와야 될 낀데……."

하고 중얼거렸다.

교복 배급이 안 나와서, 중학생이라는 것이 국민학교 때 입던 양복을 그대로 입고 있었다. 그러니까 자연히 맨다리에다가 각반을 치는 도리밖에 없었다. 나 혼자만 그런 것이 아니라, 일학년생은 모두 그런 꼬락서니였다.

그런 꼬락서니로 가방을 메고, 한 손에는 보따리를, 한 손에는 죽창을 들고 집을 나서자, 아버지가 얼른 보따리를 받아들었다.

"무겁다. 내가 좀 들어다 주지."

"……."

그러나 나는 조금도 고맙지가 않았다. 오히려 따라오는 것이 싫었다. 순 거짓말쟁이가 말이다.

어머니는 사립문 밖에 나와 언제까지나 서 있었다.

신작로를 걸으면서, 아버지는 아침 공기가 매우 상쾌한 듯 심호흡을 하곤 했다. 나는 공기가 상쾌하거나 말거나, 도무지 그런 건 흥미가 없었다. 공연히 모든 게 못마땅하기만 했다.

한참 가다가 아버지가,

"이거 받아라."

보따리를 내밀었다. 나는 말없이 보따리를 받았다.

"자, 그럼 난 여기서 돌아간다."

"……."

"자주 편지해래이."

아버지는 얼굴에 웃음을 띠고 있었다. 어쩐지 매우 기분이 좋은 듯, 그러면서도 약간은 섭섭한 듯한 그런 표정이었다.

나는 말없이 몇 걸음 걸어가다가 후딱 뒤로 돌아섰다. 그리고 냅다 아버지를 향해 뇌까렸다.

"나 학교 안 갈랍니더!"

"……."

아버지는 어이가 없는 모양이었다. 금세 얼굴에서 싹 웃음이 가셨다.

나는 곧 또 내뱉었다.

"학교 다니지 마라 캤잖아예!"

"머?"

"……."

"머라고?"

아버지의 얼굴에 노기가 떠오르고 있었다.

그러나 나는 또 입을 열었다.

"아부지가 그랬잖아요."

그러자 아버지는 뜻밖에도,

"시간 늦을라. 빨리 가아라."

부드러운 목소리로 애원하듯 말했다.

"안 갈랍니더!"

"……."

"학교 다니지 마라 캐놓고……."

"정말 안 갈 끼가?"

"예!"

나는 단호히 대답했다.

순간, 아버지는 주먹 한 개를 번쩍 쳐들었다. 그리고,

"이눔으 자식!"

냅다 고함을 지르며 달려드는 것이었다.

나는 재빠르게 몸을 날렸다. 뺑소니를 치면서 나는 거추장스러운 죽창을 아무렇게나 길바닥에 떨어뜨려 버렸다.

그러자 아버지는 그 죽창을 주워 들고 마구 뒤쫓아 오는 것이었다. 그것으로 사정없이 후려치려는 듯이.

그러나 아버지가 내 달음질을 당할 턱이 없었다. 아버지는 분해서 못 견디겠는 듯,

"이 못된 놈으 자식!"

소리를 지르면서, 냅다 죽창을 나를 향해 내던졌다. 그리고 돌아서 버리는 것이었다.

돌아서서 집으로 돌아가는 아버지의 뒷모습을 나는 가만히 지켜보고 있었다.

아버지의 모습이 사라지자, 나는 정말로 어떻게 할 것인가, 한참 서서 망설였다. 정말 어떻게 했으면 좋을지 몰랐다. 그러나 결국 나는 다시,

'안 간다! 안 간다!'

이렇게 속으로 다졌다.

도저히 이런 기분으로 기차를 타러 20리 길을 걸을 수는 없는 것이었다.

그래서 나는 길에 내던져진 죽창을 주워 들고, 어처구니없게도 오던 길을 되돌아 터벅터벅 걷기 시작했다. 그리고 한참 가다가 신작로에서 옆으로 뻗은 들길로 들어섰다.

들길을 조금 가면 숲이 있었다. 나는 숲속으로 들어갔다. 그 숲 저쪽으로 국민학교가 보였다.

나는 숲속에서 아버지가 학교에 나가는 것을 확인하고 집으로 들어갈 생각인 것이었다. 아버지는 요즘 일직이었다. 그러니까 조금 있으면 출근 시간이 되어 학교에 갈 게 틀림없는 것이었다.

이슬에 젖은 숲속에서 나는 앉았다가 섰다가, 혹은 오줌을 누었다가 하면서 학교 쪽을 바라보고 있었다. 지루하기 짝이 없었다. 얼마

나 기다렸을까. 아마 두 시간은 족히 기다렸을 것이다.
 마침내 학교로 가는 아버지의 모습이 보였다. 꽤 먼 거리였으나 아버지의 모습이 보이자, 나는 어쩐지 온몸이 움츠러드는 것 같았다. 그래서 얼른 소나무 뒤에 몸을 숨겼다.
 아버지가 학교로 사라지자, 나는 당당히 숲을 나와 집을 향했다.
 내가 터벅터벅 마당으로 걸어 들어가자, 어머니는 눈이 휘둥그레졌다. 지금쯤은 읍내에 도착해서 정거장에서 기차를 기다리고 있을 시간인데, 뚱한 얼굴로 터벅터벅 돌아오니 그럴 수밖에 없었다.
 "앙이 우째 된 일이고?"
 "……."
 "와, 응?"
 "……."
 나는 말없이 죽창을 던져 버리고, 보따리를 마루에 놓았다. 그리고 가방을 벗었다.
 "와, 머가 우째 됐는데?"
 "……."
 "야야, 말 좀 해라."
 그제야 나는 퉁명스럽게 입을 열었다.
 "나 학교 안 갈 끼다."
 "머, 학교 안 가?"
 "……."
 "와, 와 학꼴 안 가노?"
 "……."
 "응이?"

"……."

"학교 안 가고, 집에서 머 할 끼고?"

"몰라. 좌우간 학교 안 갈 끼다."

"후유우."

어머니는 한숨을 쉬었다. 무엇 때문에 내가 심사가 뒤틀렸는지 어머니는 알 턱이 없었다. 학교 생활이 고생이 많다는 것은 어머니도 알고 있었다. 그러나 이렇게 내가 학교에 안 간다고까지 나올 줄은 꿈에도 생각하지 못했던 것이다.

어머니는 그만 슬퍼진 듯 울먹이는 소리로 변했다.

"학꼴 안 가면 그럼 우얄라 카노? 집에 논이 있어 농살 짓나…… 머 우얄 끼고?"

"……."

"아이고, 야야 니가 와 카노. 니가 와 캐? 공불 안 하면 나중에 멀 묵고 사노 말이다. 멀 묵고 살아……."

마침내 어머니의 눈에서 눈물이 흐르고 있었다. 나도 콧등이 찡해지는 것을 어쩌지 못했다.

"학꼴 나와야 선생질이라도 해서 살지. 야야아."

"……."

"와 학꼴 안 갈라 카노. 안 갈라 캐?"

"어무이! 알았어."

그만 나도 울기 시작했다.

어머니와 나는 잠시 그렇게 마주 앉아 울었다. 그리고 나는 눈물을 닦고 성큼 일어섰다.

그 길로 나는 20리 길을 읍을 향해 부지런히 걸었다. 뒤틀렸던 심사는 말짱 풀리고, 어쩐지 좀 슬픈 것 같은, 그러면서도 애써 기운을 내야 한다는 그런 심정이었다.

읍에 당도했을 때는 어느덧 정오가 가까워져 있었다. 읍 들머리 신작로 가에 숲이 있었다. 나는 시장기를 느끼며 숲으로 걸어 들어갔다. 오전 기차는 놓쳤고, 오후 기차는 아직 시간이 얼마든지 있었다. 나는 가방에서 도시락을 꺼내 먹고, 그 자리에 반듯이 드러누웠다. 낮잠을 한숨 자는 도리밖에 없었다. 간밤에 잠이 부족했던 탓으로 낮잠은 곧 왔다.

얼마나 잤을까. 나는 눈을 비비며 부스스 일어났다.

그런데 바로 저만큼 떨어진 곳에 사람들이 모여 앉아 떠들어대고 있었다. 처음에는 그저 어른들이 모여 앉아 쉬고 있는 것이려니 하고 예사로 생각했는데, 그 하는 소리들이 어쩐지 이상했다. 나는 가만히 귀를 기울였다.

"앞으로 우리 조선은 어째 되노?"

"글씨, 우째 될똥……."

"좌우간 인제 전쟁이 끝났으니, 살기가 좋아 안 지겠나."

"좋아져야지."

"일본놈들은 다 돌아가겠지?"

"돌아가겠지."

"아이고, 그놈들 꼴 안 보게 돼서 인제 살겠다."

"정말이다."

나는 귀가 번쩍 했다. 도대체 무엇이 어떻게 되었단 말인가? 일본놈들이 돌아가다니…… 얼떨떨하기만 했다.

내가 가방을 메고 보따리와 죽창을 들고 걸음을 떼 놓는 것을 보

자 어른들 중에서 한 사람이,

"학생, 인제 그놈의 죽창 내뻬리지."

하면서 웃는 것이었다.

"와예? 머가 우째 됐는데예?"

"일본이 손 들었어. 손 들어."

"예?"

나는 깜짝 놀랐다. 정말 천만 뜻밖의 일이 아닐 수 없었다.

"아까 열두 시에 일본 천황이 방송했어. 항복한다고 말이다."

"……."

"인제 학교 안 가도 된다. 일본이 졌는데 학교가 무신 놈의 학교고."

"정말예?"

나는 또 한번 귀가 번쩍 했다. 일본이 항복을 했다는 사실은 잘된 일인지 어떤지 나로서는 알 수가 없고, 그저 얼떨떨하기만 했지만, 학교 안 가도 된다는 말은 나에게는 다시없이 반갑고 신나는 일이 아닐 수 없었다. 이게 웬 떡이냐 싶었다.

"아저씨, 정말이지예?"

"생각해 봐라. 일본이 져서 일본놈들은 다 즈그 나라로 돌아갈 판인데, 학교가 어딨겠노. 안 그렇나?"

"예에, 그렇심더!"

나는 어찌나 좋은지 힘껏 대답을 했다.

내가 집으로 돌아간 것은 그날 해질 무렵이었다. 읍내에서 같은 학급 친구를 만나 거리를 돌아다니며, 이런 소문 저런 소문 떠도는 소문을 들으며 놀다가, 해가 꽤 기울어서야 집으로 향했던 것이다.

마을이 가까워지자, 나는 어쩐지 조금 긴장이 되는 것 같았다. 아버지 때문이었다. 아버지가 무어라고 할지 모르겠는 것이었다. 그래서 오는 도중에 죽창을 내버릴까 하다가 혹시 아버지가 무어라고 할지 알 수가 없어, 그냥 질질 끌고 오는 길이었다.

그런데 공교롭게도 그때, 아버지도 막 학교에서 일직을 마치고 마을로 돌아오고 있었다. 아버지의 모습이 저쪽 길에 보이자 나는 가슴이 약간 두근거렸다. 어쩐지 좀 켕기는 것이었다. 아버지는 일본이 항복을 한 것을 모르고 있는 것일까? 안다면 무엇 하러 일본이 졌는데 지금까지 일직을 하고 있었을까 싶기도 했다.

아버지와의 거리가 가까워지자 나는 조심스럽게,

"아부지."

불러 보았다.

아버지는 대답이 없었다. 그러나 빙그레 웃고 있었다. 나는 대번에 온몸이 훈훈하게 풀리는 느낌이었다.

그래서,

"아부지! 일본이 항복했심더!"

하고 소리쳤다.

"응, 나도 안다. 어서 집에 가자!"

아버지는 여전히 벙글벙글 웃으면서 말했다.

이제 나는 모든 것이 무사히 끝난 것 같아 속이 후련하고 가뿐하기만 했다. 아버지한테 얄궂게* 뒤틀려졌던 기분도 끝나고, 그 지긋지긋한 학교의 일뜸질도 끝나고, 대나무 막대기로 야! 야! 하는 교련도, 상급생들의 모욕적인 기합, 견딜 수 없는 배고픔도 다 말이다.

"아부지."

"와?"

"이 죽창 인제 내삐리도 되지예?"

"그래, 내삐리라. 그놈의 걸 머 할라고 도로 갖고 오노. 오다가 아무 데나 내삐릴 끼지."

나는 좋아서 힉 웃었다. 그리고 어디다 내버릴까 두리번거렸다.

"저 시궁창에 내삐릴까예?"

"그래, 아무 데나 니 맘대로……."

"예, 아부지 이것 좀 받으이소."

나는 아버지에게 보따리를 건넸다. 그리고 시궁창 쪽으로 몇 걸음 달려가며, 마치 투창 선수가 창을 던지듯이 힘껏 죽창을 내던졌다. 그러나 투창 선수의 솜씨처럼 그렇게 멋있게 날아가는 것이 아니라, 아무렇게나 날아가서는 그 시꺼먼 시궁창 속에 죽창은 철버덕 떨어져 형편없는 꼴이 되어 버렸다.

아버지는 여전히 빙그레 웃는 얼굴로 보고 있었다.

낱말 풀이

관솔 송진이 많이 엉긴 소나무의 가지나 옹이. 불이 잘 붙으므로 예전에는 여기에 불을 붙여 등불 대신 이용했다.
기치쿠베이에이鬼畜米英 귀축鬼畜은 귀신과 짐승을 일컫는 말로 사람이 아니라는 뜻이다. 미영米英은 미국과 영국을 말한다.
반즈봉半ズボン 반바지
얄궂다 야릇하고 짓궂다.
찔벅거리다 '집적거리다'의 방언(전남)
훈도訓導 일제 강점기에 초등학교의 교원敎員을 이르던 말

단편 소설 수록 국어 교과서 보기

지은이	작품명	교과서
김원일	오마니별	중1 국어
박완서	겨울 나들이	고등 국어
박완서	시인의 꿈	중2 국어
송기숙	개는 왜 짖는가	중2 국어
오정희	소음 공해	중1 국어
오정희	중국인 거리	중2 국어
윤흥길	땔감	중2 국어
이문구	유자소전	고등 국어
최일남	노새 두 마리	중2 국어
하근찬	수난 이대	중1 국어, 고등 국어
하근찬	죽창을 버리던 날	중1 국어

중·고등학생이 꼭 알아야 할
교고사ㅓ 단편소설 읽기 하
김원일 외 지음

발 행 일   초판 1쇄 2011년 06월 13일
           초판 20쇄 2022년 11월 15일
발 행 처   도서출판 평단
발 행 인   최석두

등록번호   제2015-00132호 / 등록일 1988년 7월 6일
주   소   (10594) 경기도 고양시 덕양구 통일로 140
           삼송테크노밸리 A동 351호
전화번호   (02)325-8144(代) FAX (02)325-8143
이 메 일   pyongdan@daum.net
I S B N   978-89-7343-345-2   04810
           978-89-7343-338-4   (세트)

ⓒ 김원일 외, 2011

* 잘못된 책은 구입하신 곳에서 바꾸어 드립니다.

이 도서의 국립중앙도서관 출판시도서목록(CIP)은 e-CIP 홈페이지(http://www.nl.go.kr/ecip)와
국가자료공동목록시스템(http://www.nl.go.kr/kolisnet)에서 이용하실 수 있습니다.
(CIP제어번호: CIP2011002258)